普通高等教育"十二五"规划教材

高等院校物联网专业系列教材

物联网技术与应用

主　编　吴成东

副主编　徐久强　张云洲

科学出版社

北　京

内 容 简 介

　　本书主要讲述物联网的基本理论与应用技术。首先介绍物联网的基本概念和知识、物联网技术的研究现状与发展趋势;然后重点介绍物联网领域的关键性技术问题,主要包括物联网传感技术、控制技术、通信网络及通信技术、物联网信息安全技术等;最后通过典型工程应用案例,介绍物联网技术的应用领域与特点。本书内容丰富,深入浅出,图文并茂,不仅讲述基本理论与关键性技术,而且结合典型工程应用案例进行介绍,具有较强的普适性。

　　本书可作为高等院校物联网工程、自动化、电气工程、计算机、通信工程等专业的教材,也可供相关专业的工程技术人员和管理人员学习、参考。

图书在版编目(CIP)数据

物联网技术与应用/吴成东主编 . —北京:科学出版社,2012
　(普通高等教育"十二五"规划教材·高等院校物联网专业系列教材)
　ISBN 978-7-03-033517-3

　Ⅰ.①物… Ⅱ.①吴… Ⅲ.①互联网络-应用-高等学校-教材②智能技术-应用-高等学校-教材　Ⅳ.①TP393.4②TP18

中国版本图书馆 CIP 数据核字(2012)第 020309 号

　　责任编辑:余　江　潘继敏 / 责任校对:刘小梅
　　责任印制:张克忠 / 封面设计:迷底书装

科 学 出 版 社 出版
北京东黄城根北街 16 号
邮政编码:100717
http://www.sciencep.com

北京市安泰印刷厂 印刷
科学出版社发行　各地新华书店经销
*

2012 年 2 月第　一　版　开本:787×1092　1/16
2012 年 2 月第一次印刷　印张:15 1/2
字数:390 000

定价:35.00 元
(如有印装质量问题,我社负责调换)

前　言

随着信息时代的到来,以计算机技术和网络技术为代表的信息技术已经对人类社会的政治、经济、文化等产生了深远影响。以计算机技术为核心的第一次信息产业浪潮推动了信息处理的智能化,实现了人与计算机之间的对话;以互联网技术为核心的第二次信息产业浪潮推动信息技术进入网络化时代,互联网技术的广泛应用满足了人与人之间的快速交流。随着通信、控制和感知等技术的迅猛发展,信息技术向物理世界的扩展和延伸,被称为继计算机、互联网之后信息产业的第三次浪潮的物联网应运而生。

物联网是在人与物、物与物之间交流信息的泛在网络,它融合了智能感知技术、自动识别技术、普适计算和泛在网络思想,将带来技术、生产和生活方式的进步与变革。物联网应用前景广阔、市场巨大,是当前最具发展潜力的产业之一,受到各国政府、企业和学术界的高度重视。

随着物联网技术的快速发展,人们对相关知识的需求越加迫切。然而,物联网技术领域涉及信息获取、传输、存储、处理、应用等多个方面,相关学科包括计算机科学与技术、自动化技术、通信技术、传感技术、电子科学与技术等多个领域,其相关知识属于多学科知识的交叉与融合。为了充分反映物联网理论与技术的研究成果,促进物联网知识的普及与推广,使相关人员深入认知物联网技术,我们特编写了本书。

为使本书内容清晰易懂,方便读者掌握物联网知识,我们从技术分类角度组织书中的内容。全书共6章,分为三部分。第一部分(第1章)介绍物联网的基本概念和知识,物联网技术的发展现状与趋势;第二部分(第2~5章)从技术层面介绍物联网涉及的关键性技术问题,包括感知物理世界的传感技术、实现物联网与物理世界互动的控制系统组成及控制技术、在物联网各组成部分间传输信息的通信网络及通信技术、物联网信息安全技术等;第三部分(第6章)介绍物联网的典型工程应用案例。各章主要内容如下:

第1章主要介绍物联网的概念、沿革、系统构成、应用领域、发展趋势及面临的亟待解决的问题,力图使读者建立物联网系统的整体概念。

第2章介绍物联网系统中常用的传感知识,主要内容包括传感技术的基本概念、物联网与传感技术的关系、传感系统的构成、传感技术及典型传感器等,扩展内容包括射频识别、模式识别、图像处理、无线传感器网络及纳米与系统小型化技术等。

第3章阐述物联网控制技术,主要包括物联网控制系统构成、网络远程控制技术、物联网控制终端、物联网控制策略、物联网数据融合与优化决策等内容,从不同角度对物联网控制技术进行阐述。

第4章介绍物联网通信技术,主要包括物联网通信系统的架构、因特网通信、嵌入式因特网技术、短距无线通信技术、现场控制网络通信等内容,并对物联网的通信融合进行阐述。

第5章叙述物联网信息安全技术,主要包括物联网的信息安全体系、物联网中信息传递的安全性、信息隐私权与保护、数据计算安全性、业务认证与加密技术、物理设备安全问题,以及移动互联网安全漏洞与防范技术等内容。

第6章介绍物联网的应用领域及典型应用,包括物联网在物流、数字家庭、医疗、工业、智能交通、商业零售等领域的应用案例，并讨论物联网应用的特点及相关技术。

本书由吴成东教授任主编，徐久强教授和张云洲副教授任副主编。第 1、2、6 章由徐久强、刘铮、朱剑、张君、毕远国负责编写，第 3、4、5 章由吴成东、张云洲、陈莉负责编写。全书由吴成东统稿。

参与本书编写和资料整理工作的有纪鹏讲师、贾子熙讲师、陈东岳副教授、贾同副教授、楚好讲师、王晓哲副教授，以及研究生王力、于晓声、齐苑辰、司鹏举、陈世峰、卢佰华、李翠娟、张娜、韩泉城、夏志佳、张笑骋、孙金晨、商世博、李立强、肖磊、项姝。

在本书的编写过程中，我们参阅了大量的文献资料，主要参考文献列于书后，在此谨对这些文献资料的作者表示诚挚的谢意。本书的出版得到国家自然科学基金和东北大学教材出版基金的资助。赵海教授为本书的策划出版提出了宝贵的意见与建议。科学出版社的余江编辑为本书的顺利出版做了大量的工作。在此，对所有为本书顺利出版提供帮助的各界人士表示衷心的感谢。

由于编者水平有限，加之物联网理论与技术发展很快，尽管我们力争做到精益求精，但在编写中难免存在疏漏之处，恳请广大读者批评指正。

编　者

2011 年 10 月

目　　录

第1章 概 论

1.1 物联网技术与定义

从计算机的诞生到互联网的大规模应用,经过半个多世纪的发展,信息技术给人们的工作和生活带来了巨大变化。这些变化给人们带来惊喜的同时,由于通信、控制和感知等技术的快速发展,信息技术突破传统的人-机交互领域,向物理世界扩展和延伸,在人与物、物与物之间构成信息传输和控制的平台,这就是被称为继计算机、互联网之后掀起信息化发展第三次高潮的物联网(the Internet of things,IOT)技术。

如果说计算机技术的出现和发展实现了人-机之间的直接对话,互联网技术的广泛应用满足了人-人之间的快速交流,那么物联网的出现将实现人-物交流、物-物交流的场景。每天清晨,公文包会提醒你不要忘记带上重要的文件;洗衣机会自动根据放入衣物的质地和颜色选择清洁剂的投放量和洗涤时间;家里的窗户会在大雨来临之际自动闭合;房间里的灯光会根据天气情况的变化调节亮度;手中的遥控器可以随时随地操控家中的电器,等等。物联网将人类社会与物理系统进行整合,通过控制中心对网络内的人员、计算机、设备和基础设施等进行实时控制和管理,提高资源利用率和生产力水平,改善人与自然的关系。

1.1.1 物联网的定义

物联网的概念最早出现在 1995 年,比尔·盖茨在《未来之路》中首次提到"物联网"的设想,只是受限于当时无线网络、硬件和传感设备的发展状况,这一设想并未引起重视。1998年,美国麻省理工学院(MIT)提出被称为电子产品编码(electronic product code,EPC)的物联网构想,并在随后的 RFID(radio frequency identification)技术研究中,将 RFID 与互联网相结合提出 EPC 的解决方案,即在物品编码、RFID 技术和互联网的基础上,建立把所有物品通过射频识别等信息传感设备与互联网连接起来、实现智能化识别和管理的物联网。这是物联网最初的定义。

2003 年,美国的《技术评论》(Technical Review)杂志提出传感器网络技术将是未来改变人们生活的十大技术之首。2005 年,国际电信联盟在突尼斯召开的信息社会世界峰会上,发布了《ITU 互联网报告 2005:物联网》,正式提出物联网的概念。报告指出,无所不在的物联网通信时代即将来临,通过在各种各样的日常用品上嵌入一种短距离的移动收发器,人类将获得与传统通信交流方式不一样的沟通渠道,在任何时间、任何地点,人与人的沟通连接将扩展到人与物、物与物的沟通连接。世界上的所有物体,大到房屋建筑、道路桥梁,小到毛巾牙刷、杯盘碗筷,都可以通过互联主动交换它们的感觉和信息。在这种场景下,射频识别技术、传感器技术、纳米技术和智能嵌入技术将得到更加广泛的应用。

图 1-1 所示为一个典型的物联网应用场景。

简单来说,物联网就是物物相连的互联网。一般认为,物联网的概念包括狭义和广义两种。狭义的物联网概念从物联网的实现技术出发,认为物联网是通过传感器、RFID 等传感技术和识别技术实现人与物、物与物信息交流的网络,无论是否接入互联网都属于物联网的范

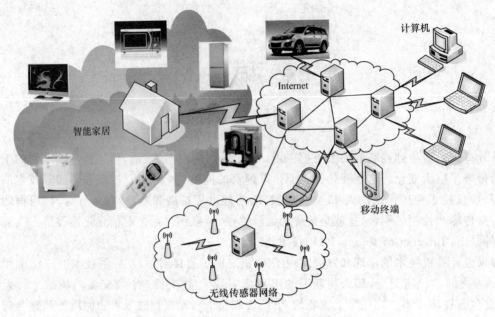

图 1-1　物联网中的物物相连

畴。广义来说,物联网是能够实现任何时间、任何地点、任何人与任何物之间进行信息交互的网络,这是对互联网未来技术的延展,也称为未来的互联网或泛在网络。

随着物联网技术的发展和对未来应用的展望,广义的物联网概念更多地被人们接受。目前,一种被广泛接受的物联网的定义为:物联网是指通过传感器、射频识别技术、红外感应器、激光扫描器和全球定位系统等信息传感设备,实时采集并获取物体的声、光、热、电、位置等信息,并利用各种方式将物体接入互联网中,在物体之间进行信息的交流和传送,以达到对物体的感知、定位、监控、管理等目的的一种网络。

物联网的核心思想是实现物-物连接,不仅要实现连接和操控,更要通过新技术的扩展改变传统网络的工作模式,赋予其新的含义,实现人-物交互、物-物交流。

1.1.2　物联网的概念解析

从物联网的定义可以看出,物联网仍以互联网为基础和核心,是在互联网的基础上通过延伸和扩展产生的一种网络,物联网的用户端由互联网中的人扩展为一般物品,可以在任何物品和物品之间进行信息交换。此外,物联网还是一种具有智能属性的网络,能够进行智能控制、自动监测和自动操作。

互联网的基本功能是在人与人之间建立沟通的途径,使人与人的交流更加便捷和顺畅,实现资源快速广泛的共享。物联网在互联网的接入方式和端系统上进行了延伸,利用射频识别技术和无线传感器网络技术等使物品具有自我表达能力,进而构建一个物物相连的网络信息系统,实现人与物、物与物之间信息交流和资源共享。因此,物联网也可以看作是互联网在功能服务上的扩展。

欧盟委员会对物联网进行了如下描述,物联网是一个动态的全球网络基础设施,它具有基于标准和互操作通信协议的自组织能力,其中物理的和虚拟的"物"拥有身份标识、物理属性、虚拟特性和智能接口,并与互联网无缝连接。

IBM 公司在"智慧地球"概念的基础上,对物联网的概念进行进一步的解读。智慧地球通过将感应器设备嵌入公路、桥梁、建筑、供水供电系统、输油输气管道等基础设施中,利用云计算方式和中心计算机群,整合物理世界的资源,实现网络内人员、机器、设备和基础设施的管理和控制,在此基础上,以更加准确和灵活的方式管理生产和生活,提高资源利用率,促进生产力提升,实现人与自然和谐发展。

因此,物联网技术的本质是将世界上的人、物、网与社会融合为一个整体,将人类社会的所有活动,包括经济活动、社会活动、生产活动和个人活动等融合到统一的物联网基础之上运行,构成一个动态的全球信息基础设施。

物联网的终端接入设备从互联网中的计算机和一般计算设备扩展到了各种基础设施和日常用品,使参与网络交互的实体更加丰富,网络发挥作用的范围更加广泛,互联网的服务更加普及和多样化。但是,并非任何物品都可以作为终端设备加入物联网当中,加入物联网的设备必须满足以下基本要求:

1) 具有感知能力

物联网中的"物"与一般物品的不同是具有自主表达能力,能够将它周围的情况及自身的感受明确地表达出来,并作为物联网处理和传递的信息。传感器技术是使物品具有感知能力的重要技术之一,嵌入物品中的各类传感设备是物品的重要感觉器官。通过传感器网络,物品及其周围的环境情况被实时采集,并利用无线网络将这些采集到的信息传递出去,实现物品的自主表达。因此,传感网往往被人们称为物联网。事实上,它是物联网的一种具体实现方式。随着传感器和无线传感器网络技术的发展,许多传感网已经在现实世界中得到了有效应用,并在多个领域内发挥重要作用。这些传感网的应用实例也正是物联网的早期应用。

RFID 是一种重要的感知技术,它是一种非接触式的自动识别技术,通过射频信号自动识别目标对象并获取相关数据,识别工作无需人工干预,可工作于各种恶劣环境。RFID 技术可识别高速运动物体并可同时识别多个标签,操作快捷方便。近年来,随着微型集成电路技术的进步,微型智能 RFID 标签技术得到快速发展。安装在物品上的 RFID 标签中存储物品的基本信息,当该物品进入磁场后,阅读器通过发射特定频率的无线电波传输能量给标签,驱动标签电路将内部的数据送出,此时阅读器便依序接收解读数据,并送至中央信息系统进行有关数据处理。RFID 技术可以广泛应用于物流和供应链管理、生产制造和装配、航空行李处理、邮件和快运包裹处理、文档追踪、图书馆管理、动物身份标识、运动计时、门禁控制、电子门票、道路自动收费等领域,还可以根据客户的需求进行定制化的生产,以满足用户的各种需求。

除此之外,红外线识别、模式识别等也是物联网中的重要感知技术。

2) 具有通信能力

具有感知能力的物品不仅要有感觉和表达能力,还要能够把它的感觉告诉其他人或物品,这就需要物品具有一定的通信能力,能够把感知到的信息传递出去。无论物联网是构建在局域网上还是互联网上,若要实现通信,参与通信的终端就必须具有收发数据的能力,即在物品上要有数据发送器和接收器。对于收发的数据,物品还必须能够暂时存储以保证信息处理的顺利进行,因此,这些物品上一定存在着某一形式的存储器。在与网络中其他终端进行通信的过程中,通信双方遵循统一的通信协议是通信工作的基础,无论物品采用传感器还是 RFID 标签作为其感觉器官,都需要遵循适合其工作的相应的通信协议。

3) 能够被识别

在网络通信中,通信双方必须在网络中具有唯一标识,以便通信过程中对发送方和接收方的正确识别,确保数据的正确发送和接收。接入物联网中的物品是通信的参与者,这些物品必须具有可被识别的编码。在组建物联网系统时,需要给具有感知能力的物品进行标识认定。对于传感器,首先将传感器编号,然后将带有编号的传感器安装在指定位置上,成为传递传感信息的主体。如果物品采用 RFID 技术进行智能感知,那么物品的编号将和物品的基本信息一起写入 RFID 标签中进行存储,利用 RFID 阅读器可以读出物品的编号,进而确认物品的身份。当所有的物品都具有可被标识的编号之后,就能够通过无线网络或互联网随时掌握具有不同编号的传感器或 RFID 标签目前所处的位置,读取物品传递出来的信息,并将信息传送给中央处理设备。利用中央处理设备的计算能力和数据分析能力,可以明确接下来对物品的操作,将相应的控制信息发送回指定编号的传感器或 RFID 标签。

　　4)可以被控制

　　物联网中的物品都具有智能性,除了利用各种感知技术使物品可以表达它们自身的情况和周围环境的相关信息外,它们还需要能够完成双向的信息交流,即除了发送传感信息和标签信息外,还能够作为通信的接收方接收由控制设备发送给它们的控制信息,并按照控制指令完成相应的操作。比如,一套安装了传感器的照明系统,在周期性地将当前环境的亮度信息发送给中央控制器的同时,中央控制器会根据实时的环境光线情况来向照明灯具发出控制信息,如果光线过暗,控制器会要求照明系统调高照明光线的亮度,如果光线过亮,控制器会发出要求照明系统降低光线亮度的控制信号。因此,照明系统必须能够接收控制器向其发出的控制信息,并依照控制命令的要求完成相应的操作。为了对控制信息进行识别并遵照信息执行动作,物联网中的物品需要嵌入基本的数据处理单元,并安装简单的操作系统和具有针对性功能的应用软件,通过硬件与软件的协同工作最终实现人-物交流或物-物交流。

　　物联网概念的出现彻底改变了人们的传统思维。过去人们总是将计算设施与实际的设施分开对待,通常认为处理数据的是专门的 IT 设施,比如计算机和互联网,而基础设施,比如建筑物、道路、桥梁仅仅是没有感觉和思想的静态物体。而在物联网时代,这些冷冰冰的钢筋混凝土等基础设施将与处理芯片、特定网络整合为统一的基础设施。由此看来,这些统一的基础设施更像是一个地球工地,世界就在它上面运转,其中包括社会管理、经济管理、生产运行乃至个人生活。

1.1.3　物联网的早期应用

　　物联网的思想是在普适计算思想上发展而来的。普适计算的思想由 Weiser 在 1991 年提出,并从 20 世纪 90 年代后期开始被广泛关注。它描述了一种无处不在、以人为本的计算模式,计算真正为人的需求而存在和服务,在任何时候任何地方,人们都可以根据自己的需要通过合适的终端设备获取,无需刻意感知的计算资源。大部分物品上都装有被动式的识别标签,它们可以被自动识别和定位,利用大量安装在物品中的传感器,物品可以随时将它们的“感觉”传递出来。在此基础上又出现了泛在网络和智能感知等概念,尽管概念的具体内容不同,但它们的理念都是一致的。

　　在物联网世界中,物体通过感知技术获取自身及周围环境的信息,利用通信技术传递这些信息,并提供对其进行进一步控制和处理的建议方案,这使人和物体的关系从以往的由人单方面主动发出控制管理命令转变为人与物体通过互动交流来协作完成控制管理。这种由物体主动发出的交流信息可以帮助人们更好地了解物体的现状,有针对性地制定出合理的决策,高效地对其进行控制和管理。例如,在商品生产流通领域,用于识别商品身份的条形码技术已经成熟,通过印制在商品上的条码,每件商品的身份都会被唯一识别,这在商品的仓储、零售、物流运输过程中发挥了重要的作用。随着物联网技术的发展和应用,在全球范围内对每件商品实施跟踪监控,从商品的生产、配送、仓储、销售等环节全程对其进行跟踪管理,能从根本上改变传统的商业运作模式,用最大化的效率实现商品零售、物流配送和定位跟踪管理。这种新的模式从根本上改变了供应链流程和管理手段,生产商根据分布在世界各地的商品销售网点获取商品的实时销售和使用情况,并根据这些信息及时调整其生产策略、生产量和供应量。根据物品历史信息的查询和分析,销售部门可以及时更新库存管理策略,制定新的销售计划和商品推广策略。而分布在世界各地的零售商根据每个商品上的身份标识可以清楚地了解商品由生产、包装到配送运输的完整历史过程,进而充分了解商品的基本属性及其品质。

尽管从物联网概念的诞生至今只有十几年的时间,但物联网的应用早已出现在我们身边,而且表现形式多种多样。

目前,拥有用户最多的移动终端设备是手机,随着 GSM、GPRS 和 3G 技术的相继开发和应用,由大量手机构成的物联网成为最早也是目前最大的物联网应用。手机及其内置的摄像头、听筒、麦克风构成了物联网的传感器和反应控制器。手机网络服务得到了快速发展,而且越来越多的人使用手机访问互联网。如此庞大的用户群构成了今天最简单也是最庞大的物联网。

RFID 技术是物联网中实现物品对信息采集处理的重要技术之一,利用 RFID 技术建立的物联网也早已出现在了我们的生活中。中国的第二代居民身份证项目被称为全球最大的电子身份证项目,身份证中嵌入的 IC 卡芯片就是典型的 RFID 技术的应用。每个居民的个人信息都写入内嵌的芯片,通过射频仪和阅读器的合作实现对居民身份的识别。此外,RFID 技术还被大量应用到各种 IC 卡的制作上。比如公共汽车上使用的公交卡,在公司中具有考勤和门禁功能的员工卡,还有各种社保卡、医疗卡、就餐卡等。这些卡片的工作都是通过芯片发出无线射频信号,由阅读器对其进行感应识别来完成的。

图 1-2 所示是一个典型的考勤卡应用示意图。

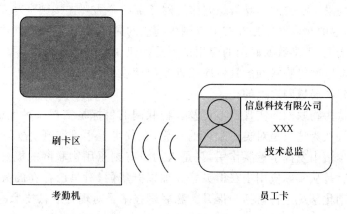

图 1-2 考勤卡应用

除了 RFID 技术,模式识别技术和二维码技术也是构成简单物联网的主要技术。模式识别的一个典型应用实例是指纹识别。很多品牌的笔记本电脑都带有指纹识别功能,通过指纹完成进入系统的身份验证,最大限度保证了计算机内资料的安全性。二维码又称 QR(quick response)码,采用按一定规律在平面(二维方向上)分布的某种特定的几何图形构成的黑白相间的图形记录数据符号信息,在代码编制上利用构成计算机内部逻辑基础的"0"、"1"比特流的概念,使用若干个与二进制相对应的几何形体表示文字数值信息,通过图像输入设备或光电扫描设备自动识读以实现信息自动处理。由于二维码能够在横向和纵向两个方位同时表达信息,因此能在很小的面积内表达大量信息。目前,很多印刷品上都印有 QR 码,比如火车票、飞机票等,通过摄像头和模式识别软件,可以方便地识别车票持有人的信息。如果在物流快递的物品上标有 QR 码,在整个物流过程中都可以通过对 QR 码的识别,将物品信息通过网络在公司的中心数据库中进行查询,以完成对其全程管理。

1.1.4　物联网认识的误区

物联网概念是从对物联网功能的需求和实际应用中总结得来的,在物联网技术发展的过程中,物联网的概念也在不断地丰富和完善,不断融入人们对物联网技术新的理解和认识。目前,关于物联网的认识还存在着一些误区,主要有以下几个方面:

误区之一　传感网或 RFID 网等同于物联网。无论是传感技术还是射频识别技术,它们都是构建物联网过程中物品感知技术的具体实现手段。除了传感技术和射频识别技术之外,红外线技术、模式识别技术、激光扫描技术、GPS 技术等都可以作为信息采集技术应用到物联网中。因此,传感网或 RFID 网只是物联网的一种典型应用,并不是物联网的全部,不能把传感网或 RFID 网简单地等同于物联网。

误区之二　将物联网认为是互联网在地域上的无限延伸。物联网是在互联网基础上建立起来的,但并不是对互联网无边无际的扩展。在物联网中,并非所有物品都能在互联网的公共平台上实现全部互连和全部共享。在互联网中,有广域网和局域网之分,有公用网和专用网并存,并不仅仅是通常认为的覆盖全球的资源共享的计算机网络。物联网对互联网的延伸主要是将互联网的面向对象由人延伸到物,将互联网的功能由在人-人之间传递信息延伸到在人-物之间、物-物之间实现信息的交流。在覆盖范围方面,物联网也和互联网一样具有广域覆盖和局域覆盖之分。物联网主要是针对具体场景下的应用组建的,只需要根据应用的需求将同一应用和同一场景下相关的物品组织起来。对于那些不需要连接到全球互联网共享平台上的应用来说,其组建的物联网就是在有限范围内构成的局部网络,物品之间在该局部网络范围内实现互连。事实上,大多数物联网的应用都不是构建在全球互联网共享平台上的,像智慧物流、智能交通、智能电网等物联网的具体应用都是组建在专用网络中,而智能家庭、智能小区、智能办公等是构建在局域网之上的。

误区之三　认为物联网的实现遥不可及。物联网的目标是实现一种无处不在、物物相连的网络,因此,有人认为这只是对美好未来的幻想,在技术上很难实现。实际上很多物联网的典型应用已经在生活中发挥了重要作用,只是人们没有刻意用物联网的概念去描述它们。物联网的很多理念就是从实际应用中获得灵感并加以升华的,对早已存在的具有物物互连的网络化、智能化、自动化系统进行概括和提升。物联网技术是对现有信息技术进行整合并加以创新的。

误区之四　把所有可以互动、通信的产品互连都当作物联网的应用。近几年来,各国纷纷加快物联网技术研究的步伐,围绕物联网衍生出很多新兴的研究领域和产业。为了迎合物联网的热度,有些人将一些简单的仅能实现通信的设备都归纳为物联网的应用范畴,比如,一些仅嵌入了传感器的家电就号称为物联网家电,产品贴上 RFID 标签就是物联网的应用等。

从根本上了解物联网技术产生的动因、相关技术的实现方式及物联网技术的应用载体,正确认识物联网,将有助于人们对物联网技术发展和应用的理解。

1.2 物联网与互联网

互联网作为一个信息产业发展中的重要标志,人们总是将物联网与之相提并论。物联网的建立是否需要互联网作基础?物联网与互联网提供的网络服务存在什么样的差异?物联网最终是否能取代互联网?这些问题最终归结为互联网与物联网是怎样的关系问题。从目前互联网的发展现状来看,在互联网发展的前 30 年中,其主要功能是把通信和信息网络化,使人们可以通过关键字的检索获取遍布全球的资源。而在信息网络化之后,无论是信息的来源还是信息的获取者,其挑战都是如何能将网络中的信息最大化。如果可以通过网络将物理世界中的一切事物都连接入网,把温度、湿度、位置等物理世界中的因素进行存储并通过网络传递,最终完成信息的融合和计算,以对物理世界中的相关事物进行了解和控制,那么这样的网络就是物联网。

1.2.1 互联网是物联网的实现基础

40 多年前,互联网的前身 ARPAnet 在美国出现并投入使用,成为现代计算机网络诞生的标志。ARPAnet 首先应用于军事领域,目的是为军事研究和战争服务。它的主要构建思想是网络必须经受得住故障的考验而维持正常工作,一旦发生战争,当网络的某一部分因遭受攻击而失去工作能力时,网络的其他部分应能维持正常的通信工作。除此之外,在 ARPAnet 开发的过程中,TCP/IP 协议簇随之研发出来,并最终得到实现。作为 Internet 的早期骨干网,AR-PAnet 的出现和应用奠定了 Internet 存在和发展的基础,较好地解决了异种机网络互联等一系列理论和技术问题。

随后 ARPAnet 分解为民用的 ARPAnet 和军用的 MILnet 两部分,同时,局域网和广域网的产生和蓬勃发展对互联网的进一步发展起到重要作用。其中,最引人注目的是美国国家科学基金会 NSF(National Science Foundation)建立的 NSFnet。它在全美国建立了按地区划分的计算机广域网,并将这些地区网络和超级计算机中心互联起来。NSFnet 于 1990 年 6 月取代了 ARPAnet 而成为 Internet 的主干网。

早期的互联网用户都是各研究机构、科研院校的研究人员和一些特殊领域的专业人员,互联网工作的领域非常有限,其所发挥的作用也仅局限在一些科研领域和一些专门的行业内部,互联网技术对于大多数普通民众来说还是一种高深莫测的技术。但是,随着万维网(world wide web,WWW)技术的出现和浏览器的问世,互联网从只被少部分人操作利用的专业技术转型为可以被大多数普通人使用、进而改变人们生活方式的一种新技术。随着互联网技术应用的普及,人们很快发现在这个陌生世界中存在实时通信、信息共享、远程服务等方面的潜力,于是商业机构纷纷进入,世界各地的企业也开始寻求在互联网中的发展空间。

互联网技术的应用缩短了时空距离,大大加快了信息的传递速度,使社会的各种资源得以共享;同时,在互联网的应用中创造出更多的机会,可以有效地提高传统产业的生产效率,有力地拉动消费需求,促进经济增长,推动生产力的进步。另外,互联网还为各个层次的文化交流提供了良好平台。今天,互联网已经成为人们生活中不可或缺的一部分,受其影响,人们的工作、学习、娱乐、消费等很多传统的生活模式都发生了根本性变化,而这些变化使人们的生活在信息化的世界里越来越高效,越来越便捷。互联网给世界带来了非同寻常的机遇,使人类在经历了农业社会、工业社会之后全面迈进信息社会,信息成为继材料和能源之后的又一重要战略资源,它的有效开发和充分利用成为社会和经济发展的重要推动力,它正在改变着人们的生产方式、工作方式、生活方式和学习方式。图 1-3 所示为互联网的网络结构图。

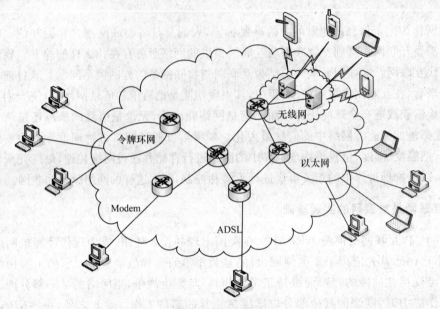

图 1-3　互联网结构图

互联网的发展经历了研究网、运行网和商业网三个阶段,目前,正以惊人的速度向前发展。至今还没有人能够知道互联网的确切规模,因为它的发展从未停止。互联网技术的意义并不仅在于它规模的迅速扩大,而在于它提供了一种全球性的信息基础设施。在知识经济时代的今天,信息产业已经发展成为世界发达国家新的支柱产业,成为推动世界经济高速发展的新的源动力,互联网已经构建了全球信息高速公路的雏形,未来的互联网将在更多业务领域扩展,融合更多信息技术,构建出一个包含更多服务的更大的信息平台。

继互联网技术掀起信息产业发展的第二次浪潮之后,物联网的出现被寄予厚望,成为未来信息技术发展的主要源动力。物联网概念的提出是在两个主要因素下实现的,①随着生产工艺的不断改进和提高,物质生产科技发生了巨大变化,这使得在物质之间构建联系的渠道不再是工艺实现上的难题;②计算机技术和通信技术发展迅速,各种移动终端开始加入互联网中,互联网中的通信节点已经由传统的计算机扩大到所有具有通信功能的移动设备,人类对信息技术的追求从对信息积累搜索功能的互联网方式逐步向对信息智能判断的物联网方式迈进。如果互联网是将同一个物质的多个信息源头提供给人们,那么物联网就是提供给人们多个物质的多个信息源头,使获得的信息更加全面、更加灵活。

物联网既然称为网,其工作就离不开通信网络。从物联网的定义看,物联网是在互联网的基础上建立起来的,在其工作过程中,充分利用互联网的通信资源完成信息的交流和传递。事实上,物联网可利用的网络很多,不同的物联网应用会产生不同的网络需求。在智能家居中,可以利用局域网完成对房间内家用电器和家具的控制;在智能电网中,需要利用电力专用网传递终端设备采集来的传感信息;在智能物流中,由于物品流动范围的广泛性和不确定性,需要借助全球化的网络实现对物流商品的实时监管和控制。通常互联网最适合作为物联网的基础网络,特别是当物联网中的物物相连范围超出局域网的工作范围时,作为全球最大的公用网,互联网是最常用的通信网络。物联网本身是一种全球性的概念,但在具体的物联网应用上,却往往具有行业性和区域性。虽然物联网的涉及范围可以遍布全世界,但却不是全世界任何一个人、任何一个设备或物品都可以随意加入的。事实上,物联网更像是在互联网的基础上面向某些任务而专门组建的专用网络,因此,可以把它看作是在互联网上的一种业务或应用。

互联网目前所使用的通信技术都可以支持物联网的信息传输,因此不需要为物联网专门建造基础的通信网络,但物联网所需要的底层感知技术和上层的智能信息处理技术是传统的互联网所不具备的,所以,在物联网的实现过程中互联网为其通信服务提供了基础,而物联网的真正实现还需要融合更多的信息技术。

1.2.2 物联网是对互联网的扩展和延伸

虽然互联网目前仍在蓬勃发展,但随着互联网普及率的不断提高,其发展空间也将越来越小。因此,人们开始寻找一种新的技术以便为信息产业带来更大的发展空间,创造出更大的经济效益。物联网被认为是未来网络技术发展的新亮点,随着物联网技术的研究与应用,一个庞大的新兴产业即将诞生。据权威咨询机构预测,到 2020 年,世界上物联网业务将达到互联网业务的 30 倍。因此物联网也被称为继计算机、互联网之后世界信息产业的第三次浪潮。

物联网技术的目的是将物品接入网络,在网络的范围内实现人-人、人-物、物-物之间的交互,这种交互借助互联网,在适当的平台上完成信息的获取或指令的传递。物联网的本质不仅要以物联网,而且要通过加入新的信息技术手段,赋予网络新的含义,实现人与物、物与物之间的融合和互动,甚至是交流和沟通。所以物联网不是互联网的翻版,也不是互联网的一个接口,而是对互联网的扩展和延伸。物联网将完成互联网无法完成的任务,实现互联网不能实现的功能,具备互联网所不具备的特性。

物联网对互联网的扩展和延伸主要体现在以下几个方面:

1)用户端的延伸

互联网是人与人通过计算机连接而成的全球性网络,互联网的主要用户是人,主要功能是实现人与人之间信息的沟通、交流和共享。对于网络来说,将多个节点连接在一起并不是重点,网络的根本目的在于通过这些连接能够让信息在全网之中实现交流和共享。在互联网中,接入端虽然是计算机等具有数据处理和通信能力的终端设备,但信息交互的意愿和行为最终还是由人发出,所以说人才是互联网真正的用户端。然而,在物联网中接入网络的主体由人延伸到除了人之外的一般物品,信息交流与获取不再是人类的专属特权,所有接入物联网的物品都能够独立地完成信息交互的工作,实现真正的人-物交流、物-物交流。物联网的用户端由互联网中的"人"延伸到了物联网中的"物"。

2)构建网络技术的扩展

互联网搭建了一个全球范围的信息传送平台,在任何时间、任何地点都能够实时顺畅地进行信息交流。获取网络资源是互联网技术的主要目的,因此,通信技术是构建互联网的主要技术。为了满足人们对互联网日益增长的需求,互联网通信技术也在不断地发展以适应新的应用。传输媒体由导向媒体发展为非导向媒体,导向传输介质的生产工艺不断革新,传输质量日益提高;非导向传输通信协议不断改进,传输的可靠性不断提高。互联网中所传递的信息也由最初的字符信息扩展到了今天的图像、声音、视频等多媒体信息。无论今天互联网中传输的信息类型如何,这些信息的采集和处理都是由人来控制的。比如,将一段视频通过互联网发送到远程的服务器上进行共享,发送者首先要将视频资料存储到一台联网的计算机中,然后再利用网络服务程序将其传送到服务器上。需要获取该共享视频的用户可以通过另外一台联网的计算机访问远程服务器,下载和观看视频资源。在整个过程中,信息的采集工作由发送者完成,通过网络获取的信息最终由资源下载的用户来处理,信息处理的始末都需要人的参与。但是,在物联网中物品是网络的主要参与者和服务对象,因此,物联网中信息的处理完全由联网的物品来负责,这就需要更多的技术支持。

一般认为,物联网主要由三部分组成,即底层是信息获取,中间是通信网络,上层是信息处理。中间层的通信网络可以借助互联网的基础设施和架构实现,但底层的信息获取技术和上层的信息处理技术都需要扩展。由于物联网中的物品具有自主的全面感知能力,这些能力通常是利用传感器、RFID、二维码、GPS等技术手段来实现,这些技术大多是互联网原来不包含的。在获取到物品的感知信息之后,由于上层所面对的信息处理者仍然是物品,所以必须利用相关的信息处理技术对获取的信息进行智能处理,这就需要利用云计算、模式识别等各种智能计算技术,对海量的数据信息进行分析和处理,实现智能化的决策和控制,这些智能计算技术同样是对互联网的扩展。

3) 服务的扩展

互联网所提供的服务主要集中在信息及其应用方面,比如文件传输、信息检索、在线聊天、视频点播等。与互联网相比,物联网所提供的服务更多。全面感知、可靠传送和智能处理是物联网的基本特征,所以物联网的服务除了信息交互外,更丰富了信息获取的方式和途径,利用各种感知技术可以采集到传统的人工采集方式难以获得的信息。另外,通过对感知信息的智能处理,实现对物品的在线控制也是物联网服务的重点工作之一,在物-物连接的场景下,无需人类的干预就可以实现对物品的管理和控制,例如,智能电网和自动收费系统等。

4) 应用范围的延伸

物联网作为一种新兴的物品信息网络,与互联网相比其应用领域更加广泛。从社会管理、经济管理到生产运行,乃至个人生活,物联网都可以发挥其强大的作用。在物联网时代,大到钢筋混凝土,小到计算机芯片,都将被整合为统一的基础设施,就像是一个巨大的工地,世界就运行在它上面。物联网应用领域的扩展将彻底改变人们的生活。

从互联网的发展过程可以看出,合作性与开发性是互联网应用的主要特征。因为其开放性,各行各业无数的创新者通过互联网的平台获得成功,实现他们的梦想,同时也营造了互联网今天这种多姿多彩的局面,在各个领域发挥作用、创造价值;因为其合作性,互联网的效用得到倍增,在当今的经济社会中更符合运作原则,使其具有得天独厚的竞争力,促使多种传统行业逐渐被其取代而退出历史舞台。而作为互联网的扩展和延伸,物联网在提供服务和应用方面都比互联网更为丰富多样,必然会产生更多的需求和机会,同时也会创造出更大的效益。

1.2.3 物联网与互联网特性的差别

物联网是利用各种感知技术和智能计算技术与互联网相结合而产生的一种新兴网络,它以互联网为基础设施,但又在多个方面对互联网进行扩展,因此,在其特性上物联网与互联网具有明显的不同,主要体现在以下几个方面:

1) 终端更多样

互联网中的连接终端主要是计算机,当然现在也有一些移动通信设备,如手机、PDA等。

但是,在物联网中这些还远远不够。日常生活中的大量物品,大到道路、桥梁、房屋、汽车,小到电视、冰箱、热水器,甚至是毛巾、钥匙等,所有这些物品都可以作为终端加入物联网中。与互联网相比,物联网中终端的数量和种类更多。

2) 感知更智能

既然普通的物品都加入了物联网,那么这些物品就必须具有信息交互的能力。通过在各种物品上嵌入感知设备,物品就变得有"感觉"了。比如,家里的电灯能够感应出当前室内的光线强弱,并根据光线强弱情况调节灯光的明亮程度;汽车行驶到收费站,收费站能够感知汽车在高速公路上的行驶距离,并根据该距离从驾驶员的银行账户上收取相关的费用,等等,这些都是互联网难以做到的。物品的这种自动感知和主动表达就好像人类的语言,通过这种特殊的语言,人和物品、物品和物品之间就有了沟通的途径,可以进行对话和交流,进而了解对方的特点和变化情况。

3) 应用更专业化

物联网的出现是伴随着人们的实际应用需求而产生的,因此,物联网在构建时也是从具体的应用出发,利用互联网的通信资源,结合各种感知技术和控制技术,在不同的应用领域里发挥作用。由于不同的应用领域对网络应用需求和服务质量的要求不同,物联网中的终端又都是资源受限的一些物品,因此,只有通过专门的感知和通信技术才能满足应用的要求,而同样的构建模式在其他应用领域中就可能因为需求的不同而无法复用。例如,应用在电力网络中的物联网不适用于智能家居,应用在仓储物流领域的物联网也不能移植到交通领域中使用。物联网的这种应用的特殊性和专用性使其无法像互联网那样在全球建立统一的网络,物联网的应用都是专门针对某一应用领域的需求而设计的。

4) 网络更可靠

在物联网的很多应用中,其联网控制设备都是该系统中的关键设备,对这些设备控制的正确与否会影响到系统能否正常工作。因此,物联网对网络的稳定性和可靠性要求更高,像互联网中经常出现的数据丢失和传输错误等情况,在物联网应用中必须采取相应的技术手段避免和杜绝,否则可能会造成巨大的损失。例如,智能电网中对供电系统中主要设备发出错误的控制指令,可能会导致电网瘫痪;远程医疗中患者的一条信息如果被错误传送,可能危及患者生命。因此物联网必须保证高可靠的传输。

尽管物联网与互联网有着诸多不同,但从信息化的发展角度来看,物联网的发展与互联网是密不可分的。在未来的发展中,互联网新技术的出现也将推动物联网的应用进程。

1.3 物联网系统的基本构成

1.3.1 物联网的体系结构

作为互联网的延伸和扩展,物联网在构成上沿用了互联网的分层次体系结构,从功能和技术方面对原有的互联网体系结构进行了扩展。一般认为,物联网的体系结构主要分为三个层次,即感知层(泛在化的末端感知网络)、网络层(融合化的网络通信基础设施)和应用层(普适化的应用服务支撑体系)。其中感知层好像物联网的皮肤和五官,主要负责信息的采集和对物体的识别工作。网络层相当于物联网的神经中枢和大脑,负责将感知到的信息进行传输和处理。应用层是物联网的社会分工,根据各行业对物联网的需求实现广泛的智能化。物联网的体系结构如图 1-4 所示。

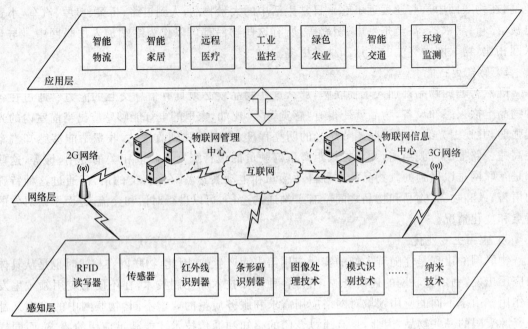

图 1-4　物联网体系结构

1.3.2　泛在化的末端感知网络

泛在化的末端感知网络的主要任务是信息感知。所谓的泛在化是指无处不在的。物联网是物物相连的网络,网络的接入终端是各种各样的物品,这些物品连入物联网的前提是具有智能感知能力。传感器技术、RFID 技术、模式识别技术等各类感知技术的应用使物品有了"感觉",并且可以将它们的"感觉"通过特定的手段和方式"表达"出来,使人们能够及时了解和掌握它们的情况。相对于通信网络来说,由物品及其感知设备构成的用于获取环境信息的网络只是一种用于数据获取的端系统,它就像是神经系统中的末梢神经,只产生数据而不负责将数据传送出去。

物联网的感知层主要以各种感知技术为支撑基础,结合相应的控制手段完成物品的智能感知与表达工作。采用的主要感知技术包括传感器技术、RFID 技术、模式识别技术、图像处理技术、无线传感器网络技术和纳米技术等。

传感器是感知物品信息的主要手段,作为物联网主要的技术基础之一,物联网对传感器提出一些新的要求。在产品方面,要求传感器产品体积小、成本低、质量轻、功耗低;在技术方面,要求有材料科学、机械设计与加工工艺、检测技术、光学技术、电子电路设计技术、可靠性工程等支撑;在传感器指标方面,对测量范围、精确度、分辨率、灵敏度等有严格要求。用于采集信息的传感器与通信网络相结合构成信息感知体系是物联网应用研究的主要内容,其中起到关键推动作用的是无线传感器网络。作为物联网现阶段发展核心的无线传感器网络,具有成本低、适用范围广、部署灵活等特点,它需要大量的新型传感器,不仅要求具有传统传感器的基本功能,还必须具有低功耗和适应无线应用等特点。

RFID 技术是一项利用射频信号通过空间电磁耦合实现无接触信息传递并通过所传递的信息达到物体识别的技术。它主要由三部分组成,即电子标签、阅读器和天线。其中电子标签芯片具有数据存储区,用于存储待识别物品的标识信息。阅读器的功能是将约定格式的待识别物品的标识信息写入电子标签的存储区中(写入功能),或在阅读器的阅读范围内以非接触的方式将电子标签内保存的信息读取出来(读出功能)。天线用于发射和接收射频信号,往往内置在电子标签或阅读器中。当电子标签进入阅读器产生的磁场后,接收解读器发出的射频信号,凭借感应电流获得的能量发送出存储在芯片中的产品信息(无源标签或被动标签),或者主动发送某一频率的信号(有源标签或主动标签)。阅读器读取信息并解码后送至信息系统中心进行数据处理。

模式识别是指对表征事物或现象的各种形式的(数值的、文字的和逻辑关系的)信息进行处理和分析,以对事物或现象进行描述、辨认、分类和解释的过程,是信息科学和人工智能的重要组成部分。简而言之,就是应用计算机来模拟人脑的逻辑思维,对一组事件或过程进行辨识和分类,以实现对物体或现象的区分。这里所识别的事件或过程可以是文字、声音、图像等具体对象,也可以是状态、程度等抽象对象。如语音识别、指纹识别、生物认证技术等都是模式识别的重要应用。模式识别是获取物品信息的技术手段之一,目前已广泛应用于农作物估产、资源勘察、气象预报和军事侦察等领域。

图像处理技术是指将图像信号转换成数字信号并利用计算机对其进行处理的技术。由于计算机的处理速度快,且数字信号具有失真小、易保存、易传输、抗干扰能力强等特点,因此计算机图像处理的应用十分广泛。目前,利用图像处理技术作为感知技术的物联网应用包括公共安全防护、智能交通、工业自动化等领域。

纳米技术不是物联网的专有技术。纳米技术在物联网中的应用主要体现在 RFID 设备、传感器设备的微小化设计、加工材料和微纳米加工技术上。与传统的传感器相比,利用纳米技术制造出的传感器尺寸更小、精度更高,更适合物联网的使用。更重要的是利用纳米技术制作的传感器规模在原子尺度上,这使传感器的理论得到进一步丰富,传感器的制造水平得到提高,应用领域得到拓展。目前,纳米传感器已经在生物、化学、机械、航空、军事等方面得到了广泛应用。

在物联网感知技术领域,目前的研究工作主要集中在如 RFID、低成本传感器等适合大规模应用的技术方面。此外,目前已经大量使用的 IC 卡、磁卡、一维或二维条码识别等也是物联网感知网络中的典型感知技术。随着智能信息技术的不断发展,未来物联网中的智能感知不会局限在目前的 RFID 和传感器上,更多先进的智能感知技术将会出现,比如智能机器人及其在军事、航空航天、防灾救灾、安全保卫及其他一些特殊领域中的应用。通过网络控制装备有各种传感器的智能机器人节点组成的机器人集群,将是未来人类用于感知世界的新手段,智能机器人将会加入物联网当中,成为智能的感知节点。

1.3.3 融合化的网络通信基础设施

融合化的网络通信基础设施的主要功能是实现物联网的数据传输。物联网的通信功能主要建立在现有的通信网络基础设施之上,利用现有的通信手段和通信能力实现智能终端间的数据传输。物联网在通信层采用的通信方式包括无线通信和有线通信两种。目前,用于物联网的通信网络主要有互联网、无线通信网、卫星通信网和有线电视网等。在无线通信网络中,对于小范围的物联网应用,主要使用已存在的短距离无线通信(如蓝牙、RFID 等)标准网络以及组合形成的无线网状网。在覆盖范围大的应用中,无线通信方式则采用 GPRS/CDMA、3G、4G 等蜂窝网以及长距离 GPS 卫星移动通信网。尽管无线通信是物联网的主要通信方式,但在一些特定的应用中,依然需要有线通信网络的支持。短距离有线通信网可以利用各种现场总线(如 ModBus、DeviceNet 等)、PLC 电力线载波等网络。长距离有线通信则需要支持 IP 协议的网络,包括计算机网络、电信网和有线电视网。计算机网络、电信网与有线电视网的三网融合,将充分发挥现有的计算机网络、电信网和有线电视网基础设施的作用,推动网络应用的进一步快速发展,为物联网提供高质量和高水平的网络通信基础设施。

在未来的网络通信中,人对人的这种传统终端通信方式仅占整个终端通信的三分之一,更多的将是机器对机器的通信业务。将无线通信和信息技术有机结合,可以实现机器对机器、机器对移动电话及移动电话对机器三种模式的无线通信。它可以实现双向通信,完成远距离收集信息、设置参数和发送命令等工作,可用于安全监测、远程医疗、货物跟踪等领域。

与传统的互联网相比,物联网由于多种智能终端的接入,其在通信方面的需求则更多一些。互联网中对终端的识别是依据网络层的 IP 地址和数据链路层的硬件地址,而在物联网中,各种末端感知网络和感知节点具有特殊的节点标识,因此,只有增加物联网的标识管理系统才能在互联网中传输物联网的数据或提供服务。物联网通信大多采用无线通信方式,各种接入终端的通信能力和数据处理能力较互联网中的计算机来说更弱一些,因此,从互联网的体系结构上看,完成通信工作的物理层和数据链路层在实现技术上要更多地结合物联网的特点进行改进。

1.3.4 普适化的应用服务支撑体系

普适化应用服务支撑体系的主要功能是对物联网中的数据进行处理并实际应用。物联网的主要特征是智能性,主要体现在协同处理、决策支持以及算法库和样本库的支持方面。要实现这种智能性,物联网必须具备对海量数据进行存储、计算与数据挖掘的能力,这对于物联网的普适化应用是一个挑战。推动物联网实现普适化应用的主要动力是云计算技术。近年来,云计算作为一种新兴的计算模式被提出并迅速从概念走向应用。

云计算是网格计算、分布式计算、并行计算、效用计算、网络存储、虚拟化、负载均衡等传统计算机技术和网络技术发展融合的产物,旨在通过网络把多个成本相对较低的计算实体整合成一个具有强大计算能力的系统,并借助 SaaS(软件即服务)、PaaS(平台即服务)、IaaS(基础设施即服务)、MSP(管理服务供应商)等先进的商业模式把强大的计算能力分配到终端用户手中。云计算的一个核心理念是通过不断提高"云"的处理能力,减少用户终端的处理负担,最终使用户终端简化成一个单纯的输入输出设备,并能按需享受"云"的强大处理能力。云计算以公开的标准和服务为基础,以互联网为中心,提供安全、快速、便捷的数据存储和网络计算服务,目的是让互联网这片"云"成为每一个网民的数据中心和计算中心。

最简单的云计算技术在网络服务中已经随处可见,例如,搜索引擎、网络信箱等,使用者只要输入简单指令即能得到大量信息。云计算的成功应用之一是 Google 的搜索引擎,它的数据分布式存储在各地的数据中心,当用户发出搜索请求时,可以并行地从数千台计算机上发起搜索并进行排名,将结果反馈给用户。云计算的超大规模、虚拟化、多用户、高可靠、高可扩展性等特点正是物联网规模化、智能化发展所需的技术。

在能力资源共享(包括计算资源、网络资源、存储资源、平台资源、应用资源、管理资源、服务资源、人力资源)、业务快速部署、人-物交互新业务扩展、信息价值深度挖掘等方面,物联网与云计算的结合促进了整个产业链和价值链的升级与跃进。同时,物联网与云计算结合的数据中心需要可靠的虚拟化平台实现支撑,而且对数据中心的规划、建设、运营、维护、管理等工作,以及在节能环保、高可靠性、高可用性、安全性、可管理性和高性能等方面提出更高的要求。

由此可见,云计算适合于物联网的应用环境,其由规模化带来的经济效益对实现物联网应用服务的普适化将起到重要的推动作用。

物联网的应用将主要集中在公共管理和服务、企业应用、个人与家庭三大领域,建立应用于工业生产、绿色农业、智能物流、智能交通、环境监测、远程医疗、智能家居的示范系统,将推动物联网的普适化应用。

1.4 物联网技术的发展

1.4.1 国外物联网的发展现状

1. 美国的物联网发展历程

美国在物联网技术领域的研究走在世界的前列。1991年,美国提出普适计算的概念,它描述了一种无处不在的计算模式,具有随时随地访问信息的能力,并能够通过传感器、嵌入设备等,在不被用户察觉的情况下进行计算和通信。虽然普适计算的研究只停留在概念性和理论性的层面,但却首次提出感知、传送和交互的三层结构,为物联网概念的提出奠定基础。

一些大学和科研机构在无线传感器网络方面展开研究工作。麻省理工学院主要进行极低功耗的无线传感器网络的研究;奥本大学在自组织传感器网络方面展开研究,并完成一些实验系统的研制;宾汉顿大学主要开展移动自组织网络协议、传感器网络系统应用层设计等方面的研究工作;克利夫兰大学移动计算实验室基于IP移动网络和自组织网络对无线传感器网络技术进行研究。除了高等院校和科研院所之外,一些企业也先后开展无线传感器网络的研究。Crossbow公司是国际上率先进行无线传感器网络研究的企业之一,为全球超过2000所高校以及上千家大型公司提供无线传感器解决方案;Crossbow公司与微软、传感器设备商霍尼韦尔、硬件设备制造商英特尔、加州大学伯克利分校等建立合作关系。无线传感器网络技术研究对物联网概念的提出和相关研究的开展起到了重要的促进作用。

2008年,IBM公司提出"智慧地球"的构想,其本质是以一种更智慧的方法,利用新一代的信息通信技术改变现有人与人之间的交流方式,使各种物体都具有交流的能力,扩大信息通信的范围和方式,以获得更高效、更灵活的沟通。2009年1月,IBM公司与美国智库机构信息技术与创新基金会共同向美国政府提交了一份报告,提出一项促进就业的方案,即通过信息通信技术(ICT)投资可在短期内创造就业机会,美国政府只要新增300亿美元的ICT投资(包括智能电网、智能医疗、宽带网络三个领域),就可以为民众创造出94.9万个就业机会。在IBM公司的建议之下,美国政府将宽带网络等新兴技术定位为振兴经济、确立美国全球竞争优势的关键战略,并随后签署了《2009年美国恢复和再投资法案》。该法案希望从能源、科技、医疗、教育等方面着手,通过政府投资、减税等措施改善经济、增加就业机会、促进美国经济复苏,并带动今后的长期发展。其中,在推动能源、宽带与医疗三大领域开展物联网技术的应用是法案中关于物联网技术发展的主要政策。

2010年,美国Digi公司率先在全球推出一种物联网无线构建平台,该平台融合了多种新无线技术(包括ZigBee、Wi-Fi、GPRS、3G等)及典型的物联网应用解决方案等。

目前,美国在物联网技术方面处于优势地位,国际领先的RFID和传感网企业主要集中在美国,尤其是加利福尼亚州的硅谷地区集中了大量的基础芯片和设备企业。在基础芯片和通信模块方面,作为数字嵌入及应用处理半导体解决方案供应商的德州仪器为物联网领域提供ZigBee芯片和移动通信芯片产品。英特尔在物联网领域提供包括Wi-Fi芯片、蓝牙芯片、

WiMAX芯片和RFID芯片在内的多种通信芯片产品。意法半导体、高通、飞思卡尔等芯片企业也可以提供物联网所需的基础通信芯片。此外，Telit、Cinterion等通信模块企业将通信芯片整合成能够独立完成通信功能的模块，可以直接嵌入设备中使其拥有通信能力。在传感网和RFID方面，美国拥有Crossbow Technology、Dust Networks、Eka Systems等全球领先的传感网公司以及AeroScout、Savi Technology、RFCode等国际知名的RFID企业。作为传感网技术的发源地，美国仍然保持在传感技术领域的领先地位。

对于如何推进物联网的发展，美国并没有一个国家层面的物联网战略规划，但凭借其在芯片、软件、互联网、高端应用集成等领域的技术优势，通过龙头企业和基础性行业的物联网应用，已逐渐打造出一个实力较强的物联网产业，并通过政府和企业一系列战略布局，不断扩展和提升产业的国际竞争力。

2. 欧盟的物联网发展历程

欧盟认为，物联网的发展应用将为解决现代社会问题作出贡献，因此非常重视物联网战略。1999年，欧盟在里斯本推出"e-Europe"全民信息社会计划。"i2010"计划作为里斯本会议后的首项重大举措，旨在提高经济竞争力，并使欧盟民众的生活质量得到提高，减少社会问题，帮助民众建立对未来泛在社会的信任感。

2009年，欧盟委员会向欧盟议会、理事会、欧洲经济和社会委员会及地区委员会递交了《欧盟物联网行动计划》，以确保欧洲在构建物联网管理框架的过程中，在世界范围内起主导作用。该行动计划提出促进物联网发展的一些具体措施，包括严格执行对物联网的数据保护立法，建立政策框架使物联网能应对信用、承诺及安全方面的问题；公民能读取基本的射频识别标签，并可以销毁它们以保护隐私；为保护关键的信息基础设施，把物联网发展成为欧洲的关键资源；在必要情况下，发布专门的物联网标准化强制条例；启动试点项目，以促进欧盟有效地部署具有市场化、相互操作、安全、以及隐私保护特性的物联网应用；加强国际合作，共享信息和成功经验，并在相关的联合行动中达成一致；组建欧洲利益相关者代表团以监督物联网的最新进展，定期向欧洲议会和理事会汇报物联网的发展情况。欧盟希望通过构建新型物联网管理框架引领世界物联网的发展，该行动计划的提出标志着欧盟已经将物联网建设提到议事日程上。

2009年10月，欧盟委员会以政策文件的形式对外发布了物联网战略，提出让欧洲在基于互联网的智能基础设施发展方面领先全球。除了通过ICT研发计划投资4亿欧元，启动90多个研发项目提高网络智能化水平外，欧盟委员会还将于2011～2013年每年新增2亿欧元进一步加强研发力度，同时投入3亿欧元专款支持物联网相关公司合作短期项目建设。

目前，欧盟在物联网研究与建设方面的具体行动主要分为两大部分。一方面，欧盟委员会继续加大物联网投入，特别是在微电子、非硅组件、定位系统、无线智能系统网络、安全设计、软件仿真等重点技术领域；另一方面，欧盟委员会将在物联网领域加强与私营企业的合作，以吸引私营部门参与到物联网的建设中。

欧盟认为，物联网的发展将为解决现代社会问题作出重大贡献。健康监测系统将帮助人类应对老龄化问题，"树联网"能够制止森林过度采伐，"车联网"可以减少交通拥堵，"电子呼救系统"在汽车发生严重交通事故时可以自动呼叫紧急救援服务。在物联网应用方面，欧洲M2M市场比较成熟，发展均衡，通过移动定位系统、移动网络、网关服务、数据安全保障技术和短信平台等技术支持，欧洲主流运营商已经实现了安全监测、自动抄表、自动售货机、公共交通系统、车辆管理、工业流程自动化、城市信息化等领域的物联网应用。欧盟各国的物联网在电力、交通以及物流领域已经形成一定规模的应用。欧洲物联网的发展主要得益于欧盟在RFID和物联网领域的长期、统一的规划和重点研究项目。

3. 日本的物联网发展历程

日本是较早启动物联网应用的国家之一。自20世纪90年代中期以来，日本政府先后制定了"e-Japan"、"u-Japan"、"i-Japan"等多项国家信息技术发展战略，重视政策的引导及与企业的结合，对于近期有可能实现并有较大市场需求的应用给予政策支持，对于一些远期规划项目，则以国家示范项目的形式通过资金和政策上的支持吸引更多企业参与技术研发和应用推广。日本政府制定的信息化发展战略，通过对信息基础设施建设不断拓展和深化信息技术的应用，带动本国社会和经济的同步发展。

1999年，日本政府制定"e-Japan"战略，大力发展信息化业务。"e-Japan"战略的实施迅速推进了高度信息化社会的建设，在宽带化、信息基础设施建设及信息技术的应用普及等方面取得了预期的进展。到2005年，成功实现赶超世界信息技术发达国家的目标，成为世界上拥有最先进信息技术的国家之一。在"e-Japan"取得成功之后，为了巩固其在世界信息产业中的领导地位，日本政府转向了IT立国战略的新阶段，提出"u-Japan"战略。

"u-Japan"战略以发展Ubiquitous社会为目标，希望到2010年将日本建设成一个实现随时、随地、任何物体、任何人均可连接的泛在网络社会，实现所有人与人、物与物、人与物之间的连接（ubiquitous、universal、user-oriented、unique，4U）。此战略以基础设施建设和利用为核心，从三个方面展开工作，一是对泛在社会网络基础的建设，希望实现从有线到无线、从网络到终端，包括认证、数据交换等无缝连接的泛在网络环境，国民通过高速或超高速网络获取信息资源和服务；二是ICT的高度化应用，日本将IT扩展为ICT，希望通过ICT的有效应用促进社会系统的改革，解决老龄化社会的医疗福利、环境能源、防灾治安、教育人才和劳动就业等主要社会问题；三是与前两项工作相关联的安全"利用环境整备"问题。

在技术方面，"u-Japan"战略的主要目标是作为世界信息产业的领导者，将泛在网络技术加以实现并应用，把"日本制造"的信息技术推向全世界，成为世界新的信息社会的基本技术。在泛在网络技术的研究开发过程中，主要工作集中在以下几个方面：

（1）开发新的网络技术。主要包括研究开发泛在网络结构和基础实现技术、10兆位级的光子路由器、基于光子数据转换的1000兆位网络技术、第四代移动通信系统、泛在ITS、10亿位级超高速无线LAN技术等，研究开发ETS-ⅤⅢ、WINDS、准天顶卫星，以及下一代卫星通信技术、量子密码技术和量子信息通信网络技术等。

（2）开发安全的ICT技术。包括研究开发网络安全基础技术和下一代IP主干通信回路技术，开展向IP基础高度化的IPV6转移实证试验，研究开发电子标签、感应器应用技术和网络机器人技术。

（3）开发通用的通信技术。包括研究开发人类通信技术（用户状况了解技术、个人适应化技术、通用化技术）、通用平台（自然语言技术、知识信息处理技术、信息内容创造、流通技术）和通用应用（万能终端技术、异机种的通信技术）。

（4）加强竞争性资金补充和官、产、学、民的结合体制。主要是加强地区的研究开发能力，推进研究成果的应用和技术转移，进一步扩充研究推广体制。推进标准化，通过推进ITU-T泛在网络相关技术的国际标准，实现下一代网络的标准国际化，通过支持国际化标准提案等，加强标准化活动,把"日本制造"的优秀技术积极推向世界并使之成为国际标准。

　　为了实现"u-Japan"战略,日本加强了官、产、学、民的有机联合,在具体政策实施上,以民、产、学为主,政府的主要职责是进行所谓的"环境整合",形成官、产、学、民共同参与政策实施的开放性组织管理模式,加强在基础设施建设和标准化等方面的联合协作。2008 年,为了应对金融危机,日本总务省提出将"u-Japan"策略的重心从之前单纯关注居民生活品质的提升拓展到带动产业及地区发展的设想,希望通过一系列 ICT 创新计划,实现短期内的经济复苏以及中长期经济可持续增长的目标,目的是实现产业变革,推动新应用的发展,以电子化的方式联系起人与地区社会,促进地方经济发展,有效应用 ICT 达到生活方式的变革,实现无所不在的网络社会环境。

　　作为"u-Japan"战略的后续战略,2009 年 7 月,日本 IT 战略本部发表了"i-Japan"战略,提出到 2015 年实现"以国民为主角的数字化社会"的目标。"i-Japan"战略中提出的重点发展物联网业务主要聚焦在三大公共事业上,即电子化政务改革、医疗健康信息服务和人才教育与培养。通过数字技术实现新的行政改革,这使行政流程简化和透明,提高工作效率;通过对汽车的远程控制,车与车、车与路边之间的通信,增强交通安全性的下一代 ITS 应用;实现对老年人与儿童的 24 小时监视,实现远程医疗、远程教学、远程办公等智能城镇项目;通过环境监测传感器组网,对环境进行实时监测和管理,控制碳排放量。通过一系列的物联网战略部署,日本还针对国内特点有重点地发展了灾害防护、移动支付等物联网业务。

　　日本的电信运营企业在物联网技术应用方面进行了业务创新,NTT DoCoMo 通过 GSM/GPRS/3G 网络平台推出了智能家居、医疗监测、移动 POS 等业务。KDDI 公司与丰田、五十铃等汽车厂商合作推出了车辆应急响应系统。

　　4. 韩国的物联网发展历程

　　韩国在物联网技术发展方面经历了与日本类似的过程。从 1997 年开始,韩国政府就出台了一系列促进信息化建设的产业政策。目前,韩国是宽带普及率较高的国家。同时,它在移动通信、信息家电等方面也位居世界先进水平。面对全球信息产业的"u"化战略的纷纷出台,2004 年,韩国提出为期十年的"u-Korea"战略,其目标是"在全球领先的泛在基础设施上,将韩国建设成全球第一个泛在社会"。为了实现这一目标,"u-Korea"战略中制定了四项基础环境建设计划和五大应用领域的研究计划。其中四项基础环境建设包括平衡全球领导地位、生态工业建设、现代化社会建设和透明化技术建设,五个主要应用领域是亲民政府、智慧科技园、再生经济、安全社会环境和 u 生活定制化服务。

　　2005 年,韩国推出 U-IT839 计划,与"u-Korea"战略进行呼应,确定八项需要重点推进的业务,其中 RFID 等物联网业务是实施重点。"u-Korea"战略旨在建立一个网络无所不在的社会,将智能网络、最新的信息技术应用在人们日常生活中,构建先进的信息基础设施,使民众可以随时随地享受高科技带来的便利服务。通过"u-Korea"战略的实施,希望在为人们的日常生活带来便捷的同时,能够促进 IT 产业中新兴技术的发展和应用,强化产业优势,提高国家竞争力。"u-Korea"意味着信息技术与信息服务的发展不仅要满足产业和经济增长需要,还要在国民生活中发挥作用,为人们的日常生活带来变化和进步。

　　2008 年,韩国又宣布一项新 IT 战略,重点是将传统产业与信息技术相融合,用信息技术手段来解决经济社会问题,实现信息技术产业的先进化。

　　从 2009 年起,韩国在物联网技术的研发与应用方面开始大规模行动。韩国通信委员会通过《物联网基础设施构建基本规划》，将物联网市场确定为促进经济增长和社会发展的新动力。该规划提出到 2012 年"通过构建世界最先进的物联网基础设施，打造未来广播通信领域的超一流 ICT 强国"的目标，并确定构建物联网基础设施、发展物联网服务、研发物联网技术、营造物联网扩散环境等四大领域中的 12 项具体课题。这四大领域的发展策略包括以下方面：

（1）通过采用各种物联网技术发掘新的服务模式，开发早期的物联网需求，由政府和民间共同构建相关的基础设施。

（2）构建高效率的物联网基础，实现最大化的共享资源，有效利用广播通信资源，避免重复投资并制定相关的防范重复投资的法律法规。

（3）开发出可商用化的物联网平台技术，通过应用进行验证，从实际需求出发将平台的应用扩大到更广阔的领域。

（4）研发具有全球领先水平的技术和标准，包括构建技术、产品开发标准和测试认证标准，完成可商用化协议体系的建立，协助中小企业进行技术验证，培育物联网专门企业。

韩国希望通过 12 个具体课题的推动形成物联网产业的良性循环，即服务进步带动应用效益的增加，同时，服务应用的增加又带动服务进步，如此双向循环，使业者的收益增加，业者便有更多的投资资金来源，进而带动服务应用效益的进一步增加。

2010 年 6 月，韩国通信委员会宣布以政府部门、地方自治政府、公共机构、通信运营商等为对象，征集"基于广播电视通信网的物联网先导示范项目"，最终首尔市提交的"市中心物联网体验服务"、气象厅提交的"采用物联网验证气象信息收集体系的效率型"和 LG 电讯与江陵市提交的"构建基于物联网的绿色城市统一观测系统"等 3 个课题入选。这标志着韩国的物联网服务模式开发项目正式启动。韩国通信委员会计划通过这次活动推动未来物联网服务模式的开发与商用化，从而为实现泛在网络社会与低碳绿色增长作出贡献。

1.4.2　中国物联网的发展现状

物联网这一新兴产业在中国得到了广泛的重视和发展。1999 年，中国科学院开始传感网技术的研究，在无线智能传感器网络通信技术、微型传感器、传感器端机、移动基站等方面取得进展，目前已经建立从材料、技术、器件、系统到网络的产业链。在《国家中长期科学与技术发展规划（2006～2020 年）》和"新一代宽带移动无线通信网"重大专项中，传感网均被列入重点研究领域。2009 年 9 月，全国信息技术标准化技术委员会组建了传感器网络标准工作组。该工作组的主要工作是制定传感网的标准，深度参与国际标准化活动，为今后传感网的产业化发展奠定技术基础。目前，中国传感网标准体系已经形成初步框架，与德国、美国、韩国一起成为传感网领域中国际标准制定的主导国之一。

作为物联网的主要构建基础，无线网络承载着将各物品终端采集到的信息随时随地发送出去的任务，因此，无线网络的覆盖情况将直接影响到物联网技术的应用进程。目前，中国无线网络已经覆盖了城乡，这为物联网技术的发展提供了良好的基础设施和通信环境。

在中国物联网体系的发展过程中，以 RFID 的广泛应用作为物联网发展的基础。自 2004年以来，国家金卡工程每年都会推出新的 RFID 应用试点工程，其中包括电子票证与身份识别、供应链管理与现代物流、图书及重要资料管理、动物与食品追踪、药品安全监管、智能交通与自动收费、煤矿安全生产管理，以及贵重物品防伪等。目前，RFID 的应用在日常生活中随处可见，在铁路系统中，列车和货车上安装了电子标签，各机务段、局分界站、编组站、区段站、大型货运站、车辆段安装了射频识别设备，并根据实际需求研发了管理系统，以达到对铁路上的列车和货车进行实时监控的目的;在医疗卫生领域,已完成了多项食品质量追溯示范项目,并在食品药品安全监管、电子病历与健康档案管理等方面开展了试点工作;在交通领域,利用RFID技术建立的不停车收费站已在多个城市中试点应用,城市一卡通项目也在很多大城市得到应用;在物流领域,通过在车辆、集装箱、货物上装载电子标签,实现了物流运输过程中对货物的实时追踪和监控。

2009年,物联网在国内首次被公开提及,并立刻上升到战略性新兴产业的高度,由其引发的信息技术的广泛渗透和高度应用将在未来催生出一批新增长点。目前,全球互联网正向下一代互联网过渡,无线传感器网络和物联网在这一时刻方兴未艾,能否突破传感网、互联网的关键技术,决定着一个国家是否能在下一次信息变革浪潮中扮演重要角色,能否引领新的科技产业革命,使信息产业成为推动社会整体产业升级的动力。

2009年10月,中国第一颗物联网芯片"唐芯一号"研制成功,它是一颗2.4GHz超低功耗射频可编程片上系统,可以满足各种条件下无线传感网、无线局域网、有源RFID等物联网应用需要。"唐芯一号"的研制成功标志着中国已经攻克了物联网的核心技术,为物联网产业发展奠定基础。

目前,中国在无线智能传感器网络通信技术、微型传感器、传感器终端机、移动基站等方面取得重要进展,已拥有从材料、技术、器件、系统到网络的完整产业链。未来的中国物联网技术研究将主要集中在无线传感器网络节点与传感器网关、系统微型化技术、超高频RFID、智能无线技术、通信与异构网组网技术、网络规划与部署技术、综合感知信息处理技术、中间件平台、编码解析、检索与跟踪,以及信息分发等方面。

1.4.3 物联网发展中面临的问题

虽然物联网技术发展到今天已经取得了一些成果,但作为一个新兴产业,物联网技术未来的发展还将面临更多的考验。可能影响或制约其发展的问题主要集中在以下几个方面:

1) 认识问题

物联网的概念从应用中产生,随着应用技术的提高和应用领域的扩展,物联网的概念也在不断地更新改变,至今尚没有一个标准的定义。对物联网的正确认识是决定对其今后发展做出正确决策的关键,因此,在制定物联网发展计划之前,正确清楚地了解物联网的本质是必要前提。

对于物联网的认识,人们往往将传感网、RFID网或"智慧地球"等概念等同于物联网,甚至有些表述中认为物联网与互联网是相互独立、完全不同的两个概念。事实上,物联网是一个比互联网更为复杂、包含通信节点种类更多、应用覆盖范围更广的一种网络,它是在人与人、人与物、物与物之间构建的一个可以实现信息交流互通的网络综合体,它对网络的通信功能提出更高的要求。因此,可以认为物联网是一个扩展的和升级版的互联网。

除了在概念上正确认识物联网之外,还需要从物联网的技术构成上了解它,因为这将决定今后要在哪些技术层面上展开研究工作,需要对哪些领域的应用开发加以关注,如何制定出切实有效的发展方针和路线等。当前,人们主要是在传感技术、感应技术方面加大开发力度,在硬件制造、标准化制定等方面投入了相当多的财力、物力和人力,通过成立产业制造联盟、设立相关的工业园区,以及组建标准化工作组等方式,加快发展物联网建设,并获得了一定的成果。硬件制造在物联网系统中只属于它的前端,而物联网中的数据传输、信息处理与业务系统管理等才是整个物联网中的高端和核心部分。

在物联网的应用中,云计算是对物联网数据进行处理和分析的重要手段,也是物联网构成的关键技术之一。云计算既可以作为软件信息服务产业来发展,也可以作为物联网的构成技术之一,在物联网的发展过程中发挥重要作用。因此,在物联网的软件方面,云计算是决定能否占据物联网应用技术控制权的关键。若要在物联网技术方面获得良好的发展,就必须从物联网构成技术的多个层面出发构建多维发展空间,从多个角度展开物联网的研发工作,物联网技术才会在未来获得更好的发展。

2) 安全问题

尽管网络安全问题一直是互联网领域的研究热点,各种网络安全技术不断出现,但却始终不能完全解决互联网中信息的安全保证问题。作为互联网的扩展和延伸,物联网中的安全问题依然存在,并且是其发展过程中的一大障碍。由于物联网的接入终端更加多样化,网络的覆盖范围更广泛,所以物联网上承载的交互信息也更丰富,其中包括企业的商业机密、政府的关键性决策,以及广大民众的个人隐私等。如何能够保证物联网中这些信息的私密性和安全性成为物联网应用发展中所面临的一大难题。

在物联网时代,人们将很多基本的日常管理工作交给具有"智能"的各种物联网应用完成,从烦琐的日常管理工作中解脱出来,将更多的精力投入新技术的研发中。在这种情况下,如果物联网受到病毒攻击,其带来的后果将不堪设想,比如工厂停产、公共社会服务瘫痪、社会秩序混乱,甚至人类的生命安全都会受到威胁。在互联网时代,著名的蠕虫病毒在一天内曾经感染 25 万台计算机。在市场价值更大的物联网上,病毒的传播将会甚于互联网,而其带来的破坏力也会更大。因此,物联网的安全问题不解决,物联网技术的发展和应用就会受到制约。

从物联网的体系结构来看,物联网除了要面对通信网络(如 TCP/IP 网络、无线网络和移动通信网络等)中传统的网络安全问题,还必须考虑物联网自身产生的一些特殊的安全问题。一般来说,这些安全问题产生的根本原因来自于物联网的感知层面。由于各种感知技术的应用,大量感知信息的隐秘性、可靠性受到威胁,这些威胁主要体现在以下几个方面:

(1) 个人隐私。

在物联网中,射频识别技术是一项重要的感知技术,很多关于物品的信息都可以通过 RFID 标签进行存储,然后利用阅读器通过无线射频方式对标签中的内容进行操作。RFID 标签往往需要被嵌入物品中,这种嵌入是在物品生产时就实施的,而物品的购买者和使用者,可能并不知道物品中已存在标签设备,在标签工作的过程中,由于自身可不受控制地被扫描、定位和追踪,这就很可能暴露物品使用者的一些信息,个人的隐私极可能受到侵犯。这不仅是一个技术问题,还是一个法律问题。因此,这类问题在物联网的发展过程中必须引起相关人员的重视,并从技术上和法律上予以解决。

(2) 感知节点自身的安全隐患。

物联网中的接入主体由传统互联网中的人扩展到了所有具有智能感知功能的物品,这些物品终端的使用扩大了网络覆盖范围,可以将物品安置在人无法到达的地方,从而获取更多的未知信息,实现对未知领域的控制。另外,这些智能节点还可以代替人完成一些复杂、危险或机械性重复的工作,将人类从这些工作中解放出来,提高工作效率。在许多物联网应用中,这些智能感知节点都是在无人监控的环境下独立完成工作的,节点本身没有任何防御能力,非常容易受到人为的攻击和破坏,甚至有可能无需到达现场就可以对节点进行控制,干扰其正常工作。因此,感知节点本身是物联网安全的薄弱点之一。

（3）各种恶意攻击。

与互联网一样,在物联网中也会存在由于各种利益驱使的恶意攻击者,但是,与互联网不同的是物联网中的恶意攻击途径比互联网更多,方式也更多样化。总体来说,这些恶意攻击主要表现为以下几种方式。

① 假冒攻击。由于物联网中的智能传感节点、电子标签等相对于传统网络是完全"裸露"在攻击者视野当中的,而且物联网所采用的传输方式大多是无线传输这种直接"暴露"在空中的方式,因此,在传感器网络中采用"串扰"方式对网络发起假冒攻击是常见的一种主动攻击方式,它极大地威胁着传感节点之间的正常协同工作。

② 数据驱动攻击。数据驱动攻击是通过向某个程序或应用发送数据,干扰程序使其无法产生预期结果的攻击。数据驱动攻击包括缓冲区溢出攻击、格式化字符串攻击、输入验证攻击、同步漏洞攻击和信任漏洞攻击等。在传感网络中向汇聚节点实施缓冲区溢出攻击是比较容易的。

③ 恶意代码攻击。在无线传输网络环境中,恶意程序有很多途径可以入侵。一旦恶意程序进入网络,就会随着网络的传播迅速蔓延。它的传播性、隐蔽性、破坏性要比传统的互联网更加难以防范,比如蠕虫这样的恶意代码,本身并不需要寄生文件,在物联网环境中对这样的恶意代码是很难检测和清除的。

④ 拒绝服务攻击。这种攻击方式多数发生在感知层与核心网络的衔接处。由于物联网中节点数量庞大,大多以集群方式存在,因此,在数据传输时大量节点的数据传输需求可能会导致网络拥塞,进而产生拒绝服务攻击。

（4）应用业务的安全问题。

由于物联网中智能节点通常独立工作,无需人为看管,而且这些节点有可能是动态的,如何对物联网设备进行远程信息签约和业务信息配置成为一项技术难题。另外,现有通信网络的安全架构都是从人与人之间的通信需求出发的,不一定适合以物与物之间通信为需求的物联网,而且使用现有的网络安全机制还会割裂物联网中物品间的逻辑关系。

（5）难以形成安全保护体系。

在物联网的体系结构中,感知层上的节点通常都是一些功能单一、能量受限的节点,因此它们无法拥有复杂的自我保护能力。而感知层的实现技术有很多种,各类感知节点也不尽相同,它们采集的数据、传输的信息都没有统一标准,因此很难为它们提供统一的安全保护体系。在物联网的通信层和应用层传输和处理的数据来源于多种感知节点,这些数据往往是异构和海量的,因此,对这些数据也很难形成统一的安全保护体系。

3）标准问题

在互联网蓬勃发展的过程中,网络体系结构和通信协议标准的制定发挥了决定性作用。如果没有 TCP/IP 协议,没有路由器协议,没有各种终端架构标准和操作系统统一工作方式的支持,互联网的发展就达不到目前的水平。随着物联网的发展,其体系结构中的感知层、通信层和应用层上会有大量的新技术出现,因此急需尽快统一技术标准,形成一个有效的管理机制,这样才有利于物联网整体技术的发展。

标准是一种规则,在标准的约束下物品与物品之间才能有序、正常地交流和沟通。物联网新技术的不断涌现会产生各种技术标准。因此,在物联网技术的研发过程中,各个国家之间应该加强交流与合作,以寻求一个能被普遍接受的标准。物联网各层次的实现技术很多,在全球范围内为所有的实现技术都制定出统一的标准需要经过一个漫长的过程。例如,RFID 技术已经出现多年,而且目前也有广泛的应用,但其标准至今没有统一。物联网的其他技术也与之类似,物联网标准的制定还要依靠处在物联网技术发展前沿的一些国家或团体共同协商。

4）管理问题

物联网不是一个小产品,也不是一个企业可以主导的,它的发展更需要国家层面的统筹协调,需要强有力的部门统一推进各方面工作。物联网的普及不仅需要相关技术的提高,更涉及各个行业和产业,需要多种力量的整合。这就需要国家在产业政策和立法方面予以支持,制定出适合这个行业发展的政策和法规,保证行业的正常发展。

在物联网时代,会有大量的信息需要传输和处理。假如没有一个与之匹配的网络化管理平台,很难对这些数据进行管理与整合,物联网也将是空中楼阁。因此,如何建立一个满足需要的综合物联网管理平台,对各种感知信息进行收集,然后对其分门别类的管理,并进行有指向性的传输,已经成为物联网能否被推广的一个关键性问题。建立一个如此庞大的网络体系单单依靠某个企业的力量是很难完成的,必须由专门的机构统一组织开发。

5）应用问题

物联网技术发展的最终目的是物联网的大规模广泛应用,使人们的工作、学习、生活、娱乐方式等向着智能化方向改变。

物联网技术的大规模应用首先面临的是成本问题。为了使普通物品具有智能感知的功能,必须在物品中嵌入像电子标签、传感器这样的感知设备,并且需要安装用于获取和处理感知信息的读写设备以及庞大的信息处理系统,这就需要大量资金的投入。因此,在感知设备成本没有下降到足够低的水平之前,物联网的大规模应用将会受到限制。

除了成本问题之外,作为新兴技术,能否建立一种多方共赢的商业模式是该技术能否快速普及应用的关键。纵观信息产业的发展历程,对于任何一次信息产业革命,出现一种新型且能成熟发展的商业盈利模式是必然的结果,但是,这一点至今还没有在物联网的发展中体现出来。物联网分为感知、通信、应用三个层面,在每一个层面上都会有多种选择去开拓市场。从目前的情况看,物联网发展直接带来的一些经济效益主要集中在感知层的技术实现与应用中,比如射频识别装置、传感器等与物联网有关的电子元器件领域,而庞大的数据传输给网络运营商带来的机会,以及对物联网主要应用领域如物流及零售等行业所产生的影响还需要相当长的时间进行观察。因此,在未来的物联网应用中,商业模式的建立成为推进物联网发展的关键因素之一。

1.5 物联网技术的主要应用领域

物联网的应用领域广泛,遍及智能物流、智能交通、零售商贸、环境保护、政务工作、公共安全、智能家居、医疗健康、环境监控、工业控制、老人看护、食品安全、水系检测、动植物养殖及情报搜集等领域。物联网把新一代信息技术应用到各行各业中,实现了人类社会与物理世界的融合,在整个网络中,通过具有超级计算能力的计算机群对网络内的人员、机器、设备和基础设施实施管理和控制,人们可以以更加精确和灵活的方式管理生产和生活,提高资源的利用率和生产力水平,使人与自然的关系更加和谐,人类的生活环境也更加智能化。随着物联网技术的进一步发展,其在各领域的应用也将逐渐实现,这将大大推进相关电子元件的生产,扩大网络运营商的服务,给市场带来商机。

1.5.1 物流领域的应用

促进物联网技术发展和成熟的原因一方面来自产业技术的成熟,另一方面则来自行业的需求。物流领域是急需物联网技术支持来改进其服务质量的领域之一。早期的物联网被称为传感网,而传感网首先在物流业开始得到有效应用,物流领域是物联网相关技术的典型应用领域之一。在国际贸易中,物流效率一直是制约整体国际贸易效率提升的关键环节,而物联网在物流领域的应用将大大提升国际贸易流通的效率。利用物联网技术进行信息化与综合化的物流管理和流程监控,不仅能为企业带来物流效率的提升及物流成本的有效控制,也从整体上提高企业以及相关领域的信息化水平,从而达到带动整个产业发展的目的。

统计数据显示,我国物流成本占 GDP 的比重每降低 1 个百分点,则可以在货物运输、仓储方面降低 1000 亿元以上的费用,同时可以增加 1300 亿元左右的社会效益。所以,加强物联网等新型信息技术应用,对加强物流管理的合理化、实现节能降耗、降低物流成本有着重要的意义。追求效率及成本控制的物流行业为物联网的应用创造了有利条件,使物联网技术得到最初的推广。

从技术层面讲,物联网能够促进物品在物流过程中的透明管理,使可视化程度更高。物流领域运用物联网技术也使运输过程中数据的传输更加准确和及时,便于信息交互。物联网技术对物流行业整体管理水平的提升将起到推动作用,满足更多企业的需求。在未来的物流行业中,管理者可以在管理中心通过数字化定位技术选择最优的路线,实现对物流车辆和司机的全程监控和调度,以确保货物在最短的时间内到达消费者手中,消费者则可以通过货物上的数字标签,随时查到该货物从生产到流通各个环节中的信息,从而详细了解货物的品质。

物联网技术在物流领域的全面应用还有相当长的一段路要走。首先,物流业是个性需求最多、业务复杂的行业之一,不同物流业务对物联网技术的需求也不尽相同,如何能够开发出通用的技术来满足物流行业的多样化需求是发展物流领域物联网技术时首先要考虑的问题。其次,物联网技术的加入,势必会增加物流的成本,这在追求低成本高效率的物流业中是不得不考虑的问题,否则受成本因素的制约,物联网技术在物流行业中难以得到推广和应用。

1.5.2 数字家庭领域的应用

数字家庭是以计算机技术和网络技术为基础,通过不同的互联方式将各种消费电子产品、通信产品、信息家电和智能家居等连接在一起进行通信及数据交换,实现家庭网络中各类电子产品之间的互联互通的一种服务。

数字家庭也称为智能家居,它以住宅为平台,兼备建筑、网络通信、信息家电、设备自动化,是集系统、结构、服务、管理为一体的高效、舒适、安全、便利、环保的居住环境。数字家庭利用先进的计算机技术、网络通信技术、自动控制技术和综合布线技术等,将与家居生活有关的家庭安全防护系统、网络服务系统和家庭自动化系统等了系统有机地组成家庭综合服务与管理集成系统,通过统筹管理使家居生活更加舒适、安全和有效。

与普通家居生活相比,数字家庭不仅具有传统的居住功能,提供舒适、安全、高品位且宜人的家庭生活空间,而且在物联网技术支持下,将原来的被动静止结构转变为具有能动智慧的工具,提供全方位的信息交换功能,帮助家庭与外部保持信息交流,优化生活方式,帮助人们有效安排时间,增强家居生活的安全性等。

数字家庭不是简单地控制家里的各种电器,它是一个互联的动态系统,所有的家庭设备共同处于网络之中,并且与外部参与者(医院、消防局、公安局等)成为一体,形成更大范围的控制,为生活提供更多的智能服务,主要包括家庭安防中心、家庭医疗中心、家庭数据中心、家庭娱乐中心和家庭商务中心等。

1.5.3 医疗领域的应用

随着人口老龄化现象的持续加剧,流行病、慢性病的预防和治疗成为重点,医疗需求也更加凸显。信息技术在医疗领域的应用可以有效地解决医疗保健成本不断增加、医疗资源相对紧缺的问题。物联网技术在医疗领域的推广和应用有利于患者获得最佳的医疗效果、最低的医疗费用、最短的医疗时间、最少的中间环节和满意的健康服务,有利于提高医疗卫生的公共服务和保障能力,缓解医疗资源短缺并突破医疗资源共享的瓶颈。

医疗领域物联网最初的解决思路是将医疗过程移动起来,医疗管理的观念从业务系统转向对象管理,利用移动计算和智能识别等技术对医疗过程中的对象进行管理。医疗行业中重要的对象是患者,围绕在患者周围的是医生、护士、药品和器械等相关人员和设备,它们共同构成医疗信息化系统。

在医疗物联网中,"物"是医生、患者、各种医疗器械;"联"是在各种可感知、可互动、可控制的对象之间进行信息交互;而"网"则是基本的符合医疗规范的流程。这三个要素是物联网技术在医疗领域得以发展和应用的基本组成部分。利用物联网技术,通过现有的通信网络可以把远程患者的数据传输到各种医疗机构。利用无线传感器技术可以收集患者的心率、血压、呼吸、血氧、心电图等各种数据,甚至可以通过将可消化的传感器随药服下,使服药情况得到监控。而云计算技术为患者的模式识别提供了基础,可以大大减轻医生的工作量,并可以使少量专家的医疗经验为大量患者共享。智能化终端技术为医生提供了方便实用的特制移动终端,使他们在出诊或其他工作生活现场可以随时处理紧急情况。在物联网技术的支持下,每位住院患者佩戴嵌有射频标签的腕带,里面存储了患者的相关医疗信息(如过敏史、每天用药和打针情况等),通过射频阅读器,医生和护士可以容易地对患者的身份进行确认,并同时获得患者的相关信息,当医生和护士面对那些交流困难的患者时,射频标签就起到帮助作用。

物联网技术在药品管理和用药环节中具有重要作用。通过物联网技术可以将药品名称、品种、产地、批次及生产、加工、运输、存储、销售等环节的信息都存于 RFID 标签中,出现问题时可以追溯全过程,同时还可以把信息传送到公共数据库中,患者或医院可以将标签的内容和数据库中的记录进行对比,从而有效地识别假冒药品。在用药过程中加入防误机制,包括处方开立、调剂、护理给药、患者用药、药效追踪、药品库存管理、药品供货商进货、保存期限及保存环境条件等。

1.5.4 工业领域的应用

物联网技术在工业领域的应用将使传统的工业生产方式逐步向智能化工业方式转变,通过将各种具有环境感知能力的终端设备加入工业生产的各个环节,并在移动通信技术和基于泛在技术计算模式的支持下,对整个工业生产过程进行全程的实时监控,以达到提高制造效率、改善产品质量、降低产品成本和资源消耗的目的,真正地进入智能工业阶段。

在生产企业的原材料采购、产品库存、销售等环节,应用物联网技术可以对供应链管理体系进行优化,进而提高供应链效率、降低成本。利用物联网技术对生产线的过程进行检测、对实时参数进行采集、随时监控生产设备、提高材料消耗监测的能力和水平,可以使生产过程中的智能监测、智能控制、智能诊断、智能决策和智能维护水平不断提高。将传感技术与制造技术相结合,通过在产品设备中嵌入传感器装置,可以对产品设备的操作和使用情况进行记录,为设备故障诊断提供远程监控的指导数据和信息,提供设备维护和故障诊断的解决方案。在环境监测和能源管理方面,物联网与环保设备的融合可以实现对工业生产过程中产生的污染源及污染治理环节关键指标的实时监控,特别是在重点排污企业排污口安装无线传感设备,不仅可以实时监测企业排污数据,而且可以远程关闭排污口,防止突发性环境污染事故的发生。另外,在存在巨大安全生产隐患的行业,传感器可以分布到人们无法到达或需要时时值守的角落,及时发现生产环节中可能诱发危险的因素,通知相关人员对此给予及时处理。把感应器嵌入矿山设备、油气管道、矿工设备中,可以感知危险环境中工作人员、设备机器、周边环境等方面的安全状态信息,将现有分散、独立、单一的网络监管平台提升为系统、开放、多元的综合网络监管平台,实现实时感知、准确辨识、快捷响应和有效控制。

在先进制造业中,物联网与各种先进制造技术相结合可以形成新的智能化制造体系,该体系目前正在不断地发展完善。概括起来,物联网与先进制造技术的结合主要体现在八个领域,即泛在感知网络技术、泛在制造信息处理技术、虚拟现实技术、人机交互技术、空间协同技术、平行管理技术、电子商务技术、系统集成制造技术。在这八个领域中,未来的物联网将发挥重要作用,而工业生产模式也将发生改变。

从整体上来看,物联网在工业领域中的应用目前还处于起步阶段,一些关键性技术问题有待解决。比如,如何能够制造出质优价廉、用于自动检测和自动控制的工业用传感器,如何构建适合大量随机分布、具有实时感知和自组织能力的传感节点之间通信的工业无线网络,如何对现代工业过程进行建模等。

1.5.5 智能交通领域的应用

智能交通是一个基于现代电子信息技术面向交通运输的服务系统,其主要特点是以信息的收集、处理、发布、交换、分析和利用为主线,为交通参与者提供多样性服务。在交通系统中,凡是与人、车、路的信息化和智能化有关的内容都可以归为智能交通,它存在于交通运输的各个领域,包括城市道路、高速公路、水域、铁路和航空等,通过在交通工具和通行环境中布设摄像机、射频标签、红外设备等传感设备,采集基础设施和动态交通信息,将数据汇集融合并处理共享,以达到对设施和交通的监控管理,为出行者和管理者提供服务。

早期的智能交通主要是围绕高速公路展开的,其中主要内容是建立高速公路收费系统,对高速公路收费进行信息化管理。然而,目前交通问题的压力主要来自于城市的道路建设与汽车数量无法匹配,造成道路拥堵严重。若要解决拥堵问题,在现有道路基础设施的情况下,利用信息化手段对车辆进行统一实时的管理和调配是解决问题的有效方法之一。今后智能交通的发展将向以热点区域为主、以车为对象的管理模式转变。智能交通亟待建立以车为节点的信息系统——车联网,即综合现有的电子信息技术,将每辆汽车作为一个信息源,通过无线通信手段连接到网络中,进而实现对指定范围内车辆的统一管理。

除了道路拥堵,交通运输业带来的能耗、污染等问题也不容忽视,而汽车能源消耗是当前转变经济发展方式所面临的一个突出问题。我国交通运输业的石油消费量仅次于工业,占总消耗量的25%左右;在污染排放上,机动车氮氧化物排放量占总排放量的30%,一辆轿车一年排出的有害废气比其自身质量大3倍。面对交通运输业带来的能耗和污染问题,发展智能交通是解决方案之一。在应用物联网技术的智能交通领域,交通堵塞将减少,短途运输效率将提高,现有道路的通行能力将得到提高,车辆行驶在智能交通体系中,其停车次数将明显减少,行车时间因此缩短,车辆的使用效率得到提高。

1.5.6 零售商贸领域的应用

与其他行业相比,零售业对信息化的依赖性更强,企业的信息系统已经是不可或缺的经营工具,一旦系统出现故障即无法正常营业。信息技术的每一次革新都会给商业带来巨大的变化,同时也会促进其向更好的方向发展。比如当年条形码的出现,使流通环节中的主导权从制造商向零售商转移,因为条形编码的出现,零售商对商业的销售行情可以清楚地掌握,如利润空间、宣传时机、价格、折扣、等等,据此零售商会根据销售情况及时调整营销策略。

射频识别技术在仓储管理、电子自动化、产品防伪和 RFID 卡收费等领域的广泛应用,使零售行业首先感受到了新技术带来的利润增长点。例如,使用了 RFID 标签的某大型商场的货品脱销现象减少了 16%,RFID 技术在货品补充方面比传统条形码技术速度提高了三倍,同时,人工订单减少了 10%。也许在不久的将来,人们可以轻松使用手中内置 RFID 阅读器的手机,获得货架上商品的价格、生产日期、用户评价等信息,轻松完成挑选、比价和购买过程。以 RFID 标签为代表的物联网行业应用,在供应链管理层面排除了大量的人为因素,通过引入由传感器主导的自动化生产和存货管理系统,能将准确高效的决策与控制流程固化在企业 IT 基础设施之中。

物联网在商业领域的应用可以分为两大类,即信息和分析、控制和自动化。对于零售企业,前端的嵌入式设备为其获取的数据不能转化成企业所需的信息,只有通过智能业务分析,信息才会通过整合的方式提供给企业家并为之所用。比如,利用传感器对购物者的购物倾向进行跟踪,通过会员卡收集购物者数据。这样可以向会员提供更多购物或折扣信息,同时也缩短了结账时间。

为了吸引更多的消费者,零售商和制造商需要一个更加智能的系统。对于零售业,商品的一些固态指标可以直接存储到标签中,而对于实时变化的动态指标,例如,库存分析、客户行为分析等数据,需要经过传感器的实时探测经过网络传输到服务器或手提终端,大量的数据需要传输到集中式的物联网云计算数据中心。对于公用的、大众可获取的数据,采用公有云的方式提供,而对于企业一些商业数据则采用私有云的方式解决,来自不同渠道的数据信息通过云计算中心得以汇集,再借助一些业务分析软件获得获取利润的信息和策略。

1.5.7 电力管理领域的应用

智能电网是未来电网的发展趋势,提高电网接纳清洁能源的能力是智能电网的主要工作之一,这离不开物联网的支持。智能电网与物联网互通,网络的最底层是感知层,包括智能家居、配电自动化、电力抢修和资产管理等。中间层是网络传输层,上层是应用层。智能电网的重点是通过信息化和互动化实现信息流、电子流和业务流的融合。

智能电网的核心是构建具备智能判断与自适应调节能力的多种能源统一入网和分布式管理的智能化网络系统,该系统可对电网与客户用电信息进行实时监控和采集,且采用经济、安全的输配电方式将电能输送给终端用户,实现对电能的最优配置与利用,提高电网运行的可靠性和能源利用效率。智能电网的本质是能源替代和兼容利用,需要在开放的系统和共享信息模式的基础上整合系统中的数据,优化电网的运行和管理。

传感器网络作为智能电网末端信息感知不可或缺的基础环节,在电力系统中具有广阔的应用空间,将在电网建设、生产管理、运行维护、信息采集、安全监控、计量应用和用户交互等方面发挥作用。智能电网主要是通过终端传感器在客户之间、客户和电网公司之间形成及时的网络互动,实现数据的实时、高速和双向获取,提高电网各环节的信息感知深度、广度及密度,提高电力系统的智能化程度,从而从整体上提高电网的综合效率。

1.5.8　农业领域的应用

随着智能农业和精准农业的发展,泛在通信网络、智能感知芯片和移动嵌入式系统等技术在农业领域的应用逐步成为研究的热点。在传统农业中,人们获取农田信息的方式有限,主要是通过人工测量方式来获得信息,获取过程中需要消耗大量的人力和物力。智能农业通过大量传感器节点构成监控网络,对农作物生长环境的各项参数进行实时采集,为农业综合生态信息自动监测、环境自动控制和智能化管理提供科学依据。

在现代化温室中对各种蔬果和作物进行育苗的过程中,需要通过温度传感器、湿度传感器、pH 传感器、光传感器、离子传感器、生物传感器、CO_2 传感器等检测环境中的温度、相对湿度、pH、光照强度、土壤养分、CO_2 浓度等物理参数,通过各种仪器仪表实时显示或作为控制的参变量参与到自动控制系统中,保证农作物的秧苗具有适宜的生长环境。

在作物的生长过程中,可以利用形状传感器、颜色传感器、质量传感器等来监测作物的外形、颜色、大小等,用来确定作物的成熟程度,以便适时采摘和收获;可以利用 CO_2 传感器进行植物生长的人工环境监控,以促进光合作用的进行;可以利用超声波传感器、音量和音频传感器等进行灭鼠、灭虫等;可以利用流量传感器及计算机系统自动控制农田水利的灌溉等。

在果蔬和粮食的储藏中,温度传感器发挥着重要作用,制冷机根据冷库内温度传感器的实时参数值进行自动控制并且保持该温度的相对稳定。气调库相比冷藏库是更为先进的储藏保鲜方法,除了温度,气调库内的相对湿度、CO_2 浓度、乙烯浓度等均有相应的控制指标。控制系统采集气调库内的温度传感器、湿度传感器、CO_2 浓度传感器等物理参数,通过各种仪器仪表适时显示或作为控制参数参与到控制系统中,保证有一个适宜的储藏保鲜环境,达到最佳的保鲜效果。

生物技术、遗传工程等是良种培育的重要技术,其中生物传感器发挥了重要作用。农业科学家通过生物传感器控制种子的遗传基因,在玉米种子里找到了防止脱水的基因,培育出优良的玉米种子;监测育种环境还需要温度传感器、湿度传感器、光传感器等;测量土壤状况需要水分传感器、吸力传感器、氢离子传感器、温度传感器等;测量氮磷钾各种养分需要各种离子敏传感器等。

在动物养殖业中,各种传感器也发挥了重要作用。比如,用来监测畜、禽产品新鲜程度的传感器,可以高精度地测定出鸡肉、鱼肉等食品变质时发出的臭味成分中二甲基胺的浓度,并据此准确地掌握肉类的鲜度,防止变质。

1.6　物联网技术发展趋势

物联网是以移动技术为代表的普适计算与泛在网络,物联网的实现和应用将带来技术、生产和生活方式的进步与变革。

首先,物联网技术会推动基础技术的进步,技术发展趋势呈现出融合化、嵌入化、可信化和智能化的特征。目前,全球物联网技术的发展尚处于概念、论证与试验阶段,处于攻克关键技术、制定标准规范与研发应用的初级阶段。物联网的基础技术主要包括物体感知与标识、体系架构、通信和网络、安全和隐私、服务发现和搜索策略、软硬件系统设计与实现、能量获取和存储、设备微型小型化等。在目标感知与标识方面，单个物体可能会有多个标识或多个传感器，不同的标识或传感量用处不一样，标识或传感量与服务之间如何映射、如何保障用户隐私、标识之间怎样兼容等都是必须考虑的问题。在未来物联网的体系架构方面，未来物联网的感知信息具有局部互动性和专属性，如何挖掘物体和物体的关联性，未来的物联网是什么框架，怎样支持分布式的体系结构等问题还没有明确的答案。在通信技术方面，现在已经有多种通信技术，未来物联网的通信技术也将是多样的，从人和物之间的通信到物理世界与现实世界的通信，再到分布式数据之间的通信，如何构建通信网络，构建什么样的通信网络，如何满足不同信息量和实时性的要求等还需要进一步研究。在隐私和安全性方面，对物联网提出更高的要求，主要涉及个人隐私、商业信任和国家安全，要获得服务需要交换很多私密的信息，同时必须对这些信息提供可靠的保护。在服务发现和搜索方面，从什么地方获得什么服务，如何向他人提供服务等，服务的提供和搜索机制需要进一步研究。在软件和硬件系统设计与实现上，集成电路、传感器、系统设计与装配、软件设计与调试等需要多种技术支持。这些相关基础技术的进步与发展，是物联网普及与发展的技术保证。

其次，物联网应用发展呈现出标准化、服务化、开放化、工程化的特征。物联网发展的关键在于应用，标准化是物联网走向产业化的一个重要阶段。人与物、物与物的连接做起来并不那么容易，标准化是物联网普及与应用的基础，标准化主要包括接口标准化和数据模型与应用模型标准化。标准化为科学管理奠定基础，能够促进经济全面发展，提高经济效益，使生产和生活在科学有序的基础上进行。标准化能够促进新技术和新成果的推广应用，从而促进技术进步，保证各生产部门的活动在技术上保持高度的统一和协调，标准化为组织现代化生产创造前提条件。服务化、开放化和工程化是物联网得到广泛应用的必然要求和前提条件，决定物联网服务的运营方式、服务的可扩展性及使用成本。

最后，物联网会改变人们的生产和生活方式，但在核心技术、标准规范、产品研发、安全保护技术、产业规划、体制机制、协调合作、推广应用等方面还存在诸多亟待解决的技术和管理问题。在核心技术上有待突破，传感器核心芯片、传感器网接入互联网技术、服务发现与管理技术等方面需要取得突破。标准规范有待制定，制定一种能被世界各国认可的统一的物联网国际标准存在很大困难，研究制定物联网标准框架，需要集中力量制定标准化体系、产业链体系，涉及很多国家、企业与用户。信息安全亟待解决，信息安全和隐私保护是物联网应用的前提。统一的协议有待制定，物联网的核心层面是基于 TCP/IP 协议的，但是在接入层面协议种类很多，物联网需要一个统一的协议基础。在管理体制、协调机制及推广应用上，需要对传统的管理方式及协调方式进行有针对性的改造，兼顾物联网建设参与者各方的利益，以适应物联网的发展要求，推进物联网的应用进程。

思 考 题

1.1　什么是物联网？

1.2　物联网和互联网之间的关系是什么？

1.3　物联网中常用的感知技术有哪些？

1.4　什么是"云计算"？它与物联网有什么关系？

第 2 章　物联网传感技术

2.1　传感技术概述

物联网的目的是实现对"物"的感知,即获取现实世界的各种信息。传感技术与传感器作为获取信息的技术手段是物联网的实现基础,是构成物联网系统的基础单元。

2.1.1　传感技术的定义及作用

现代信息技术的基础是信息的获取、传输和处理技术,即传感技术、通信技术和计算机技术,它们分别构成了信息技术系统的"感官"、"神经"和"大脑"。"感官"负责正确、迅速、高精度地获取对象的信息,"神经"负责快速准确的信息传递,"大脑"负责信息的综合、加工和处理等。传感技术是信息的获取技术,如果没有适当的传感技术,或者传感手段落后难以形成高精度、高反应速度的信息获取,就不可能建立一个高效的控制系统。

凡接受外界刺激并能产生输出信号的设备即可定义为传感器。传感器是一种把物理量或化学量转变成便于利用的电信号的器件,国际电工委员会(International Electrotechnical Committee,IEC)的定义为"传感器是测量系统中的一种前置部件,它将输入变量转换成可供测量的信号"。传感技术是关于从自然信源获取信息,并对之进行处理(变换)和识别的一门多学科交叉的现代科学与工程技术,它涉及传感器、信息处理和识别的规划设计、开发、制/建造、测试、应用、评价及改进等活动。传感器输出的信号具有不同形式,例如电压、电流、频率、脉冲等,以满足信息的传输、处理、记录、显示和控制等要求。目前,一些传感器具有数字接口,其本质是在传统传感器上增加了 A/D 转换及接口控制电路,在方便使用的同时保证信息可以较远距离的无损传输。

传感器是测量装置和控制系统的重要组成部分。获取信息靠各类传感器,如各种物理量、化学量或生物量的传感器。传感器的功能与品质决定了传感系统获取自然信息的数据量和质量,是高品质传感系统构造的关键因素之一。如果没有传感器对原始参数进行精确可靠的测量,那么无论是信号转换还是信息处理,或者是数据的显示和控制,都将难以实现。可以说,没有精确可靠的传感器,就没有精确可靠的自动检测和控制系统。现代电子技术和电子计算机为信息转换与处理提供了先进的手段,使检测与控制技术发展到了崭新阶段。但是,如果没有各种精确可靠的传感器检测各种原始数据并提供真实的信息,电子计算机也无法发挥其应有的作用。

传感器把某种形式的能量转换成另一种形式的能量,根据能源供应情况可以将传感器分为两大类,有源传感器和无源传感器。有源传感器能将一种能量形式直接转变成另一种,不需要外接的能源或激励源;无源传感器不能直接转换能量形式,但是它能控制从另一输入端输入的能量或激励能,传感器承担着将某个对象或过程的特定特性转换成可度量的特性的工作。传感器的对象可以是固体、液体或气体等,对象的状态可以是静态的,也可以是动态(即过程)的。对象特性被转换量化后可以通过多种方式检测,对象的特性可以是物理性质的,也可以是化学性质的。传感器一般将对象特性或状态参数转换成可测定的电学量,然后将此电信号分离出来,送入传感器系统加以评测。

2.1.2 传感技术的现状及国内外发展趋势

1. 传感技术现状

传感器技术是迅猛发展的高新技术之一,也是当代科学技术发展的一个重要标志。无论是国内还是国外,与计算机技术和数字控制技术相比,传感技术的发展都相对落后,限制了传感控制系统的普及与应用。

我国从 20 世纪 60 年代开始传感技术的研究与开发。经过多年的积累,在传感器研究、设计、制造、可靠性改进等方面获得了长足的进步,初步形成了传感器研究、开发、生产和应用的体系,并在相关领域取得了一批研究成果。但是,从总体上讲还不能适应经济与科技的迅速发展,不少传感器、信号处理和识别系统仍然依赖进口。我国传感技术产品的市场竞争优势尚未形成,产品的改进与革新速度慢,市场转化率比较低。

世界技术发达国家对开发传感器技术十分重视,都把传感器技术列为国家重点开发的关键技术之一。2000 年,美国空军推选出 15 项有助于提高 21 世纪空军能力的关键技术,传感器技术名列第二。美国早在 20 世纪 80 年代初就成立了国家技术小组,帮助政府组织公司的传感器技术开发工作。日本把传感器技术与计算机、通信、激光半导体、超导、人工智能并列为六大核心技术。日本科学技术厅制定的 20 世纪 90 年代重点科研项目的 70 个重点课题中,有18 项与传感器技术密切相关。德国把军用传感器视为优先发展技术,英、法等国对传感器的开发投资也逐年升级。正是由于世界各国普遍重视和投入开发,传感器发展十分迅速,近十年来其产量及市场需求年增长率均在 10% 以上。

2. 传感技术的国内外发展趋势

国内外传感技术的发展趋势主要表现在以下几个方面:

(1)关注传感技术的系统性以及传感器、数据处理与识别技术的协调发展。

(2)突出创新。研究开发新型传感器和传感技术系统,这涉及新理论、新材料、新工艺等诸多方面,如生物传感技术、光传感技术、微机电技术等。

侧重传感器与传感技术硬件系统与元器件的微型化,提高可靠性、传感精度、处理速度和生产率,降低成本,节约资源与能源。在微小型化过程中,为世界各国瞩目的成功技术是纳米技术。

进行硬件与软件两方面的集成,设计多功能、高精度的复合型传感器。主要包括传感器阵列的集成和多功能、多传感参数的复合传感器设计(如汽车用油量、酒精检测和发动机工作性能的复合传感器);传感系统硬件的集成(如信息处理与传感器的集成,传感器与处理单元、识别单元的集成等);硬件与软件的集成,以及数据集成与数据融合等。

(3)研究与开发特殊环境(指高温、高压、高寒、水下、高腐蚀和辐射等环境)下的传感器与传感技术系统,如航空、航天、军事、高精工业、测试设备使用的传感技术及产品。

(4)对一般工业用途、农业和服务业广泛使用的传感技术系统,侧重解决其可靠性、可利用性和大幅度降低成本的问题。

(5)将传感信号处理与人工智能等技术有机结合,面向应用需求,发展高可靠、自适应、抗干扰的智能传感技术系统。

3. 未来展望

传感器是一个多学科交叉的高技术领域,伴随着物理学、生物科学、信息科学和材料科学等相关学科的高速发展,未来传感器发展的主要特点体现在以下方面:

(1)功能更加全面,并向微型化发展。当前,传感器研究的重要内容之一是能够代替生物视觉、听觉和触觉等感觉器官的生物传感器,即仿生传感器。随着微加工技术和纳米技术的进步,生物传感器将不断地微型化,各种便携式生物传感器将会出现。

(2)智能化程度更高,操作更简单,价格更便宜,使用寿命更长。传感器和计算机技术紧密结合,自动采集数据和处理数据。芯片技术将越来越多地进入传感器领域,实现检测系统的集成化和一体化。

2.1.3 传感技术与传感系统

传感系统是执行测试任务的传感器、仪器和设备的总称,当测试的目的和要求不同时,所用的测量装置差别较大,从最简单的温度计到复杂的虚拟测试系统都是传感系统。智能传感系统结合自动控制系统可以构成自动测量与控制系统,它以计算机为核心,通过应用程序将计算机与功能化硬件(测量系统与控制系统)结合起来,用户可通过计算机图形界面实现目标系统的测量与控制,使测量控制系统的用户不但能够像在传统程控化仪器中那样完成过程控制、数据运算和处理工作,而且可以采用软件代替传统仪器的某些硬件功能,通过显示终端对生产过程进行监督和操纵,键盘和显示屏幕代替了庞大的控制仪表盘以及大量的开关和按钮。

图 2-1 给出测量与控制系统的组成与信号流向。图中的实线框部分组成了智能传感系统,测控对象、数据处理显示单元与虚线框部分构成自动控制系统。

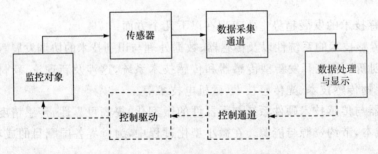

图 2-1 测量与控制系统框图

监控对象为感兴趣的测控目标,比如各种机械/设备、环境、建筑、生产加工过程等。传感器是感受被测量的大小并输出相对应信号的器件或装置,传感器负责采集监控对象的有关信息并转换成系统可以识别的信号,经过数据采集通道送到数据处理与显示单元,处理单元对采集数据进行加工处理并以要求的方式返回给用户,从而实现传感系统的功能。数据显示环节将被测量信息变成人体感官能接受的形式,以完成监视、控制或分析的目的。测量结果可以采用模拟显示或数字显示,也可以由记录装置进行自动记录或由打印机将结果打印出来。如果需要对目标施加控制,数据采集与显示单元在对采集数据加工处理的基础上,根据应用系统的逻辑要求通过控制通道向控制驱动部分发出控制信号,控制驱动部分根据控制信号控制监控对象执行相关操作,从而实现控制系统功能。传感器的数量与控制驱动的复杂度及需要监控的参数数量直接相关。数据采集与控制通道完成必要的信号处理和变换、传输及电气隔离等功能，如对信号进行放大、运算、线性化、数/模或模/数转换，变换成另一种参数信号或变换成某种标准化的统一信号，使其输出信号既可用于自动测控系统，也可与计算机系统连接，以便对测量信号进行信息处理。传输的信号一般包括模拟量、开关量、数字量等。

物联网对传感系统或测量与控制系统提出了新要求，主要体现在数据处理与显示部分的网络连接能力及由分布式传感与控制所带来的问题。网络连接能力要考虑连接的方便性、可靠性、连接成本、连接手段的多样性、信息传输延迟等；分布式传感与控制要考虑网络设备搜索与辨识能力、分布式数据管理与使用方法、数据综合与信息融合、信息安全与认证等。

2.1.4　物联网与传感技术

物联网主要涉及三个因素，即"物"、"网"及"联"。"物"是与物联网相关的客观对象，即需要连入网络的各种目标；"网"是用于连接各种目标的信息传输载体，随着三网融合的推进及各种传输技术的普及，除包括传统互联网，网络的内涵会进一步丰富，将不断融合各种传输技术以满足不同应用需求；实现"物"与"网"的"联"通，则必然要用到传感技术与传感器，只有通过传感器才能采集量化"物"的各项物理指标，"联"的核心是传感器与传感技术，它是"物"与"网"之间的桥梁和纽带。

衡量传感器的性能有很多指标，比如灵敏度、线性度、误差率、响应范围、特性漂移等，物联网的发展对传感技术提出了更高的要求。随着应用的发展及监控对象及种类的不断增加，要求开发更新的传感技术及传感器，以满足目标检测的可行性与方便性要求；需要提供更丰富的传感器种类以满足各种应用条件下对精度、响应速度、应用环境、装配条件、成本控制、抗干扰能力等要求；具有一定处理能力的复合型多功能智能传感器会具有更大的市场需求。

2.2　传感器技术分类

2.2.1　传感器概述

1. 传感器的作用

随着现代测量、控制和自动化技术的发展，传感器越来越受到人们的重视。可以说，传感器是人类五官的延长，又称为电五官。

在利用信息的过程中，首先要解决的问题是获取准确可靠的信息，而传感器是获取自然和生产领域中信息的主要途径与手段。在现代工业生产尤其是自动化生产过程中，需要采用各种传感器监视和控制生产过程中的参数，使设备工作在正常状态或最佳状态。因此，没有众多优良的传感器，现代化生产就失去了基础。

传感器早已渗透到工业生产、宇宙开发、海洋探测、环境保护、资源调查、医学诊断、生物工程，以及文物保护等领域。从茫茫的太空到浩瀚的海洋，以至各种复杂的工程系统，每一个现代化项目都离不开各种各样的传感器。

2. 传感器的一般特性

传感器的一般特性包括静态特性与动态特性两个方面。

传感器的静态特性是指对静态的输入信号其输出量与输入量之间的关系。因为这时输入量和输出量都与时间无关,即传感器的静态特性可用一个不含时间变量的函数描述。表征传感器静态特性的主要参数有线性度、灵敏度、迟滞、重复性、漂移等。

动态特性是指传感器在输入变化时其输出的特性。在实际工程中,传感器的动态特性常用它对某些标准输入信号的响应表示,这是因为传感器对标准输入信号的响应容易用实验方法求得,并且它对标准输入信号的响应与它对任意输入信号的响应之间存在一定的关系。常用的标准输入信号有阶跃信号和正弦信号两种,所以传感器的动态特性也常用阶跃响应和频率响应表示。

2.2.2 传感器的分类

1. 光电式传感器

光电式传感器是一种将光量变化转换成电量变化的传感器,它的物理基础是光电效应。光电式传感器一般由光源、光电元件组成,光源发射出一定光通量的光线,由光电元件接收。在检测时,使光源发射出的光通量变化,因而使接收光通量的光电元件的输出电量产生相应的变化,最后用电量表示被检测量的大小。其输出的电量可以是模拟量,也可以是数字量。

1) 光电效应

光电器件的工作原理是基于物质的光电效应。光电效应通常分为外光电效应和内光电效应两大类。

(1) 外光电效应。光线照射在某些物体上,使物体内的电子溢出物体表面的现象称为外光电效应,也称为光电发射,如图 2-2 所示。溢出的电子称为光电子。基于外光电效应的光电器件有光电管和光电倍增管。

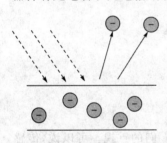

图 2-2 外光电效应

(2) 内光电效应。光照射在物体上使物体的电阻率发生变化,或产生光生电动势的现象称为内光电效应。内光电效应又分为光电导效应和光生伏特效应两类。

① 光电导效应。在光线作用下,电子吸收光子能量从键合状态过渡到自由状态而引起材料电阻率的变化,这种现象称为光电导效应。基于这种效应的光电器件有光敏电阻。当光照射到光电导体上时,若这种光电导体为本征半导体材料,而且光辐射能量又足够强,光电导材料价带上的电子将被激发到导带上去,从而使导带的电子和价带的空穴增加,致使光电导体的电导率增大。光线越强,阻值越低。为了实现能级的跃迁,入射光子的能量 hc 必须大于光导电材料的禁带宽度 E_g,由此入射光导出光电导效应的临界波长 λ_0 为

$$\lambda_0 = hc / E_g \tag{2.1}$$

② 光生伏特效应。在光线的作用下能够使物体产生一定方向电动势的现象叫光生伏特效应。基于该效应的光电器件有光电池和光敏晶体管。

光电效应还可以按下列方式分类:

(1) 势垒效应(结光电效应)。在接触的半导体和 PN 结中,当光线照射其接触区域时便引起光电动势,这就是结光电效应。以 PN 结为例,光线照射 PN 结时,设光子能量大于禁带宽度 E_g,使价带中的电子跃迁到导带而产生电子-空穴对,在阻挡层内电场的作用下,被光激发的电子移向 N 区外侧,被光激发的空穴移向 P 区外侧,从而使 P 区带正电,N 区带负电,形

成光电动势。

(2)侧向光电效应。当半导体光电器件受光照不均匀时,载流子浓度梯度变化将会产生侧向光电效应。当光电部分吸收入射光子的能量产生电子空穴对时,光照部分载流子浓度比未受光照部分的载流子浓度大,就出现载流子浓度梯度,因而载流子要扩散。如果电子迁移率比空穴大,那么空穴的扩散不明显,则电子向未被光照部分扩散就造成光照射部分带正电,未被光照射部分带负电,光照部分与未被光照部分间产生电动势。

2)光电器件

(1)光电管。光电管是一种基于外光电效应的基本光电转换器件,光电管可使光信号转换成电信号。光电管分为真空光电管和充气光电管两种。光电管的典型结构是将球形玻璃壳抽成真空,在内半球面上涂一层光电材料作为阴极,球心放置小球形或小环形金属作为阳极。若球内充低压惰性气体就成为充气光电管。光电子在飞向阳极的过程中与气体分子碰撞使气体电离,从而增加光电管的灵敏度。用作光电阴极的金属有碱金属、汞、金、银等,可适合不同波段的需要。光电管灵敏度低、体积大、易破损,已被固体光电器件所代替。

(2)光电倍增管。光电倍增管是将微弱光信号转换成电信号的真空电子器件。光电倍增管用在光学测量仪器和光谱分析仪器中,能在低能级光度学和光谱学方面测量波长$200\sim1200nm$的极微弱辐射功率。闪烁计数器的出现,扩大了光电倍增管的应用范围。激光检测仪器的发展与采用光电倍增管作为有效接收器密切相关。

(3)光敏电阻。光敏电阻又称光导管,常用的制作材料为硫化镉,另外还有硒、硫化铝、硫化铅和硫化铋等材料。这些制作材料具有在特定波长的光照射下其阻值迅速减小的特性。这是由于光照产生的载流子都参与导电,在外加电场的作用下作漂移运动,电子奔向电源的正极,空穴奔向电源的负极,从而使光敏电阻器的阻值迅速下降。

(4)光敏二极管和光敏三极管。光敏二极管也叫光电二极管。光敏二极管与半导体二极管在结构上是类似的,其管芯是一个具有光敏特征的PN结,具有单向导电性,因此,工作时需加上反向电压。无光照时有很小的饱和反向漏电流,即暗电流,此时光敏二极管截止。当受到光照时,饱和反向漏电流大大增加形成光电流,它随入射光强度的变化而变化。当光线照射PN结时,可以使PN结中产生电子空穴对,使少数载流子的密度增加,这些载流子在反向电压作用下进行漂移,使反向电流增加。因此,可以利用光照强弱改变电路中的电流。

光敏三极管和普通三极管相似,也有电流放大作用,只是它的集电极电流不仅受基极电路和电流控制,同时也受光辐射的控制。通常基极不引出,但一些光敏三极管的基极有引出,用于温度补偿和附加控制等作用。当具有光敏特性的PN结受到光辐射时形成光电流,由此产生的光生电流由基极进入发射极,从而在集电极回路中得到一个放大了相当于β倍的信号电流。不同材料制成的光敏三极管具有不同的光谱特性,与光敏二极管相比,具有很大的光电流放大作用,即很高的灵敏度。

(5)光电池。光电池是一种特殊的半导体二极管,能将可见光转化为直流电。有的光电池还可以将红外光和紫外光转化为直流电。光电池是太阳能电力系统内部的一个组成部分,太阳能电力系统在替代电力能源方面有着重要的地位。

(6)光控晶闸管。光控晶闸管也称GK型光开关管,是利用光信号控制电路通断的开关元件。

(7)光源、光学元件和光路。各种光电器件的工作状况与光源的特性都有着密切关系。

光源在光电传感器中是不可或缺的组成部分,它直接影响检测的效果和质量。白炽灯和发光二极管通常是光电传感器中常见的光源。

在光电传感器中,必须采用合适的光学元件,并按照相关光学定律和原理构成各种各样的光路。常用的光学元件有各种反射镜和透镜。

3) 模拟式光电传感器

模拟式光电传感器是将被测量转换成连续变化的光电流,它与被测量间呈单值对应关系。一般有下列几种形式:

(1) 吸收式。被测物放在光路中,恒光源发出的光能量穿过被测物,部分被吸收后透射光投射到光电元件上。透射光的强度决定于被测物对光的吸收量,而吸收的光通量与被测物透明度有关,例如常用来测量液体、气体的透明度及混浊度的光电比色计等。

(2) 反射式。恒光源发出的光投射到被测物上,再从被测物体表面发射后投射到光电元件上。发射光通量取决于发射表面的性质、状态和与光源间的距离。利用这个原理可制成表面光洁度、粗糙度和位移测试仪等。

(3) 遮光式。光源发出的光通量经被测物遮去其中一部分,使投射到光电元件上的光通量改变,改变的程度与被测物在光路中的位置有关。在某些测量尺寸、位置、振动、位移等仪器中,常采用这种光电式传感器。

2. 磁敏传感器

1) 霍尔传感器

霍尔传感器是一种磁传感器,它可以检测磁场及其变化,可在各种与磁场有关的场合中使用。霍尔传感器以霍尔效应为工作基础,是由霍尔元件和它的附属电路组成的集成传感器。霍尔传感器在工业生产、交通运输和日常生活中有着广泛的应用。

(1) 霍尔效应。霍尔效应是磁电效应的一种,这一现象是美国物理学家霍尔于1879年在研究金属的导电机理时发现的。当电流垂直于外磁场通过导体时,在导体垂直于磁场和电流方向的两个端面之间会出现电势差,这一现象便是霍尔效应。这个电势差也称作霍尔电势差。

(2) 霍尔元件。根据霍尔效应采用半导体材料制成的元件叫霍尔元件。它具有对磁场敏感、结构简单、体积小、频率响应宽、输出电压变化大和使用寿命长等优点,在测量、自动化和计算机技术等领域得到广泛应用。

(3) 霍尔传感器。由于霍尔元件产生的电势差很小,故通常将霍尔元件与放大电路、温度补偿电路及稳压电源电路等集成在一个芯片上,称为霍尔传感器。霍尔传感器的外形尺寸一般较小。霍尔传感器分为线性型霍尔传感器和开关型霍尔传感器两种,线性型霍尔传感器由霍尔元件、线性放大器和射极跟随器组成,它输出模拟量。开关型霍尔传感器由稳压器、霍尔元件、差分放大器、斯密特触发器和输出级组成,它输出数字量。

2) 磁敏电阻

磁敏电阻是利用半导体的磁阻效应制造的,常用 InSb(锑化铟)材料加工而成。半导体材料的磁阻效应包括物理磁阻效应和几何磁阻效应。其中物理磁阻效应又称为磁电阻率效应。在一个长方形半导体 InSb 片中,沿长度方向有电流通过时,若在垂直于电流片的宽度方向上施加一个磁场,半导体 InSb 片长度方向上就会发生电阻率增大的现象,这种现象称为物理磁阻效应。

3）结型磁敏管

霍尔元件和磁敏电阻都是用 N 型半导体材料制成的体型元件。磁敏二极管和磁敏三极管(结型磁敏管)是 PN 结型的磁电转换元件,具有输出信号大、灵敏度高、工作电流小和体积小等特点,适合于磁场、转速、探伤等方面的检测和控制。

3. 数字式传感器

数字式传感器是把被测参量转换成数字量输出的传感器。它是测量技术、微电子技术和计算技术的综合产物,是传感器技术的发展方向之一。数字式传感器一般是指那些适于直接把输入量转换成数字量输出的传感器,包括光栅式传感器、磁栅传感器、码盘、谐振式传感器、转速传感器、感应同步器等。

数字式传感器的优点是测量精度高、分辨率高、输出信号抗干扰能力强和可直接输入计算机处理。

1）光栅传感器

光栅传感器是采用光栅叠栅条纹原理测量位移的传感器。光栅是在一块长条形的光学玻璃上密集等间距平行的刻线,刻线密度为 10～100 线/mm。由光栅形成的叠栅条纹具有光学放大作用和误差平均效应,因而能提高测量精度。传感器由标尺光栅、指示光栅、光路系统和测量系统四部分组成。标尺光栅相对于指示光栅移动时,便形成大致按正弦规律分布的明暗相间的叠栅条纹。这些条纹以光栅的相对运动速度移动,并直接照射到光电元件上,在它们的输出端得到一串电脉冲,通过放大、整形、辨向和计数系统产生数字信号输出,直接显示被测的位移量。传感器的光路形式有两种,一种是透射式光栅,它的栅线刻在透明材料上(如工业用白玻璃、光学玻璃等)。另一种是反射式光栅,它的栅线刻在具有强反射的金属(不锈钢)或玻璃镀金属膜上(铝膜)。光栅式传感器应用在程控、数控机床和三坐标测量机构中,可测量静、动态的直线位移和整圆角位移,在机械振动测量、变形测量等领域也有应用。

2）磁栅传感器

磁栅传感器是利用磁栅与磁头的磁作用测量位移的传感器,它是一种新型的数字式传感器,成本较低且便于安装和使用。当需要时可将原来的磁信号(磁栅)抹去,重新录制,还可以安装在机床上后再录制磁信号,这对于消除安装误差和机床本身的几何误差,以及提高测量精度都是有利的。可以采用激光定位录磁,因为不需要采用感光、腐蚀等工艺,所以精度较高,可达 ±0.01mm/m,分辨率为 1～5μm。

3）感应同步器

感应同步器是把转角或直线位移转换成电信号的电感式高精度传感元件,又称为感应整步机。感应同步器工作原理与旋转变压器的工作原理相同,借助于定、动片上绕组之间的电磁耦合,使输出电压随定、动片相对位移呈正(余)弦函数规律变化。感应同步器的极对数多于极旋转变压器。感应同步器广泛应用于高精度伺服转台、雷达天线、火炮和无线电望远镜的定位跟踪、精密数控机床,以及高精度位置检测系统中。

4）气体传感器

气体传感器是一种将某种气体体积分数转化成对应电信号的转换器,可检测气体的成分、浓度等信息。一般说来,气体传感器可以分热导式气体传感器、红外气体传感器、半导体气体传感器、电化学气体传感器、催化燃烧式气体传感器等。

（1）热导式气体传感器。每种气体都有固定的热导率，混合气体的热导率也可近似求得。由于以空气为基准的校正容易实现，所以，用热导率变化法测气体浓度时，一般以空气为基准比较被测气体。

（2）红外气体传感器。利用不同种类或不同浓度的气体对红外线吸收不同的特性可以制成红外吸收式传感器，它包括两个构造形成完全相同的光学系统。其中一个红外光入射到比较槽，槽内密封着某种气体，另一个红外光入射到检测槽，槽内通入被测气体。两个光学系统的光源同时以固定周期开闭。当测量槽的红外光照射到某种被测气体时，不同的气体将对不同波长的红外光具有不同的吸收特性。同时，同种气体而不同浓度时，对红外光的吸收量也不相同。因此，通过测量槽红外光强的变化就可知道被测气体的种类和浓度。因为采用两个光学系统，所以检出槽内的光量差值将随被测气体种类不同而不同。同时，这个差值对于同种被测气体也会随气体浓度增高而增加。

4. 湿度传感器

湿度传感器是指能感受气体中水蒸气含量，并转换成可用输出信号的传感器。由于应用领域不同，对湿度传感器的技术要求也不同。从制造角度看，同是湿度传感器，由于材料、结构和工艺的不同，其性能和技术指标有很大差异，因而价格也相差甚远。湿度传感器目前比较成熟的有电解质系湿度传感器、半导体及陶瓷湿度传感器、有机物及高分子聚合物湿度传感器等。

5. 电阻应变式传感器

电阻应变式传感器的基本原理是将被测非电量转换成与之有确定对应关系的电阻值，再通过测量此电阻值达到测量非电量的目的。电阻应变式传感器由弹性敏感元件、电阻应变计、补偿电阻和外壳组成，可根据具体测量要求设计成多种结构形式。弹性敏感元件受到所测量力的作用产生变形，并使附着其上的电阻应变计一起变形。电阻应变计再将变形转换为电阻值的变化，从而可以测量力、压力、扭矩、位移、加速度和温度等多种物理量。常用的电阻应变式传感器有应变式测力传感器、应变式压力传感器、应变式扭矩传感器、应变式位移传感器、应变式加速度传感器和测温应变计等。

电阻应变式传感器的优点是精度高、测量范围广、寿命长、结构简单、频率响应特性好，能在恶劣条件下工作，易于实现小型化、整体化和品种多样化等。它的缺点是对于大的应变存在较大的非线性，输出信号较弱。电阻应变式传感器广泛应用于自动测试和控制系统中。

6. 电感式传感器

电感式传感器是利用电磁感应把被测的物理量，如位移、压力、流量、振动等转换成线圈的自感系数和互感系数的变化，再由电路转换为电压或电流的变化量输出，实现非电量到电量的转换。

电感式传感器具有以下特点：

（1）结构简单，传感器无活动电触点，工作可靠，寿命长。

（2）灵敏度和分辨力高，能测出 $0.01\mu m$ 的位移变化。传感器的输出信号强，电压灵敏度一般每毫米的位移可达数百毫伏的输出。

（3）线性度和重复性较好，在一定位移范围（几十微米至数毫米）内，传感器非线性误差可

达 $0.05\% \sim 0.1\%$。电感式传感器在工业自动控制系统中被广泛采用,它的不足之处是频率响应较低,不宜用于快速动态测控。

电感式传感器种类很多,常见的有自感式、互感式和涡流式三种。

7. 电容式传感器

电容式传感器是将被测非电量的变化转换为电容量变化的一种传感器,其优点是结构简单,可非接触测量,并能在高温、辐射和强烈振动等恶劣条件下工作。

下面以平板电容器为例说明电容式传感器的工作原理。由物理学知识可知,两块平行金属板构成的电容器,其电容量为

$$C = \frac{\varepsilon_0 \varepsilon A}{\delta} \tag{2.2}$$

式中,ε_0 为真空介电常数,$\varepsilon_0 = 8.85 \times 10^{-12}$(F/m);$\varepsilon$ 为极板间介质的相对介电常数,空气介质 $\varepsilon = 1$;A 为极板相互遮盖的面积(m^2);δ 为极板距离(m)。

当 δ、A 和 ε 任一参数变化时,电容量 C 也随之改变,从而使测量电路的输出电压或电流也发生相应变化。

8. 压电式传感器

一些离子型晶体的电介质(如石英、酒石酸钾钠、钛酸钡等)在电场力或机械力的作用下会产生极化现象。在这些电介质的一定方向上施加机械力而产生变形时,会引起它内部正负电荷中心相对转移而产生电的极化,从而导致其两个相对表面(极化面)上出现符号相反的束缚电荷 Q,且其电位移 D(或电荷密度 σ)与外应力张量 T 成正比

$$D = dT \quad \text{或} \quad \sigma = dT \tag{2.3}$$

式中,d 为压电常数矩阵。当外力消失后又恢复不带电原状;当外力变向时,电荷极性随之变化。这种现象称为正压电效应,或简称压电效应。

对上述电介质施加电场作用时,同样会引起电介质内部正负电荷中心的相对位移而导致电介质产生变形,且其应变 S 与外电场强度 E 成正比

$$S = dtE \tag{2.4}$$

式中,dt 为逆压电常数矩阵。这种现象称为逆压电效应,或称电致伸缩。

由此可见,具有压电性的电介质又(称压电材料)能实现机-电能量的相互转换。

9. 磁电式传感器

磁电式传感器是利用电磁感应原理将输入运动速度变换成感应电势输出的传感器。它不需要辅助电源就能把被测对象的机械能转换成易于测量的电信号,它是一种有源传感器,有时也称为电动式或感应式传感器,只适合进行动态测量。由于它具有较大的输出功率,其配用电路较为简单,性能稳定,工作频带一般为 $10 \sim 1000$ Hz。磁电式传感器具有双向转换特性,利用其逆转换效应可构成力(矩)发生器和电磁激振器等。根据电磁感应定律,当 W 匝线圈在均恒磁场内运动时,设穿过线圈的磁通为 Φ,则线圈内的感应电势 e 与磁通变化率 $d\Phi/dt$ 有如下关系:

$$e = -W \, d\Phi/dt \tag{2.5}$$

根据这一原理可以设计成变磁通式和恒磁通式两种结构形式,构成测量线速度或角速度

的磁电式传感器。

在恒磁通式结构中,工作气隙中的磁通恒定,永久磁铁与线圈之间的相对运动使线圈切割磁力线产生感应电势。当线圈与磁铁间有相对运动时,线圈中产生的感应电动势 e 为

$$e = Blv \tag{2.6}$$

式中,B 为气隙磁通密度(T);l 为气隙磁场中有效匝数为 W 的线圈总长度(m),$l = l_a W$(l_a 为每匝线圈的平均长度);v 为线圈与磁铁沿轴线方向的相对运动速度。

当传感器的结构确定后,B、l_a、W 都为常数,感应电势 e 仅与相对速度 v 有关。传感器的灵敏度为

$$S = e/v = Bl \tag{2.7}$$

为了提高灵敏度,应该选用磁能积较大的永久磁铁和尽量小的气隙长度,以提高气隙磁通密度 B;增加 l_a 和 W 也能提高灵敏度,但它们受到体积和质量、内电阻及工作频率等因素的限制。为了保证传感器输出的线性度,要保证线圈始终在均匀磁场内运动。设计者的任务是选择合理的结构形式、材料和结构尺寸,以满足传感器基本性能要求。

10. 热电式传感器

热电式传感器是利用转换元件电磁参量随温度变化的特性,对温度及与温度有关的参量进行检测的装置。其中将温度变化转换为电阻变化的称为热电阻传感器,将温度变化转换为热电势变化的称为热电偶传感器。

热电阻传感器可分为金属热电阻式和半导体热电阻式两大类,前者简称热电阻,后者简称热敏电阻。

1)热电阻

热电阻材料具有以下特点:

(1)高温度系数、高电阻率。这使得在同样条件下可加快反应速度,提高灵敏度,减小体积和质量。

(2)化学、物理性能稳定。保证在使用温度范围内热电阻的测量准确性。

(3)良好的输出特性。保证线性的或者接近线性的输出。

(4)良好的工艺性,便于批量生产和降低成本。适宜制作热电阻的材料有铂、铜、镍、铁等。

铂、铜为应用广泛的热电阻材料。虽然铁、镍的温度系数和电阻率高于铂和铜,但是,由于存在着不易提纯和非线性严重的缺点,因而用得不多。铂容易提纯,在高温和氧化性介质中化学和物理性能稳定,制成的铂电阻输出与输入特性接近线性,测量精度高。

铂电阻制成的温度计除作温度标准外,还广泛应用于高精度的工业测量。由于铂为贵金属,一般在测量精度要求不高和测温范围较小时,均采用铜电阻。

铜电阻在 $-50 \sim 150℃$ 范围内化学和物理性能稳定,输出与输入特性接近线性,价格低廉。当温度高于 $100℃$ 时铜电阻易氧化,因此,适用于温度较低且没有侵蚀性的介质中测量。

2)热敏电阻

热敏电阻是用半导体材料制成的热敏器件。按物理特性可分为三类:

(1)负温度系数热敏电阻(NTC)。

(2)正温度系数热敏电阻(PTC)。

(3)临界温度系数热敏电阻(CTR)。

11. 光纤传感器

光纤具有很多优异的性能,如抗电磁干扰和原子辐射的性能,径细、质软、质量轻的机械性能,绝缘、无感应的电气性能,耐水、耐高温、耐腐蚀的化学性能等。

光纤传感器的基本工作原理是将来自光源的光经过光纤送入调制器,使待测参数与进入调制区的光相互作用,使光的性质(如光的强度、波长、频率、相位、偏正态等)发生变化,变化后的光信号经过光纤送入光探测器,经解调后获得被测参数。

光纤传感器可以用来测量多种物理量,比如声场、电场、压力、温度、角速度、加速度等,还可以完成现有测量技术难以完成的测量任务。在狭小的空间里,在强电磁干扰和高电压的环境里,光纤传感器都显示出了独特的性能。目前,光纤传感器已经有 70 多种,主要可分为光纤自身传感器和利用光纤的传感器两大种类。

所谓光纤自身传感器,就是光纤自身直接接收外界的被测量。外界的被测量物理量能够引起测量臂的长度、折射率、直径的变化,从而使光纤内传输的光在振幅、相位、频率、偏振等方面发生变化。

光纤声传感器是一种利用光纤自身特点制成的传感器。当光纤受到微小的外力作用时会产生微弯曲,而其传光能力发生很大的变化。声音是一种机械波,它对光纤的作用是使光纤受力并产生弯曲,通过弯曲得到声音的强弱信号。

12. 图像与生物传感器

图像传感器是组成数字摄像头的重要组成部分。根据元件的不同可分为电荷耦合元件(charge coupled device,CCD)和金属氧化物半导体元件(complementary metal-oxide semiconductor,CMOS)两大类。

生物传感器是将生物量转换为电信号进行检测的设备。它是由固定化的生物敏感材料作识别元件(包括酶、抗体、抗原、微生物、细胞、组织、核酸等生物活性物质)与适当的理化换能器(如氧电极、光敏管、场效应管、压电晶体等)及信号放大装置结合而成的分析工具或系统。生物传感器具有接收器与转换器的功能。

生物传感器是生物活性材料与物理/化学换能器有机结合的技术,是发展生物技术必不可少的一种先进的检测方法,也是物质分子水平的快速微量分析方法。生物传感器技术将是介于信息和生物技术之间的新增长点,在临床诊断、工业控制、食品和药品分析、环境保护、生物芯片等研究中有着广泛的应用前景,推动着物联网技术的普及与应用。

2.3 射频识别技术

2.3.1 射频识别技术概述

射频识别(radio frequency identification,RFID)技术是 20 世纪 90 年代开始兴起的一种非接触式的自动识别技术,俗称电子标签。射频识别是一种利用射频信号通过空间耦合(交变磁场或电磁场)实现无接触信息传递,并通过所传递的信息达到识别目标的技术。从信息传递的基本原理看,射频识别技术在低频段基于变压器耦合模型(初级与次级之间的能量传递及信号传递),在高频段基于雷达探测目标的空间耦合模型(雷达发射电磁波信号碰到目标后携带目标信息返回雷达接收机)。

目前,常见的自动识别技术有条形码技术、磁卡和 IC 卡技术、生物识别技术和 RFID 技术。条形码技术成本最低,由一组规则排列的条、空以及相应的数字组成。这些条和空可以有各种不同的组成方法,构成不同的图形符号,经条形码阅读器识别后译成二进制数和十进制数,适用于商品需求量大且数据不必更新的场合。但是其存储的数据量小,较易磨损,仅能一次性使用。磁卡的成本相对便宜,但是容易磨损和折断,存储数据量小。IC 卡的价格稍高,数据存储量较大,数据安全性好,但是使用时必须与读写设备相接触,同时它的触点暴露在外面,有可能因静电或人为原因损坏。生物识别技术是计算机与光学、声学、生物传感器和生物统计学等高科技手段有机结合,利用人体固有的生理特性(如指纹、脸像、虹膜等)和行为特征(如笔迹、声音、步态等)进行个人身份鉴定的一种技术。生物特征识别技术具有不易遗忘、防伪性能好、不易伪造或被盗、随身携带和随时随地可用等优点,应用领域广泛,其缺点是成本较高。

RFID 技术的优点在于非接触性,在完成识别工作时无需人工干预,适用于自动化系统。RFID 技术的主要特点有识别精度高,可快速准确的识别物体;采用无线电射频,可以绕开障碍物,并透过外部材料实现非视觉范围读取数据,可工作于恶劣的环境中;可以同时对多个物体进行识读;储存的信息量大且信息可加密保存,是一般条形码存储信息量的几十倍,甚至上百倍。RFID 被广泛应用于物流、供应链、动物和车辆识别、门禁系统、图书管理、自动收费和生产制造等领域。

经过多年的发展,RFID 产品得到广泛应用,RFID 产品种类更加丰富,有源标签、无源标签及半无源标签均得到了发展,标签成本不断降低,行业的应用规模不断扩大,促使 RFID 技术与理论得到丰富和完善。单芯片电子标签、多电子标签识读、无线可读可写、无源电子标签的远距离识别、适应高速移动物体的射频识别技术与产品正在成为现实并走向应用。

2.3.2 射频识别系统基本构成

RFID 通过射频信号自动识别目标对象并获取相关数据,识别工作无需人工干预,可工作于各种恶劣环境。RFID 技术可识别高速运动物体并可同时识别多个标签,操作快捷方便。RFID 是一种简单的无线系统,该系统常用于控制、检测和跟踪物体。

一般来说,RFID 系统由电子标签、阅读器和信息处理系统(数据库)等几部分组成,系统组成如图 2-3 所示。图 2-4 给出几种典型的电子标签和阅读器的实物图。电子标签(也称射频标签、射频卡或应答器)是产品信息的载体,附着在物体上标识目标对象,由耦合元件及芯片组成,每个标签具有唯一的电子编码,在全球范围内流通。标签也可以包含其他的附加信息。电子标签的外形大致可分为三大类,即标签类、注塑类和卡片类。阅读器(也称为读卡器、读写器)是读取或擦写标签数据和信息的设备,可设计为手持式或固定式,也可以作为部件的形式嵌入其他系统中。它与信息网络系统相连,是读取标签中的产品序列号及相关信息,并将其输入数据库获取该产品相应信息的工具。标签和阅读器都附有天线,用于在标签和阅读器间传递射频信号。数据库系统由本地网络和互联网络组成,是实现信息管理和信息流通的功能模块。数据库系统可以在互联网上通过管理软件或系统来实现全球性质的"实物互联"。

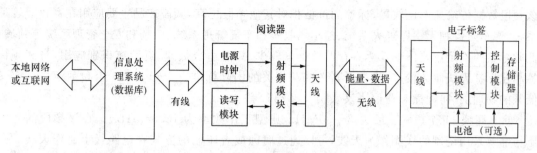

图 2-3 RFID系统组成框图

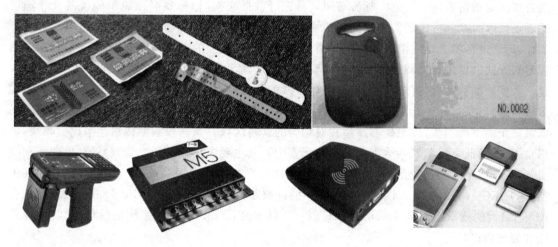

图 2-4 典型的电子标签和阅读器

2.3.3 射频识别系统分类及典型应用

通常可以按照工作频率、电子标签的供电方式、作用距离、标签的读写功能等对 RFID 系统进行分类。

1. 按 RFID 系统工作频率分类

目前,RFID 系统按工作频率的不同可分为低频(LF)系统、高频(HF)系统、超高频(UHF)系统、微波(MW)系统,相对应的代表性频率分别为低频 135kHz 以下、高频 13.56MHz、超高频 860~960MHz、微波 2.4GHz、5.8GHz。不同频段的 RFID 工作原理不同,低频和高频频段 RFID 电子标签一般采用电磁耦合原理,而超高频及微波频段的 RFID 一般采用电磁发射原理。每一种频率都有它的特点,适用于不同的领域,需要根据目标系统要求选择适当的频率。

(1) 低频(125~134kHz)。RFID 技术首先在低频段得到广泛的应用和推广。低频标签一般为无源标签,其工作能量通过电感耦合方式从阅读器耦合线圈的辐射近场中获得,也就是在阅读器线圈和电子标签线圈间存在着变压器耦合作用,通过阅读器交变场的作用在标签天线中得到感应电压,感应电压被整流作为标签供电电源使用。低频标签与阅读器之间传送数据时,低频标签需位于阅读器天线辐射的近场区内。低频标签的阅读距离一般情况下小于 1m。该频段的波长大约为 2500m,场强随距离增加快速下降,除受金属材料影响较大外,一般能够穿过任意材料的物品而不降低它的读取距离。工作在低频段的阅读器在全球没有特殊的许可限制,并且该频率的磁场能够产生相对均匀的读写区域。相对于其他频段的 RFID 产品,该频段数据传输速率比较慢,标签的价格相对其他频段更高,频段产品主要应用在畜牧业管理系统、汽车防盗和无钥匙点火系统、停车场收费和车辆管理系统、门禁和安全管理系统等领域。低频标签的不足主要体现在标签存贮数据量较少,只能适合低速、近距离识别应用,与高频标签相比标签天线匝数较多,成本更高一些。相关的国际标准有 ISO 11784、ISO 18000-2(定义低频的物理层、防冲撞和通信协议)、DIN 30745 等。

(2) 高频(工作频率一般为 3～30MHz,典型工作频率为 13.56MHz)。在该频段的标签不再需要采用绕制的线圈作为天线,可以通过腐蚀或者印刷的方式在电路板上制作天线。高频标签一般采用无源方式工作,其工作能量同低频标签一样,也是通过电感耦合方式从阅读器耦合线圈的辐射近场中获得。标签与阅读器进行数据交换时,标签必须位于阅读器天线辐射的近场区内。高频标签的阅读距离一般情况下小于 1m。标签一般通过负载调制的方式进行工作,即通过标签上负载电阻的接通和断开使阅读器天线上的电压发生变化,实现用远距离感应器对天线电压进行振幅调制。如果人们通过数据输出线控制负载电压的接通和断开,那么这些数据就能够从标签传输到阅读器。该频段的波长约为 22m,可以穿过除金属材料外的大多数材料,但是这往往会降低读取距离。该频段在全球并没有特殊限制。虽然该频段的磁场区域随距离下降很快,但是能够产生相对均匀的读写区域。该频段数据传输速率比低频快,价格也不高,因此可以把某些数据信息写入标签中。其主要应用包括图书管理系统、生产线和物流管理系统、三表预收费系统、固定资产管理系统、智能货架管理系统等。相关的国际标准包括 ISO/IEC 14443(关于近耦合 IC 卡,最大的读取距离为 10cm)、ISO/IEC 15693(关于疏耦合 IC 卡,最大的读取距离为 1m、ISO/IEC 18000-3(定义了 13.56MHz 系统的物理层、防冲撞算法和通信协议)等。

(3) 超高频与微波(工作频率为 860～960MHz、2.4GHz、5.8GHz)。超高频系统通过电场来传输能量。电场的能量随距离下降得相对慢一些,但是读取的区域不能很好地定义。该频段读取距离比较远,阅读距离一般大于 1m,典型情况为 4～6m,最大可达 10m 以上。主要是通过电容耦合的方式实现,标签可分为有源标签与无源标签两类。目前,无源微波射频标签比较成功的产品相对集中在 902～928MHz 工作频段上,2.45GHz 和 5.8GHz 射频识别系统多以有源微波射频标签产品的形式面世。有源标签一般采用纽扣电池供电,具有较远的阅读距离。工作时射频标签位于阅读器天线辐射场的远区场内,阅读器天线辐射场为无源标签提供射频能量,或将有源标签唤醒。阅读器天线一般为定向天线,只有在阅读器天线定向波束范围内的射频标签可被读/写。

超高频与微波射频标签的特点主要体现在是否无源、无线读写距离、是否支持多标签读写、是否适合高速识别应用、阅读器的发射功率容限、射频标签及阅读器的价格等方面。全球对该频段的定义存在差异,欧洲和部分亚洲国家定义的频率为 868MHz,北美定义的频段为 902～905MHz,日本建议的频段为 950～956MHz,该频段的波长大约为 30cm 左右。目前,该频段功率输出尚无统一的定义(美国定义为 4W,欧洲定义为 500mW)。超高频频段的电波在许多材料中不能通过,如水、灰尘、雾等悬浮颗粒物质。相对于高频电子标签,该频段的电子标签不需要和金属分开来。电子标签的天线一般是长条和标签状,天线有线性和圆极化两种设计,满足不同应用的需求。该频段具有良好的读取距离,但是对读取区域很难进行定义。该频段具有很高的数据传输速率,在很短的时间可以读取大量的电子标签。该频段产品的主要应用包括供应链管理和应用、生产线自动化管理和应用、航空包裹的管理和应用、集装箱的管理和应用等。相关的国际标准包括 ISO/IEC 18000-6(定义了超高频的物理层和通信协议,空中接口定义了 Type A 和 Type B 两部分,支持可读和可写操作)、EPCglobal(定义了电子物品编码的结构和甚高频空中接口以及通信协议)、Ubiquitous ID(定义了 UID 编码结构和通信管理协议)等。

2. 按电子标签的供电方式分类

RFID 电子标签按照能源的供给方式分为无源 RFID 标签(被动式 RFID,passive RFID)、有源 RFID 标签(主动式,active RFID)以及半有源 RFID 标签。

无源电子标签没有内装电池,在阅读器的读出范围之外时,电子标签处于无源状态;在阅读器的读出范围之内时,电子标签从阅读器发出的射频能量中提取其工作所需的电能。无源电子标签一般均采用反射调制方式完成电子标签信息向阅读器的传送。无源 RFID 读写距离近,价格低廉。相对于有源系统,无源系统在阅读距离及适应物体运动速度方面略有限制。

有源电子标签又称主动标签,标签的工作电源由内部电池供给,同时标签电池的能量供应也部分地转换为电子标签与阅读器通信所需的射频能量。有源电子标签可以提供更远的读写距离,但是需要电池供电,成本更高一些,适用于远距离读写的应用场合。

半有源标签可以用接近无源标签的价格实现类有源标签的功能。半有源标签主要有高频和超高频两种。半有源射频标签内的电池仅对标签内要求供电维持数据的电路供电,或者作为标签芯片工作所需电压的辅助支持,仅对本身耗电很少的标签电路供电。标签未进入工作状态前,一直处于休眠状态,相当于无源标签,标签内部电池能量消耗很少,因而电池可维持几年甚至长达 10 年有效。当标签进入阅读器的读出区域时,受到阅读器发出的射频信号激励进入工作状态,标签与阅读器之间信息交换的能量支持以阅读器供应的射频能量为主,标签内部电池的作用主要是弥补标签所处位置的射频场强不足,标签内部电池的能量并不转换为射频能量。

3. 按电子标签的作用距离分类

按电子标签的作用距离可将标签分为密耦合标签、遥耦合标签和远距离标签。密耦合系统是具有很小作用距离的 RFID 系统,典型的范围是 0～1cm,这种系统要求把标签插入阅读器中或紧贴阅读器,或者将标签放置在阅读器为此设定的表面上。遥耦合系统把读和写的作用距离增至 1cm～1m,在这种系统中,阅读器和标签之间的通信是通过电感(磁)耦合实现的。远距离系统典型的作用距离是 1～10m,这种系统是在微波波段内以电磁波方式工作,工作的频率较高,一般包括 915MHz、2.45GHz、5.8GHz 等。

4. 按电子标签的读写功能进行分类

根据标签的读写功能划分,可将 RFID 标签分为三种,即只读标签、一次写入多次读出标签和可重写标签。只读型标签的结构功能简单,出厂时已被写入,包含的信息量较少,识别过程中数据或信息只可读出不能更改,标签内部一般包含只读存储器 ROM 和随机存储器。一次写入多次读出标签是用户可以一次性写入数据的标签,写入后数据不变,存储器由可编程只读存储器 PROM 和可编程阵列逻辑 PAL 组成。可重写型标签集成了容量为几十个字节到几千个字节的存储器,一般为电可擦除只读存储器 EEPROM,标签内的信息可被阅读器读取、更改或重写,因此生产成本较高,价格较贵。

2.3.4 射频识别基本原理及关键技术

1. RFID 基本原理

在无源 RFID 系统中,阅读器通过发射天线发送一定频率的射频信号,当标签进入磁场后产生感应电流,凭借感应电流获得的能量将自身编码等信息通过标签内置发送天线给载波信号发送。阅读器通过天线接收此载波信号,并对其进行解调和解码然后送到信息处理系统进行相关处理,系统根据逻辑运算做出相应的处理和控制。在有源 RFID 系统中,标签利用内置的微型电池主动发送某一频率的信号,阅读器读取信息并解码后,送至信息处理系统进行有关数据处理。阅读器根据使用的电子标签结构和技术不同,既可以是只读装置也可以是读/写装置,是 RFID 系统信息控制和处理中心。阅读器通常由耦合模块、收发模块、控制模块和接口单元组成。阅读器和应答器(电子标签)之间一般采用半双工通信方式进行信息交换,在无源系统中,阅读器通过耦合同时给无源电子标签提供能量和时序。在实际应用中,可通过为阅读器增加网络接口,通过 Ethernet 或 WLAN 等实现对物体识别信息的采集、处理及远程传送等。

2. RFID 主要研究工作

当前,RFID 的研究主要围绕技术标准、标签成本、关键技术和系统应用等方面展开。

技术标准是普及 RFID 的基础,为了规范标签及阅读器的开发、设计和批量生产,解决 RFID 系统的互联和兼容问题,必须对 RFID 技术进行规范。RFID 的标准化是当前亟待解决的重要问题,各国及相关国际组织都在积极推进 RFID 技术标准的制定,目前还未形成完善的关于 RFID 的国际和国内标准。RFID 的标准化包括标识编码规范、操作协议及应用系统接口规范等部分。其中标识编码规范包括标识长度、编码方法等。操作协议包括空中接口、命令集合、操作流程等规范。当前主要的 RFID 技术标准有欧美的 EPC 标准、日本的 UID(ubiquitous ID)标准和 ISO18000 系列标准。

标签成本是限制 RFID 技术商业应用能否取得成功的关键。RFID 标签主要由 IC 芯片、天线和封装等几部分构成。根据调查,2003 年无源 HF 频段标签的平均价格为 91 美分,UHF 频段标签的平均价格为 57 美分。随着集成电路技术的进步和应用规模的扩大,RFID 标签的成本将不断降低。据预测,在大规模生产的情况下,RFID 标签生产成本最低能降到 5 美分,届时 RFID 技术将步入人们生活的各个领域,为人们提供更经济、高效和便捷的服务。

RFID 技术的推广应用有效地节省了人力,提高了作业精确性,加快了数据处理速度。目前,典型的应用包括物流管理、门禁控制、航空包裹识别、文档追踪管理、畜牧业管理、后勤管理、移动商务、产品防伪、运动计时、票证管理、车辆防盗、停车场管理、生产线自动化、物料管理等。概括起来主要有以下领域:

(1)身份识别。标签可以通过嵌入身份证、护照、工作证等各种有效证件中,用于对人员身份进行验证和识别,也可以放在管状容器中植入动物皮下跟踪和保护动物。

(2)防伪应用。RFID 技术应用在防伪领域中,具有识别快速、伪造难、成本低等优点,如果再加上安全认证和加密功能,就可以大大提高伪造者造假的难度和成本。目前,日本和欧洲正在尝试在日元和欧元中嵌入标签,这样做的目的不仅在于防止伪钞,还可以方便钞票交易处理。

(3)商业供应链应用。RFID 技术在商业供应链中的应用是其在所有应用领域中最广泛和最深入的应用,同时也是技术难度最大、最难实现的应用。因为要在所有商品上都贴上一个标签,这不仅对标签的成本要求较高,而且也需要具有能够快速高效处理大量数据的后台管理系统和软件。

(4) 公共交通管理应用。公共交通管理是应用 RFID 技术最早也是最成功的应用领域。主要涉及的应用包括电子车票、不停车收费、车辆管理与跟踪、智能交通控制等。

(5) 物流管理。为了降低物流成本,提高运输的效率,保证物品在运输流通中不会被遗漏或丢失,需要对整个物流过程进行监控和管理。目前,RFID 技术在物流领域中的应用主要集中在铁路、公路和民航的货运调度、集装箱识别和跟踪、物品/包裹的自动识别和处理等方面。

3. RFID 关键技术

目前,RFID 关键技术的研究主要集中在频率选择、天线技术、低功耗技术、封装技术、定位与跟踪技术、防碰撞与安全技术等方面。

(1) 频率选择。工作频率的选择是 RFID 技术中的一个关键问题。工作频率的选择既要适应各种应用需求,还需要考虑各国对无线电频段使用和发射功率的规定。当前,RFID 工作频率跨越多个频段,不同频段具有各自优缺点,它不仅影响标签的性能和尺寸大小,还影响标签与阅读器的价格。无线电发射功率的差别也会影响阅读器的作用距离。低频频段能量相对较低,数据传输率也较低,信号的覆盖范围有限,为了扩大低频无线覆盖范围,要求扩大标签天线的尺寸。但是,低频段标签的生产成本相对较低,天线方向性不强,具有相对较强的绕开障碍物的能力,形状多样,便于依附在被识别和跟踪的物体上。高频频段能量相对较高,适用于长距离的应用,同时高频频段数据传输率相对较高,且通信质量较好。高频段的缺点是容易被障碍物阻挡,易受反射和人体扰动等因素影响,不易实现信号的全区域覆盖。由于高频信号以波束方式传播,所以高频还可用于标签的跟踪和定位。

(2) 天线技术。由于应用场景的限制,RFID 标签通常需要贴在不同类型、不同形状的物体表面,甚至需要嵌入物体内部。标签和阅读器天线分别承担接收和发射数据及能量的作用,如何有效发送和接收数据,对天线的设计提出了严格的要求。天线结构决定了天线方向图、极化方向、阻抗特性、驻波比、天线增益和工作频段等特性。由于方向性天线具有较少回波损耗,因此比较适合于应用在标签上。由于标签放置方向的随机性,阅读器天线必须采取圆极化方式工作(其天线增益较大)。天线增益和阻抗特性对 RFID 系统的作用距离产生较大影响,天线的工作频段对天线尺寸以及辐射损耗有较大影响。天线特性受所标识物体的形状及物理特性影响,如金属物体对电磁信号有衰减作用,金属表面对信号有反射作用,弹性基层会造成标签及天线变形,物体尺寸对天线大小也有一定限制。当前,对 RFID 天线的研究主要集中在天线结构和环境因素对天线性能的影响上,例如,对片形天线、倒 F 型天线和 Sierpinski 分形结构天线的研究。

(3) 低功耗技术。无论是有源方式还是无源方式工作的 RFID 模块,其基本要求是低功耗。低功耗能够提高卡片的寿命,扩大应用场合和提高标签的识别距离。在实际应用中,降低功耗与保证一定的有效通信距离是同等重要的。因此,标签内的芯片一般都采用低功耗工艺和高效节能技术。例如,在有源标签电路设计中采用"休眠模式"的节能技术,在电子标签芯片选择方面,选择最新半导体工艺的低电压存储器和全 CMOS 结构的低功耗控制器等。

(4) 封装技术。由于 RFID 标签中需要安装天线、芯片和其他特殊部件,为确保标签的大小、厚度、柔韧性和高温高压工艺中芯片电路的安全性,需要特殊的封装技术和专门设备。标签的封装不受标准形状和尺寸的限制,而且其构成也是千差万别,甚至需要根据各种不同要求进行特殊的设计以满足应用需求。

(5)定位与跟踪技术。RFID 技术的发展为空间定位与跟踪服务提供了一种新的解决方案。RFID 定位与跟踪系统主要利用标签对物体的唯一标识特性,依据阅读器与标签之间射频信号的强度来测量物体的空间位置,主要应用于 GPS 系统难以应用的室内定位领域。典型的 RFID 定位与跟踪系统包括密歇根州立大学的 LANDMARC 系统、微软公司的 RADAR 系统等。该技术已经广泛应用于矿井内人员的定位和跟踪。

(6)防碰撞技术。随着有源标签的出现、标签有效读取距离的增加和 RFID 技术在高速移动物体中的应用,迫切需要阅读器在有限时间内高效快速地识别大量标签。防碰撞算法分为阅读器防碰撞算法和标签防碰撞算法两种。阅读器碰撞是指某个标签处于多个阅读器作用范围内,多个阅读器同时与一个标签进行通信,致使标签无法区分信号来自哪个阅读器,也包括相邻的阅读器同时使用相同的频率与其阅读区域内的标签通信而引起的频率碰撞。由于阅读器能检测碰撞并且相互之间可以通信,阅读器碰撞较容易解决。标签防碰撞算法就是要解决在阅读器有效通信范围内多个标签同时与阅读器进行通信的问题。当阅读器同时收到不同的标签发出的响应时,由于不同的信号产生混叠和干扰,阅读器无法对任意一个标签进行识别,即产生碰撞。

在无线通信技术领域中,通信实体之间干扰(碰撞)是一直存在的问题,同时也研究出许多相应的解决方法,这些方法一般可分为四类,即空分多路法、频分多路法、码分多路法和时分多路法。

由于标签的低功耗、低存储能力和有限的计算能力等特点,标签防碰撞方法主要采用时分多路法。在高频频段,标签的防碰撞算法一般采用 ALOHA 及相关算法,在超高频频段,主要采用二进制搜索算法来避免碰撞,这些算法都是基于时分多路的。常用的防碰撞算法识别时间较长,不能满足对高速运动标签的识别要求,而一些改进算法虽然识别时间较短,但对标签设计要求较高,如需要增加随机数产生器、计数器或延迟器等,很难满足系统设计的低成本要求。因此,在保持一定复杂度和成本的条件下,最大限度地减少搜索时间,提高识别效率,是防碰撞算法研究的方向和趋势。

(7)安全技术。随着 RFID 技术的发展及其在军事、安全和金融等敏感领域中的应用,RFID 相关安全技术对于保护信息安全和用户隐私变得更加重要。密码分析学的不断发展和"黑客"的出现使基于传统安全技术的 RFID 系统正受到日益严重的威胁。由于 RFID 设备的特殊性,例如有限的计算能力、有限的存储空间和电源供给等问题,对 RFID 系统的安全设计提出了特殊的要求。

2.4　模式识别技术

2.4.1　模式和模式识别

1. 模式识别

模式识别是指对表征事物或现象的各种形式的(数值的、文字的和逻辑关系的)信息进行处理和分析,以对事物或现象进行描述、辨认、分类和解释的过程,是信息科学和人工智能的重要组成部分。模式识别又称为模式分类,从处理问题的性质和解决问题的方法等角度,模式识别分为有监督的分类和无监督的分类两种。二者的主要差别在于各实验样本所属的类别是否预先已知。一般说来,有监督的分类往往需要提供大量已知类别的样本,但是,在实际问题中这存在一定的困难,因此,研究无监督的分类就变得十分必要。

模式还可以分成抽象的和具体的两种形式。前者如意识、思想、议论等属于概念识别研究的范畴,是人工智能的另一研究分支。后者主要是对语音波形、地震波、心电图、脑电图、图片、照片、文字、符号、生物传感器等对象的具体模式进行辨识和分类。模式识别研究主要集中在两个方面,一是研究生物体(包括人)是如何感知对象的,属于认识科学的范畴。二是在给定的任务下,如何用计算机实现模式识别的理论和方法。前者是生理学家、心理学家、生物学家和神经生理学家等的研究内容,后者是数学家、信息学专家和计算机科学工作者的主要研究内容。

应用计算机对一组事件或过程进行辨识和分类,所识别的事件或过程可以是文字、声音、图像等具体对象,也可以是状态、程度等抽象对象。这些对象与数字形式的信息相区别,称为模式信息。

模式识别分类的类别数目由特定的识别问题决定。有时开始时无法得知实际的类别数,需要识别系统反复观测被识别对象后才能确定。

2. 模式识别方法

模式识别方法主要包括决策理论方法和句法方法。

决策理论方法又称为统计方法,是发展较早也比较成熟的一种方法。识别对象首先被数字化,变换为适于计算机处理的数字信息,一个模式常常要用很大的信息量表示。许多模式识别系统在数字化环节之后还需进行预处理,用于除去混入的干扰信息并减少某些变形和失真。随后进行特征抽取,即从数字化后或预处理后的输入模式中抽取一组特征。所谓特征是选定的一种度量,它对一般的变形和失真保持不变或几乎不变,并且包含尽可能少的冗余信息。特征抽取过程将输入模式从对象空间映射到特征空间,模式可用特征空间中的一个点或一个特征矢量表示,这种映射不仅压缩了信息量,而且易于分类。在决策理论方法中,特征抽取占有重要的地位,但尚无通用的理论指导,只能通过分析具体识别对象决定选取何种特征。特征抽取后可进行分类,即从特征空间再映射到决策空间。

句法方法又称为结构方法或语言学方法。其基本思想是把一个模式描述为较简单的子模式的组合,子模式又可描述为更简单的子模式的组合,最终得到一个树形的结构描述,在底层的最简单的子模式称为模式基元。在句法方法中,选取基元的问题相当于在决策理论方法中选取特征的问题。通常要求所选的基元能对模式提供一个紧凑的反映其结构关系的描述,又要易于用非句法方法加以抽取。基元本身不应该含有重要的结构信息。模式以一组基元和它们的组合关系描述,称为模式描述语句,这相当于在语言中句子由短语词组合、词由字符组合一样。基元组合成模式的规则由所谓语法指定。一旦基元被鉴别,识别过程可通过句法分析进行,即分析给定的模式语句是否符合指定的语法,满足某类语法的即被分入该类。

模式识别方法的选择取决于问题的性质。如果被识别的对象极为复杂,而且包含丰富的结构信息,一般采用句法方法。如果被识别对象不复杂或不包含明显的结构信息,则一般采用决策理论方法。这两种方法不能截然分开,在句法方法中,基元本身就是用决策理论方法抽取的。

2.4.2　模式识别的发展和应用

下面介绍模式识别技术的几个主要应用领域。

1. 文字识别

在模式识别领域中，发展最成熟并得到广泛应用的领域之一是文字识别。早在 1929 年，Tauschek 就试图用模版匹配的方法识别十个印刷体阿拉伯数字。识别装置的工作原理如图 2-5 所示，机器中有十个相应于阿拉伯字符 0～9 的模板，这些模板类似于照片的负片。当文件上的阿拉伯数字与模板的字相吻合的时候，透过模板的光线最少，在模板后面的光接收器输出最小。而当二者不吻合时，透过模板的光线增加，使光接收器有较大的输出。对每个待识别的字符，依次试过十块模板，输出最小的模板的数字就是待识别的字符。

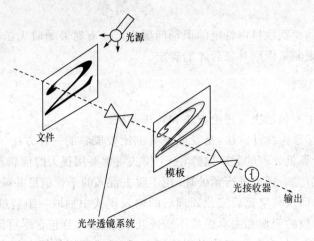

图 2-5　数字识别的光电装置

字符识别在这个原始方法的基础上不断加以改进。但这类方法对于字体、位置和印刷油墨、纸张质量等都有特别的要求，因而没有得到推广应用。文字识别的真正发展还是在计算机技术有了长足的进步之后。

按识别对象进行分类，文字识别分为西文字符、阿拉伯字符和汉字识别等。它们又分为印刷体和手写体的识别。由于汉字结构复杂，种类繁多，它成为模式识别研究的重点内容之一。此外，还有利用书写板输入的在线文字识别，它利用汉字的笔顺信息，从而降低了识别难度。

一般来说，如果对于字符的书写予以一些限制，则识别过程会简单些。比如，有的识别系统规定字符要写在指定的方框内，有的系统还在框内加上限制字符形状的格点等。手写体阿拉伯数字的识别在邮政信函自动分拣方面起到重要作用。

汉字识别的难度较大，这主要是由于类别多、图形复杂的缘故。文字识别可用于各种大、中型计算机的输入，诸如出版印刷、新闻通信、银行、邮政、资料文献等部门使用的计算机都有大量文字输入的问题。

2. 语音识别

语音识别的难度和复杂性都很高，因为要抽取语音的特征，不仅要分析语言的结构和语音的物理过程,而且还涉及听觉的物理和生理过程。人们能听懂不同嗓音、不同速度的连续语句,但是用机器实现就很困难。

语音识别研究可分为两大类:

第一类是识别人们的语言,它可能是不同人们在不同环境背景下的声音。孤立语音的识别已经取得了不少的成绩。语音识别的最终目的是识别连续语音,困难在于连续语音的分割、节拍信息的提取、某些辅音的准确与稳定检出等。

第二类是发声者的识别,其任务是识别发声者是谁,而对于说话内容则并不感兴趣。它在身份鉴别应用中具有重要的作用。

3. 医学领域的应用

模式识别在医学领域的应用已经取得了重要进展,主要有以下几个方面:

(1)心电图和心电向量图的分析。

(2)脑电图的分析。

(3)染色体的自动分类。

(4)癌细胞的分类。

(5)血相分析。

(6)医学图片方面,包括 X 射线、CT、磁共振等的分析。

4. 其他领域的应用

1)遥感图片分析

现代遥感技术采用多光谱扫描仪及多波段航空摄影从而可以得到大量的地球图像数据,为人们提供大量的地下矿藏、农作物分析、气象情况、野生物资源等资料。这些数量庞大的信息分析处理促进了模式识别技术的发展。

2)军事

可见光、雷达、红外图像的分析与识别的主要目的是检出和鉴别目标的出现,判断目标的分类并对运动中的目标进行监视和跟踪。另外,采用地形匹配方法矫正飞行轨道以提高导弹命中精度,也是模式识别技术的一个重要应用课题。

3)机器人视觉

采用图像处理和激光定位等方法组成的机器人视觉系统是机器人实现目标识别、避障及路径规划的重要技术手段。

4)生物识别技术

生物识别技术是基于某人的物理特征或行为特征用自动化方法予以辨识或认证的技术,目前已得到利用的物理特征主要如下:

(1)人脸的识别。通过对面部特征和它们之间的关系进行识别。

(2)人视觉状态的识别。包括虹膜及视网膜识别。虹膜识别技术基于自然光或红外光照射,对虹膜上可见的外在特征进行识别。虹膜识别可以用于身份鉴别,如在银行取款、网上购物、抓捕逃犯、ATM 自动取款等应用。视网膜识别技术要求采用激光照射眼球的背面以获得视网膜特征。

(3)指纹的识别。在指纹图像上找到并比对指纹的特征,即通过比较不同指纹的细节特征点进行鉴别。

(4) 步态识别。它要求输入的是一段行走的视频图像序列。由于序列图像的数据量较大,因此其计算复杂度比较高,处理起来也比较困难。

2.4.3 模式识别的研究方法及分类

模式识别的识别过程如图 2-6 所示。

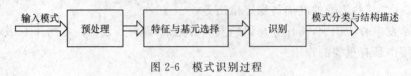

图 2-6 模式识别过程

1. 预处理

模式识别技术基于数字电子计算机实现,对于非电量输入模式,首先要把它们转换成电信号,然后通过模/数转换成为计算机能够接受的数字量。为了使输入模式满足识别的要求,还要根据具体情况对模式进行处理,如滤波、坐标变换、图像增强、图像复原、区域分割、边界检测、骨架提取等,以减少外界干扰和噪声的影响,使模糊的模式变得清晰以便抽取模式识别所需要的特征。

2. 特征和模式基元的选择

经过预处理,满足识别要求的模式要根据识别方法的要求抽取选择特征和基元,以作为识别的依据。一般来说,要求选择的特征和基元能够足够代表这个模式,另一方面,要求它们的数量尽量少,从而能有效地进行分类和描述。模式特征和基元的选择对识别的效果有直接的影响,所以它们的选择是模式识别的内容之一,但是,目前还没有一个通用的能有效抽取特征和基元的方法。

3. 模式识别

1) 统计模式识别

这类识别方法利用各类的分布特征,即直接利用各类的概率密度函数、后验概率等,或隐含地利用上述概念进行分类识别。其中的基本方法有聚类分析法、判别类域代数界面法、统计决策法、最近邻法等。

在聚类分析法中,利用待分类模式之间的相似性进行分类,较相似的作为一类,不相似的作为另一类。在分类过程中不断地计算所划分的各类的中心,一个待分类模式与各类中心的距离作为对其分类的依据。这实际上是隐含地利用了概率分布概念,在常见的概率密度函数中,距期望值较近的点概率密度值较大。

在判别类域代数界面法中,用已知类别的训练样本产生判别函数,这相当于学习或者训练。根据待分类模式带入判别函数后所得值的正负确定其类别,判别函数提供了相邻两类判决域的界面,相当于在一些设定下两类概率密度函数之差。

在统计决策法中,在一些分类识别准则下按照概率统计理论导出各种判别规则,这些判别规则可以产生某种意义上的最优分类识别结果。这些判别规则要用到各类的概率密度函数、先验概率或后验概率。这可以通过训练样本对未知概率密度函数中的未知参数进行估计。

在最近邻法中,根据待分类模式的一个或 k 个近邻训练样本的类别而确定其类别。

2) 句法模式识别

句法模式识别也称为结构模式识别。在许多情况下,对于较复杂的对象仅用一些数值特征已不能充分进行描述,这时可采用句法模式识别。

句法识别技术将对象分解为若干个基本单元,这些基本单元称为基元。用这些基元以及它们的结构关系描述对象,基元以及它们的结构关系可以用字符串或图表示,然后运用形式语言理论进行句法分析,根据其是否符合某一类的文法而决定其类别。

3) 模糊模式识别

这类技术运用模糊数学的理论和方法解决模式识别问题,因此适用于分类识别对象本身或要求的识别结果具有模糊性的场合。目前,模糊识别方法较多,这类方法的有效性取决于对象类的隶属函数是否良好。

4) 人工神经网络法

人工神经网络是由大量简单的基本单元神经元相互连接而构成的非线性动态系统,每个神经元结构和功能比较简单,而由其组成的系统却可以非常复杂,具有生物神经网络的某些特征。人工神经网络在自学习、自组织、联想以及容错方面具有较强的能力,能用于联想、识别及决策。在模式识别方面,与其他方法不同的是在学习过程中具有自动提取特征的能力。

5) 人工智能方法

人类具有完善的分类识别能力,人工智能是研究如何使机器具有人脑功能的理论和方法,模式识别从本质上讲就是根据对象的特征进行类别的判断,因此,可以将人工智能中有关学习、知识表示、推理等技术用于模式识别。

上述五类方法各有其特点及应用范围。一个较完善的识别系统可能是综合上述各类识别方法的概念和技术形成的。

2.4.4 模式识别的基本概念

1. 样品与特征

在模式识别中,被观测的每一个对象称为样品(如患者、产品、目标等)。

采用大写英文字母 X 表示样品。如果一批样品共有 N 个,把它们分别记为 $X_1, X_2, \cdots, X_N$。如果一批样品分别来自 m 个不同的类,来自第一类的样品有 N_1 个,来自第二类的样品有 N_2 个,等等,则表示为

$$X_1^{(1)}, X_2^{(1)}, \cdots, X_{N_1}^{(1)}, X_1^{(2)}, X_2^{(2)}, \cdots, X_{N_2}^{(2)}, \cdots, X_{N_m}^{(m)}$$

其中,记号 $X_i^{(j)}$ 表示第 j 类的第 i 个样品。

2. 均值与方差

均值与方差是概率论和数理统计中的概念,它们可以用来估计或描述一批数据的总体性质。均值是表示一系列数据或统计总体的平均特征的值。

N 个样品的均值公式为

$$\overline{X} = \frac{1}{N} \sum_{j=1}^{N} X_j \tag{2.8}$$

式中,$\overline{X}$表示样品的均值;X_j表示第j个样品。方差表示的是一系列数据或统计总体的分布特征的值,是用来度量随机变量和其数学期望(即均值)之间的偏离程度。在许多实际问题中,研究随机变量和均值之间的偏离程度有重要意义。

N个数的方差公式为

$$S^2 = \frac{1}{N-1} \sum_{j=1}^{N} (x_j - x)^2 \qquad (2.9)$$

式中,S表示方差;$\overline{x}$表示均值。在概率论和统计学中,协方差用于衡量两个变量的总体误差,它是度量两个随机变量协同变化程度的方差。如果两个变量的变化趋势一致,也就是说如果其中一个大于自身的期望值,另外一个也大于自身的期望值,那么两个变量之间的协方差就是正值。如果两个变量的变化趋势相反,即其中一个大于自身的期望值,另外一个却小于自身的期望值,那么两个变量之间的协方差就是负值。

在N个样品中,第i个特征和第j个特征之间的协方差定义S_{ij}为

$$S_{ij} = \frac{1}{N-1} \sum_{k=1}^{N} (x_{ik} - \overline{x}_i)(x_{jk} - \overline{x}_j) \qquad (2.10)$$

离差也叫差量,是单项数值与平均值之间的差。一般采用计算离差平方和表示数据分布的集中程度,反映估计量与真实值之间的差距。可能出现结果与预期的平均值有一定的偏离程度,代表风险程度的大小。

在N个样品中,第i个特征和第j个特征之间的离差w_{ij}定义为

$$w_{ij} = \sum_{k=1}^{N} (x_{ik} - \overline{x}_i)(x_{jk} - \overline{x}_j) \qquad (2.11)$$

换句话说,离差等于协方差的$N-1$倍。

3. 距离与相关系数

模式识别中的各种方法都是研究样品与样品、特征与特征之间的关系。这些关系是通过距离或者相关系数表达的,更一般地说,是通过各种"相似度"度量表达的。

相似度是识别中的基本概念,一般认为两个对象相似是因为它们具有相似的特征。相似度一般是在一个对象和一个目标概念之间进行衡量。

距离用来描述两个样品之间的相似度。最常用的距离是欧几里得范数,又叫欧氏距离。其次便是欧式平方距离、棋盘格距离、切比雪夫距离等。与通常意义上的欧几里得距离相比,随着特征向量之间分离得越来越远,欧氏平方距离的增长速度要快些。棋盘格距离由于没有平方项,当某一维上有比较大的差异时,这种快速增长效应被压制。切比雪夫距离选取的是在所有维度上分离最大的那一维的距离来衡量特征之间的距离。

2.5　图像处理技术

人类传递信息的主要媒介是语音和图像。在接受的信息中,听觉信息占20%,视觉信息占60%,其他如味觉、触觉、嗅觉总的加起来不超过20%。图像信息处理是人类视觉延续的重要手段。人的眼睛只能看到波长为$380\sim780\text{nm}$的可见光部分,而迄今为止人类发现可成像的射线已有多种(如γ射线、紫外线、红外线、微波),它们扩大了人类认识客观世界的能力。

2.5.1 图像的定义

图像是指利用技术手段把目标再现的过程。由于图像感知的主体是人类,所以不仅可以将图像看作是二维平面上或三维立体空间中具有明暗或颜色变化的分布,还可以包括人的心理因素对图像接受和理解所产生的影响。

2.5.2 图像的分类

视觉是人类最重要的感觉,也是人类获取信息的主要来源。图像与其他的信息形式相比,具有直观、具体、生动等优点,可以按照图像的表现形式、生成方法等对其进行分类。

1) 按照图像的存在形式分类

按照图像的存在形式,可分为实际图像与抽象图像。

(1) 实际图像。通常为二维分布,又可分为可见图像和不可见图像。可见图像指人眼能够看到并能接受的图像,包括图片、照片、图、画、光图像等。不可见图像如温度、压力、高度和人口密度分布图等。

(2) 抽象图像。如数学函数图像,包括连续函数和离散函数等。

2) 按照图像亮度等级分类

按照图像亮度等级分类,可分为二值图像和灰度图像。

(1) 二值图像。只有黑白两种亮度等级的图像。

(2) 灰度图像。具有多重亮度等级的图像。

3) 按照图像的光谱分类

按照图像的光谱分类,可分为彩色图像和黑白图像。

(1) 彩色图像。图像上的每个点有多于 1 个的局部特性,如在彩色摄影和彩色电视中重现的 3 基色(红,绿,蓝)图像,每个像点又分别对应 3 个亮度值。

(2) 黑白图像。每个像点只有一个亮度值分量,如黑白照片、黑白电视画面等。

4) 按照图像是否随时间变换分类

按照图像是否随时间变换分类,可分为静止图像与活动图像。

(1) 静止图像。不随时间变换的图像,如各类图片等。

(2) 活动图像。随时间变换的图像,如电影和电视画面等。

5) 按照图像所占空间和维数分类

按照图像所占空间和维数分类,可分为二维图像和三维图像。

(1) 二维图像。平面图像,如照片等。

(2) 三维图像。空间分布的图像,一般使用 2 个或者多个摄像头完成。

2.5.3 数字图像处理

对图像进行一系列的操作以达到预期目标的技术称为图像处理。图像处理可分为模拟图像处理和数字图像处理两大类。利用光学、照相方法对图像的处理称为模拟图像处理。光学图像处理方法已有很长的历史,在激光全息技术出现后得到了进一步的发展。尽管光学图像处理理论日臻完善,且处理速度快、信息容量大、分辨率高、比较经济,但是其处理精度不高、稳定性差、设备笨重、操作不方便和工艺水平不高等原因限制了它的发展速度。从 20 世纪 60 年代起,随着电子计算机技术的进步,数字信号处理取得了突破性进展,数字图像处理技术获得了飞速发展。

数字信号处理技术通常是指利用采集、滤波、检测、均衡、变换、调制、压缩、去噪、估计等处理，以得到符合人们需要的信号形式。常见的是用计算机对图像进行处理，即以计算机为中心，由包含输入、输出、存储及显示设备的数字图像处理系统完成。

1. 图像信号的数字化

从广义上说，图像是自然界景物的客观反映。以照片形式或初级记录介质保存的图像是连续的，计算机只接收和处理数字图像，无法接收和处理这种空间分布和亮度取值均连续分布的图像。因此，需要通过电视摄像机、转鼓、CCD电荷耦合器件和密度计等装置采样，将一幅灰度连续变化的图像 $f(x,y)$ 的坐标 (x,y) 及幅度 f 进行离散化。对图像 $f(x,y)$ 的空间位置坐标 (x,y) 离散化以获取离散点的函数值的过程称为图像的采样。离散点又称为样本点，离散点的函数值称为样本。对幅度(灰度值)的离散化过程称为量化。取样和量化的总过程称为数字化，被数字化后的图像 $f(x,y)$ 称为数字图像。

1) 采样

图像的采样是指将空间上连续的图像转换成离散的采样点(即像素)集的操作，即把一幅连续图像在空间上分割成 $M\times N$ 个网格，每个网格对应于一个像素点，用一亮度值表示。由于结果是一个样点值阵列，故又叫做点阵取样。由于图像是二维分布的信息，所以采样是在 x 轴和 y 轴2个方向上进行的。采样使连续图像在空间上离散化，但采样点上图像的亮度值在某个幅度区间内连续分布。根据采样定义，每个网格上只能用一个确定的亮度值表示。

一个连续图像经过采样后变成离散形式的图像，采样点称为像素，各像素排列成 $M\times N$ 的阵列。对于同一图像而言，x、y 方向上的采样间隔 Δx、Δy 越小，M、N 就越大，由采样图像 $f_s(x,y)$ 重建图像 $f(x,y)$ 的失真就越小，采样图像的分辨率就越高。一般把映射到图像平面上的单个像素的景物元素的尺寸称为图像的空间分辨率，简称图像的分辨率，单位为像素/英寸或像素/厘米。有时也用测量和再现一定尺寸的图像所必需的像素个数表示图像的分辨率，常用像素×像素表示，如 800 像素×640 像素。一般来说，分辨率越高图像质量越好，所占用的存储容量也越大。但是，由于人眼的视觉效应，分辨率高到一定程度时图像已经足够好了，再提高分辨率图像质量也不会有显著改善，但所占的存储量却随 M 或 N 成平方地增加。

2) 量化

把采样点上对应的亮度连续变化区间转换为单个特定数码的过程称为量化，即采样点亮度的离散化。采样后的图像只是在空间上被离散化成为样本的阵列，但是，由于原图像 $f(x,y)$ 是连续图像，因此每个像素可能取值为无穷多个值。为了进行计算机处理，必须把无穷多个离散值约简为有限个离散值，即量化，这样才便于赋予每一个离散值互异的编码以进入计算机。把每一个离散样本的连续灰度值分成有限多个层次的过程称为分层量化。把原较低灰度层次从最暗至最亮均匀分为有限个层次，称为均匀量化。采用不均匀分层就称为非均匀量化。用有限个离散灰度值表示无穷多个连续灰度的量必然引起误差，称为量化误差，有时也称为量化噪声。量化分层越多，则量化误差越小。而分层越多，编码进入计算机所需位数越多，相应地影响运算速度及处理过程。另外，量化分层的约束来自图像源的噪声，即最小的量化分层应远大于噪声，否则太细的分层将被噪声淹没而无法体现分层的效果。对于噪声大的图像，分层太细是没有意义的。反之，要求很细分层的图像才强调极小的噪声，如某些医用图像系统把减少噪声作为主要设计指标,因为其分层数要求 2000 层以上,而一般电视图像的分层用 200 多层已经满足要求。

3) 空间和灰度级分辨率

采样值是决定一幅图像空间分辨率的主要参数,空间分辨率是图像中可辨别的最小细节。灰度级分辨率是指在灰度级别中可分辨的最小变化。但是,在灰度级中测量分辨率的变化是一个主观过程。由于硬件方面的考虑,灰度级数通常是 2 的整数次幂。当没有必要对涉及像素的物理分辨率进行实际度量和在原始场景中分析细节等级时,通常就把大小为 $M \times N$、灰度为 L 级的数字图像称为空间分辨率为 $M \times N$ 像素、灰度级分辨率为 L 的数字图像。

2. 数字图像文件的存储格式

数字图像在计算机中是以文件的形式存储的。常见的图像数据格式包括 BMP 格式、TIFF 格式、TGA 格式、GIF 格式、PCX 格式以及 JPEG 格式等。

1) BMP 格式的图像文件

BMP 是 Bitmap 的缩写,意为"位图"。BMP 格式的图像文件是微软公司为 Windows 环境应用图像设计的。

BMP 格式的图像文件具有如下特点:

(1) BMP 格式的图像文件以 .bmp 作为文件扩展名。

(2) 根据需要使用者可选择图像数据是否采用压缩形式存放,一般情况下,BMP 格式的图像是非压缩格式。

(3) 当使用者决定采用压缩格式存放 BMP 格式的图像时,使用游程编码 RLE4 压缩方式可得到 16 色模式的图像。若采用 RLE8 压缩方式则得到 256 色的图像。

(4) 可以采用多种彩色模式保存图像,如 16 色、256 色、24 位真彩色,最新版本的 BMP 格式允许 32 位真彩色。

(5) 数据排列顺序与其他格式的图像文件不同,以图像左下角为起点存储图像,而不是以图像的左上角为起点。

(6) 在调色板数据结构中,RGB 三基色数据的排列顺序恰好与其他格式文件的顺序相反。

BMP 格式的图像文件结构可以分为文件头、调色板数据以及图像数据三部分。

2) TIFF 格式的图像文件

TIFF 是 Tag Image File Format 的缩写,它由 Aldus 公司 1986 年推出,后来与微软公司合作进一步发展了 TIFF 格式。

TIFF 格式的图像文件具有如下特点:

(1) TIFF 格式图像文件的扩展名是 .tif。

(2) 支持从单色模式到 32 位真彩色模式的所有图像。

(3) 不针对某一个特定的操作平台,可用于多种操作平台和应用软件。

(4) 数据结构是可变的,文件具有可改写性,使用者可向文件中写入相关信息。

(5) 具有多种数据压缩存储方式,使解压缩过程变得复杂。

TIFF 格式的图像文件结构如图 2-7 所示。

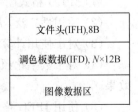

图 2-7　TIFF 格式图像文件的数据结构

文件头由 8 个字节组成,该文件头必须位于与 0 相对的位置,并且位置不能移动,在标志信息区(IFD)目录中,有很多由 12 个字节组成的标志信息,标志的内容包括指示标志信息的代号、数据类型说明、数据值、文件数据量等。图像数据区是真正存放图像数据的部分,该区的数据指明了图像使用何种压缩方法、如何排列数据、如何分割数据等内容。

3)GIF 格式的图像文件

GIF 是 Graphics Interchange Format 的缩写,它是 CompuServe 公司于 1987 年推出的,主要是为了网络传输和 BBS 用户使用图像文件而设计的。

GIF 格式的图像文件具有如下特点:

(1)GIF 格式图像文件的扩展名是 .gif。

(2)对于灰度图像表现最佳。

(3)具有 GIF87a 和 GIF89a 2 个版本。GIF87a 版本是 1987 年推出的,1 个文件存储 1 个图像。GIF89a 版本是 1989 年推出的版本,该版本允许 1 个文件存储多个图像,可实现动画功能。

(4)采用改进的 LZW 压缩算法处理图像数据。

(5)调色板数据有通用调色板和局部调色板之分,有不同的颜色取值。

(6)不支持 24 位彩色模式,最多存储 256 色。

GIF 格式的图像文件结构如图 2-8 所示。

图 2-8　GIF 格式图像
文件的数据结构

文件头是一个带有识别 GIF 格式数据流的数据块,用以区分早期版本和新版本。逻辑屏幕描述区定义了与图像数据相关的图像平面尺寸和彩色深度,并指明后面的调色板数据属于全局调色板还是局部调色板。若使用的是全局调色板,则生成一个 24 位的 RGB 全局调色板,其中一个基色占用一个字节。

图像数据区的内容有两类,一类是纯粹的图像数据,一类是用于特殊目的的数据块(包含专用应用程序代码和不可打印的注释信息)。在GIF89a 格式的图像文件中,如果一个文件中包含多个图像,图像数据区将依次重复数据块序列。结束标志区的作用主要是标记整个数据流的结束。

4)JPEG 格式的图像文件

JPEG 是 Joint Photographic Expert Group 的缩写,该标准由 ISO 的专家小组提出。该格式文件采用有损编码方式,原始图像经过 JPEG 编码使 JPEG 格式的图像文件与原始图像发生很大差别,但不易察觉。

JPEG 格式的图像文件具有如下特点:

(1)JPEG 格式图像文件的扩展名是 .jpg。

(2)适用性广泛,大多数图像类型都可以进行 JPEG 编码。

(3)对于使用计算机绘制的具有明显边界的图形,JPEG 编码方式的处理效果不佳。

(4)对于数字化照片和表达自然景观的色彩丰富的图片,JPEG 编码方式具有良好的处理效果。

(5)使用 JPEG 格式的图像文件时,需要解压缩过程。

JPEG 格式的图像文件一般有两种内部格式,一种是目前被广泛使用的 JFIF 格式,它包含一个常驻的 JPEG 数据流,其作用是提供解码所需的数据,而不是使用外部数据。另一种是

JPEG-in-TIFF 格式,该格式把 JPEG 图像压缩保存到 TIFF 格式的文件中,它在保存和读出时,很容易受外部条件的限制和影响。

3. 数字图像处理系统

计算机图像处理系统主要由主机、输入设备、输出设备和存储器等组成,如图 2-9 所示。按照应用领域的不同,其主要差别在于处理精度、处理速度、专用软件和存储容量等方面。

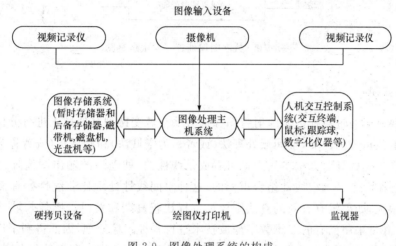

图 2-9　图像处理系统的构成

4. 图像处理、图像分析和图像理解

狭义图像处理是指对输入图像进行某种变换得到输出图像,是一种从图像到图像的过程。狭义图像处理主要指对图像进行各种操作以改善图像的视觉效果,或对图像进行压缩编码以减少所需存储空间或传输时间、传输通路的要求。

图像分析是指对图像中感兴趣的目标进行检测和测量,从而建立起对图像描述的过程。图像分析是一个从图像到数值或符号的过程。

图像理解是指在图像分析的基础上,基于人工智能和认知理论研究图像中各目标的性质和它们之间的相互联系,对图像内容的含义加以理解及对原来客观场景加以解释的过程。

狭义图像处理、图像分析和图像理解是相互联系又相互区别的。狭义图像处理是低层操作,主要在图像像素级上进行,处理的数据量较大。图像分析则进入中层,经分割和特征提取把原来以像素构成的图像转变成比较简洁的非图像形式的描述。图像理解是高层操作,它是对描述中抽象出来的符号进行推理,处理过程和方法与人类的思维推理有许多类似之处。其关系如图 2-10 所示。由该图可以看出,随着抽象程度的提高,数据量逐渐减少。一方面,原始图像数据经过一系列的处理逐步转化为更有组织和用途的信息,在这个过程中,语义不断引入,操作对象发生变化,数据量得到压缩。另一方面,高层操作对低层操作具有指导作用,可以提高低层操作的效能。

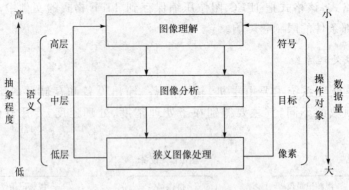

图 2-10　数字图像处理三层次示意图

2.5.4　图像变换

图像变换是指通过某种数学映射将图像信号从空域变换到其他域上进行分析的过程。数字图像处理方法可分为两类，空间域处理法（或者称为空域法）和频域法（或者称为变换域法）。一般数字图像处理的计算方法本质上都可看成是线性的，处理后的输出图像阵列可看作输入图像阵列的各个元素经加权线性组合得到的，这种空间线性处理比非线性处理简单。但图像阵列一般都很大，如果没有有效的算法则计算过程比较复杂和费时。图像频域处理的特点是运算速度高，并可采用已有的二维数字滤波技术进行各种图像处理，因此得到了广泛的应用。

图像变换可以将图像从空间域转换到频率域，然后在频率域对图像进行各种处理，再将所得到的结果进行反变换，即从频率域变换到空间域，从而达到图像处理的目的。

常用的图像变换有三种方法。

（1）傅里叶变换。它是应用广泛的一种变换。该变换的核心是复指数函数，转换域图像是原空间域图像的二维频谱，其"直流"项与原图像亮度的平均值成比例，高频项表征图像中边缘变化的强度和方向。为了提高运算速度，计算机中多采用傅里叶快速算法。

（2）沃尔什-阿达马变换。它是一种便于运算的变换。变换核是值＋1或－1的有序序列。这种变换只需要作加法或减法运算，不需要像傅里叶变换那样作复数乘法运算，可以提高计算机的运算速度，减少存储容量。这种变换已有快速算法，可以进一步提高运算速度。

（3）离散卡夫纳-勒维变换。它是以图像的统计特性为基础的变换，又称霍特林变换或本征向量变换。变换核是样本图像的协方差矩阵的特征向量。这种变换用于图像压缩、滤波和特征抽取时，在均方误差意义下是最优的。但是，在实际应用中往往不能获得真正的协方差矩阵，所以不一定有最优效果。该运算较为复杂且没有统一的快速算法。

除上述变换外，正交变换、离散余弦变换和小波变换也在图像处理中得到了广泛应用。

2.5.5　图像增强

图像增强是图像处理的基本内容之一，其目的是改善图像的"视觉效果"，针对给定图像的应用场合，有目的地强调图像的整体或者局部特性，扩大图像中不同物体特征之间的差别，为图像的信息提取及其他图像分析技术奠定良好的基础。其方法是通过锐化、平滑、去噪、对比度拉伸等手段对图像附加一些信息或者变换数据，使图像与视觉响应特性匹配，以突出图像中某些目标特性而抑制另一些特性，或简化数据提取。

图像增强技术根据增强处理过程所在的空间不同,可分为基于空间域的增强方法和基于频域的增强方法两类。前者直接在图像所在的二维空间进行处理,即直接对每一像素的灰度值进行处理。后者首先将图像从空间域按照某种变换模型变换到频率域,然后在频率域空间对图像进行处理,再将其反变换到空间域。

基于空间域的增强方法按照所采用的技术不同,可以分为灰度变换和空间滤波两种方法。灰度变换是基于点操作的增强方法,将每一像元的灰度值按照一定的转换公式转换为一个新的灰度值,如增强处理中常用的对比度增强、直方图均衡化等方法。空域滤波是基于邻域处理增强方法,它应用某一模板对每个像元与其周围的邻域的所有像元进行某种数学运算,以得到该像元新的灰度值,灰度值的大小不仅与该像元的灰度值有关,而且还与其邻域内像元的灰度值有关,常用的图像平滑与锐化技术就属于空域的范畴。

图像增强技术按所处理的对象不同还可分为灰度图像增强和彩色图像增强,按增强目的还可以分为光谱信息增强、空间纹理信息增强和时间信息增强。

图像增强的主要方法如图 2-11 所示。

1)灰度变换法

黑白图片的黑白变换叫灰度变换,彩色图片的色彩变换也叫灰度变换,在 PhotoShop 中叫做色阶变换。

一般成像系统只具有一定的亮度响应范围,亮度的最大值与最小值之比称为对比度,由于成像系统的限制,常出现对比度不足的缺点,使人眼观看图像时视觉效果变差。灰度变换可使图像的动态范围增大,图像的对比度扩展。使图像变清晰和特征明显是图像增强的主要目的之一。

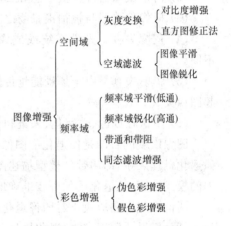

图 2-11 图像增强的主要与方法

2)直方图法

在对图像进行处理之前,了解图像的整体或局部的灰度分布情况是必要的。对图像的灰度分布进行分析的重要手段是建立图像的灰度直方图,利用图像灰度直方图可以直观地看出图像中的像素亮度分布情况。

3)中值滤波

用一个 $N\times N$ 的窗口在图像上滑动,把窗口中像素的灰度值按升降次序排列,取排列在正中间的灰度值作为窗口中心所在像素的灰度值。中值滤波是一种非线性滤波,它对消除脉冲噪声十分有用。使用中值滤波器滤除噪声的方法很多,可以先使用小尺度的窗口,然后逐渐加大窗口尺寸。

4)图像锐化

图像锐化的目的是加强图像中景物的边缘和轮廓。边缘和轮廓一般位于灰度突变的地方,可以使用灰度差分对其进行提取。然而,由于边缘和轮廓在一幅图像中常常具有任意的方向,而差分运算是有方向性的,因此,希望找到一些各向同性的检测算子,它们对任意方向的边缘、轮廓都有相同的检测能力。具有这种性质的锐化算子有梯度、拉普拉斯和其他一些相关算子。

5)频率域滤波增强

频率域增强技术是在图像的频率域空间对图像进行滤波,需要将图像从空间域变换到频率域,一般通过傅里叶变换即可实现。在频率域空间的滤波与空间域滤波一样可以通过卷积实现,傅里叶变换和卷积理论是频域滤波技术的基础。

频率域滤波器分为低通滤波和高通滤波两种,常用的滤波器有三种,理想低/高通滤波器、巴特沃斯低/高通滤波器、指数低/高通滤波器。

2.5.6 图像恢复

图像恢复技术和图像增强等与其他基本图像处理技术类似,该技术是以获取视觉质量得到改善为目的。不同的是图像增强方法更偏向主观判断,而图像恢复过程需要根据指定的图像退化模型来完成,根据这个退化模型对在某种情况下退化或恶化了的图像进行恢复,以获得原始和未经过退化的原始图像。换句话说,图像恢复的处理过程是对退化图像品质的提升,并通过图像品质的提升达到图像在视觉上的改善。

造成图像退化的原因很多,主要有以下方面:

(1) 成像系统的像差、畸变、带宽有限等造成图像失真。

(2) 由于成像器件拍摄姿态和扫描非线性引起的图像几何失真。

(3) 成像传感器与被拍摄景物之间的相对运动引起所成图像的运动模糊。

(4) 灰度失真。光学系统或成像传感器本身特性不均匀,造成同样亮度景物成像灰度不同。

(5) 辐射失真。由于场景能量传输通道中的介质特性,如大气湍流效应、大气成分变化引起图像失真。

(6) 图像在成像、数字化、采集和处理过程中引入的噪声等。

图像恢复的目的是使退化的图像尽可能恢复到原来的真实面貌。其方法是首先从分析图像退化机理入手,即用数学模型描述图像的退化过程,然后在退化模型的基础上通过求其逆过程的模式计算,从退化图像中较准确地求出真实图像,恢复图像的原始信息。

图像恢复主要取决于对图像退化过程的先验知识所掌握的精确程度。图像恢复的一般过程包括分析退化原因、建立退化模型、反向推演、恢复图像。

图像恢复与图像增强的目的是为了改善图像的质量。但是图像增强可以不考虑增强后的图像是否失真,只要感官舒适即可。而图像恢复则不同,需要知道图像退化的机制和过程的先验知识,据此找出一种相应的逆过程解算方法,从而得到复原的图像。如果图像退化,应先做复原处理,再做增强处理。

退化模型根据函数是否连续可以分为连续函数退化模型和离散退化模型,离散退化模型又分为一维离散退化模型和二维离散退化模型。图像恢复的方法有代数恢复方法、频率域恢复方法、维纳滤波恢复方法等。

2.5.7 图像的编码与压缩

数据压缩是指以最少的数码表示信源所发出的信号,减少数据采样集合的信号空间。图像编码与压缩的目的是对图像数据按一定的规则进行变换和组合,从而达到以尽可能少的代码(符号)表示尽可能多的图像信息的目的。

大数据量的图像信息会给存储器的存储容量、通信干线信道的带宽以及计算机的处理速度增加压力,仅靠增加存储器容量、提高信道带宽以及计算机的处理速度等方法来解决这个问题是不现实的。没有压缩技术则大容量图像信息的存储与传输难以实现,多媒体通信技术也难以获得实际应用和推广。因此,图像数据在传输和存储过程中,数据的压缩是必不可少的。

图像编码的国际标准主要由国际标准化组织（International Standardization Organization，ISO）和国际电信联盟（International Telecommunication Union，ITU）制定，主要目的是提供高效的压缩编码算法和提供统一的压缩数据流格式。

所谓静止图像是指观察到的图像内容和状态是不变的。静止图像有两种情况，一种是信源为静止的，另一种是从运动图像中截取的某一帧图像。由于静止图像用于静态的显示，人眼对图像细节观察得较仔细。因此，提供高图像清晰度是其编码的一个重要指标，即希望解码出来的图像与原始图像的近似程度尽量高。从图像的传输速度和传输效率来考虑，静止图像的编码器要求能提供灵活的数据组织和表示功能，如渐近传输方式等。另外，还需要编码码流能够适应抗误码传输的要求。

活动图像是指电视、电影等随时间变化的视频图像，它由一系列周期呈现的画面组成，每幅画面称为一个帧，帧是构成活动图像的最小和最基本的单元。由于实际的图像都是一帧帧传输的，所以，通常可以将活动图像看作一个沿时间分布的图像序列。在一帧图像内，可以不考虑时间的因素，所有对静止图像的编码方法都可用于对一帧图像的编码。静止图像编码方法利用了图像中像素的相关性，这种相关性同样在活动图像的一帧图像内存在，称为帧内相关性。除此之外，相邻或相近的帧之间通常也存在较强的相关性，这种时间上的相关性叫帧间相关性。对活动图像的压缩编码也要充分利用这两种相关性。

图像数据的压缩主要基于图像的冗余特性。压缩就是去掉信息中的冗余，即保留不确定的信息，去掉确定的信息，用一种更接近信息本身的描述代替原有冗余的描述。

一般来说，图像数据中存在的冗余主要有空间冗余、频间冗余、时间冗余、信息熵冗余、结构冗余、知识冗余和视觉冗余等。

从图像压缩技术发展过程可将图像压缩编码分为两代，第一代是指 20 世纪 80 年代以前，图像压缩编码主要是根据传统的信源编码方法，研究的内容是有关信息熵、编码方法以及数据压缩比。第二代是指 80 年代以后，它突破了信源编码理论，结合分形、模型基、神经网络、小波变换等数学工具，充分利用视觉系统生理特性和图像信源的各种特性。图像压缩编码系统的组成框图如图 2-12 所示。

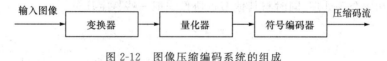

图 2-12　图像压缩编码系统的组成

图像数据压缩过程有 3 个基本环节，即变换、量化和编码。变换的作用是将原始图像表示在另一个量化和编码数据较少的域中，对变换器的要求是高度去相关、重建均方差最小、可逆和方法简便。常见的变换包括线性预测、正交变换、多分辨率变换、二值图像的游程变换等。量化器要完成的功能是按一定的规则对抽样值作近似表示，使量化器输出幅值的大小为有限个数。量化器可分为无记忆量化器和有记忆量化器两大类。编码器为量化器输出端的每个符号分配一个码字或二进制比特流，编码器可采用等长码或变长码。

根据解压重建后的图像和原始图像之间是否有误差，图像编码压缩可分为无损（也称为无失真、无误差、信息保持、可逆压缩）编码和有损（有误差、有失真、不可逆）编码两大类。无损编码中删除的仅仅是图像数据中冗余的数据，经解码重建的图像和原始图像没有失真，压缩比不大，通常只能获得 1～5 倍的压缩比，常用于复制、保存十分珍贵的历史文物图像等场合。有损编码是指解码重建的图像与原图像相比有失真，不能精确地复原，但视觉效果基本相同，是实现高压缩比的编码方法。数字电视、图像传输和多媒体等常采用这类编码方法。

2.6 无线传感器网络技术

微电子技术、计算机技术和无线通信等技术的进步，推动了低功耗多功能传感器的快速发展，使其在微小体积内能够集成信息采集、数据处理和无线通信等多种功能。无线传感器网络就是由部署在监测区域内大量廉价微型传感器节点组成的，通过无线通信方式形成的一个多跳的自组织网络系统。其目的是协作地感知、采集和处理网络覆盖区域中感知对象的信息，并发送给观察者。无线传感器网络是组成物联网的基础设施之一，传感器、感知对象和观察者构成了传感器网络的三个要素。如果说 Internet 构成了逻辑上的信息世界，改变了人与人之间的沟通方式，那么，无线传感器网路就是将逻辑上的信息世界与客观上的物理世界融合在一起，改变人类与自然界的交互方式。人们可以通过传感器网络直接感知客观世界，从而扩展现有网络的功能和人类认识世界的能力。美国《商业周刊》和《MIT 技术评论》在预测未来技术发展的报告中，分别将无线传感器网络列入"21 世纪最有影响的 21 项技术"和"改变世界的十大技术"。

2.6.1 无线传感器网络体系结构

无线传感器网络体系结构如图 2-13 所示，传感器网络系统通常包括传感器节点、汇聚节点和管理节点。大量传感器节点随机部署在监测区域内部或附近，能够通过自组织方式构成网络。传感器节点监测的数据沿着其他传感器节点逐跳地进行传输，在传输过程中监测数据可能被多个节点处理，经过多跳后路由到汇聚节点，最后通过互联网或卫星到达管理节点。用户通过管理节点对传感器网络进行配置和管理，发布监测任务以及收集监测数据。

传感器节点通常是一个微型的嵌入式系统，它的处理能力、存储能力和通信能力相对较弱，通过携带能量有限的电池供电。从网络功能上看，每个传感器节点兼顾传统网络节点的终端和路由器双重功能，除了进行本地信息收集和数据处理外，还要对其他节点转发来的数据进行存储、管理和融合等处理，同时与其他节点协作完成一些特定任务。

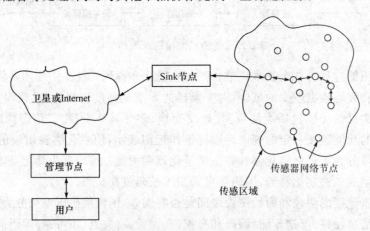

图 2-13　传感器网络体系结构

汇聚节点的处理能力、存储能力和通信能力相对比较强，它连接传感器网络与 Internet 等外部网络，实现两种协议栈之间的通信协议转换，同时发布管理节点的检测任务，并把收集的数据转发到外部网络上。汇聚节点既可以是一个具有增强功能的传感器节点,有足够的能量供给和更多的内存与计算资源,也可以是没有监测功能仅带有无线通信接口的特殊网关设备。

2.6.2　传感器节点结构

传感器节点由传感器模块、处理器模块、无线通信模块和能量供应模块四部分组成,如图 2-14 所示。传感器模块负责监测区域内信息采集和数据转换;处理器模块负责控制整个传感器节点的操作,存储和处理本身采集的数据以及其他节点发来的数据;无线通信模块负责与其他传感器节点进行无线通信,交换控制消息和接收采集数据;能量供应模块为传感器节点提供运行所需的能量。

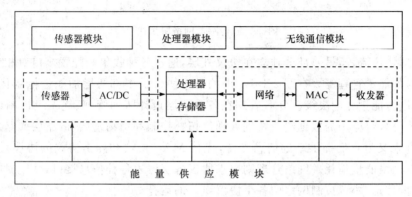

图 2-14　传感器节点结构

2.6.3　传感器网络协议栈

图 2-15(a)所示是早期提出的一个协议栈,这个协议栈包括物理层、数据链路层、网络层、传输层和应用层,与互联网协议栈的五层协议相对应。另外,协议栈还包括能量管理平台、移动管理平台和任务管理平台。这些管理平台使传感器节点能够按照能源高效的方式协同工作,在节点移动的传感器网络中转发数据,并支持多任务和资源共享。各层协议和平台的功能如下:

(1) 物理层提供简单但健壮的信息调制和无线收发。

(2) 数据链路层负责数据成帧、帧检测、媒体访问和差错控制。

(3) 网络层主要负责路由生成与路由选择。

(4) 传输层负责数据流的传输控制,是保证通信服务质量的重要部分。

(5) 应用层包括一系列基于检测任务的应用层软件。

(6) 能量管理平台管理传感器节点如何使用能源,在各个协议层都需要考虑节省能量。

(7) 移动管理平台检测并注册传感器节点的移动,维护到汇聚节点的路由,使传感器节点能够动态跟踪邻居的位置。

(8) 任务管理平台在一个给定的区域内平衡和调度检测任务。

图 2-15(b)所示的协议栈细化并改进了原始模型。定位和时间同步子层在协议栈中的位置比较特殊。既要依赖数据传输通道进行协作定位和时间同步协商,同时又要为网络协议各层提供信息支持,如基于时分复用的 MAC 协议、基于地理位置的路由协议等传感器网络协议都需要定位和同步信息。图 2-15(b)右边的一部分功能融入图 2-15(a)所示的各层协议中,用

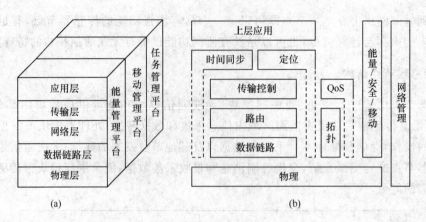

图 2-15 传感器网络协议栈

以优化和管理协议流程,另一部分独立在协议外层,通过各种收集和配置接口对相应机制进行配置和监控,如能量管理等。在图 2-15(a)中的每个协议层中都要增加能量控制代码,并提供给操作系统进行能量分配决策。QoS 管理在各协议层设计队列管理、优先级机制或者带宽预留等机制,并对特定应用的数据给予特别处理。拓扑控制利用物理层、链路层或路由层完成拓扑生成,反过来又为它们提供基础信息支持,优化 MAC 协议和路由协议的协议过程,提高协议效率,减少网络能量消耗。网络管理则要求协议各层嵌入各种信息接口,并定时收集协议运行状态和流量信息,协调控制网络中各个协议组件的运行。

2.6.4 传感器网络的特征

传感器网络与现有无线网络不同。无线自组网是一个由几十到上百个节点组成,采用无线通信方式且动态组网的多跳移动性对等网络。其目的是通过动态路由和移动管理技术传输具有服务质量要求的多媒体信息流。通常节点具有持续的能量供给。传感器网络虽然与无线自组网有相似之处,但也存在较大的差别。传感器网络是集成了监测、控制以及无线通信的网络系统,节点数目更为庞大,节点分布更为密集。由于环境影响和能量耗尽,节点更容易出现故障,环境干扰和节点故障易造成网络拓扑结构的变化。通常情况下,大多数传感器节点是固定不动的。另外,传感器节点具有的能量、处理能力、存储能力和通信能力有限。传统无线网络的设计目标首先是提高服务质量和高效带宽利用,其次是考虑节约能源。而传感器网络的设计目标是能源的高效使用,这也是传感器网络和传统网络的主要区别。

1. 节点限制

传感器网络节点在实现各种网络协议和应用时,存在的限制主要有以下方面:

1) 电源能量有限

传感器网络节点体积小,通常携带能量有限的电池。由于传感器节点个数多、成本低廉、分布区域广,而且部署区域环境复杂,有些区域甚至人员不能到达,所以传感器节点通过更换电池的方式补充能源是困难的。如何高效使用能量来最大化网络生命周期是传感器网络面临的重要问题之一。

传感器节点消耗能量的模块包括传感器模块、处理器模块和无线通信模块。随着集成电路工艺的进步,处理器和传感器模块的功耗变得很低,绝大部分能量消耗在无线通信模块上。

图 2-16 所示是一种传感器节点各部分能量消耗情况对比,从图中可知,传感器节点的绝大部分能量消耗在无线通信模块上。传感器节点传输信息时消耗的能量高于执行计算时消耗的能量,传输 1bit 信息通过 100m 的距离需要的能量相当于执行 3000 条计算指令消耗的能量。

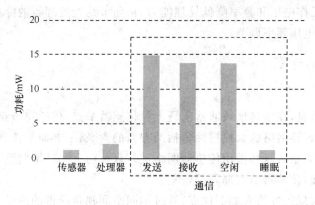

图 2-16　传感器节点能量消耗情况

无线通信模块存在发送、接收、空闲和睡眠四种状态。无线通信模块在空闲状态一直监听无线信道的使用情况,检查是否有数据发送给自己,而在睡眠状态则关闭通信模块。从图中可以看到,无线通信模块在发送状态的能量消耗最大,在空闲状态和接收状态的能量消耗接近,略少于发送状态的能量消耗,在睡眠状态的能量消耗最小。如何让网络通信更有效率,减少不必要的转发和接收,不需要通信时尽快进入睡眠状态,这是传感器网络协议设计时需要重点考虑的问题。

2) 通信能力有限

无线通信的能量消耗与通信距离的关系为

$$E=kd^{n} \tag{2.12}$$

式中,E 为无线通信所消耗的能量;d 为通信距离;参数 n 满足关系 $2<n<4$。n 的取值与很多因素有关,例如传感器节点部署贴近地面时,障碍物的干扰较大,n 的取值就较大。天线质量对信号发射质量的影响也很大。考虑诸多因素,通常取 n 为 3,即通信能耗与距离的三次方成正比。随着通信距离的增加,能耗将急剧增加。因此,在满足通信连通度的前提下应尽量减少单跳通信距离。一般而言,传感器节点的无线通信半径在 100m 以内比较合适。

考虑到传感器节点的能量限制和网络覆盖区域大,传感器网络一般采用多跳路由的传输机制。传感器节点的无线通信带宽有限,通常仅有几百千比特每秒(kb/s)的速率。由于节点能量的变化,受高山、建筑物、障碍物等地势地貌以及风雨雷电等自然环境的影响,无线通信性能可能经常变化,频繁出现通信中断。在这样的通信环境和节点有限通信能力的情况下,如何设计网络通信机制以满足传感器网络的通信需求是传感器网络面临的挑战之一。

3) 计算和存储能力有限

传感器网络节点是一种微型嵌入式设备,要求它价格低功耗小,这些限制必然导致其携带的处理器能力比较弱,存储器容量比较小。为了完成各种任务,传感器节点需要完成监测数据的采集和转换、数据的管理和处理、应答汇聚节点的任务请求和节点控制等多种工作。如何利用有限的计算和存储资源完成诸多协同任务成为传感器网络设计面临的重要问题。

随着低功耗电路和系统设计技术的提高,目前已经开发出许多低功耗微处理器。除了降低处理器的绝对功耗以外,现代处理器还支持模块化供电和动态频率调节功能。利用这些处理器的特性,设计传感器节点系统具有动态能量管理和动态电压调节模块,以更有效地利用节点的各种资源。动态能量管理是指当节点周围没有感兴趣的事件发生时,部分模块处于空闲状态,把这些组件关掉或调到更低能耗的睡眠状态。动态电压调节是指当计算负载较低时,通过降低微处理器的工作电压和频率降低处理能力,从而节约微处理器的能耗。很多处理器,如StrongARM 都支持电压频率调节。

2. 传感器网络的特点

1) 大规模网络

为了获取精确信息,在监测区域通常部署大量传感器节点,传感器节点数量可能达到成千上万,甚至更多。传感器网络的大规模性包括两方面的含义,一方面是传感器节点分布在很大的地理区域内,如在原始大森林采用传感器网络进行森林防火和环境监测,需要部署大量的传感器节点。另一方面,传感器节点部署很密集。

传感器网络的大规模性具有如下优点:通过不同空间视角获得的信息具有更大的信噪比。通过分布式处理大量的采集信息能够提高监测的精确度,降低对单个节点传感器的精度要求。大量冗余节点的存在使系统具有很强的容错性能,大量节点能够增大覆盖的监测区域,减少洞穴或者盲区。

2) 自组织网络

在传感器网络应用中,通常情况下传感器节点被放置在没有基础设施的地方。传感器节点的位置不能预先精确设定,节点之间的相互邻居关系预先不知道,如通过飞机播撒大量传感器节点到面积广阔的原始森林中。这就要求传感器节点具有自组织的能力,能够自动进行配置和管理,通过拓扑控制机制和网络协议自动形成转发监测数据的多跳无线网络系统。

在传感器网络使用过程中,部分传感器节点由于能量耗尽或环境因素造成失效,也可能有一些节点为了弥补失效节点、增加监测精度而补充到网络中,传感器网络中的节点个数动态地增加或减少,从而使网络的拓扑结构随之动态地变化。

3) 动态性网络

传感器网络的拓扑结构可能因为下列因素而改变。①环境因素或电能耗尽造成的传感器节点出现故障或失效;②环境条件变化可能造成无线通信链路带宽变化,甚至时断时通;③传感器网络的传感器、感知对象和观察者这三个要素都可能具有移动性;④新节点的加入,要求传感器网络系统能够适应这种变化,具有动态的系统可重构性。

4) 可靠的网络

传感器网络特别适合部署在恶劣环境或人类不宜到达的区域,传感器节点可能工作在露天环境中,遭受太阳的暴晒或风吹雨淋,甚至遭到无关人员或动物的破坏。传感器节点往往采用随机部署,这些都要求传感器节点坚固、不易损坏,适应各种恶劣环境条件。

由于监测区域环境的限制以及传感器节点数目巨大,不可能人工照顾到每个传感器节点,网络的维护十分困难甚至不可维护。传感器网络的通信保密性和安全性也十分重要,要防止监测数据被盗取和获取伪造的监测信息。因此,传感器网络的软硬件必须具有鲁棒性和容错性。

5) 应用相关的网络

传感器网络用来感知客观物理世界,获取物理世界的信息。客观世界的物理量多种多样,不可穷尽。不同的传感器网络应用关心不同的物理量,因此对传感器的应用系统也有多种多样的要求。

不同的应用背景对传感器网络的要求不同,其硬件平台、软件系统和网络协议必然会有很大差别。所以,传感器网络不能像 Internet 一样具有统一的通信协议平台。对于不同的传感器网络应用虽然存在一些共性问题,但是,在开发传感器网络应用中,人们更关心传感器网络的差异。针对每一个具体应用研究传感器网络技术,这是传感器网络设计不同于传统网络的显著特征。

6) 以数据为中心的网络

目前的互联网是先有计算机终端系统,然后再互联成为网络,终端系统可以脱离网络独立存在。在互联网中,网络设备用网络中唯一的 IP 地址标识,资源定位和信息传输依赖于终端、路由器、服务器等网络设备的 IP 地址。访问互联网中的资源时,首先要知道存放资源服务器的 IP 地址,可以说目前的互联网是一个以地址为中心的网络。

传感器网络中的节点采用节点编号标识,节点编号是否需要全网唯一取决于网络通信协议的设计。由于传感器节点随机部署,构成的传感器网络与节点编号之间的关系是动态的,表现为节点编号与节点位置没有必然联系。用户使用传感器网络查询事件时,直接将所关心的事件通告给网络,而不是通告给某个确定编号的节点,网络在获得指定事件的信息后反馈给用户。这种以数据本身作为查询或传输线索的思想更接近于自然语言交流的习惯,所以通常说传感器网络是一个以数据为中心的网络。

2.6.5　传感器网络的应用

传感器网络的应用前景广阔,能够广泛应用于军事、环境监测和预报、医疗护理、智能家居、建筑物状态监控、复杂机械监控、城市交通、空间探索、大型车间和仓库管理,以及机场、大型工业园区的安全监测等领域。随着传感器网络的深入研究和广泛应用,传感器网络将逐渐深入人类生活的各个领域。

1) 军事应用

传感器网络具有可快速部署、可自组织、隐蔽性强和高容错性的特点,因此非常适合于军事领域的应用。利用传感器网络能够实现对敌军兵力和装备的监控、战场的实时监视、目标的定位、战场评估、核攻击和生物化学攻击的监测和搜索等功能。

通过飞机或炮弹直接将传感器节点播撒到敌方阵地内部,或者在公共隔离带部署传感器网络,能够非常隐蔽而且近距离准确地收集战场信息,迅速获取有利于作战的信息。传感器网络由大量随机分布的节点组成,即使一部分传感器节点被敌方破坏,剩下的节点依然能够自组织地形成网络。传感器网络可以通过分析采集到的数据得到准确的目标定位信息,从而为火控和制导系统提供精确的制导。利用生物和化学传感器可以准确地探测到生化武器的成分,及时提供情报信息,有利于正确防范和实施有效的反击。

传感器网络技术已经成为军事系统不可缺少的一部分,受到军事发达国家的普遍重视,投入了大量的人力和财力进行研究。美国 DARPA(Defense Advanced Research Projects Agency)启动了 SensIT(sensor information technology)计划。该计划的目的是将多种类型的传感器、可重编程的通用处理器和无线通信技术组合起来,建立一个廉价的无处不在的网络系统,用以监测光学、声学、振动、磁场、适度、污染、毒物、压力、温度、加速度等物理量。

2) 环境监测和预报系统

随着人们对于环境的日益关注,环境科学所涉及的范围越来越广泛。传感器网络可用于监视农作物灌溉情况、土壤空气情况、牲畜和家禽的环境状况和大面积的地表监测等,可用于行星探测、气象和地理研究、洪水监测等,还可以通过跟踪鸟类、小型动物和昆虫进行种群复杂度的研究等。

在基于传感器网络的森林环境监控系统中,可以采用数种传感器监测降雨量、河水水位和土壤水分等,并依此预测爆发山洪的可能性。类似的,传感器网络可实现对森林环境监测和火灾报告,传感器节点随机密布在森林之中,平常状态下定期报告森林环境数据,当发生火灾时,这些传感器节点通过协同合作在短时间内将火源的具体地址、火势的大小等信息传送给相关部门。

传感器网络另一个重要应用是生态环境监测,能够进行动物栖息地生态监测。美国加州大学伯克利分校 Intel 实验室和大西洋学院联合在大鸭岛上部署了一个多层次的传感器网络系统,用来监测岛上海燕的生活习性。

3) 医疗护理

传感器网络在医疗系统和健康护理方面的应用包括监测人体的各种生理数据,跟踪和监控医院内医生和患者的行动,医院的药物管理等。如果在住院患者身上安装特殊用途的传感器节点,如心率和血压监测设备,医生利用传感器网络就可以随时了解被监护患者的病情,发现异常能够迅速处理。将传感器节点按药品种类分别放置,计算机系统即可帮助辨认所开的药品,从而减少患者用错药的可能性。还可以利用传感器网络长时间地收集人体的生理数据,这些数据对了解人体活动机理和研制新药品具有参考价值。

4) 智能家居

传感器网络能够应用在家居中。在家电和家具中嵌入传感器节点,通过无线网络与 Internet 连接在一起,将会为人们提供更加舒适、方便和更具人性化的智能家居环境。利用远程监控系统可完成对家电的远程遥控,例如,可以在回家之前半小时打开空调,这样回家的时候就可以直接享受适合的室温,也可以遥控电饭煲、微波炉、电冰箱、电话机、电视机、录像机、电脑等家电,按照自己的意愿完成相应的煮饭、烧菜、查收电话留言、选择录制电视和电台节目,以及下载网上资料等工作,也可以通过图像传感设备随时监控家庭安全情况。

利用传感器网络可以建立智能幼儿园,监测孩童的早期教育环境,跟踪孩童的活动轨迹。

5) 建筑物状态监控

建筑物状态监控是指利用传感器网络监控建筑物的安全状态。由于建筑物不断修补,可能会存在一些安全隐患。虽然地壳偶尔的小震动可能不会带来看得见的损坏,但是,有可能会在支柱上产生潜在的裂缝,这个裂缝可能会在下一次地震中导致建筑物倒塌。采用传统方法检查往往要将大楼关闭数月。美国加州大学伯克利分校的环境工程和计算机科学专家采用传感器网络,使大楼、桥梁和其他建筑物能够自身感觉并意识到它们本身的状况,使安装了传感器网络的智能建筑自动告诉管理部门关于建筑物的状态信息,并且能够自动按照优先级进行一系列自我修复工作。未来的各种摩天大楼可能会装备这种类似红绿灯的装置,从而建筑物可以自动告诉人们当前是否安全、稳固程度如何等信息。

6) 其他方面的应用

复杂机械的维护经历了无维护、定时维护,以及基于情况的维护三个阶段。采用基于情况的维护方式能够优化机械的使用率,保持过程更加有效,并且保证制造成本仍然低廉。其维护开销分为几个部分,设备开销、安装开销和人工收集分析机械状态数据的开销。采用无线传感器网络能够降低这些开销,特别是能够去掉人工开销。基于快速发展的数据处理硬件技术和无线收发硬件技术成果,可以使用无线技术避免昂贵的线缆连接,采用专家系统自动实现数据的采集和分析。

2.6.6 传感器网络关键技术

1. 网络拓扑控制

对于无线自组织的传感器网络,网络拓扑控制具有重要的意义。通过拓扑控制自动生成良好的网络拓扑结构,能够提高路由协议和 MAC 协议的效率,可为数据融合、时间同步和目标定位等奠定基础,有利于节省节点的能量以延长网络的生存期。拓扑控制是无线传感器网络研究的核心技术之一。

传感器网络拓扑控制的目的是在满足网络覆盖度和连通度的前提下,通过功率控制和骨干网节点选择,剔除节点之间不必要的无线通信链路,生成一个高效的数据转发网路拓扑结构。拓扑控制可以分为节点功率控制和层次型拓扑结构形成两个方面。功率控制机制调节网络中每个节点的发射功率,在满足网络连通度的前提下,减少节点的发送功率,均衡节点单跳可达的邻居数目。已经提出了一些有效算法,如 COMPOW 等统一功率分配算法,LINT/LILT 和 LMN/LMA 等基于节点度数的算法,CBTC、LMST、RNG、DRNG 和 DLSS 等基于临近图的近似算法。层次型的拓扑控制利用分簇机制使一些节点作为簇头节点,由簇头节点形成一个处理并转发数据的骨干网,其他非骨干网节点可以暂时关闭通信模块,进入休眠状态以节省能量。目前已经提出了 TopDisc 成簇算法、改进的 GAF 虚拟地理网络分簇算法,以及 LEACH 和 HEED 等自组织成簇算法。

除了传统的功率控制和层次型拓扑控制,还提出了启发式的节点唤醒和休眠机制。该机制能够使节点在没有事件发生时设置通信模块为睡眠状态,而在有事件发生时及时自动醒来并唤醒邻居节点,形成数据转发的拓扑结构。这种机制重点在于解决节点在睡眠状态与活动状态之间的转换问题,不能够独立作为一种拓扑结构控制机制,因此需要与其他拓扑控制算法结合使用。

2. 网络协议

由于传感器节点的计算能力、存储能力、通信能力以及携带的能量都十分有限,每个节点只能获取局部网络的拓扑信息,其上运行的网络协议也不能太复杂。同时,传感器拓扑结构动态变化,网络资源也在不断变化,这些都对网络协议提出了更高的要求。传感器网络协议负责使各个独立的节点形成一个多跳的数据传输网络,目前研究的重点是网络层协议和数据链路层协议。网络层的路由协议决定监测信息的传输路径。数据链路层的介质访问控制用来构建底层的基础结构,控制传感器节点的通信过程和工作模式。

在无线传感器网络中,路由协议不仅影响单个节点的能量消耗,更与整个网络的能量均衡消耗有关,从而影响整个网络的生存期。无线传感器网络是以数据为中心的,这在路由协议中表现得最为突出,每个节点没有必要采用全网统一的编址,选择路径可以不需根据节点编址,更多的是根据感兴趣的数据建立数据源到汇聚节点之间的转发路径。目前提出了多种类型的传感器网络路由协议,如多个能量感知的路由协议、定向扩散和谣传路由等基于查询的路由协议、GEAR 和 GEM 等基于地理位置的路由协议、APEED 和 ReInForM 等支持 QoS 的路由协议。

传感器网络的 MAC 协议首先要考虑节省能源和可扩展性,其次才考虑公平性、利用率和实时性等。在 MAC 层的能量浪费主要表现在空闲侦听、接收不必要数据和碰撞重传等。为了减少能量的消耗，MAC 协议通常采用"侦听/睡眠"交替的无线信道侦听机制，传感器节点在需要收发数据时才侦听无线信道，没有数据需要收发时就尽量进入睡眠状态。近期提出了 S-MAC、T-MAC 和 Sift 等基于竞争的 MAC 协议，DEANA、TRAMA、DMAC 和周期性调度等时分复用的 MAC 协议，以及 CSMA/CA 与 CDMA 相结合、TDMA 和 FDMA 相结合的 MAC 协议。由于传感器网络是应用相关的网络，应用需求不同时，网络协议往往需要根据应用类型或应用目标环境特征定制，没有一种协议能够高效适应各种不同的应用。

3. 网络安全

无线传感器网络作为任务型的网络，不仅要进行数据的传输，而且要进行数据采集和融合、任务的协同控制等。如何保证任务执行的机密性、数据产生的可靠性、数据融合的高效性以及数据传输的安全性，就成为无线传感器网络需要考虑的安全问题。

为了保证任务的机密布置和任务执行结果的安全传递和融合，无线传感器网络需要实现一些基本的安全机制，如点到点的消息认证、完整性鉴别、新鲜性、认证广播和安全管理等。除此之外，为了确保数据融合后数据源信息的保留，水印技术也成为无线传感器网络安全的重要技术之一。

虽然在安全研究方面无线传感器网络没有引入太多的内容，但无线传感器网络的特点决定了它的安全与传统网络安全在研究方法和计算手段上有很大的不同。首先，无线传感器网络单元节点的各方面能力都不能与目前 Internet 的任何一种网络终端相比，所以必然存在算法计算强度和安全强度之间的权衡问题，如何通过更简单的算法实现尽量坚固的安全外壳是无线传感器网络安全的主要挑战。其次，由于有限的计算资源和能量资源，需要对系统的各种技术综合考虑，以减少系统代码的数量，如安全路由技术等。最后，无线传感器网络任务的协作特性和路由的局部特性使节点之间存在安全耦合，单个节点的安全泄露必然威胁网络的安全，所以，在考虑安全算法时要尽量减小这种耦合性。

2.7　纳米技术与小型化技术

电子产品正朝着便携式、小型化、网络化和多媒体化方向发展，物联网产品也将遵循这一趋势。物联网产品小型化带来的优势是生产成本和使用成本的大幅度降低。由于电子设备和元件体积不断缩小和质量逐渐减轻，所耗用的各种原材料自然会减少，这将导致物联网设备制造成本的降低。伴随产品小型化而来的制造成本的降低、设备可靠性和技术性能的提高、设备能源消耗的降低、运输成本和占用空间减少，将会促进物联网应用的普及，降低使用成本。例如，晶体管组装的计算机体积不超过具有同样功能的电子管计算机的十分之一，由小规模和中、大规模集成电路组装的计算机体积分别缩小为晶体管整机的几十分之一、几百分之一、几万分之一。这种进步使设备占用的空间和能源消耗大大降低，降低了对使用场所的客观条件要求。随着元件和整机体积的缩小，工作可靠性提高了，这可从以下两个方面来理解。一方面，电子元件和设备的体积越大，遭受损坏和出现故障的可能性也越多；另一方面，当电子元件的几何尺寸缩小时，整机中各元件之间和各焊点之间的连接导线也必然缩短，在大型整机中，这种连接导线的长度是十分惊人的。

物联网设备是融合计算机技术、传感技术和现代通信技术的智能电子产品，小型化是其必然的发展趋势,涉及产品加工工艺、材料、装配、系统设计等诸多方面。

2.7.1 纳米技术

纳米技术一般指纳米级($0.1\sim100$nm,1nm 是 1m 的十亿分之一,相当于 45 个原子排列起来的长度,相当于万分之一头发丝粗细)的材料、设计、制造、测量、控制和产品的技术。纳米技术是一门交叉性学科,研究的内容涉及现代科技的广阔领域。纳米科学主要包括纳米体系物理学、纳米化学、纳米材料学、纳米生物学、纳米电子学、纳米加工学、纳米力学等,纳米技术主要包括纳米级测量技术、纳米级表层物理力学性能的检测技术、纳米级加工技术、纳米粒子的制备技术、纳米材料、纳米生物学技术、纳米组装技术等。纳米技术涉及的范围很广,纳米材料虽然只是其中的一部分,但它却是纳米技术发展的基础。当物质到纳米尺度以后,物质的性能就会发生突变,出现特殊性能。例如,不透明的物质会变成透明的(如金属铜)、惰性的物质变成可以当催化剂(如金属铂)、稳定的物质变得易燃(如金属铝)、固体在室温下变成了液体(如金属金)、绝缘体变成导体(如硅)。广义地讲,在三维空间中至少有一维处于纳米尺度范围或由它们作为基本单元构成的材料叫做纳米材料,这种材料既具有不同于原来组成的原子和分子的性能,也具有不同于宏观物质的特殊性能。纳米材料大致可分为纳米粉末、纳米纤维、纳米膜、纳米块体等四类。采用纳米技术可以用数千个分子或原子制造新型材料或微型器件,其特殊性能使很多新奇的应用成为可能。

纳米技术在现代科技和工业领域有着广泛的应用前景。比如在信息技术领域,据估计再有 10 年左右的时间,现在普遍使用的数据处理和存储技术将达到最终极限。为获得更强大的信息处理能力,人们正在开发 DNA 计算机和量子计算机,而制造这两种计算机都需要有控制单个分子和原子的技术能力,纳米器件制造和应用必不可少。

传感器是纳米技术应用的一个重要领域。随着纳米技术的进步,造价更低、功能更强的微型传感器将广泛应用于社会生活的各个方面。比如,将微型传感器装在包装箱内,可通过全球定位系统对贵重物品的运输过程实施跟踪监督;将微型传感器装在汽车轮胎中,可制造出智能轮胎,这种轮胎会告诉司机轮胎何时需要更换或充气;将可承受恶劣环境的微型传感器放在发动机汽缸内,对发动机的工作性能进行监视;在食品工业领域,这种微型传感器可用来监测食物是否变质,比如把它安装在酒瓶盖上可判断酒的状况等。

在医药技术领域,纳米技术也有着广泛的应用前景。如用纳米技术制造的微型机器人,可让它安全地进入人体内对健康状况进行检测,必要时还可用它直接进行治疗;用纳米技术制造的"芯片实验室"可对血液和病毒进行检测,几分钟即可获得检测结果;还可以用纳米材料开发出一种新型药物输送系统,这种输送系统由一种内含药物的纳米球组成的,这种纳米球外面有一种保护性涂层,可在血液中循环而不会受到人体免疫系统的攻击,如果使其具备识别癌细胞的能力,它就可直接将药物送到癌变部位,而不会对健康组织造成损害。

除此之外,纳米技术在工业制造、国防建设、环境监测、光学器件和平面显示系统等领域也有广泛的用途。

应用纳米技术的微型元器件、传感器等可以提升物联网设备的工作能力,开拓物联网的应用领域,使很多梦想变为现实。纳米技术的发展必将促进物联网技术的发展与应用。

2.7.2 微机电系统及装置

微机电系统(micro-electro-mechanical systems,MEMS)传感器技术是传感器领域的核心

技术,在物联网领域中具有广阔的发展空间。MEMS 发展的目标在于通过微型化、集成化探索新原理、新功能的元件和系统。MEMS 可以完成大尺寸机电系统所不能完成的任务,也可嵌入大尺寸系统中,将自动化、智能化和可靠性提高到一个新的水平,而这些正是物联网发展所期待的技术。在 21 世纪,MEMS 将逐步从实验室走向实用化,其与物联网的结合将对工农业、信息、环境、生物工程、医疗、空间技术、国防和科学发展产生重大影响。MEMS 技术的广泛应用也将促进物联网的发展。

1. 微机电系统

微机电系统(MEMS)相对于传统的机械设备,它们的尺寸更小,最大的不超过一个厘米,最小的为几个微米,其厚度更微小。采用以硅为主的材料,电气性能优良,硅材料的强度、硬度和杨氏模量与铁相当,密度与铝类似,热传导率接近钼和钨。采用与集成电路(IC)类似的生成技术,可利用 IC 生产中的成熟技术和工艺进行大批量生产,使性价比相对于传统机械制造技术大幅度提高。

完整的 MEMS 是由微传感器、微执行器、信号处理和控制电路、通信接口和电源等部件组成的一体化微型器件系统。目标是把信息的获取、处理和执行集成在一起,组成具有多功能的微型系统,集成于大尺寸系统中,从而大幅度地提高系统的自动化、智能化和可靠性水平。

MEMS 的主要特点有以下方面:

(1) 微型化。MEMS 器件体积小、质量轻、耗能低、惯性小、谐振频率高、响应时间短。

(2) 以硅为主要材料,机械电器性能优良。硅的强度、硬度和杨氏模量与铁相当,密度类似铝,热传导率接近钼和钨。

(3) 批量生产。用硅微加工工艺在一片硅片上可同时制造成百上千个微型机电装置或完整的 MEMS,批量生产可大大降低生产成本。

(4) 集成化。可以把不同功能、不同敏感方向或致动方向的多个传感器或执行器集成于一体,或形成微传感器阵列、微执行器阵列,甚至把多种功能的器件集成在一起,形成复杂的微系统。微传感器、微执行器和微电子器件的集成可制造出可靠性、稳定性很高的 MEMS。

(5) 多学科交叉。MEMS 涉及电子、机械、材料、制造、信息与自动控制、物理、化学和生物等多种学科,并集约了当今科学技术发展的许多尖端成果。

2. 典型器件及系统

微型传感器是 MEMS 的一个重要组成部分。现在已经形成产品和正在研究中的微型传感器有压力、力、力矩、加速度、速度、位置、流量、电量、磁场、温度、气体成分、湿度、pH、离子浓度和生物浓度、微陀螺、触觉传感器等。微型传感器正朝着集成化和智能化的方向发展,其中最具代表性的产品为微型加速度传感器和微型陀螺仪产品。

1) 微型加速度传感器

技术成熟的 MEMS 加速度计分为三种,即压电式、容感式、热感式。压电式 MEMS 加速度计采用的是压电效应,内部有一个刚体支撑的质量块,在运动的情况下质量块会产生压力,刚体产生应变,把加速度转变成电信号输出。容感式 MEMS 加速度计内部也存在一个质量块,从单个单元来看,它是标准的平板电容器。加速度的变化带动活动质量块的移动从而改变平板电容两极的间距和正对面积,通过测量电容变化量计算加速度。热感式 MEMS 加速度计内部没有任何质量块,中央有一个加热体,周边是温度传感器,里面是密闭的气腔,当工作时,在加热体的作用下气体在内部形成一个热气团,热气团的比重和周围的冷气是有差异的,通过惯性热气团的移动形成的热场变化使感应器感应到加速度值。

由于压电式 MEMS 加速度计内部有刚体支撑的存在,通常情况下压电式 MEMS 加速度计只能感应到"动态"加速度,不能感应到"静态"加速度,即重力加速度。而容感式和热感式既能感应"动态",又能感应"静态"加速度。

典型的加速度计为 MMA7260Q 三轴加速度传感器,如图 2-17 所示,该传感器为三轴低量级加速传感器,提供了灵活的低重力加速度 g 选择功能,重力量程范围为 $1.5g$、$2g$、$4g$ 和 $6g$。该器件可在三个轴向上灵敏准确测量低重力水平的坠落、倾斜、移动、放置、振动和摇摆,超小的封装特性可以方便应用于汽车电子、保健监控设备、智能便携电子设备中。

图 2-17　MEMS 三轴加速度传感器 MMA7260Q

2)微型陀螺仪

MEMS 加速计能够测量线性加速度,而陀螺仪则能够测量沿一个轴或几个轴运动的角速度,如图 2-18 所示,两者为一对互补技术。组合使用加速计和陀螺仪两种传感器,可以跟踪并捕捉三维空间的完整运动,为最终用户提供现场感更强的用户使用体验、精确的导航系统以及其他功能。其微型化的体积特点有利于在物联网领域的应用。

3)微型光机电器件和系统

随着信息技术、光通信技术的发展,宽带的多波段光纤网络将成为信息时代的主流,光通信中光器件的微小型化和大批量生产成为迫切需求。MEMS 技术与光器件的结合可以满足这一要求。由 MEMS 与光器件融合为一体的微型光机电系统(micro-opto-electro-mechanical system,MOEMS)将成为 MEMS 领域中一个重要研究方向。

对于已研制出用于投影显示装置的数字驱动微简易阵列(digital mirror device,DMD)芯片,如图 2-19 所示。一个微镜的尺寸仅 $16\mu m \times 16\mu m$。在反射镜下面的支撑机构中,微镜通过支撑柱和扭转梁悬于基片上,每个微镜下面都有驱动电极,在下电极与微镜间施加一定的电压,静电引力使微镜倾斜,入射光线被反射到镜头上投影到屏幕上,未加电压的微镜处的光线反射到镜头外,高速驱动微镜使每点产生明暗投影出图像。

3. MEMS 技术发展现状

MEMS 普及应用的主要动力来自于低廉的成本和微小的体积,从而能够做出更小、更轻和更廉价的智能装置。但 MEMS 面临的挑战是封装问题,因为 MEMS 器件的多样性以及工作环境的不同,封装与测试很容易造成高昂的成本。在不影响产品性能的情况下,研究出标准化和更廉价的封装已成为 MEMS 设计主要关注的目标。

图 2-18　MEMS 三轴陀螺仪
传感器 LSM303DLH

图 2-19　DMD 芯片

2.7.3　封装、组装与连接技术

随着电子装备内电子元件数量的增加,设备体积和质量也会相应增加,这将带来功能增强与设备易用性的矛盾。要缩小体积、减轻质量、降低成本并提高电子装备可靠性,引入小型化技术是必然的选择。物联网设备是一种电子装备,也面临着同样的挑战,在设计物联网产品时,系统结构设计、器件选择、系统实现必须给予足够的重视。

元件小型化或微型化是设备达到小型化的前提,元件小型化除涉及元器件生产工艺外,还涉及元器件封装技术和组装技术。图 2-20 给出一些有代表性的封装图片。

片式元件是应用最早、产量最大的表面组装元件。它主要有以厚薄膜工艺制造的片式电阻器和以多层厚膜共烧工艺制造的片式独石电容器,是开发和应用最早和最广泛的片式元件。随着电子产品市场对电子设备小型化、高性能、高可靠性、安全性和电磁兼容性的需求,片式元件进一步向小型化、多层化、大容量化、耐高压、集成化和高性能化方向发展,体积明显缩小。集成化是片式元件未来的发展趋势之一,它能减少组装焊点数目和提高组装密度,集成化的元件可使芯片面积/基板面积达到 80% 以上,并能有效地提高电路性能。由于不在电路板上安装大量的分立元件,从而可以有效地解决焊点失效引起的问题。

数十年来,芯片封装技术一直追随着 IC 技术的发展而发展。出现一代 IC 就有相应一代的封装技术相配合,而 SMT(表面组装技术/表面贴装技术,surface mounted technology)的发展,更加促进芯片封装技术不断达到新的水平。在 20 世纪 60～70 年代出现的中、小规模 IC 中,大量使用 TO 型封装,后来又开发出 DIP、PDIP 封装技术。20 世纪 80 年代出现了 SMT,相应地,IC 封装形式出现了适于表面贴装短引线或无引线的 LCCC、PLCC、SOP 等结构。在此基础上研制开发的 QFP 不但解决了 LSI 的封装问题,而且适于使用 SMT 在 PCB 或其他基板上表面贴装,使 QFP 终于成为 SMT 主导电子产品并延续至今。

为了适应电路组装密度的进一步提高,QFP 的引脚间距不断缩小,I/O 数不断增加,封装体积也不断加大,由于受器件引脚框架加工精度等技术的限制,组装密度难以进一步提高,一种先进的芯片封装球栅阵列(ball grid array,BGA)应运而生。BGA 封装的 I/O 端子以圆形或柱状焊点按阵列形式分布在封装下面,引线间距大、长度短,可增加 I/O 数和间距,消除 QFP 技术的高 I/O 数带来的生产成本和可靠性问题。BGA 的兴起和发展尽管缓解了 QFP 面临的困难,但它仍然不能满足电子产品向更加小型、更多功能、更高可靠性对电路组件的要求,也不能满足硅集成技术发展对进一步提高封装效率和进一步接近芯片本征传输速率的要求,所以出现了更新的封装技术 CSP(chip size package),它的封装尺寸与裸芯片相同或封装

图 2-20　几种器件封装应用

尺寸比裸芯片稍大。日本电子工业协会对 CSP 的规定是芯片面积与封装尺寸面积之比大于 80％。CSP 与 BGA 结构基本一样，只是锡球直径和球中心距缩小了，厚度更薄了，可以说 CSP 是缩小了的 BGA。CSP 之所以受到极大关注，是由于它提供了比 BGA 更高的组装密度。

为了最终接近 IC 本征传输速度，满足更高密度、更多功能和高可靠性的电路组装要求，出现了裸芯片(bare chip)技术。从 1997 年以来，裸芯片的年增长率已达到 30％，发展较为迅速的裸芯片应用包括微处理器、高速内存和硬盘驱动器等。除此之外，一些便携式设备如电话机等，也大量使用这一先进的半导体封装技术。裸芯片技术有两种主要形式，一种是 COB(板上芯片封装，chip on board)技术，另一种是倒装片(flip chip)技术。用 COB 技术封装的裸芯片芯片主体和 I/O 端子在晶体上方，在焊接时将裸芯片用导电/导热胶粘接在 PCB 上，凝固后，用 Bonder 机将金属丝在超声、热压的作用下，分别连接在芯片的 I/O 端子焊区和 PCB 相对应的焊盘上，测试合格后，再封上树脂胶。与其他封装技术相比，COB 技术有价格低廉、节约空间、工艺成熟等优点。倒装片技术的芯片结构和 I/O 端(锡球)方向朝下，由于 I/O 引出端分布于整个芯片表面，故在封装密度和处理速度上 flip chip 已达到较高水平，是芯片封装技术及高密度安装的发展方向。

微组装技术是 20 世纪 90 年代发展起来的新一代电子组装技术。微组装技术是在高密度多层互连基板上，采用微焊接和封装工艺组装各种微型化片式元器件和半导体集成电路芯片，形成高密度、高速度、高可靠的三维立体机构的高级微电子组件技术。多芯片组件是当前微组装技术的代表产品，它将多个集成电路芯片和其他片式元器件组装在一块高密度多层互连基板上，然后封装在外壳内，利用电路组件实现系统级功能。当前，多芯片组件已发展到叠装三维电子封装，使电子产品密度更高、功能更多，传输速度也更快、性能更好、可靠性更高，而电子系统相对成本却更加低廉。

随着电子设备向小型化方向发展,连接器也遵循着这一趋势,因此,片式连接器、光纤连接器、IEEE 1394 和 USB 2.0 高速连接器、有线宽带连接器以及微小间距连接器等适用于各种便携/无线电子设备的连接器产品将会得到广泛重视和发展,各式各样的高速、高密度的微型连接器、微型同轴电缆/双股电缆以及阻抗可控的多层柔性线路板将得到更多的应用。这些技术的进步和广泛应用,将会进一步促进物联网技术的发展和推广应用。

思 考 题

2.1 什么是传感系统?

2.2 简述 RFID 系统的基本构成。

2.3 常见的图像恢复算法有哪些?

2.4 无线传感器网络技术在物联网领域的应用有哪些特点?

第 3 章　物联网控制技术

3.1　概　　述

物联网是由各种具备联网能力的设备经由相互连接构成的复杂网络结构。其中设备可能是异质设备,也可能是同质设备,连接关系也比现有的各种网络结构都要复杂。在物理世界中存在大量需要控制其工作状态的物理设备,而控制论是一种表征和实现对复杂物理世界控制的方法。

控制论的研究表明,揭去物理世界中各种类型系统的外在表现,则无论是机器系统、还是生物神经系统、生物体新陈代谢循环系统,或者是经济系统和人类社会系统,其本质都是自动控制系统。在自动控制系统中由一系列调节模块来控制整个系统的运转,以实现维持系统自身稳定性以及完成系统所要执行的功能。在这些调节模块中,控制机构负责做出调节决策,并将控制信息作为指令发送传递到系统自身运行和完成目标功能所要涉及的各个部分中去,由各被控制部分按控制信息执行相关操作,同时把执行状态作为反馈信息回传给控制机构,作为控制机构进行下一步调整决策的依据。因此,自动控制系统的控制过程实际上是一个信息传播过程,所谓控制即表示对信息的传输变换及加工处理。

控制论把研究对象看作是一个控制系统,分析它的信息流程、反馈机制和控制原理,往往能够寻找到使系统达到最佳状态的方法,这种方法称为控制方法。控制论的主要方法包括控制方法、信息方法、反馈方法、功能模拟方法和黑箱方法等。

物联网控制系统是集网络控制、遥操作、通信、传感器采集、数字及嵌入式控制器设计、执行机构设计、多源信息融合等多种技术于一体的大规模复杂网络,各个环节的高效运作以及联合,才能发挥出物联网巨大的网络优势,主要表现如下:

(1) 将物联网应用于控制领域时,对于闭环系统控制,需要对网络的结构设计、传感器采集数据以及控制信号的传输机制进行研究,同时,还要针对可能存在的网络时延及滞后设计具有专门性的网络控制算法。另外,物联网的巨大覆盖面也为遥操作等远程操控技术的实施提供了搭载平台,对分布式控制方法的设计与实施提出了新的挑战。

(2) 数字式直接控制器以及嵌入式控制器是实现各种局部控制逻辑的有效设备,由于其高度的集成性、可定制性以及丰富的网络功能,使得其成为物联网控制系统,尤其是关键性控制任务的重要组成部分。

(3) 由于物联网的物物联网的网络本质,对物联网控制系统的执行机构提出了新的要求。在传统控制系统中,执行装置为了提供更大的驱动力和灵活性,往往有较高的能量需求以及较大的体积,如步进电机,气、液压泵等,而这些执行装置在实现物联网控制系统时,经常存在大规模应用的屏障。因此,新型的微机电系统便迎来了广阔的应用前景。一个完整的微机电系统集信息采集、本地控制回路和微执行机构于一体,是物联网控制系统获得应用的有力保障。

(4) 多传感器采集与多源信息融合是物联网控制系统向智能化发展的保证,通过多种不同类型的传感器获得被控对象的各种状态信息,并且通过冗余式的布置使系统具有较强的生存能力,即使有若干传感器节点被损坏,也不会影响到整个系统的正常运转。同时,利用多源信息融合技术将传感器获得的这些物理测量值进行多级融合,精炼原始数据,形成具有一定语义特征的状态信息或表决信息,提供给上层决策环节进行控制方案的制订。

(5)作为一个规模巨大的网络系统,在物联网应用中,可能大量的控制系统同时使用同一网络平台作为信息传输的途径,而且对于同一控制系统,从控制器端到被控设备端之间也可能存在多条信息链路。因此,基于物联网的控制系统存在潜在的网络资源占用、数据碰撞、环路死锁等问题,有必要对这种存在如资源有限等外在约束条件下的控制系统调控进行研究,使控制系统在限制条件下实现自身运行稳定性,并在完成功能任务时达到最优状态,即优化决策将会在物联网控制系统中得到广泛应用。由于物联网系统是一个典型的非线性系统,包含着大量的异质设备,存在着时滞等问题,连接关系错综复杂,传统的优化决策方法无法适用于物联网最优化控制,因此智能优化算法将在物联网优化中起到关键作用。

3.2 物联网控制系统构成

3.2.1 物联网控制系统结构

根据控制策略的生成是否在本地控制回路中,物联网控制系统结构可分为两大类,直接网络控制结构和间接网络控制结构。图 3-1 和图 3-2 给出两种网络控制系统的结构。

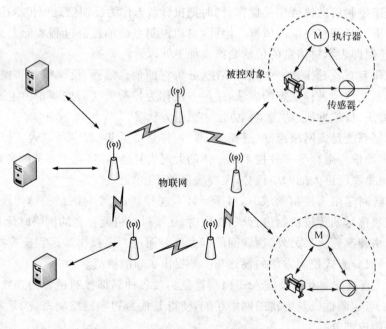

图 3-1　直接网络控制结构

上述两种物联网控制系统结构可以抽象表示成图 3-3 所示的形式。

在图 3-3 中,物联网络作为系统各部分进行信息传输的介质,为系统中所有的传感器、执行器和控制器所共享,负责质量信号、控制信号以及状态反馈等信号传输任务。

与传统的反馈控制系统相比,物联网控制系统中传感器、控制器和执行器不经过专用回路直接相连,其特点是多组控制系统通过公共网络(有线网络或无线网络)交换状态反馈信息和指令信息,公共网络的复杂性使系统具有传统反馈控制系统所不具备的特性,这些特性决定了物联网络控制理论与方法的研究必须针对其独特的网络特性,分析制订解决方案,并在有效论

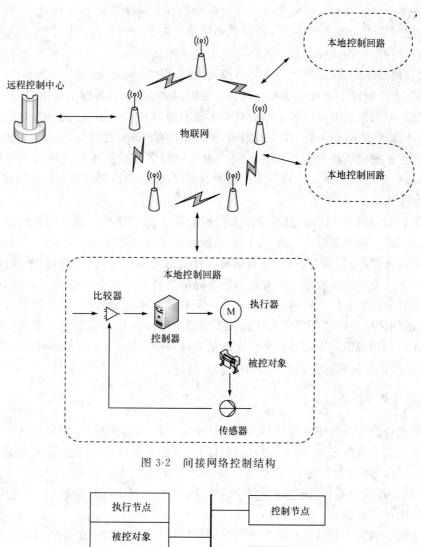

图 3-2　间接网络控制结构

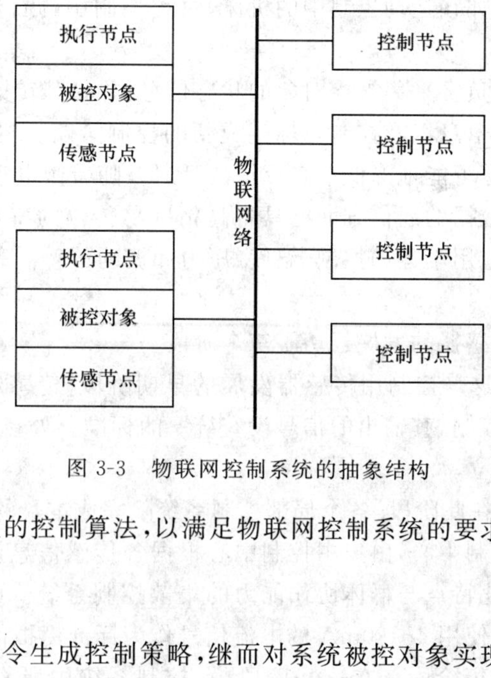

图 3-3　物联网控制系统的抽象结构

证的基础上设计快速高效的控制算法,以满足物联网控制系统的要求。

1. 控制器

控制器是根据控制指令生成控制策略,继而对系统被控对象实现调节的处理装置,是完成系统控制任务的关键设备。控制器的发展过程可划分为两个阶段:模拟阶段与数字阶段。在模拟阶段,控制器的应用主要集中在机械运动控制和化工过程控制两个领域,一般采用继电器或电动仪表进行组合构成控制器。继电器要实现逻辑操作,需由线圈电磁铁吸合控制触点闭合,接通电动机或驱动器,其主要缺点是体积大、耗电量大、响应速度慢,以及实施与维护复杂。例如,需要更改控制器参数或改变相应的控制逻辑时,就需要更换整个继电器,甚至需要重新设计并布置控制线路。电动仪表采用运算放大器实现对信号的测量与处理,对抗干扰性能要求高,易受环境温度、电磁干扰、振动的影响,并且功能单一,改变参数复杂,要实现控制任务的更改也需要重新进行线路的设计安装。随着大规模数字集成技术以及嵌入式应用技术的发展,模拟阶段的继电器控制基本被可编程控制器取代,而电动控制仪表被具有通信功能的数字仪表控制器取代。

集成了通信处理和网络数据交换能力的智能数字控制器将是物联网控制系统的首选设备。通信处理器也称为通信控制器,是控制系统对网络化功能需求的产物。控制器在早期阶段是没有通信处理器的,指令信号、控制信号以及状态反馈信号均采用模拟量进行传输,控制系统结构简单且覆盖范围有限。随着控制器功能的丰富和信息共享需求的增长,控制器的数据传输要求有专门的通信处理器进行处理。在实际控制系统设计中,需要根据通信任务的不同要求、传送的信号和环境的影响等各种因素来确定所要使用的通信处理器以及相配套的通信协议。通信处理器根据通信协议来确定通信的速率、通信的数据类型和网络节点的地址等。因此,通信处理器是物联网控制系统中的重要部件之一。

2. 被控对象与传感器

被控对象是指在系统中被控制器产生的控制信号所作用的对象,控制系统将其运行限制在一个预定的状态范围之内,以实现特定的目的。被控对象具有广泛性,它可以是一个具体的物理设备,也可以是一个大的系统,还可以是一个抽象的过程。所有的行业如化工、冶金、建筑、能源等都有被控对象,如在运动控制中的机床,过程控制中的石油裂解、电化生产过程,机械加工中的生产流水线等。

控制系统中的传感器负责采集被控对象的状态信息,并将其转换为控制器需要的电信号,以便控制器根据这些状态信息以及控制目标生成新的控制策略。要实现控制系统的实时性,需要传感器响应速度快,尽可能地降低信息反馈的延迟。随着微电子技术的发展,传感器已经进入数字化阶段,在传感数据的通信方面已具备高精度易传输的特点。常见的传感器有光电开关和旋转编码器,主要应用于运动控制,温度、压力和振动传感器等,主要用于生产过程监测等领域。

应用于控制系统的传感器的发展经历了三个阶段。

(1) 个体控制阶段。这是控制用传感器发展的早期阶段,传感器一般只在某一时刻进行直接的数据采集、反馈和控制,其输出的信号没有统一的标准。处在同一场合中的各个控制系统之间的传感数据相互独立。

(2) 集散控制阶段。在此阶段,各个局部控制系统除完成本身的控制任务外,还将采集到的传感信息传递给集中控制中心,由集中控制中心根据各传感信息调节各局部控制系统的运行,从而组成了具有整体化特点与群体协作能力的集散控制系统。此时传感器的输出已经有了统一的规格标准,例如,使用 4~20mA 的电流信号作为标准模拟信号。

(3) 广域网络数据采集阶段。在这一阶段中,控制系统中所有设备的数据集中到若干数据融合平台上,由这些融合平台对传感数据进行分析处理,以获取更高级的信息指导控制系统的生成。对传感数据不仅只是一个采集过程,在传输中还包括一定的数据处理过程。

3. 执行器

执行器又称为执行机构,负责产生动力操作从而实现代替人类对被控对象进行自动调节的作用,例如,调节阀门的开闭大小,调节机床导轨的行程等,在自动化系统中常采用机电一体化设备。执行器的类型按照不同的标准有多种划分方式,例如,按动力类型可分为气动、液动、电动、电液动等类型;按运动形式可分为直行程、角行程、回转型(多转式)等类型。近年来由于电能利用技术的不断进步,电动型执行器的发展速度较快,应用范围广泛。按不同标准又可分为接触调试型和无线遥控调试型;电气控制型、电子控制型和智能控制型;数字型和模拟型;组合式结构和机电一体化结构等。

在早期工业生产过程中,控制任务的最终执行都是由人工直接接触设备完成,在此过程中,人体有可能接触到工业设备中的危险物质,造成对人体的伤害。另外,人工操作效率低,误差大,且容易损坏设备,减少设备使用寿命。这些原因促使人们对执行器进行研究,使执行器随控制系统性能的不断提高而得到了快速的发展,逐渐产生并应用于工业和其他领域,降低了人身伤害发生的风险,延长了设备使用寿命,极大地提高了控制精度和效率。近年来,随着电子元器件技术、计算机技术和控制理论的飞速发展,执行机构已经跨入了智能控制的时代。

4. 本地控制回路

本地控制回路是基于反馈原理建立的局部控制系统,或称为反馈控制系统。在反馈控制中,从信号输入端到信号输出端的控制信号传输通路称为前向通道,从信号输出端到信号输入端的反馈信号传输通路称为反馈通道,两者组成一个闭合的回路。因此,反馈控制系统又称为闭环控制系统。系统根据对比输入信号与反馈信号之间的偏差来调节其控制行为,在追求消除偏差的过程中实现预定的控制任务。这种控制方式是自动控制中的主要方式。在工程上常把在运行中期望值保持恒定的反馈控制系统称为自动调节系统,而把控制输出值使其精确地跟随期望值变化而变化的反馈控制系统称为伺服系统或随动系统。

没有形成上述反馈回路的控制系统称为开环系统。与开环控制系统相比,闭环控制系统具备实现控制自动化的能力。在反馈控制系统中,不论是由于内部控制策略变化还是外部负载扰动的原因,只要输出值(被控制量)偏离了规定值,就会产生相应的控制作用去消除偏差。因此,闭环控制具有抗干扰、对系统自身设备特性不敏感以及能有效提高系统的响应特性等特点。但是,反馈回路的引入增加了系统的复杂性,特别是当反馈增益选择不当时会引起系统的不稳定。为了提高控制精度,在扰动变量可以测量时,可以针对扰动的大小修正控制量,这称为前馈控制。在实际控制任务中,通常采用前馈控制与反馈控制相结合的方式构成复合控制系统。

在物联网接入设备智能化和小型化的趋势下,本地控制回路将有被微机电系统 MEMS 取代的趋势。MEMS 技术是对微米/纳米材料进行加工和控制的技术,一个 MEMS 系统由微传感器、微执行器、信号处理和控制电路、通信接口和电源等部件组成,能够将信息的获取、处理和执行集成在一起,组成具有自动控制功能的微型系统。

3.2.2　物联网控制关键技术

1. 嵌入式控制

在微处理器技术、大规模可编程逻辑器件技术及微小型操作系统技术发展的推动下,嵌入式技术已经获得了广泛的应用,而基于嵌入式元件的控制系统更是改变了传统控制系统的结构,特别是嵌入式微控制器的出现,在现代工业生产控制中掀起了一场新的技术革命。

基于嵌入式微控制器的控制系统可以嵌入任何其他设备或系统中去,这使它成为物联网控制技术的实现基础。基于嵌入式微控制器的控制系统的发展大致经历了四个阶段,在第一阶段中,工业控制领域引入基于微处理器的控制系统,主要用来实现比较简单的检测、控制、指示等任务;第二阶段是以嵌入式 CPU、大规模可编程控制器为核心单元,并且出现了简单的微操作系统,智能控制已经得到了应用,同时原有的微处理器也升级为可面向 I/O 的微控制器;在第三阶段中,嵌入式操作系统已经成熟,并广泛应用于各种嵌入式硬件设备中,控制系统对带有通信功能设备的需求越来越高;在第四阶段中,嵌入式控制系统发展到了以因特网和现场总线为标志的网络化阶段,由嵌入式控制器以及测控仪表构成了以通信网络为基础的现代工业控制平台。

在多种多样的嵌入式元件中,微控制器(MCU)为典型代表。MCU 的发展奠定了工控设备智能化、网络化的基础。特别是 8 位 MCU 技术的开发应用已经非常成熟,在各类底层设备、专用的小型控制系统中得到了大量的应用,负责基础控制功能的实现,如 I/O 单元、通信时序控制、电机脉宽调制调速、任务逻辑转换控制等,形成了规模巨大的产业链。但是,随着对处理器字长要求的不断提高,8 位 MCU 已经无法对大量的应用提供有效的支持,所以 16 位和 32 位的微控制器已成为发展和应用的主流,其发展趋势将向高性能、低电压、低功耗、小封装、高集成度、低成本网络化的方向发展。

除 MCU 之外,数字信号处理器(digital signal processing,DSP)以及高级精简指令处理器(advanced RISC machines,ARM)也是近年来在工业控制中获得大量应用的嵌入式处理器单元。其中 DSP 针对具有大规模数据计算的场合,主要的应用领域有视音频处理、通信编解码以及工业控制。目前,在工业领域主要用于运动控制计算、工业图像实时处理与传输,以及变频计算等领域。ARM 是新型的高性能、低功耗、低成本处理器,在消费电子领域的应用最为广泛,而在工业控制领域,相比 MCU 与 DSP 的大规模成熟应用相比,ARM 应用仍处于发展阶段。

2. 网络控制与遥操作

如何通过物联网实时、准确地传输控制信息,以及返回测量信息是物联网控制的关键问题,网络控制与遥操作是该领域的关键性技术之一。

1) 网络控制

网络控制系统是指控制信号与被控对象的状态反馈信号通过网络进行传输的控制系统,是计算机网络技术在控制领域的延伸和应用,可以认为是计算机控制技术的更高级形式。在网络控制系统中,通常情况下提供信息传递媒介的网络作为一种公共网络出现,由该网络连接不同地点的用户以及检测控制模块,使其可以通过该网络实现资源的共享、完成控制任务、进行协同作业等。在网络控制系统中,网络覆盖范围可能为近程也可能为远程,接入网络的控制设备可能来自不同的厂商,传感器可能为不同类型,网络中可能同时传输着多个控制系统的信号,而且每个控制系统对信号传输的实时性要求也不尽相同,使网络控制系统具备了如下特点:

(1) 网络化结构。网络控制系统支持如总线型、星型、树型等拓扑结构,使其具备了组网的功能基础。

(2)智能化。在网络控制系统中,由于共用传输网络,因此需要每个节点具备单节点计算能力,从而实现对信息传输的控制以及各个节点之间的相互协调。

(3)功能分散化。一个具备复杂控制任务的控制系统可以通过网络将其控制任务划分为多个子功能各自完成,以降低实现的复杂度。

(4)系统开放化。通过统一网络的接入标准,网络就可以接入多种类型的设备,且各设备间可以实现信息的相互传递。

2)遥操作技术

遥操作系统包括两个部分,本地主操作器部分与远程从操作器部分。遥操作是指操作员通过本地主操作器进行操作,远程从操作器跟踪并实时复现主操作器的运动,从而使操作员可以在安全的环境下完成一些较为危险的远程任务。一个完整的遥操作系统由操作员、主操作器、本地传感、通信系统、从操作器以及远程传感构成。主操作器将操作员手部的位置、速度以及加速度等信息,通过通信系统传输给远程从操作器,从操作器作用于远程的操作对象,并且将从操作器的位置,以及与操作对象间的压力等状态信息返回给主操作器,主操作器通过本地传感系统将这些状态信息作用于操作员。

在遥操作系统的工作过程中,临场感技术是核心技术之一。临场感包括两个传递方向,一个方向是从本地操作员到远程操作器;将操作员的状态信息,如肢体姿势、眼睛注意力方向、手部动作等通过主操作器作为指令传输给远程从操作器,另一个方向是远程从操作器到本地操作员,将远程从操作器通过传感器采集到的环境信息以及远程从操作器与环境之间的相互作用信息,如视觉、压力以及触觉信息等实时反馈给本地主操作器,主操作器将其作用于操作员,使操作员产生亲临现场的操作感受,从而能够真实地感受到与远程环境的交互状况,更加有效地完成复杂的远程操作任务。

具有临场感的遥操作系统的实现具有重要的现实意义,如在某些人类无法到达或比较危险的环境下,可以通过远程遥操作系统,利用从操作器端机器人对恶劣环境的适应能力来完成相应的任务。也可以通过遥操作系统提高任务的执行效率,降低成本。如在海底探测领域,通过水下遥操作机器人配置的从操作器,水面舰艇上人员可以完成多种复杂的机械手动作。而在远程医疗领域,医务人员可以通过遥操作系统实施远距离高精准的外科手术,及时挽救伤患者的生命。近年来,遥操作系统获得了快速地发展,其应用领域也从原来的远程医疗、军事应用、空间技术等向娱乐教育等领域拓展。

3. 数据融合技术

数据融合是指将来自不同信息源的数据加以综合,以实现剔除冗余信息及采集噪声,并抽取获得更高级信息的过程。一个实际的数据融合系统通常为多传感器系统,来自不同传感器的多源信息是系统所要处理的对象,如何做到多源数据的优化与协调处理是数据融合系统的核心。在物联网系统中,为了广泛地采集被控对象的各种状态信息,往往需要挂载大量的传感器,包括同质及异质,同时为了完成控制决策的计算,还需要结合其他信息如环境信息、控制执行的风险信息等,将这些多源信息进行融合是完成控制决策优化的最有效方法。

数据融合技术最初出现于军事应用领域,通过对多个目标侦测雷达的信号进行融合处理,以获得更为准确的目标位置以及航行轨迹。目前,数据融合技术已经得到广泛应用,如遥感等地理信息的处理、多传感机器人的环境感知、智能交通系统中车辆的跟踪、医疗辅助诊断、企业经济决策系统等。在这些领域中,单一信息源无法提供具有足够信任度的信息,但信息的采集来源呈多样化,因此非常适宜于数据融合技术的应用。

4. 组态技术

由于控制设备网络化功能的发展,同时伴随着设备种类不断丰富,使控制系统的规模越来越大,传统工业控制软件的编制变得异常复杂。当被控对象或控制器相关性能发生改变时则需对软件源程序进行修改,这样导致软件在开发阶段的周期较长,软件模块的重用率低,且后期的维护需要专人专项处理,成本高且难度大,已经无法满足现代工业控制系统对控制软件日益增长的要求。随着基于工业网络的分布式控制系统的发展,这种矛盾日益加剧,导致了通用工业控制软件组态技术的出现。

通用工业控制软件组态技术为解决传统工业控制软件开发和维护中存在的问题提供了一种新方案。通过软件组态技术,控制系统软件开发人员能够根据所要设计控制系统的性能和任务目标来对组态模块进行组合,设计完成符合要求的控制系统,并能够在以后的运行调试中对任意的模块进行替换,实现对各种资源的合理配置。组态技术的应用首先需要由行业专家开发出组态程序模块,之后控制系统设计人员只需简单的操作,如图形界面下的模块拖拽操作或一些简单的脚本编程,就可以创建出复杂的工业控制程序。随着网络控制系统的发展,组态软件技术的功能也更加强大。目前,用户利用组态技术可以方便快速地完成对传感器采样、控制回路结构、控制策略、设备参数,以及文件报表、设备可视化等控制设定,一些先进的组态软件还提供与数据库、因特网进行连接的功能,这将为物联网控制系统的快速设计与部署提供关键性支持,使控制系统能够与上层企业管理系统融为一体。

3.2.3 物联网控制模式

由于物联网的灵活性与开放性,基于物联网的控制具有多种模式。

1)远程控制模式

物联网远程控制模式是指通过物理网形成闭合反馈网络,指令端、传感器、控制器以及执行器等都通过物联网通信,任何具备权限的终端用户都可以通过物联网接入设备控制远端的另一台设备。基本原理是,用户通过终端接口向物联网另一端被控设备发送用户身份验证信息及连接控制请求,被控端设备验证用户身份,如果验证用户具备合法控制权限,则向用户发送验证通过信息并接收控制请求建立双方连接。具备权限的用户便可以通过终端控制应用程序从物联网信道中发送执行指令到被控设备,被控设备驱动执行器完成相应指令,并通过物联网信道将环境信息、执行结果数据回送给终端控制应用程序,终端应用程序负责将这些反馈信息通过屏幕等可视化设备呈现给用户。这一过程如同用户在被控设备现场进行工作,如果用户不具备合法控制权限,则无法建立控制信道,远程控制也就无法执行。

物联网远程控制模式又可以划分为两种子类型,指令一次发送模式和实时控制模式。

在指令一次发送模式中,用户通过终端程序向设备发送执行指令,之后不再监控设备的执行情况,设备仅在完成指令动作后向用户发送完成报告。这种模式在物联网智能家居系统中使用广泛,如果用户上班出发前忘记关闭相应设备,则在上班途中可以用手机或计算机等网络接入终端将家里想要关的电器全部关掉;而在下班途中,还可以通过手机将家里的智能电饭煲和热水器启动;若是在炎热的夏天,也可以在回家前通过远程接入终端设备将家里的空调打开,使得回家后室内温度便能达到一个比较适宜的程度。设备在完成用户的控制要求后,就会向用户手机等发送完成的确认信息。

在实时控制模式中,用户与被控设备之间需要进行做大量密集的信息交互,所有的控制策略生成均在用户端完成,远端设备仅利用用户端控制策略所生成的结果驱动执行器完成控制要求,并且实时回传执行情况构成一个闭合的实时反馈网络。由于控制策略生成的高速度以及高复杂度的要求,用户端一般由专家或具备智能控制策略生成能力的控制器构成,物联网的信号传输通道通常建立在一些特殊链路上。未来的远程工业控制系统将采用基于物联网的实时远程模式,现有的现场总线系统以及发展中的高速工业无线局域网技术,作为物联网工业控制信道的重要组成部分,将为远程运动控制系统提供实现实时远程控制模式的信息传输平台。

2) 本地控制模式

本地控制模式与远程控制模式的区别在于本地模式指令的产生也在被控设备端完成,即用户、控制器以及被控设备处在一个局部回路中,无需建立从用户、控制器到被控设备的远程链路,因此,对于被控设备,仅需要判断所接受到的控制请求的来路信息就可以完成本地用户权限的确认。而在远程模式中,用户与控制器处在同一局部回路中,从控制器到被控设备需要建立物联网远程通信链路,或者控制器与被控设备处在同一回路中,而从用户到控制器之间需要建立远程通信链路。在通常情况下,本地控制模式中用户、控制器与被控设备所在的局部控制回路为两者专属回路,因此可以实现实时通信,并施加复杂的控制策略。

伺服控制是一种需要工作在本地模式下的控制方式,是指对物体运动情况的有效控制,即控制物体运动的速度、位置以及加速度,使其按照预定的轨迹及姿态行进。伺服控制系统一般由三部分构成,即控制器、伺服电机和传感器,其中控制器一般采用运动控制卡,伺服电机驱动物体完成运动,传感器监测反馈物体运动的各种状态量。一般控制策略的生成由运动控制卡负责,运动控制卡与被控电机之间有专用总线连接,以保证通信实时性。运动控制卡通常采用专业运动控制芯片或高速 DSP 作为运动控制核心,大多数用于控制步进电机或伺服电机。

在本地控制模式中,除控制器、伺服电机以及传感器外,一般还搭配 PC 作为人机交互及监管终端,用户可通过此终端向运动控制卡发送指令,如轨迹方向指示等,运动控制卡负责根据指令完成所有控制的细节动作,包括确定电机转动方向、自动变速处理,以及限位及回归原点等操作。

伺服控制等运动控制模式是基于物联网的工业控制本地控制模式中的主要应用方式,而在家庭生活等领域,也有大量本地控制模式的应用,如智能电器等。具备物联网功能的智能电器可随时接收本地电价信息及本地用电变化情况,依此调整自身的本地控制策略,如间隔制冷的冰柜,当处于用电高峰时段时,冰柜可向本地控制器发送缩短制冷期、增大冷藏期的指令,本地控制器依据该指令生成控制策略,驱动改变制冷压缩机的循环周期。对于具备模糊控制功能的智能洗衣机,当用户指示机内衣物较脏时,洗衣机可据此模糊信息生成控制策略,如增大洗涤液用量,增长洗涤时间及翻滚强度等。

3) 调度控制模式

将需要进行控制的设备接入物联网,融合远程控制模式与本地控制模式,可以实现更为复杂的调度控制模式。在调度控制模式中,不再强调对被控设备如何驱动等控制细节,重点关注多种控制任务同步运行时如何进行集中式调度。如在工业生产环节中,一项制造任务可以划分为多个子任务,而这些子任务之间可以同步进行,或者顺序进行,如何收集各子任务的进度信息,对各子任务反馈信息进行集中融合,产生各子任务新的调度指令,使得总体原材料消耗及生产用时最少,这是集中控制模式中需要完成的工作。如军事应用领域,若有多门火炮联网,当有多架敌机来袭时,需要根据敌机位置、火炮当前的瞄准方向、火力大小以及弹药配给量实时调配各门火炮去射击相应的敌机,以实现最快速最大数量的歼灭敌机,这也需要对所有信息集中融合处理。

调度控制模式中的核心问题为优化问题。优化问题是指针对所研究的系统，求得一个合理运用现有的各种条件及资源的最佳方案，发挥和提高系统的效能，降低资源消耗，最终达到系统的最优目标。用优化方法解决实际问题，一般需经过下列步骤：

（1）提出优化问题，收集有关数据和资料。

（2）建立最优化问题的数学模型，确定变量，列出目标函数和约束条件。

（3）分析模型，选择合适的最优化方法。

（4）求解，一般通过编制程序用计算机求最优解。

（5）最优解的检验和实施。

上述五个步骤中的工作相互支持和相互制约，在实践中常常需要反复交叉进行。不同类型的最优化问题可以有不同的优化方法，即使同一类型的问题最优化方法也可有多种。反之，某些优化方法可适用于不同类型的模型。

解析法、直接法、数值计算法、智能优化算法是求解优化问题的常用方法，每一种方法都具有各自的使用环境和优缺点。

（1）解析法。解析法需要待求解问题的目标函数和约束条件都具备显式的解析表达式，否则无法求解。具体做法为先求出实现最优目标时的必要条件，这组条件通过一组方程或不等式表示，然后再通过求取导数或变分法求解这组方程或不等式，从而获得实现目标最优时的解。在某些情况下，可以通过必要条件将问题简化。

（2）直接法。当目标函数过于复杂以至于无法对其实现求导及变分操作，或者目标函数及约束条件不具备显式的解析表达式时，无法得到目标函数达到最优时的必要条件。此时可采用在解空间中直接搜索的方法来获得最优解，通常的做法是设置一个初始解，然后按照某种搜索规则产生下一个解，比较新解与旧解之间对目标函数的适应度，经过若干次迭代直到搜索得到的解对目标函数的适应度最高，即作为最优点。这种方法常根据经验或通过试验得到所需结果。对于一维搜索，主要用消去法或多项式插值法；对于多维搜索问题则主要应用梯度下降法。

（3）数值计算法。这种方法以梯度法为基础，也可以认为是一种直接法。通常以解析与数值计算相结合在解空间中迭代搜索。

（4）智能优化算法。上述三种方法或者需要获得目标函数的解析表达，或者需要获得在解空间中的梯度，而在某些情况下，这些信息均无法获得，智能优化算法建模简单，可求解的问题种类丰富，并能突破上述三种方法的局限获得全局最优的解，是很多复杂优化问题的解决方案。

4）预定义控制模式

预定义控制模式可以通过将某一物联网络中预先设定的多种控制方案，按照已经策划好的调度模式实现一键实施，方便了使用物联网的用户。具体实现的方式是对于网络中的多种被控设备，控制器中存储有多种控制策略，每种控制策略依据用户传递的信息选择执行。对于每个被控设备控制任务的调配，调度管理器也预先存储了一系列由用户送达信息选择执行的调度方案，当用户送达某个运行场景指令时，物联网中所有处在预定义方案中的设备便按照既定控制规划运行。如应用在智能家居方面，当用户回家后，只需要对家居物联网下达住户回家信息，则在预定方案中定义好需要打开运行的电器，电器就会按照各自存储好的控制策略启动运行。

3.2.4 物联网控制系统设计原则

物联网控制系统由于信息采集来源众多以及网络具有的时延特性，使得控制系统的设计比以往的系统更为复杂，在设计时需要满足以下要求：

1) 开放性与分散性

控制系统中网络结构的出现改变了原有的控制系统体系,物联网控制系统的结构体现为集中管理和分散控制,具有多级分层的结构特点,基本的控制功能集成到了现场控制器或仪表当中,不同的现场设备可以构成更高一层的控制回路,设备之间采用开放式的网络协议进行连接,有利于物联网控制系统结构的更改和规模的变化。

2) 实时性

对于控制网络,保证各测控设备之间数据的实时性是其基本要求。物联网控制系统对实时性的要求包括两个方面,即低数据响应滞后和高数据传输速率。数据响应滞后是指从接收到数据发送请求开始到传输操作准备就绪的时间段,数据传输速度是指单位时间内传输的字节数。较低的响应滞后和较高的传输速率可以保证系统来自内部和外部的事件均能做出及时的处理,不丢失信息,维持系统的稳定运行。

3) 设备兼容性

由于物联网控制系统的开放性,使得同一控制网络中可能存在来自不同厂商不同型号的设备,为保证系统完成控制目标并实现稳定的运行,需要对接入同一控制网络的设备进行兼容性测试,只有通过兼容性测试的设备才可用于控制网络的组网操作。

4) 可靠性

在工业生产过程中,控制系统需要进行长期的连续运行,而对于物联网控制系统,其中涉及的控制设备与任务纷繁复杂,任何故障都可能造成控制系统停机,导致停产或危及操作人员人身安全,因此可靠性是物联网控制系统设计中的重要指标之一。

5) 环境适应性

工业生产过程往往存在着强振动、空气漂浮颗粒、强电磁干扰,甚至强酸碱等恶劣的环境因素,设计具备复杂环境适应性的物联网控制系统是保证其可靠性的前提。

6) 网络安全性

随着控制系统的网络化进程,控制网络与企业管理网络已经融为一体,这使得控制网络的信息安全成为设计中必须考虑的因素,任何信息的泄露都有可能造成企业的经济损失,因此,对控制网络中信息的加密和保护是物联网工业控制系统中必不可少的组成环节。

3.3 网络远程控制技术

物联网是利用无所不在的网络技术建立起来的。网络远程控制是在网络上由主控端去控制远程客户端设备(被控端 Host/服务器端)的技术。这里的远程是指通过网络控制远端的设备或执行结构。当操作者使用主控端界面控制远端设备时,就如同面对被控端的操作界面一样,可以启动被控端设备运行,使用其文件资料和信息数据,甚至可以利用被控端的外围设备。需要明确的是主控端的 PC 只是将键盘和鼠标的指令传送给远程终端,同时将被控端的实时信息通过网络传输回来,即控制被控端设备的操作似乎是在眼前的 PC 上进行的,但实质上是在远程设备上实现的,所有动作均在远程被控端上完成。

3.3.1 移动通信远程控制

移动通信是指通信的双方中至少有一方是在运动过程中实现信息交换的通信。例如,移动体(汽车、轮船、飞机)与固定点之间、移动体之间,或活动的人与人以及人与移动体之间等通信都属于移动通信的范畴。这里所说的信息交换不仅指双方的通话,随着移动通信技术的不断发展,还包括数据、传真、图像等通信业务。

网络远程通信的通信方式主要有四种,即无线电台、拨号、GPRS网络、数字线路。其中,无线电台是最常用的远距离通信方式之一,电台适合多点通信,点数越多费用越低。但是,用无线电台作为通信手段存在以下问题:①无线电超短波的局限性,一般台站的天线应远离高大建筑物,但实际情况不能满足这一要求;②无线电频谱是一种资源,随着国家对无线电频谱资源的管理、限制和对电磁污染的治理,无线超短波通信现在已经不是企业采集数据传输的最佳方案;③现有的传输系统不仅需要人工巡查维护,费用大,并且由于体积大和发射功率大,对仪表的运行会造成干扰。拨号是利用公共电话网络通过Moden拨号,配合相应的软件来实现监控。其缺点是只有拨号后才能通信,因此不能实现同时"点对多点"通信等,而且无论是上位机还是客户机都必须有专门的电话线设备。数字线路是这四种方法中最为经济的,但是其前期电缆的铺设时间和费用投入比较大,而且铺设中间还要有中继站,在运行过程中要注意防雷、防干扰、防破损等。因此,数据只能传输到实际线路铺设的地方。GPRS网络是依托于手机模块的功能来实现的,只要是具有GPRS功能的手机模块在有移动信号的地方都可以使用,而不需要用户自己铺设电缆或架设基站。

GPRS是一种基于GSM无线分组交换技术,提供端到端的广域的无线IP连接。GPRS无线通信系统由发射设备、传输介质、接收设备等组成。无线通信原理如图3-4所示。

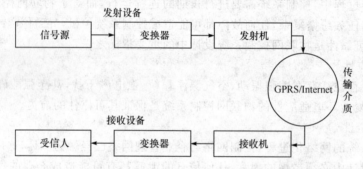

图3-4 GPRS无线通信原理图

GPRS无线传输系统采用的是服务器/客户端模式。首先由客户端向服务器域名的地址发起连接,服务器等待客户端的连接请求,请求信息进入GPRS网络后,通过GSN转换为Internet的网络数据;信息到达局域网网关后,端口映射选择所提供服务的计算机和程序,服务器接收到客户端的请求从而建立起通信链路。图3-5是GPRS无线网络传输实现原理图。

目前,移动通信技术应用最广泛的是3G技术。移动通信"3G"(3rd-generation)是第三代移动通信技术的简称,是指支持高速数据传输的蜂窝移动通信技术。3G服务能同时传送声音(通话)信息和数据信息(电子邮件、即时通信等),其代表特征是提供高速数据业务。一般来说,3G是指将无线通信与

图3-5 无线网络传输实现原理图 国际互联网等多媒体通信结合起来的新一代移动通信系统,未来的3G将与社区网站进行结合,WAP与Web的结合是一种趋势。从目前已确立的3G标准分析,3G网络的特征主要体现在无线接口技术上。

3.3.2 网络遥操作

物联网络远程控制的一个经典实例是遥操作系统,操作者在本地进行操作,由远程设备完成远程复杂或危险环境下的任务。

在网络环境下,遥操作机器人实验系统的工作原理如图 3-6 所示,它由操作者、主机械手、Internet 通信环节、从机械手和环境构成。操作者的位置指令通过主机械手、Internet 通信环节和从机械手作用于环境,而环境对从机械手的作用位移可以通过这些模块返回操作者。在理想的情况下,从机械手工作稳定,它的位置变化可以等同于操作者控制主机械手位置的变化,而且环境对从机械手的作用力能复现给操作者。

图 3-6　网络遥操作机器人系统

网络遥操作机器人系统的工作过程如下:由操作者操纵主机械手运动,然后安装在主、从两端的位置传感器和力觉传感器将它们的信息通过 A/D 变换送入本地计算机,本地计算机和远程计算机可以通过网络相互传递信息,这些信息经计算机处理后,按照一定的控制算法得到的输出经过 D/A 变换和功率放大后分别驱动主、从力矩电机。其实,在从机械手与环境接触之前,主力矩电机对主机械手是无力矩作用的,从力矩电机运转并带动从机械手跟踪主机械手运动,此时系统工作在位置跟踪状态;当从机械手与环境发生力接触时,计算机会根据力传感器信号控制主力矩电机输出力的作用,从而使操纵主机械手的操作者感受到力的作用,此时系统工作在力跟踪状态。从而操作者能够在本地端控制远端,完成一些操作任务。

遥操作技术虽然是为了处理核原料提出来的,但它的应用范围现在已经扩展到多个领域:①人类不能直接到达的场合,比如深海、距离很远的外层太空等;②对人类有害的场合,比如有核辐射的地区;③延长专业人员的服务范围,比如远程医疗、远程手术等,通过这种方式可以把专家的技术服务范围延伸到全球。遥操作系统能够扩展人类的活动范围,代替人类完成一些危险和不能直接完成的任务。

在物联网领域,遥操作的典型应用之一是远程医疗(tele-medicine)。从广义上讲,远程医疗是指使用远程通信技术和计算机多媒体技术提供医学信息和服务,其包括远程诊断、远程会诊及护理、远程教育、远程医学信息服务等。从狭义上讲,是指远程医疗活动,包括远程影像学、远程诊断及会诊、远程护理等医疗活动。随着电话通信的普及,最早的远程医疗是利用普通的电话线通过两端医生对患者的情况交流来实现的。远程医疗网络系统主要由三部分组成,远程医疗终端、传输网络和多点控制器。远程医疗终端设备负责音频、视频信号的采集、处理、压缩编码、数据打包以及它们按一定标准的帧结构传输,同时接收远程医疗视频终端或多点控制器传来的数据(包括音频、视频和数据),并拆帧、解压回放到本地的显示器上。传输网络是实现音频、视频等多媒体数据在不同视频终端之间以及它们与多点控制器之间传输的平台。多点控制器主要负责连接各个远程医疗终端,是各个终端设备的音频、视频、数据、信令等数字信号汇接和交换的处理点,同时多点控制器还负责系统的运行与控制,并与其他的多点控制器相联系。

远程医疗系统可实现的具体业务,主要包括:

(1) 远程会诊,可实时地将患者的病史、检查得到的数据、心电图、超声波图像、X 光片、

CT、MRI胶片等医学资料传给各地的医疗专家,使专家对患者进行异地的"面对面"实时会诊。患者(特别对一些疑难危重患者)可以在异地得到著名专家的会诊。远程会诊大大节约了异地求医的时间与费用。

(2)远程医疗教学,远程手术观摩可以为异地医务人员提供直观、清晰的实时手术图像,而不妨碍手术室的工作,为新医疗技术的推广、手术技术的交流提供方便和快捷的服务。

(3)远程医疗会议,远程医疗系统可以为异地的医务人员及专家进行学术研讨和技术协作提供直接的交流环境,这样就可以把位于不同地点的医疗教学、研究机构和医院联系起来,并加强实时的协作、交流及咨询,大大缩短医院间,以及国内外医学界之间时间和空间的距离,使医院与国内外先进医疗技术水平保持同步,满足社会各界对高水平、高质量的现代医学的需求。同时减少了会务准备时间和安排,还可以避免旅途的劳累和时间的浪费,可以大大提高工作效率,降低会议的开支。

远程医疗过程中需要传送各种视频、音频信息,因此对宽带要求较大,即使采用专线的接入方式,其最高的传输速率相对来说依然存在不足。根据以上分析,远程医疗要得到充分发展,必须解决两个关键性的问题,即电子病历和足够的宽带。

3.3.3　Web动态服务及控制

随着物联网技术的不断发展,动态 Web 服务将不断地和物联网相结合。Web 服务的发展从局部化到全球化,从 B2C(business-to-customer)发展到 B2B(business-to-business),从集中式发展到分布式。Web 服务是一种新兴的分布式计算模型,是 Web 上数据和信息集成的有效机制。它们是自适应、自我描述、模块化的应用程序,可以跨越 Web 进行发表、定位和调用。

随着网络技术的不断发展,嵌入式系统不断地与网络技术相结合。嵌入式 Web 技术凭借其开发成本低、通用性强的优点成为计算机领域研究的热点,同时,嵌入式 Web 技术具有丰富的 Web 用户图形界面,这使嵌入式设备具有良好的交互性。所以,如果在嵌入式设备中集成了 Web 服务,就能实现用户与嵌入式设备高通用性且低成本的信息交流,即客户端可以通过 HTTP 浏览器在任何时间、地点实现与嵌入式设备的信息交互。可以说,嵌入式 Web 的应用将极大地促进嵌入式设备特别是低端控制设备信息化,最终将促进物联网各种应用的普及。

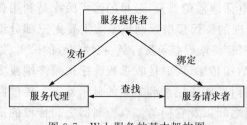

图 3-7　Web 服务的基本架构图

Web 服务的基本架构由三个参与者和三个基本操作构成。三个参与者分别是服务提供者、服务请求者和服务代理,而三个基本操作分别为发布、查找和绑定。Web 服务的基本架构如图 3-7所示。

服务提供者将其服务发布到服务代理的目录上,当服务请求者需要调用该服务时,首先利用服务代理提供的目录去搜索该服务,得到如何调用该服务的信息后根据这些信息去调用服务提供者发布的服务。当服务请求者从服务代理得到调用所需要的服务信息之后,通信是在服务请求者和提供者之间直接进行的,而不必经过服务代理。在 Web 服务架构的各模块之间以及模块内部,消息以 XML 格式传递。以 XML 格式表示的消息比较容易阅读和理解,并且

XML 文档具有跨平台性和松散耦合性的结构特点。从商务应用的角度来看,从查询数据库到同贸易伙伴交换信息,以 XML 格式表示的消息封装了词汇表,可以同时在行业组织内部和外部使用,同时它还有较好的弹性和可扩展性。XML 标签提供了可访问的进程入口,从而可强化商业规则,增强了互操作性,为信息的自动处理提供了可能。

  动态 Web 网页设计是 Web 服务的应用之一。动态 Web 是相对于静态 Web 而言的,利用 Web 数据库访问技术将数据在 Internet/Intranet 上发布。使用固定生成的 Web 页面来发布数据库中的数据,使 Web 页面的设计与数据相对独立。可以把数据库放在 Web 上,建立基于 Web 的数据库管理系统,这样就可以在更大范围内实现资源远程共享。实时控制动态 Web 网页设计的 Browser/Server 三层体系结构如图 3-8 所示。Web 数据库访问通过配置 ODBC 中的系统数据源来存取后台数据库。

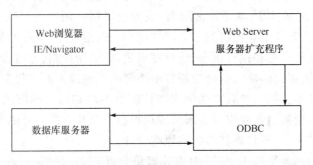

图 3-8 B/S 三层体系结构示意图

  在实时控制的历史曲线动态 Web 网页的设计中,动态性体现为数据库中的数据实时、动态地变化,有关数据源的参数(如数据源名称 DSN、loginid、password 等)则以静态形式直接写入动态 Web 的脚本程序中。动态网页与静态网页的不同在于 Web 服务器对用户请求页面的处理机制,这个处理机制主要包括访问数据库和解析生成 HTML 代码。

  随着 ASP. NET 的发布,. NET 的强大类库和空间支持使基于 ASP. NET 开发的动态网页应用越来越多,ASP. NET 已经成为基于 Windows 服务器上应用程序的标准。ASP(activeX server page)是一个基于组件的动态 Web 技术。普通的 Web 页面(.htm 文件)是下载到客户端执行的,而 ASP 页面(.asp 文件)是在服务器端执行的,并将处理结果通过 Web 页传送到浏览器。由于 ASP 脚本是在服务器端解释执行的,依据后台数据库的访问结果将会自动地生成符合 HTML 语言的主页,然后传送给用户浏览器,使得浏览器端不必担心是否能处理脚本。

  Web 服务安全的核心问题之一是访问控制问题。Web 服务的访问控制问题包括动态授权、跨域访问控制和标准化问题等。基于 Web 的实时控制技术是计算机网络技术与控制技术相结合的一种技术,其运用 TCP/IP 的传输方式,充分利用了现存的广域网和局域网基础设施,为内部局域网控制以及跨地区、跨省甚至跨国控制提供了一种有效的控制方法。

  Web 远程控制系统可以充分利用无所不在的互联网络,在全球范围内对设备进行监控;通过使用开放的 TCP/IP 网络通信协议,任何计算机都可以使用通用的网络浏览软件访问设备,而且不需要专门的计算机和专门的软件;设备的信息以网页的形式通过图表、数据、动画等各种丰富的表现方式体现。这种具有互联网络接入的嵌入式设备可以应用在很多场合。

3.4 物联网控制终端

3.4.1 可编程控制器

1. 物联网中的可编程控制器应用

物联网应用已经扩展到多个行业领域,部分物联网产品已经投入市场。可编程逻辑控制器(programmable logic controller,PLC)又称可编程控制器,是专为在工业环境下应用而设计的一种数字运算操作电子装置,带有存储器、可以编制程序的控制器,已成为代替继电器实现逻辑控制的主流控制技术,是物联网中工业控制应用的核心部分。由于 PLC 具有体积小、可靠性高、功能强、程序设计方便、通用性强、维护方便等优点,同时各个行业趋于网络化,PLC 作为控制终端与 3G 网络、传感器等紧密结合,成为物联网应用中不可缺少的重要部分,得到了广泛的应用,并成为现代工业控制的三大支柱(PLC、机器人和 CAD/CAM)之一。

可编程控制器能够存储和执行命令,进行逻辑运算、顺序控制、定时、计数和算术运算等操作,并通过数字式和模拟式的输入输出控制各种类型的机械或生产过程。在物联网的应用中,物联网综合控制器基本上都内置有物联网无线控制器模块和以太网模块,并通过 Internet 网实现远程控制。物联网控制器的应用要求可编程控制器及其有关的外围设备都应按易于工业控制系统形成一个整体、易于扩展其功能的原则设计。

可编程控制器的基本结构由电源、中央处理单元(CPU)、存储器、输入输出接口电路、功能模块、通信模块所组成。工作原理由扫描技术、用户程序执行阶段、输出刷新阶段三大部分组成。PLC 在物联网中的应用主要体现在以下几个方面:

(1) 逻辑控制。利用 PLC 最基本的逻辑运算、定时、计数等功能,可以实现对机床、自动生产线、电梯等语音的控制,使其更具智能化性能,通过无线控制模块构成网络控制系统。

(2) 位置控制。较高档次的 PLC 具有单轴或多轴位置控制模块,可实现对步进电动机或伺服电动机的速度和加速度的控制,确保运行平滑。

(3) 过程控制。通过 PLC 的模拟量输入输出和 PID 控制可构成闭环控制系统,可应用于冶金、化工等行业,并通过网络模块构成自动控制系统。

(4) 监控系统。PLC 能记忆某些异常情况,并可进行数据采集。操作人员还可利用监控命令进行生产过程的监控,及时调整相关参数。

(5) 集散控制。基于 PLC 与 PLC,PLC 与上位机之间的联网可构成工厂自动化网络系统,一种集散控制系统结构如图 3-9 所示。

在物联网的应用中,PLC 可编程逻辑控制器作为智能控制终端,与传感器、无线网络、RFID 等新型技术相互结合进行信息的交换和通信,从而实现对物体的智能化识别、定位、跟踪、监控和管理,并实现物与物、物与人,物品与网络的连接,方便了对物体的识别、管理和控制。

2. 可编程控制器的特点

可编程控制器的主要特点如下:

(1) 可靠性高,抗干扰能力强。

可靠性高,抗干扰能力强是 PLC 重要的特点之一。在硬件方面,输入输出(I/O)采用光电隔离,有效地抑制了 PLC 受外部干扰源的影响。可编程控制器用软件取代了传统控制系统中大量采用的中间继电器、时间继电器、计数器等器件,仅剩下与输入和输出有关的少量硬件,控

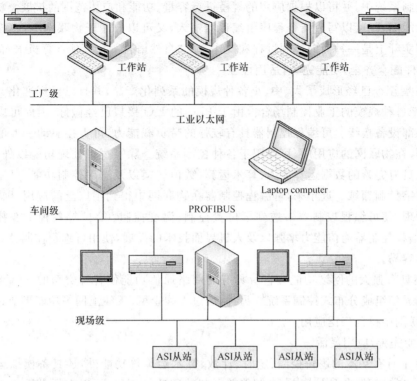

图 3-9 物联网中的 PLC 体系结构

制设备的外部接线得到有效减少,因此,大大减少了实际应用中由于触点接触不良造成的故障。

由于 PLC 采取良好的综合设计技术,选用优质元器件,采用隔离、滤波、屏蔽等抗干扰技术,引入了实时监控和故障诊断技术等,因此具有很高的运行稳定性和可靠性,并可在恶劣的工业环境下与强电设备一起工作。此外,PLC 以集成电路为基本元件,内部处理不依赖于接点,元件的寿命一般比较长。目前,PLC 的整机平均无故障工作时间一般可达 2 万～5 万小时,甚至更高。

PLC 用软件编程取代了继电器系统中容易出现故障的大量触点和接线,这是 PLC 具有高可靠性的主要原因之一。除此之外,PLC 的监控定时器可用于监视执行用户程序的专用运算处理器的延迟,保证在程序出错和程序调试时,避免因程序错误而出现死循环。PLC 在软件、硬件方面还采取了一系列抗干扰措施以提高可靠性。PLC 可以对 CPU、交流电源、电源电压的范围、传感器、输入/输出接口、执行器以及用户程序的语法错误进行检测,一旦发现问题,PLC 能自动做出反应,如报警、封锁输出等。另外,PLC 控制器中内置无线通信模块,扩大了其在物联网中的应用范围。

(2)编程方法齐全,易于实现。

PLC 通常采用与实际电路非常接近的梯形图方式编程,简单易学。其编程语言还有指令程序、逻辑功能图、顺序功能图、高级语言。它以计算机软件技术构成人们惯用的继电器模型,形成一套面向生产和用户的编程方式,与常用的计算机语言相比更容易接收。梯形图符号的定义与常规继电器展开图完全一致,不存在计算机技术和传统电器控制技术之间的专业脱离。在了解 PLC 简要的工作原理和编程技术之后,就可结合实际需要进行应用设计,进而将 PLC

用于实际控制系统中，并可以根据应用的规模进行容量、功能和应用范围的扩展。梯形图语言配合顺序功能图，既可以写成指令程序由编程器输入，又可以应用于物联网中，直接在计算机上编程。它实际上是一种面向控制过程和操作者的"自然语言"，比其他计算机语言易学易懂。

（3）硬件配套齐全，功能完善，适用性强。

PLC 发展至今已经形成了大、中、小各种规模的系列化产品，并且已经标准化、系列化、模块化，可用于各种规模的工业控制场合。由于 PLC 的 I/O 接口已经做好，因此可以直接用接线端子与外部设备接线。可编程控制器具有较强的带负载能力，可直接驱动一般的电磁阀和交流接触器，在物联网的应用中，可以用于各种控制系统。除了逻辑处理功能以外，现代可编程控制器还具有完善的数据运算能力、算术运算、数值转换以及顺序控制功能，可用于物联网中的各种数字控制领域。近年来，可编程控制器在物联网中得到了广泛的应用，因此，其功能单元大量涌现，使可编程控制器渗透到了位置控制、温度控制、CNC 等各种工业控制中。此外，由于可编程控制器通信能力增强以及人机界面技术的发展，使用可编程控制器组成各种控制系统变得容易。

PLC 还具有强大的网络功能。它所具有的网络通信功能使各种类型的 PLC 进行联网，并与上位机通信组成分布式控制系统。另外，通过专线上网、无线上网等功能形成远程网络控制，并在物联网中得到广泛应用。

（4）功能完善，应用灵活。

PLC 除了具有基本的逻辑控制、定时、计数、算术运算等功能外，还具备模拟运算、显示、监控等功能，通过配置各种扩展单元、智能单元和特殊功能模块，可以方便灵活地组成各种不同规模和要求的控制系统，从而实现位置控制、PID 运算、远程控制等各种工业控制。此外，PLC 还具有完善的自诊断和自测试功能。

近年来，PLC 向系列化和规模化方向发展，各种硬件装置配套齐全，应用灵活，可以组成满足不同规模和功能各异的控制系统要求。在实际应用中，用户只需将输入、输出设备和 PLC 相应的输入、输出端子相连接即可，安装便捷，使用简单。当可编程控制要求改变时，由于软件本身具有可修改性，因此不必更改 PLC 硬件设备，只需修改用户程序就可达到更改控制任务的目的。

可编程控制器输入/输出接口简单，只用可编程控制器的少量开关量逻辑控制指令就可以方便地实现继电器电路的功能。

（5）系统的设计、安装、维护方便，容易改造。

PLC 能够通过各种方式直观地反映控制系统的运行状态，便于工作人员对系统的工作状态进行监控。可编程控制器的梯形图程序一般采用顺序控制设计法，这种编程方法简单易学。在复杂控制系统设计中，梯形图的设计时间比继电器系统电路图的设计时间要少得多。在硬件配置方面，PLC 的硬件都是专门的生产厂家按一定标准和规格生产的，硬件可按实际需要配置；安装方便，内部不需要接线和焊接，只要编写程序即可；接点和内部器件的使用不受次数限制，在应用中，根据输入/输出点个数选择不同类型的 PLC；PLC 配备有很多监控提示信号，能够进行自身故障检测，并随时显示给操作人员，动态地检测控制程序的执行情况，为现场的调试和维护提供方便，而且接线较少，维修时只需更换插入式模块。

（6）体积小，质量轻，能耗低。

PLC 内部电路主要采用微电子技术设计，具有体积小、质量轻的特点。超小型可编程控制器底部尺寸小于 100mm，仅相当于几个继电器的大小，有效地缩减了开关柜的体积。另外，超小型 PLC 的质量小于 150g，并且功能损耗仅数瓦。由于其体积小、质量轻，因此很容易装入机械结构内部，组成机电一体化控制设备。

3. 可编程控制器的原理

可编程控制器由硬件系统和软件系统两大部分组成。总体系统结构可分为输入部分、运算控制部分和输出部分，如图 3-10 所示。

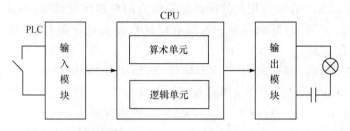

图 3-10　PLC 系统总体结构

输入部分。将被控对象各种开关信息以及操作台上的操作命令转换成可编程控制器能够识别的标准输入信号，然后送到 PLC 的输入接口。

运算控制部分（CPU）。由可编程控制器内部 CPU 按照用户程序的设定，完成对输入信息的处理，并可以实现算术、逻辑运算等操作功能。

输出部分。由 PLC 输出接口及外围现场设备构成，通过输出电路将 CPU 的运算结果提供给被控制装置。

PLC 利用循环扫描的方式检测输入端口的状态，执行用户程序，从而实现控制任务。PLC 采用循环顺序扫描方式工作，在每个扫描周期的开始，CPU 扫描输入模块的信号状态，并将其状态送入输入映像寄存器区域；然后根据用户程序中的程序指令来处理传感器信号，并将处理结果送到输出映像寄存器区域，在每个扫描周期结束时送入输出模块。

可编程控制器主机的硬件部分主要由中央处理器（CPU）、存储器、输入单元、输出单元、I/O 接口电路、外围设备、电源等部分组成，如图 3-11 所示。

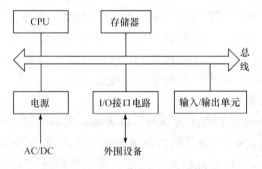

图 3-11　PLC 硬件系统结构图

（1）中央处理器。

中央处理器（CPU）是 PLC 的核心部件，作为运算和控制中心，在 PLC 的工作过程中起主导的控制作用。CPU 由微处理器和控制器组成，可以实现逻辑运算和数学运算，协调控制系统内部的工作。其主要功能是从内存中读取用户程序指令和数据，并按照存放的先后次序执行指令。同时检查电源、存储器、输入输出设备以及警戒定时器的状态等。PLC 常用的 CPU

主要采用通用微处理器、单片机和位片式微处理器。根据 PLC 的不同类型,通用微处理器的处理数据位数采用 4 位、8 位、16 位和 32 位等,位数越高则运算速度越快,指令功能越强。目前,PLC 主要采用 8 位和 16 位微处理器。

(2) 存储器。

存储器是 PLC 存放系统程序、用户程序和运行数据的单元。PLC 的存储器由系统程序存储器和用户程序存储器两部分组成。对于存放系统软件的存储器,由于其不能被访问,故一般称为系统程序存储器。存放应用软件的存储器称为用户程序存储器,存放应用数据的存储器称为数据存储器。PLC 的存储器是一些具有记忆功能的电子器件,主要用于存放系统程序、用户程序等信息数据。

PLC 的用户程序存储器通常以字节为单位,小型 PLC 的用户程序存储器容量一般为 1KB 左右,典型 PLC 的用户程序存储器容量可达数兆字节。常用的 PLC 存储器类型主要包括随机存取存储器(random access memory,RAM)、只读存储器(read only memory,ROM)、可编程只读存储器(programmable read only memory,PROM)、可擦除可编程只读存储器(erasble programmable read only memory,EPROM)、电可擦除可编程只读存储器(electrical erasble programmable read only memory,EEPROM)。其中 RAM 称为读/写(R/W)存储器,又称为随机存储器,信息可读可写,在 PLC 中一般作为用户程序和数据的存储器。它读写方便,存储速度快。用户可以通过编程器读出 RAM 中的内容,同时也可以将用户程序或数据写入 RAM 中。RAM 为程序运行提供了存储实时数据与计算中间变量的空间,用户在线操作时需修改的参数也需要存入 RAM 中。ROM 称为只读存储器,一般用来存放 PLC 的系统程序,其内容一般可读,但不能修改,掉电后不会丢失。大多数 PLC 采用程序固化的方法将系统启动、自检及基本的 I/O 驱动程序写入 ROM 中,同时也将各种控制、检查功能模块以及固有参数固化到 ROM 中,即将所有的系统程序和绝大部分的用户程序固化在 ROM 中。PROM 称为可编程只读存储器,存入 PROM 的程序是用户用编程器一次性写入的,不能再修改。PLC 很少用 PROM 作为应用存储器。EPROM 是一种可擦除的只读存储器,也是非易失性的,兼有 ROM 的非易失性和 RAM 的随机存取的特点。在紫外线连续照射约 20 分钟后,即能将存储器内所有内容清除。若加高电压(12.5V 或 24V)可以写入程序。在断电的情况下,存储器的内容保持不变。这类存储器可以用来存储系统程序和用户程序。E2PROM 称为电可擦除可编程只读存储器,是非易失性存储器,具有与 RAM 同样的编程灵活性,使用编程器就可以对存储的内容进行修改。它兼有 RAM 和 EPROM 的优点。但要对其某单元写入时,必须首先擦除该存储单元的内容,且执行读/写操作的总次数有限。

(3) 输入/输出(I/O)单元。

I/O 单元是 PLC 与工业过程控制现场的 I/O 设备或其他外设之间的连接部件,其信号分为数字量和模拟量。相应的输入/输出模块包括数字量输入模块、数字量输出模块、模拟量输入模块、模拟量输出模块。PLC 通过输入单元把工业设备或生产过程的状态、各种参数信息读入主机,并变成 CPU 能够识别的信号,通过用户程序的运算与操作,通过输出单元把结果输出给执行机构。输入单元对输入信号进行滤波、隔离、电平转换等,把输入信号安全可靠地传送到 PLC 内部,输出单元把用户程序的运算结果输出到 PLC 外部。输出单元具有隔离 PLC 内部电路和外部执行电路的作用,还具有功率放大作用。由于外部输入设备和输出设备所需要的信号电平有多种类型,而 PLC 内部 CPU 处理的信息只能是标准电平,所以 I/O 接口单元必须有电平转换功能。

（4）电源。

PLC 的电源是指把外部设备供应的交流电源经过整流、滤波、稳压处理后转换成满足 PLC 内部的 CPU、存储器、输入接口、输出接口等电路工作所需要的直流电源电路或电源模块，其同时保证 CPU、存储器、输入/输出电路能够可靠工作。为了避免电源干扰，输入/输出回路的电源彼此相互独立。PLC 的工作电源一般为单相交流电源或直流电源，其要求额定电压为 AC 100～240V，额定频率为 50～60Hz，电压允许范围为 AC 85～264V，允许瞬间停电时间为 10ms 以下。用直流供电的 PLC，要求输入信号电压为 DC 24V，输入信号电流为 7mA。PLC 一般都具有一个稳压电源用于对 CPU 和 I/O 单元供电，有的 PLC 电源和 CPU 合为一体，一些 PLC 尤其是大中型 PLC，则备有专用的电源模块。另外，有的 PLC 电源部分还提供 DC24V 稳压输出，用于对外部传感器供电。

（5）专用编程器。

专用编程器是指 PLC 内部存储器的程序输入装置，分为简易编程器和图形智能编程器两类。专用编程器由 PLC 厂家生产，专供某些 PLC 产品使用。专用编程器主要由键盘、显示器和通信接口等设备组成，其主要任务是输入程序、调试程序和监控程序的执行。

可编程控制器的软件部分主要由系统程序（系统软件）和用户程序（应用软件）两大部分组成。系统程序由生产厂家设计，由系统管理程序、用户指令解释程序、编辑程序、功能子程序以及调用管理程序组成。用户程序是用户利用 PLC 厂家提供的编程语言，根据工业现场的控制目的来编写的程序。

4. 可编程控制器的主要性能

可编程控制器作为物联网应用中的中间控件，利用无线通信技术组成控制逻辑模块。可编程控制器的主要技术指标如下：

（1）I/O 点数。

I/O 点数是指 PLC 外部的输入/输出接口端的数目，是衡量 PLC 可接收输入信号和输出信号数量的能力，也是一项描述 PLC 容量大小的重要参数。PLC 的 I/O 点数包括主机的基本 I/O 点数和最大 I/O 扩展点数。

（2）扫描速度。

扫描速度是指 PLC 扫描 1KB 用户程序所需要的时间，一般以 ms/KB 为单位，与扫描周期成反比。其中 CPU 的类型、机器字长等因素直接影响 PLC 的运算精度和运行速度。

（3）用户存储器容量。

用户存储器容量一般指 PLC 所能存放用户程序的多少，PLC 中的程序指令是以步为单位，每一步占用两个字节，一条基本指令一般为一步。功能复杂的基本指令或功能指令往往有若干步。此外，PLC 的存储器由系统程序存储器、用户程序存储器和数据存储器三部分组成。PLC 的存储容量一般指用户程序存储器和数据存储器容量之和，是表示系统提供给用户的可用资源，也是系统性能的一项重要技术指标，通常用 K 字（KW）、K 字节（KB）或 K 位来表示，其中 1K＝1024。部分 PLC 也直接用所能存放的程序量进行表示。

（4）指令系统。

指令系统的指令种类和指令条数是衡量 PLC 软件功能强弱的重要指标，PLC 指令种类越多则说明软件功能越强，PLC 的指令系统可分为基本功能指令和高级指令两大类。

（5）内部寄存器。

PLC 内部有多个寄存器用以存放变量状态、中间结果和数据等。用户编制 PLC 程序时，需要大量使用 PLC 内部的寄存器存放变量、中间结果、定时计数及各种标志位等数据信息，因此，内部寄存器的数量直接关系到用户程序的编制。

（6）编程语言。

编程语言一般有梯形图、指令助记符、控制系统流程图语言、高级语言等，不同的 PLC 提供不同的编程语言。

（7）编程手段。

编程手段有手持编程器、CRT 编程器、计算机编程器及相应的编程软件。

另外，PLC 还具有通信接口类型、PLC 扩展能力、PLC 电源、远程 I/O 监控等重要的技术指标。

3.4.2 数字控制器

1. 物联网数字控制

数字控制器是在微处理器的基础上发展而产生的，使控制器的功能、响应处理速度、变更控制任务和信息交换能力都发生了重大变化。这些变化引起了控制技术的更新，带动了整个工业控制系统的变革。控制信息的数字化处理使控制数据计算更为准确、容错能力增强、数据标准易于交换和永久保存。

从功能的角度来看，物联网和互联网提供了高速数据通道，数字控制器是用于执行指令和完成动作的控制终端。典型的数字控制器有多模块组成的可编程序控制器、微处理器嵌入式仪表控制器和计算机网络服务器等设备，其适用环境和场合以及服务的对象有所不同。

2. 直接数字控制器功能

控制器是指完成被控设备特征参数与过程参数的测量并达到控制目标的控制装置。数字的含义是指该控制器利用数字电子计算机来实现其功能要求。直接则指该装置在被控设备的附近，无需再通过其他装置即可实现上述全部测控功能。因此，直接数字控制器（direct digital controller，DDC）实际上也是一个计算机，它具有可靠性高、控制功能强、可编写程序等特点，既能独立监控有关设备，又可通过通信网络接受来自中央管理计算机的统一控制与优化管理。

DDC 的主要功能包括以下几个方面：

（1）对第三层的数据采样设备进行周期性的数据采集。

（2）对采集的数据进行调整和处理（滤波、放大、转换）。

（3）对现场采集的数据进行分析，确定现场设备的运行状态。

（4）对现场设备运行状况进行检查对比，并对异常状态进行报警处理。

（5）根据现场采集的数据执行预定的控制算法（连续调节和顺序逻辑控制的运算）而获得控制数据。

（6）通过预定控制程序完成各种控制功能，包括比例控制、比例加积分控制、比例加积分加微分控制、开关控制、平均值控制、最大/最小值控制、烩值计算控制、逻辑运算控制和连锁控制。

（7）向第三层的数据控制和执行设备输出控制和执行命令（执行时间、事件响应程序、优化控制程序等）。

（8）通过数据网关或网络控制器连接第一层的设备，与上级管理计算机进行数据交换，向上传送各项采集数据和设备运行状态信息，同时接收上级计算机下达的实时控制指令或参数的设定与修改指令。

DDC基本上可以完成所有控制,只是在监控的范围和信息存储及处理能力上有一定限制。因此,直接式数字控制器可以看作是小型的、封闭的、模块化的中央控制计算机。在小规模、功能单一的控制系统中可以仅使用一台或几台控制器完成控制任务,在一定规模、功能复杂的系统中可以根据不同区域、不同应用的要求采用一组控制器完成控制任务,并由中央管理系统收集信息和协调运作;而在大型复合功能众多的智能化程度很高的系统中,必须采用大量的控制器分别完成各方面的控制任务,并依靠中央管理系统随时监视、控制和调整控制器的运行状态,完成复杂周密的控制操作。

一般来说,DDC具有多个可编程控制模块及PLC逻辑运算模块,除了能完成各种运算及PID回路控制功能以外,还具有多种统计控制功能,可同时设置多个时间控制程序。控制器具有独立运作的功能,当中央操作站及网络控制器发生问题时,控制器不受影响继续进行运作,完成原有的全部监控功能。根据不同的用途,直接式数字控制器可以分为两大类,一类是功能专一的控制器,一般用于某个特定的子系统中执行某些特定的控制功能;另一类是模块化的控制器,在不同控制要求和控制条件下,可以插入不同模块,执行不同的控制功能,并可以通过中央管理系统或手提的移动终端修改控制程序和控制参数。

3. DDC硬件结构和工作原理

1) DDC的硬件结构

可扩展式DDC通常由主控制器、扩展控制器、扩展模块等组成。分布式DDC通常由主控模块、总线模块、智能I/O模块、通信模块、组网模块、手持编程器等单元组成。可以通过对这些模块的不同组合实现系统的配置。现以分布式DDC为例加以阐述。

(1) 主控模块。主控模块是以中央处理单元为核心的DDC核心模块,包括微处理器和控制接口电路。微处理器是DDC的运算控制中心,实现逻辑控制、PID运算、数据的分析和处理,协调控制系统内部各部分的工作。其运行是按照系统程序所赋予的任务进行的。DDC控制器模块逻辑结构如图3-12所示。

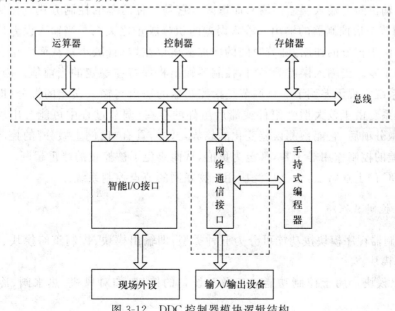

图3-12　DDC控制器模块逻辑结构

（2）总线模块。总线模块用来实现 DDC 与计算机之间、DDC 与 DDC 之间、DDC 与智能单元之间的组网和通信。利用总线模块的输出总线可以把具有不同站点的 DDC 进行组网连接，使其构成局域网实现计算机的网络控制。

（3）智能 I/O 模块。智能 I/O 模块是连接现场设备的控制模块，主要有数字量模块和模拟量模块。开关信号可以直接和 DDC 的 I/O 接口连接，模拟信号需经过 A/D 转换或 D/A 转换后与 DDC 的 I/O 接口连接。

2）DDC 的工作原理

DDC 通常用于计算机集散式控制系统，它利用输入端口连接来自于现场的手动控制信号、传感器（变送器）信号以及其他连锁控制信号等。CPU 接受输入信号后，按照预定的程序进行运算和控制输出。通过它的输出端口实现对外部阀门控制器、风门执行器、电机等设备的驱动控制。

DDC 具有输入、输出和通信功能，主要用于过程参数多，控制设备比较分散的集散控制系统中。它采用独立的操作系统，可与计算机连接通信，可使用高级编程语言实现控制。CPU 是 DDC 的核心单元，通过对预先用户程序的扫描完成各种逻辑控制、时钟控制、PID 调节、数据处理等操作。

（1）逻辑控制。在 DDC 的控制系统中，逻辑控制主要是针对开关量（模拟量的定值）而言，如对送风机、水泵、照明等设备的启停控制。逻辑控制可以通过属性定义、逻辑运算、软 PLC 控制等手段实现。为了实现远程在线监控，需要向 DDC 控制器提供运行状态和故障报警。

（2）数值控制。数值控制是对 DDC 内部数据（包括输入/输出模拟量）进行分析、变换、运算、处理的一种方式。当采集到模拟量（温度、湿度、压力、流量、电量等）信号后，通过 DDC 中预先编制好的控制程序，实现对模拟量设备诸如电动水阀、电动风阀、压差旁通阀等的开度控制（通常采用 PID 调节）。为了实现远程在线监控还要向 DDC 提供模拟量的现行值。通过与 DDC 内部各类设定值的比较完成相应的控制、调节和报警。

（3）PID 调节。PID 调节是 DDC 中的一种算法，它可以实现对被控量的闭环调节和控制。其中，P 是比例控制，I 是积分控制，D 是微分控制。P 调节是指控制器的输出与输入误差成比例关系，输出随着输入误差的增减而增减。它是一种简单的控制方式。比例控制属于有差调节。I 调节是指控制器的输出与输入误差的积分成正比关系。当输入误差信号为正偏差（负偏差）时，由于积分的作用，随着时间的增加输出也在增加（减小），从而使稳态误差进一步减小，直到等于零。当输入误差为零时，控制器输出将保持在稳定的当前值。因此，使用积分调节可以使系统实现无差调节。D 调节是指控制器的输出与输入误差的微分（即误差的变化率）成正比关系。由于较大惯性组件或滞后组件的存在，调节过程中可能会出现振荡甚至失稳。当引入微分项后，它能预测误差变化的趋势，这样，具有"比例＋微分"的控制器就能够提前使抑制误差的控制作用等于零，甚至为负值，从而避免了被控量的严重超调。

由于 DDC 的上述特点，使其广泛应用于物联网的节点控制系统。

4．DDC 控制器程序

DDC 控制器程序模块按功能可分为五种类型，即输出模块、控制策略模块、超驰模块、独立模块、通用模块。

（1）输出模块。用于控制功能输出及对设备的接口，如对风机、热水阀、冷水阀等控制输出。

（2）控制策略模块。实现各种控制功能和控制算法，为输出模块提供控制信号。如 PID 运算、熵值运算、最优控制等。

（3）超驰模块。提供一种超驰控制策略的信号，实现更高一级的方式运行。如控制对象运行方式的改变等。

（4）独立模块。依靠模块自身实现完整控制功能的模块。如静压控制、流量控制、电力需求控制等。

（5）通用模块。一般用于实现辅助功能的模块，如手动/制动开关、远程设定点调节、能量计算等。

各模块具有如下属性：

（1）信号的连接。DDC 控制器程序模块中控制回路的信号传递关系及对外的电气连接。

（2）控制特性。模块的控制功能、控制算法联动特性、特性参数及保护动作的实现过程。

（3）数据点描述。描述模块间变量的关联关系，参数的传递等。

（4）超驰功能。通过不同的编码实现控制对象工作方式的改变。

（5）参数设置。程序模块中各种控制参数的设置。

3.4.3 物联网嵌入式控制器

物联网的发展需要嵌入式技术，嵌入式软件将利用网络公用资源和服务来深化设计嵌入式系统，从而使物联网得到快速发展。

随着嵌入式系统在生产、生活等诸多领域终端中的广泛应用，各种各样的物联网嵌入式控制器需求日益扩大，在保证嵌入式系统高度稳定可靠和快速实时响应的基础上，利用无线通信网络技术构建高性能的物联网，并以最小的系统资源占有量开发出稳定高效的通信体系，实现简易方便、高性价比的物联网，进行实时可靠的数据信息交互，使嵌入式应用系统更好地融入物联网系统。

1. 物联网嵌入式控制器分类

嵌入式系统是以应用为中心，以计算机技术为基础，软硬件可配置，并对功能、可靠性、成本、体积和功耗有严格约束的专用系统，用于实现对其他设备的控制、监视和管理等功能。它一般由微处理器、外围硬件设备、嵌入式操作系统以及应用程序等部分组成。常用的嵌入式系统主要基于单片机技术来设计，同时，FPGA、ARM、DSP、MIPS 等嵌入式系统也得到了快速发展。

嵌入式系统要实现网络通信，则需要在嵌入式控制器上增加特定的网络接口电路，并在软件上添加网络接口的驱动程序和遵守共同网络的传输协议。目前，物联网通信网络的形式多种多样，可以是有线、无线、远程、短距离或综合性等多种形式。众多的嵌入式系统通过网络连接便形成大型的物联网嵌入式网络系统。

对于不同的应用，嵌入式系统具有不同的特性。通用的计算机系统是其重要组成部分，能够完成多种面向应用的功能。嵌入式系统的特征主要有以下方面：实时性、技术密集、专用紧凑、安全可靠等。嵌入式系统由硬件和软件两部分组成，其物理基础是硬件系统，提供软件运行平台和通信接口。系统的体系结构如图 3-13 所示。

从系统组成来看，嵌入式硬件由处理器核、外围电路和外设与扩展等部分组成。处理器核是嵌入式系统的核心部件，负责控制整个系统的执行，如时钟分频定时、中断控制和 I/O 端口

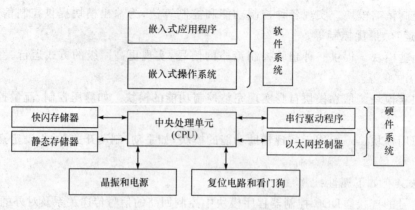

图 3-13　物联网嵌入式系统体系结构图

控制等。外围电路主要包括嵌入式系统所需要的基本存储管理器、晶振、复位和电源等控制电路及接口，并与处理器核一起构成完整的嵌入式微处理器。外设与扩展部分位于嵌入式微处理器之外，是嵌入式系统与真实环境交互的接口，并能够提供扩展存储、打印等设备的控制电路。

嵌入式软件结构可以分为软件板级支持包（board support packet，BSP）、嵌入式实时操作系统、应用编程接口和嵌入式应用系统 4 个层次。

在物联网的识别和信息传递过程中，嵌入式智能技术面向各种不同的应用，因此，作为其核心部分的嵌入式微处理器的功能也不相同。根据嵌入式系统的应用领域可划分为嵌入式微处理器、嵌入式微控制器、数字信号处理器和嵌入式片上系统。

2. 物联网嵌入式技术

嵌入式设备需要联成网络以提高网络的利用率，但嵌入式设备一般无浏览器，需要建立信息平台从而实现低端和高端的连接。

通过无线宽带网络通信，物联网把嵌入式的物理设备与后台数据处理系统相连从而实现自治的控制和信息服务。通过在嵌入式物理设备上建立信息采集与信息处理平台，使嵌入式的物理设备与后台数据处理系统相互连接。嵌入式的设计也从面向对象转变为面向角色即软硬件协同设计。在物联网的应用中，嵌入式设备联成网络从而提高了其功能和可靠性。

物联网的三个基本要素包括信息采集、信息传递、信息处理，而物联网的信息处理核心则是嵌入式系统。如今，嵌入式系统正向多功能、低功耗和微型化方向转变，从面向对象设计逐渐向面向角色设计方向发展，并且提供丰富的开发应用接口。这些改变使嵌入式系统能够更好的应用于物联网的信息处理中。

3. 物联网与嵌入式系统

在互联网的应用中，由于面向对象的数据信息是连续、动态和非结构化的，因此，不能直接将互联网复制到物联网中，需要在嵌入式浏览器的低端和高端之间建立信息中间件，即 OSGI（open service gateway initiative）。OSGI 是开放性的机构，专门针对汽车电子、家庭网络、移动设备和工业环境等特定领域的互联网中间件的应用。

嵌入式技术与物联网的应用是密不可分的。无论是智能传感器、无线网络还是计算机信息显示和处理都包含了大量嵌入式技术和应用。智能传感器芯片技术和物联网嵌入式软件技术是两个重点发展方向，其与嵌入式系统发展密切相关，面向应用的 SoC（system on chip）芯片和嵌入式软件是未来嵌入式系统发展的重点。比如,家居无线抄表模块就是在单片机基础上开发的物联网嵌入式应用系统,而物联网智能家居系统更是一个典型的嵌入式系统,是基于 ARM/Linux 开发平台和各种家庭传感单元组成的物联网系统。

4. 嵌入式处理器在物联网中的应用

随着 IC 设计技术的发展和集成电路工艺的不断提高,随着迅速发展的互联网和廉价的、低功耗的、高可靠的 CPU 微处理器的出现,嵌入式系统市场和技术都处于快速增长时期。从某些角度讲,物联网就应该是嵌入式智能终端的网络化形式。

物联网是在微处理器基础上,通用计算机与嵌入式系统发展到高级阶段相互融合的产物。物联网的智慧源头依赖于嵌入式微处理器来实现,微处理器的无限弥散,以"智慧细胞"形式,赋予物联网"智慧地球"的智力特征。ARM、MIPS、DSP 等微处理器,在物联网系统中都有着广泛的应用前景。

对于 ARM 处理器,目前主要包括下面几个系列的产品:ARM7 系列、ARM9 系列,ARM9E 系列、ARM10 系列,SecurCore 系列,Intel 的 Xscale 和 StrongARM。ARM9 系列处理器是新近推出且性能比较稳定的一个系列,包括 ARM920T,ART922T,ARM940T 三种类型,适用不同需求的物联网市场。

ARM9 系列处理器的主要特点为支持 32 位 ARM 指令集和 16 位 Thumb 指令集;5 级流水线;单一的 32 位 AMBA 总线接口;MMU 支持 Windows CE,Palm OS,Symbian OS,Linux 等,MPU 支持实时操作系统,包括 Vxworks;统一的数据 Cache 和指令 Cache。

在 ARM 存储系统中,使用内存管理单元(memory management unit,MMU)实现虚拟地址到实际物理地址的映射。利用 MMU 可把 SDRAM 的地址完全映射到 0x0 起始的一片连续地址空间,而把原来占据这片空间的 FLASH 或者 ROM 映射到其他不相冲突的存储空间位置。通过 MMU 的映射可实现程序完全运行在 SDRAM 之中。MMU 的实现过程实际上就是一个查表映射的过程。

嵌入式 DSP 处理器(digital signal processor)是专门用于信号处理方面的处理器,也是一种特殊结构的微处理器。其在系统结构和指令算法方面进行了特殊设计,在数字滤波、FFT、谱分析等各种仪器上 DSP 获得了大规模的应用。DSP 芯片的内部采用程序与数据分开的哈佛结构,具有专门的硬件乘法器,可以快速地实现各种数字信号处理算法。DSP 的理论算法在 20 世纪 70 年代就已经出现,但是由于专门的 DSP 处理器还未出现,所以这种理论算法只能通过嵌入式微处理器(microprocessor unit,MPU)等由分立元件实现。1982 年世界上诞生了首枚 DSP 芯片。在语音合成和编码解码器中得到了广泛应用。DSP 的运算速度进一步提高,应用领域也从上述范围扩大到了通信和计算机方面。

RFID 读写器是物联网射频识别技术的核心部分,其典型结构包括射频通信模块、控制逻辑模块和接口模块,控制逻辑模块通常采用单片机或其他更高性能的通用微处理器构成,射频通信模块负责射频信号处理和调制、解调等工作,射频通信模块将基带数据传递给控制逻辑模块,控制模块基本上不进行数字信号处理工作。基于 DSP 设计的 RFID 读写器,其数字信号的处理就是通过 FPGA 和 DSP 共同完成的,并且采用 DSP 结构的 RFID 读写器具有更高的灵活性,这也是 RFID 在物联网应用的要求。

MPU 由通用计算机中的 CPU 演变而来。与通用计算机中 CPU 的差别是在嵌入式应用中,将微处理器装配在专门设计的电路板上,只保留和嵌入式应用紧密相关的功能硬件,去除其他的冗余功能部分,这样就以最低的功耗和资源实现嵌入式应用的特殊要求。此外,为了满足这些特殊要求,嵌入式微处理器在工作温度、抗电磁干扰、可靠性等方面与普通 CPU 相比则更有优势。

3.5 物联网控制策略

3.5.1 物联网智能控制策略

物联网软件系统和智能算法是物联网计算环境的"心脏"和"神经",是物联网生态系统的重要组成部分,是确保物联网在多应用领域安全可靠运行的神经中枢和运行中心。在软件系统方面,主要涉及物联网环境下处理海量感知信息的软件系统分层结构设计、体系结构组成、各子系统的相互作用、可重构方法和技术,以及软件平台需求管理、并行开发与测试管理等。在算法方面,主要涉及物联网感知复杂事件语义模型建模算法、传感器节点感知跟踪、行为建模及感知交互算法,以及资源控制、优化、调度算法等。

1. 智能控制技术简介

智能控制是指在无人干预的情况下能自主地驱动智能机器实现控制目标的自动控制技术。控制理论发展至今已有 100 多年的历史,经历了"经典控制理论"和"现代控制理论"的发展阶段,已进入"大系统理论"和"智能控制理论"阶段。智能控制理论的研究和应用是现代控制理论在深度和广度上的拓展。20 世纪 80 年代以来,信息技术、计算技术的快速发展及其他相关学科的发展和相互渗透,推动了控制科学与工程研究的不断深入,控制系统向智能控制系统的发展已成为一种趋势。

自 1971 年傅京孙教授提出智能控制概念以来,智能控制已经从二元论(人工智能和控制论)发展到四元论(人工智能、模糊集理论、运筹学和控制论),并取得丰硕研究和应用成果,与此同时,智能控制理论也得到不断的发展和完善。智能控制是多学科交叉的学科,它的发展得益于人工智能、认知科学、模糊集理论和生物控制论等许多学科的发展,同时也促进了相关学科的发展。

近年来,随着人工智能技术、计算机技术的迅速发展,智能控制技术在国内外得到迅速发展,并进入工程化和实用化的阶段,已成为物联网一项较为成熟的关键技术。

2. 专家控制系统

专家控制是指将人工智能领域的专家系统理论和技术与控制理论方法和技术相结合,仿效专家智能,实现对较为复杂问题的控制。基于专家控制原理所设计的系统称为专家控制系统。

根据系统结构的复杂性把专家控制系统分为两种形式,即专家控制系统和专家控制器。专家控制器有时又称为基于知识控制器,以基于知识控制器在整个系统中的作用为基础,可把专家控制系统分为直接专家控制系统和间接专家控制系统两种。在直接专家控制系统中,控制器向系统提供控制信号,并直接对受控过程产生作用。直接专家控制系统的基于知识控制器,直接模仿人类专家或人类的认知能力,并为控制器设计两种规则,即训练规则和机器规则。训练规则由一系列产生式规则组成,它们把控制误差直接映射为受控对象的作用。机器规则是由积累和学习人类专家的控制经验得到的动态规则,并用于实现机器的学习过程。在间接专家系统中,智能控制器用于调整常规控制器的参数,监控受控对象的某些特征,如超调、上升时间和稳定时间等,然后拟定校正相关 PID 参数的规则,以保证控制系统处于稳定的和高质量的运行状态。在物联网控制系统中经常存在具有大滞后时变特性的被控对象,如智能建筑温控系统中的中央空调,温度指令的改变带来的温度变化需要滞后一段时间才能体现,目前已有研究与应用将专家控制系统和 PID 调节相结合,应用于中央空调系统,极大地提高了中央空调系统的控制精度,并节省了能源。

3. 人工神经网络控制系统

人工神经网络是一种以生物学认识为基础,以数学物理方法模拟人脑神经系统结构和功能特征,并通过大量的非线性并行处理器来模拟人脑中众多的神经元之间的突触行为的系统,企图在一定程度上实现人脑形象思维、分布式记忆、自学习自组织的功能。人工神经网络理论的概念最早在 20 世纪 40 年代由美国心理学家 McCulloch 和数理逻辑学家 Pitts 提出,1949年美国心理学家 Hebb 根据心理学中条件反射的机理,提出了神经元之间连接变化的规则,50年代 Rosenblatt 提出感知器模型,60 年代 Widrow 提出自适应线性神经网络,至 80 年代Hopfield、Rumelharth 等的研究工作,人工神经网络的理论体系已初现雏形。

人工神经网络的模型结构可分为神经元结构以及连接模型两大部分。其中神经元是构成神经网络的基本单元。基于控制的观点,神经元的模型可以描述为输入处理环节、状态处理环节、输出处理环节和学习环节等四个部分。输入处理环节相当于一个加权加法器,用来完成神经元输入信号的空间综合功能。状态处理环节就是用来处理神经元的内部状态信息,对神经元的输入信号起着时间综合作用。输出处理环节实际上是一个非线性激活函数,它将经过前两个环节进行时空综合后的信号,通过一个非线性作用函数,产生神经元的输出。学习环节反应了神经元的学习特征,它对应的是某种学习规则。神经元的学习与其自身的参数和所处状态有关。对于连接模型,由于人脑中神经元之间的连接有许多种,所以模拟人脑的神经网络的连接也有许多不同的结构。其中最常用、最基本的几种经典网络有前向互联网络、反馈互联网络。前向互联网络是网络中各个神经元接受前一级的输入,并输出到下一级,网络中没有反馈。整个网络能够实现任意非线性映射。反馈互联网络中神经元与神经元之间通过广泛连接,传递、反馈交换信息,网络结构十分复杂,由于网络由输出端反馈到输入端,所以动态特征丰富,存在网络的全局稳定性问题。

人工神经网络发展至今,已演化为智能控制算法系列中的基本算法,尤其适合多变量非线性系统的控制问题。多变量非线性控制系统难以通过传统控制方法取得成果,依靠人类专家的操作也无法保证精度,而通过在工业物联网系统中引入神经网络智能算法,可有效解决此类问题,如绿色化学合成是当今化学化工领域的研究主流,在绿色化学反应中,涉及很多影响因素,现场采集数据的处理及规律关联工作量大,且大多数过程具有非线性和时变特性,有些关联规律很难用传统的数学方法处理和描述。基于神经网络所具有的自组织、自适应、自学习能力和能够以任意精度逼近任意非线性映射的特性,采用人工神经网络的方法,是对反应规律模拟和过程预测的一种新的有效途径。

4. 模糊控制系统

模糊控制是以模糊集合、模糊语言变量以及模糊逻辑推理为基础,通过引入隶属函数的概念,描述介于属于和不属于之间过渡过程的一种计算机控制方法。它打破了布尔逻辑的 0-1界限,为描述模糊信息、处理模糊现象提供了数学工具。模糊控制自产生以来在控制界发挥着日益重要的作用,随着计算机技术的不断提高,模糊控制在工业过程控制和现实生活中的应用越来越广泛。

根据控制规则及其产生方法的不同,模糊控制可以分为:经典模糊控制、模糊 PID 控制、神经网络模糊控制、模糊滑模控制、自适应模糊控制、Takagi-Sugeno 模糊控制等。典型的模糊控制系统通常由模糊控制器、输入/输出接口、执行机构、被控对象和测量装置等五个部分组成。实际应用中,模糊控制系统主体部分由计算机或单片机构成,同时配有输入输出接口,以实现模糊控制算法的计算机与控制系统连接。输入接口与检测装置连接,把检测信号转换为数字信号并输入给计算机。输出接口把计算机输出的数字信号转换为执行机构所要求的信号。输入输出接口常常是模数转换(A/D)电路和数模转换(D/A)电路。执行机构是模糊控制器向被控对象施加控制作用的装置。执行机构实现的控制作用表现为使角度、位置等发生变化,通常由带有驱动装置的伺服电动机、步进电动机组成。

模糊控制的执行过程可分为以下五个步骤:

(1) 根据采样得到的系统输出值,计算所选择系统的输入变量。

(2) 根据输入变量,确定模糊控制器结构。

(3) 将输入变量的精确值变为模糊量,即模糊化处理。

(4) 根据输入模糊量及模糊控制规则,按照模糊推理合成规则推理计算输出控制模糊量,即进行模糊决策。

(5) 由上述得到控制的模糊量计算精确的输出控制量,并作用于执行机构,即解模糊化处理。

在实际系统中,上述五个步骤将构成一个实时的闭环系统。

相对于其他智能控制算法,由于模糊控制对系统数学模型的要求低,适应性高,因此使得模糊控制在智能控制中获得了广泛的应用,有利于整合现有智能控制系统,构成具有较大规模的多种异构环节并存的物联网控制系统。现阶段模糊控制系统不仅应用在航天飞行器控制、核反应堆控制、合金钢冶炼控制系统、炼油厂催化炉控制系统等大型工业物联网控制系统中,而且在日常生活中的物联网得到很多应用,例如,污水处理过程控制、群控电梯系统、现代高层建筑水位检测和水质监测系统和家用电器领域。特别是模糊控制在家电产品中应用已经非常普遍,目前常见的已成功实现的家用电器产品有模糊控制的全自动洗衣机、电饭煲、智能电冰箱、吸尘器、微波炉、空调、照相机和摄像机的模糊控制自动聚集系统、自来水净化等等,其中模糊洗衣机、冰箱以及空调往往与智能电网相结合,构成电资源物联网系统中的一个部分,以实现低碳节能的目的。

3.5.2 物联网自适应控制系统

IP 物联网自适应控制系统是通过软件技术把 Lonworks、BACnet 和多种 Internet 标准集成到通用对象模型的应用程序环境中,将其嵌入控制器层级,并且支持标准的 Web 浏览界面。IP 物联网自适应控制系统不但兼容现行的常用现场标准总线协议,同时还能为非标准协议的链接提供工具软件,给已建立的系统提供软件技术支持。这样的集成实现了多系统不同设备的无缝连接。

IP 物联网自适应控制系统产品先进性主要体现在以下几个方面:

1) 技术层面

采用当今先进且成熟的系统及技术,提供高效的监控及管理平台,为物联网的运营与发展服务。

（1）基于 TCP/IP 以及开放式协议的自控管理系统架构。

（2）先进完备的系统数据库及其应用,提供企业级的数据库交互平台。

（3）运行可靠稳定的系统硬件设备及网络设备。

（4）基于 IE 以及 Web 技术的便捷的操作管理软件平台。

（5）软件系统为嵌入式的且配置灵活的现场控制器及其 I/O 模块。

（6）可靠耐用的现场监控元件。

2）管理层面

在满足技术层面需求的情况下,针对具体应用的功能特点设计的系统控制、运行以及管理模式,是确保系统高效、低耗且节能运行的关键。基于企业通用数据库、IE 以及 Web 技术的中央管理监控平台,提供个性化的管理运行模式以及开放式的应用接口及工具,实现完备的分散控制集中管理的运行模式,提供整体的管理运行服务。

3）运营层面

通过标准的数据库及网络技术融入系统的管理体系,提高用户工作运营环境的舒适度。通过先进的技术手段以及优化的控制管理模式实现实时的能耗监测、数据采集及智能的能源绩效分析。另外,还可利用最优能源策略来实现能源使用效率的提高。

该 IP 物联网自适应控制系统可以兼容不同厂商的不同系统产品,既可保护客户当前的投资,又可方便地添加新设备。最大优势是可以任意地在中央管理层面以及现场控制层面对机电设备进行集成,这样可保证集成的稳定与可靠,使得集成层面的精确控制成为可能。

在各类 IP 物联网自适应控制系统中,"WinSmart"系列是较为典型的系统产品,典型的 IP 物联网自适应控制系统集成架构如图 3-14 所示。

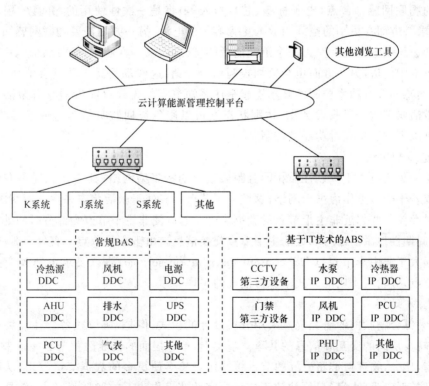

图 3-14　物联网自适应控制系统集成架构

"WinSmart"系列 IP 物联网自适应控制系统的功能特点主要有以下方面：

（1）利用云计算和物联网 IT 技术以适应 Internet 的未来发展方向，提供基于 IP 技术的自控产品，进入云计算和物联网管理化平台。

（2）提供能够实现技术开放性的产品，提供与主流自控厂家互通、互联、互换的 IP 控制产品，使用户可以摆脱厂家的技术制约，实现较大自主性管理。

（3）提供开放性的系统集成协议，利用 IT 技术对现有自控技术进行升级，能够无缝兼容目前主流厂家的系统和产品，实现管理平台的统一化和系统集成。

（4）在同一控制平台下实现对其他品牌的无缝兼容和集成功能，对于采用智能化结构的控制系统，可以通过驱动模块方式进行兼容和集成。

（5）利用"Skypiea"云计算能源管控平台，在实现建筑智能化管控的基础上，实现建筑群的整体化节能管理和控制。"WinSmart"系列 IP 物联网自适应控制系统在完成建筑现场级智能化控制和系统集成的基础上，通过物联网网络将大量分散的单栋建筑连接成建筑群整体，并将建筑群内部的能耗、控制等多种信号和参数传输至"Skypiea 云计算建筑能源管控平台"，由平台进行数据统计、分析和处理后，反馈至 IP 物联网自适应控制系统，实现整体化的能源管理和智能化控制功能。同时，可通过 B/S 方式进行监督和管理，从而构建智慧建筑实现最大限度的建筑节能降耗目标。

3.5.3 物联网能耗控制

随着物联网技术的成熟，物联网的功耗控制越来越受到人们的重视，已经成为物联网研究的一个重要领域。

未来的物联网感知节点（电子标签、芯片植入等）将是一次性使用的，并且使用寿命不确定，这就要求一方面在更小的空间内放入更大容量的电池，另一方面需要物联网感知节点的能耗尽可能低。无线电收发器作为一个消耗能量的部件，如果一直处于打开的状态，一方面节点会一直监听空闲信道，另一方面也会增加控制信令开销，这些都是无用功且会消耗大量能量。为此，物联网感知节点功率控制的基本思想是使感知节点的无线电收发器具有激活和休眠两个状态。激活状态时可以收发数据，休眠状态则可以避免长期监听信道造成不必要的能耗。节点可通过以下方法实现对功耗的控制。

1）连通支配集法

连通支配集法适用于节点性质相同且距离较近的密集型网络，其主要原理是在网络所有节点中选取若干个节点作为主干网络，这些主干节点一直处于激活状态来保持网络的连接，并且可以暂时存储一些邻近非主干节点的数据。为了省电使非主干节点大部分时间处于休眠状态，并且可周期性地激活以与邻近的主干节点交换信息。由于主干节点一直处于激活状态，消耗的能量远大于非主干节点，CDS（content distribution service）协议要求定期改变主干节点和非主干节点，以轮流坐庄的方式来保持能耗的平均。

2）跨层方案

目前，大部分物联网的研究仍然采用分层设计的模式，但是，协议栈各层往往关心不同的性能指标，缺少层间的交互和信息的共享。事实上，单一层面的性能改善未必能带来系统效率的全局提高，比如，物理层链路较好的节点缓冲区较长会使更多的数据等待发送，从而造成节点剩余电量较低。为此，MAC 层协议不应该再将此节点作为下一跳转发节点，而是需要从跨层的角度出发以获取更好的功率控制效果。

3）拓扑控制

如果一个源节点要向目的节点发送一段数据,在多跳网络中就可能有多条不同的路由选择,其中必有一条或者几条是最短路径,但是,最短路径并不意味着最小的能耗。在这种情况下,拓扑控制方法就可以有效地排除耗能较大的路由。

另外,在无线环境中所有的节点都是共享物理层介质,某两个节点之间通信发出的信号对其他节点的通信来说就是噪声。如果没有某种优化方法,节点就会提高发射功率以盖过其他节点通信所造成的噪声,这不利于节点之间的正常通信,并且会浪费节点能量。拓扑控制机制可以在物联网的场景中通过优化节点信号的强度来降噪,从而扩大网络容量。

3.5.4 物联网实时监控

随着互联网和无线传感器网络技术的发展,基于物联网的实时监控技术得到了较好发展,基于物联网的监控系统也已开始在一些行业中得到应用,下面介绍几种典型应用。

1. 基于物联网的农业病虫害生物控制专家服务平台

某单位研究开发了一种基于物联网的农业病虫害生物控制专家服务平台,该平台利用物联网、模式识别、数据挖掘和专家系统技术实现了对农业病虫害的实时监控和有效控制。平台包括物联网数据采集监测设备、智能化云计算平台、专家服务平台、系统管理员和服务终端五大部分。

物联网数据采集监测系统主要使用无线传感器实时采集环境中各种影响因子的数据信息、视频图像等,再通过 GPRS 网络传输到专家服务平台作为基础的统计分析依据。智能化云计算平台是指利用智能化算法处理信息,建立病虫害预警模型库、作物生长模型库、告警信息指导模型库等信息库,实现对病虫害的实时监控。通过告警信息指导农户采取最佳的操作,实现对病虫害的有效控制。专家服务平台是此物联网的特色之一,该平台整合了大量的专家资源以实现专家与农户的咨询和互动,农业专家可以根据历史数据进行分析给出指导意见,并根据农户提供的现场拍摄图片给出解决方案,为农户提供实时的专家服务。系统管理员为不同级别的用户提供不同的使用权限,使主管部门、合作社、农业专家、农户等不同角色登录不同的界面,方便快捷地查看用户关注的问题,在面积较大的情况下便于管理和查看。服务终端是手机,用户通过手机就可以掌握实时信息,实现与专家互动交流。智能化算法软件为平台的顺利运行提供了必要的前提保障。

2. 基于物联网的远程计量控制管理

本系统应用于城市集中供热交换站及热网运行状态监测,通过该系统可以及时有效地获取城市供热、输热、管网末端运行数据,为供热管网的调节提供科学的依据。该系统由现场仪表数据的采集与管网现场阀门控制、通过 CDMA/GPRS 物联网数传、管网控制中心及公司办公局域网三部分组成。

利用 CDMA/GPRS 无线通信技术,通过统一的监控信息平台实现对用户现场仪表数据的实时监控、用气调度控制、历史数据查询等功能,从而提高企业的管理水平,并可及时发现问题减少不必要的损失。该系统方案如图 3-15 所示。

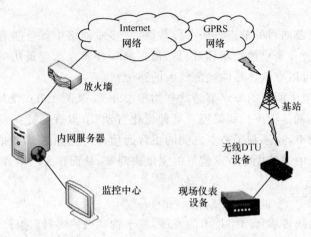

图 3-15　基于物联网的远程计量控制管理系统方案

3. 物联网消防智能化系统

消防物联网智能化系统可以为城市建筑、社区、森林防火提供有效的保障,也为平安、和谐社区构建提供了技术支撑。

例如,城市大楼发生火灾时,自动报警系统在几秒内即可将消息传到消防远程监控中心,使消防人员迅速出警灭火。同时,远程监控系统还可以实时监测联网单位消防设施运行状态,如发现设备出现故障信号,即可及时排除故障。

典型的物联网消防智能化系统可以分为三层,即感知层、网络层和应用层。通过该系统可以对建筑火情进行 24 小时监控,当发生火情时,消防监控中心可以准确定位某楼某层的某个房间发生火灾。在大型建筑内,多个火灾感应器协同运作,借助物联技术形成一张密织的监控网,时刻侦测着大楼每一个角落的火警火情。当大楼内某处火警发生时火灾探测器报警,并向消防部门发送告警信息,大楼内工作人员与消防部门可以实时通过语音、图像等方式实现火灾辨识与确认,使火灾应急反应速度大大提升。在火灾发生后,消防远程监控系统可显示起火单位各种消防设施运行状况,为科学灭火提供信息支持。

该系统可有效提高救灾工作效率,还具有定期自动设施巡检功能。当消防设备发生故障时,可以将故障信息通过网络及短信方式发送至相应管理人员,节省人力物力,同时确保重点防火部位消防设施的安全可靠。

物联网消防技术的产生使城市建筑披上了一层数字"防火衣"。尽早发现火灾苗头并及时有效处理是降低灾情损失的关键环节,一种有效手段就是设置火灾自动报警系统。基于物联网的社区火灾智能监控救助系统有效地简化了报警程序,提高了救火效率,社区居民只需按下手动救助按钮,系统可立即接通警务、消防点,以确保救助及时性。另外,该系统还集成包括CRM(customer relationship management)、短信、IVR(interactive voice response)、彩信、TTS(track tracesystem)、GPS、视频监控、小区网等众多业务系统接口,为社区防火构筑了一道多方位的安全保障。借助与该系统的家庭监控业务,社区居民还可以实现手机看车、彩信看家、老幼救助、物流监管等社区智能服务。

该系统可以使社区居民、服务中心、警务室以及消防巡防车、119 火灾调度指挥中心都成为应急解决方案的一环,改变了过去完全依赖公安、消防等政府力量的情况,加快了对紧急事件的处理速度。

3.6 物联网数据融合与优化决策

3.6.1 物联网数据融合的原理

在物联网控制系统中,存在大量来自不同信息源的传感数据,对控制系统信息存储和传输能力提出了考验,传统信息处理方法已无法满足大信息量以及高速信息处理的要求。另外,来自不同信息源的数据在采集过程中受噪声污染程度各不相同,这使数据所携带信息的准确性也有很大的差异,并且不同信息源的数据之间可能存在冗余或互补的关系,直接利用这些数据进行物联网控制可能导致系统的不稳定,甚至导致控制任务的失败。因此,由于物联网控制系统中信息的多样性和复杂性,需要一种信息综合处理方法,即数据融合技术,以实现对多源数据中可靠信息的挖掘,指导物联网控制系统控制策略的生成,同时压缩数据量,方便通信传输。

1. 数据融合的基本原理

物联网控制系统数据融合的基本原理类似于人脑处理多路数据的过程,通过控制各个传感器使其处在最佳的信息采集工作状态,并对其观测到的信息进行充分融合。所谓融合是指把来自多传感器在空间或时间上或冗余或互补的信息,按照某种规则进行重新组合,以获得对被观测对象的更精确或更高抽象层面的描述。在数据融合系统对复杂问题的处理中,不同的信息源可能表现出不同的性质,如时变或非时变的,缓慢变化或发生突变的,离散或连续的,互相矛盾或互相支持等。

与大规模多源数据融合相比,对单传感器信息的处理或低层次的多传感器数据处理都是一种低水平的信息处理方式,不能对数目繁多的传感器资源有效地进行综合利用。对于物联网系统,由于其可接入的信息采集源多种多样,可以形成规模巨大的多源数据融合系统,因此,可以更大程度地获得被测对象以及周围环境的状态,这使得物联网数据融合处理的多源信息具有更复杂的形式,并且能够体现出不同的信息层次,使融合可以在不同层次间进行。这是物联网数据融合与经典信号处理之间本质的区别。

对多源信息进行分析判断,从而更加可靠真实地感知外部环境并据此产生决策,是人类等生物体生存的基本能力。与此类似,多源数据融合技术的目的也是通过将不同信息源之间的数据进行组合,而不是仅依靠单一传感器数据来获取更为准确丰富数据,最终得到一种多路信息共同作用的最佳结果。即利用多个传感器相互协作的整体优势提高整个信息采集系统的可靠性,消除因为单一传感器造成的信息覆盖面局限或有效性问题。

2. 数据融合的定义

对于物联网控制系统,其数据融合定义可以概括为充分利用不同时间与空间的多传感器信息资源,采用计算机技术对按时序获得的多传感器观测信息在一定准则下进行自动分析、综合、支配和使用,获得对被测对象的一致性解释与描述,以完成所需的决策和估计任务,使系统获得比它的各组成部分更优越的性能。因此,对于物联网控制系统,传感器系统是其进行数据融合的硬件条件,所要处理的对象为传感器所采集得到的多源信息,数据融合的核心任务是完成对数据的协调优化处理。

数据融合最早出现于军事领域,通常应用于有多个探测雷达侦测敌方目标的情况,数据融合即为一个处理多个雷达探测信息,并对同一目标在多个雷达探测所得到的数据进行关联、并重新组合估计,以便获得准确的目标位置估计及航行轨道预测等任务的过程。这一过程包含了三个层面的内容:

(1) 数据融合是在若干个不同的层次上完成对原始数据的协调处理,其中每一个层次都是对不同级别信息的 种抽象。

(2) 数据融合包括对原始数据的关联、估计及重新组合。

(3) 数据融合的结果包括低层次上的目标状态估计,也包括对整个战场的形势估计。

由此可见,融合强调的是将来自多个信息来源的数据模拟人类领域专家的整体化信息处理能力进行综合处理,从而得到更为可靠的信息。基于这一事实,除数据融合外,该技术还有多种名称,如多源相关、多传感器融合、数据集成等,但是数据融合或信息融合更能全面包含该技术的含义。

3.6.2 物联网数据融合结构

数据融合可以提高具有海量传感器的物联网控制系统的性能,减少全体或单个传感器检测信息的损失。图 3-16 给出物联网信息与数据融合的系统架构。

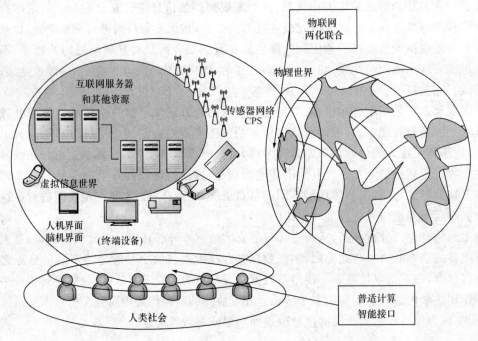

图 3-16 物联网信息与数据融合系统架构

1. 融合模型

数据融合模型是指进行数据关联估计以及重组的流程,目前已有大量的研究者结合行业背景提出了多种数据融合模型,目的在于建立数据融合的统一功能框架。其中最具典型的功能模型由美国实验室理事联合会(Joint Directors of Laboratories,JDL)提出,其形式如图3-17所示。

JDL 给出的模型描述了整套数据融合综合信息处理过程,并没有限定数据在关联、估计及重组时的具体算法,因此,该模型为从事数据融合的研究者与工程技术人员提供了一个统一的方法论框架。

2. 物联网数据融合系统分类

物联网数据融合系统的布局结构根据其规模可划分为局部式和全局式两类。

（1）局部式。在局部式结构中,物联网数据融合系统使用多传感器采集同一目标的状态信息,并完成数据融合以获得对该目标状态的最佳估计。

（2）全局式。在全局式结构中,目标可能存在多个或多种,数据融合系统将来自空间和时间上各不相同、针对不同目标的不同类型传感器数据进行融合,在获得单个目标最佳状态估计的基础上,还将获得传感器布置区域内整体环境与目标态势信息。

3. 数据融合层次

目前,数据融合的层次一般为三层,即数据级融合、特征级融合和决策级融合。

1）数据级融合

数据级融合又称像素级融合,在上述三个层次中处于最低层。数据级融合直接对来自多个传感器的原始测量信息进行综合处

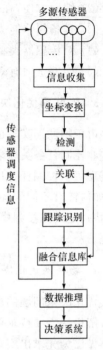

图 3-17　数据融合功能模型

理,在此之前不包含其他预处理操作。这一层次融合的优点是能够最大限度地保留原始数据中所含的信息,能够避免其他融合层次中可能发生的细节丢失现象。其缺陷是由于原始传感器数据数量巨大,融合时对空间和时间的消耗大,并且在传输时抗干扰能力较差。由于数据级融合是在信息的最低层进行,而传感器均存在一定的测量误差,这要求数据级融合层次具有较高的纠错能力,而且待融合数据必须来自同质传感器。

2）特征级融合

特征级融合属于信息融合的中间层次,其在进行信息融合前包含一个特征提取的过程,具体融合过程为,首先提取底层原始传感器数据的某种抽象或简约表示,即所谓的特征,然后以特征数据为处理对象进行关联分析和重组估计。特征级融合可划分为两种类型,状态融合和信息重构。

状态融合是指系统对传感器原始数据进行规范化等校准操作后进行联合滤波,获得目标更为准确的状态量。

信息重构是指利用模式识别和数据挖掘技术,对传感器数据在原始数据空间的分布情况进行改变,使之在信息表现度上更具备代表性。通常该过程将产生数据压缩和降维的结果,有利于进行实时处理。融合结果能够最大限度地提供决策分析需要的抽象信息。因此,信息重构类型的数据融合技术在军事指挥、通信以及金融决策等领域获得了广泛的应用。

3）决策级融合

决策级融合在信息融合中处于最高层次,其融合过程利用了特征级融合产生的结果,使用方法更偏向于人类处理信息时的抽象方法,如典型的有证据理论、模糊决策等,在某种意义上,该层倾向于一种语义层面的融合,融合结果辅助人类进行决策参考或直接作为决策输出。

决策级融合方法的优点如下：

（1）融合中心数据量小，处理时的时空复杂度比较低，传输时对带宽的要求低。

（2）编码方便，在传输时具备较高的抗干扰能力。

（3）具备纠错能力，可以借助融合过程恢复某些传感器丢失的信息。

（4）对传感器类型无要求。

（5）能够全面有效地体现出目标以及周围环境的态势信息。

3.6.3 物联网优化决策

由于物联网实现的是一个所有物体均可联网的泛在网络，涉及大量不同目标的控制任务，而这些控制任务关联着大量不同类型的设备。在通常情况下，网络所能提供的资源是有限的，要实现每个控制任务所占用及消耗的资源是不同的，而且每个目标的优先级也不尽相同，因此，如何针对不同的环境条件及目标内容实现对网络中各种资源的最优调配成为物联网控制中，特别是调配控制模式下的重要任务之一。这一问题可以规划为物联网环境下的优化决策问题。

1. 物联网优化决策求解方法

优化决策问题的求解方法通常有以下三种，即解析法、直接搜索法和混合搜索法。

解析法需要待求解问题的目标函数和约束条件都具备显式的解析表达式，否则无法求解。具体做法为先求出实现最优目标时的必要条件，这组条件通过一组方程或不等式表示，如拉格朗日方程等，然后再通过求取导数或变分法求出求解这组方程或不等式，从而获得实现目标最优时的解。

直接搜索法不需要目标函数及约束条件具备显式的解析表达式，但通常需要获得目标函数的梯度表达式或估计值，然后就可以在解空间中设置一个初始解，按照目标函数的梯度方向移动解，对比新解与旧解之间对目标函数的值，经过若干次迭代直到搜索得到的解使目标函数不再发生变化为止，即作为最优点。因为依据目标函数的梯度信息往往会陷入一个局部最优点，即目标函数的某个极值点，从而导致该方法无法获得全局最优。

混合搜索法以梯度法为基础，配合某些解析计算与数值估计在解空间中迭代搜索。与直接搜索法一样有陷入局部最优的可能，但是，由于配合了解析计算，搜索速度比直接搜索法更快。

2. 物联网控制优化的特点

物联网中的控制优化具有如下特点：

（1）多用户多任务。在某一物联网控制系统中，可能存在多个用户对各自的控制任务下达指令的情况，每个控制任务中的控制器将生成控制信号传递给驱动器，传感器将被控设备的状态信息反馈给用户与控制器，这些信息交互将占用大量的物联网带宽资源，并且有些交互需要保证实时性，因此需要建立专用的最短链接路径。

（2）控制任务间的差异性。在物联网控制系统中，不同的控制任务可能需要调配不同的网络资源，而且各控制任务的优先级也有差别，因此，需要对控制任务的执行进行规划以实现在保证控制精度条件下的资源消耗最小。

（3）反馈信息的多源性。物联网控制系统中涉及了大量的传感器，以获得控制任务执行时环境变量及被控对象的运行状态,这些传感器可能是同质的,也可能是异质的,这带来了大量来自不同信息源的数据,在控制优化中这些不同源的信息有着不同的量纲,对最后的控制任务也有不同的影响程度。

(4) 优化问题的复杂性。物联网本身是一个大规模的非线性网络,混杂着大量模拟量及数字量,同时,由于是多个控制任务的运行平台,使得控制优化问题变得高度复杂,通常情况下无法建立优化问题的解析表达,而且约束也多为规则性表达。

3. 智能仿生优化算法

物联网控制优化决策的特点决定了常用的解析法、直接搜索法以及混合搜索法对物联网控制优化无法获得一个有效的决策结果,甚至可能无法处理。因此,在物联网优化决策中需要引入处理能力更为强大的方法,而通过模拟自然界生物运动规律的智能仿生优化决策算法适合处理这种大规模、高度非线性以及离散连续混合的物联网控制优化问题。

常用的智能仿生优化算法包括遗传算法、粒子群算法以及蚁群算法。

1) 遗传算法

遗传算法是借鉴生物学中适者生存的进化规律而演变而来的随机搜索方法。与传统最优化算法相比,遗传算法不要求目标函数在解空间的连续性,不需要在解的搜索过程中计算导数或者确定特别的规则,算法直接对称为染色体的数据结构进行操作,可实现并行计算,并具有更好的全局寻优能力。以概率的方式进行寻优的思想更接近人类思维特点,能自动获取搜索空间,在寻优过程中对搜索方向进行自适应调整。该方法已经被广泛应用于组合优化、自适应控制以及机器学习等领域。典型的遗传算法由编码机制、适应度函数、遗传算子等部分组成,其主要执行流程如下:

(1) 初始化进化代数 t,最大迭代数 T,随机生成初始种群 $P(t)$。

(2) 确定编码机制与适应度函数。

(3) 依据适应度函数计算种群 $P(t)$ 中每个个体的适应度。

(4) 依据适应度将遗传算子作用于种群,产生下一代种群 $P(t+1)$。

(5) 判断 t 是否达到最大迭代数。若未达到,则 $t \leftarrow t+1$,转到第(2)步,否则选择迭代过程中最大适应度个体作为最优解输出。

2) 粒子群算法

粒子群算法源于人类对鸟类觅食行为的研究,其基本原理是:m 个粒子组成模拟鸟群,在搜索空间中以一定的方向飞行,每个粒子在搜索时综合自己所搜索到的历史解和群体内其他粒子的历史解对自身飞行方向进行调整。算法的基本执行流程如下:

(1) 随机初始化群体中每个粒子的位置和搜索方向。

(2) 计算每个粒子对目标函数的适应度。

(3) 对于每个粒子,判断适应度是否比自身历史最大适应度更好,若更好则更新粒子自身历史最大适应度和最优位置。

(4) 对每个粒子,判断其历史最大适应度是否高于群体最大适应度,若更高则将其作为当前的群体最大适应度,并更新群体最优位置。

(5) 根据当前群体最优位置与自身最优位置,更新粒子的搜索方向和位置。

(6) 重复(2)~(5)计算过程直到达到停止条件,将群体最优位置作为最优解输出。

3）蚁群算法

蚁群算法是一种模拟蚂蚁社会行为的仿生优化算法，源于对蚂蚁群体能够找到巢穴到食物源之间最短路径的生物学现象的研究。典型的蚁群算法是对蚂蚁群体觅食行为的抽象，其具有如下特点：

（1）每一个人工蚂蚁会在搜索空间里它所经过的路径上留下信息素，通过信息素的多少来影响后继蚂蚁选择该路径的概率，该策略使算法具备收敛性。

（2）信息素具有挥发机制，该机制使得人工蚂蚁有机会跳出过往蚂蚁的经验，从而提高局部最优的跳出能力。

（3）人工蚂蚁对路径的选择具有随机性，信息素量大的路径被选择的概率更大。

（4）信息素在搜索路径上的遗留使得算法具有正反馈机制，当蚂蚁发现的解是局部最优时，大量的蚂蚁会被吸引到此路径上，同时蚂蚁系统存在负反馈机制，信息素的挥发以及概率式的选择机制可以平衡上述正反馈作用。

（5）蚁群具有自组织特性，在一个或者几个蚂蚁个体停止工作时，仍然能够保持整个系统的正常功能。

目前智能仿生算法已经被广泛应用于物联网控制与优化调度领域，如电力生产中水电站群优化调度控制问题。在水资源发电物联网控制系统中，水电站群优化调度是水资源系统优化的核心，合理的调度策略不仅能够有效利用水力资源，增加经济效益，并且能够提高供电可靠性，保证电网的稳定运行。水电站优化调度是复杂的非线性优化问题，具有多阶段、多变量、多目标、多约束等特点，水电站群优化调度由于需要考虑上下游水库的水力联系和补偿，其优化过程显得更加复杂，在福建电网某流域水电站群优化调度方案中，通过应用改进粒子群优化算法，使水电站库群长期优化调度的合理性进得到提高，整个发电群物联网控制系统获得了更高的性能。此外，在军事领域，遗传算法、蚁群算法等的应用也为战场兵力调度、武器火力控制等提供了自动化的最优解决方案。

由于物联网控制系统的庞大繁杂，单一的优化策略及方法有可能无法保证控制精度以及任务调配的最优性，通过将多种优化方法相整合，并借助大规模分布式计算系统的计算能力，将是未来物联网控制系统优化决策方法发展的主要趋势。

思 考 题

3.1 简述物联网控制系统的结构与特点。

3.2 简述 PLC 在物联网中的应用有哪些？

3.3 列举 DDC 控制器的主要功能。

3.4 简述嵌入式技术在物联网控制中的应用。

3.5 简述物联网功率控制方案及特点。

3.6 叙述 IP 自适应控制的特点及其在物联网中的应用。

第4章 物联网通信技术

4.1 概　　述

通信是物联网功能实现的基础,通过通信系统保证了数据在物联网中快速、安全的传递。物联网的通信系统是物联网的核心组成部分,由感知网络层和通信网络层构成,感知网络层和通信网络层分别由各自相应的通信网络构成。物联网的通信技术是保证物联网通信系统安全、有序、快捷传输数据的关键技术,是物联网运行的支撑技术。物联网通信技术包含两个方面内容,一是构成感知网络层和通信网络层的局域网络通信技术,如无线传感网的 ZigBee 技术,现场控制网的总线技术,短距无线网的 RFID 技术,互联网的 IPv6 技术等;二是网络之间的通信技术,如互联网与无线传感网的通信技术、短距无线网与无线通信网的通信技术等。

感知网络层实现了对物体的信息感知功能,感知得到的信息以特定的数据格式通过局域网快速准确地传递到通信网络层中。感知网络层由无数个相互连接的局域网络构成,主要包括无线传感网、现场控制网、短距无线网等。无线传感网是近年来迅速发展,应用广泛的局域通信网络,它融合了计算机、无线通信及微机电等最新技术成果,构成了一种数据传输的快速通道。现场控制网起源于20世纪60年代,经历了多年的发展,融合了多项先进的技术,现在已经发展成为一种比较成熟的网络,类型多种多样,其中,现场总线是这类网络中的典型的代表。短距无线通信网是最新发展起来的一种网络,其核心功能是实现短距离的快速无线通信,其中具有代表性的是 RFID。它是一种非接触式的射频辨识系统,通过射频信号自动识别目标对象并获取相关数据,识别工作无须人工干预,抗干扰性强,可应用于各种恶劣环境。

通信网络层实现了物联网的数据传输功能,将从感知网络层获取的数据信息传输至终端处理系统。通信网络层由互联网、无线通信网、卫星通信网、有线电视网等一些覆盖范围广的大型通信网络构成,其中,互联网是功能全面应用广泛的一种通信网络,是物联网的基干通信网络。

4.2　通信系统架构

4.2.1　物联网通信系统简介

物联网作为未来网络的发展趋势,将融合各种信息传感系统、设备和技术形成一个巨大的智能网络,实现了人与物体的沟通和对话、物体与物体互相间的连接和交互。

物联网通信系统结构如图 4-1 所示。其中,感知网络层由无线传感网、现场控制网、短距无线网等局域网络构成。通信网络层由互联网、无线通信网与卫星通信网、有线电视网等大型综合性网络构成。在感知网络层中,各种接入设备与局域网络相连,物体的信息通过这些网络传递至通信网络层,并且通过通信网络层中的大型综合网络传递至各个终端。

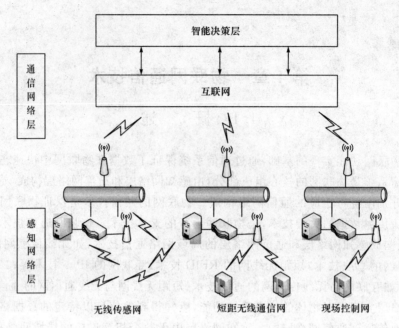

图 4-1 物联网通信系统结构

4.2.2 感知网络层

感知网络层的任务是感知信息,并通过局域网将感知的信息传递到通信网络层中。感知网络层主要由无线传感网、短距无线通信网、现场控制网等构成。

1）无线传感网

无线传感器网络通信为物联网数据传输提供了一种有效途径。无线传感器网络继承了当今主流无线网络技术的优点,成为一种新型的信息获取和处理技术。无线传感器网络综合了嵌入式计算技术、传感器技术、分布式信息处理技术以及通信技术,能够协作的实时监测、感知和采集网络分布区域内的不同监测对象的信息。

无线传感器网络的三个要素为传感器节点、无线网络和观察者。传感器节点是一种小型的计算机,主要完成信息的采集处理和分析任务。目前,主要有三类技术用于构建传感器网络中无线网络部分,Ad Hoc 网络技术、蓝牙技术和 ZigBee 技术。观察者是无线传感器网络的用户,是感知信息的接受和应用者。观察者可以是人,也可以是计算机或其他设备,主要完成感知信息的观察、分析、挖掘、制定决策工作,并对感知对象采取相应的行动。

2）短距无线通信网

短距离无线通信主要利用目前比较成熟的短距无线通信技术,如蓝牙、WLAN、UWB、等。与无线长距离通信网络相比,两者在基本结构和应用层次上存在着较大的差异,在服务范围及业务方面也有很大的不同。短距离无线通信网设计的目的是为了在移动环境下提供短距离的宽带无线接入或临时性网络,是因特网在移动环境下的进一步发展,具有更高的数据传输速率、更低的服务成本、更灵活的使用方式等优点。

3）现场控制网

现场控制网的类型很多,其中由现场总线形成的网络集成控制系统是一类典型的现场控制网。现场总线控制系统(fieldbus control system,FCS)既是一个开放通信网络,又是一个全分布控制系统。它作为智能设备的联系纽带,把挂接在总线上作为网络节点的智能设备连接在一起成为网络系统,并进一步构成自动化系统,实现基本控制、补偿计算、参数修改、报警、显示、监控、优化及控管一体化的综合自动化功能。这是一项集嵌入式系统、控制、计算机、数字通信、网络为一体的综合技术。

4.2.3 通信网络层

物联网从结构来说,是由多个独立的管理平台组成,每个管理平台链接了设有多个 IP 地址的电脑或 IP 设备,每个 IP 设备通过通信转换器连接多个感知识别控制器,进而连接 1 个或多个物品。物联网网络层的主要功能是实现物联网的数据传输,即信息的转发和传送。它将感知层获取的信息传送到远端,为数据在远端进行智能处理和分析决策提供强有力的支持。

考虑到物联网本身具有专业性的特征,其基础网络可以是互联网,也可以是具体的某个行业网络,如无线通信网、卫星通信网和有线电视网等,这些网络构成了通信网络层。其中,互联网是应用最广泛的一种网络,也是物联网的基干通信网络。

互联网拥有数以亿计的用户,是全球最大的计算机网络。在互联网中,每个联网电脑,每个网络服务器都是一个网络节点,人们通过联网电脑、手机可以与任何一个网络节点的设备进行信息交互。在物联网中,物品不能像人类一样具有思维能力,只能通过一种统一的数据传输协议,实现物品感知和控制信息在物联网中每个节点间的信息互联互通,实现智能化处理。

4.3 因特网通信

4.3.1 因特网的构成

Internet 又名因特网,是第四代计算机互联网。支撑因特网的物理网可以是以太网、FD-DI(光纤分布式数据接入网,fiber distributed data interface)等,也可以是公共电话网、公共分组交换网、ISDN 等广域网。其构成如图 4-2 所示。网络 A 与网络 B 是以太局域网,经路由器接入广域网,网络 C 为 FDDI,经路由器与网络 B 相连。如果网络 A 中的主机与网络 C 中的主机通信,需要经过 WAN 和网络 B。局域网、广域网和路由器是互联网的主要构成要素。

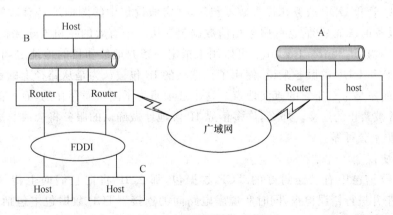

图 4-2　因特网结构实例

4.3.2 TCP/IP 协议——因特网的标准通信协议

TCP/IP 协议是一种应用广泛的网络通信协议，也是 Internet 的标准连接协议。它提供了一整套方便实用并能应用于多种网络上的协议，便于网络互联并且使越来越多的网络加入其中成为 Internet 的事实标准。

1. TCP/IP 的整体架构

TCP/IP 协议是一个协议组，包括 TCP 协议和 IP 协议、UDP(user datagram protocol)协议、ICMP(internet control message protocol)协议等。

TCP/IP 协议并不完全符合 OSI 的七层参考模型，其通信协议采用了 4 层的层级结构，每一层都调用它的下一层提供的网络来完成自己的需求。这 4 层分别为：

应用层。负责应用程序间沟通，如简单电子邮件传输协议(SMTP)、文件传输协议(FTP)、网络远程访问协议(Telnet)等。

传输层。提供节点间的数据传送服务，如传输控制协议(TCP)、用户数据报协议(UDP)等，TCP 和 UDP 给数据包加入传输数据并把它传输到下一层中，这一层负责传送数据，并且确定数据已被送达并接收。

互连网络层。负责提供基本的数据封包传送功能，使每一块数据包都能够到达目的主机(但不检查是否被正确接收)，如网际协议(IP)。

网络接口层。对实际网络媒体的管理，定义如何使用实际网络来传送数据。

2. TCP/IP 中的协议

1) IP 协议

IP 层接收由更低层(网络接口层，例如，以太网设备驱动程序)发来的数据包，并把该数据包发送到更高层——TCP 或 UDP 层；同时，IP 层也把从 TCP 或 UDP 层接收来的数据包传送到更低层。IP 数据包中含有发送它的主机的地址(源地址)和接收它的主机的地址(目的地址)，但 IP 没有做任何操作来确认数据包是否按顺序发送或者是否被损坏。

高层的 TCP 和 UDP 服务在接收数据包时，通常假设包中的源地址是有效的，即 IP 地址形成了许多服务的认证基础，这些服务相信数据包是从一个有效的主机发送来的。IP 确认包含一个选项，称为 IP Source Routing，可以用来指定一条源地址和目的地址之间的直接路径。对于一些 TCP 和 UDP 的服务来说，使用了该选项的 IP 包被认为是从路径上的最后一个系统传递过来的，而不是来自于它的真实地点。这个选项是为了测试而存在的，有可能被用来欺骗系统进行平常被禁止的连接。那么，许多依靠 IP 源地址做确认的服务将会被非法入侵，因此，IP 数据包并非十分可靠。

2) TCP 协议

如果 IP 数据包中有已经封好的 TCP 数据包，那么 IP 将把它们向上传送到 TCP 层。TCP 将包排序并进行错误检查，同时实现虚电路间的连接。TCP 数据包中包括序号和确认，按照顺序收到的包可以被排序，而损坏的包可以被重传。

TCP 首先将它的信息送到更高层的应用程序，例如 Telnet 的服务程序和客户程序。其后，应用程序轮流将信息送回 TCP 层，TCP 层便将它们向下依次传送到 IP 层，设备驱动程序和物理介质，最后到接收方。

在 TCP 协议中,发送的报文都有递增的序列号,序号和确认号可以确保传输的可靠性,此外,对每个报文都设立了一个定时器,设定一个最大时延,对于那些超过最大时延仍没有收到确认信息的报文就认为已经丢失,需要重新传输,这样 TCP 协议可以确保数据传输的高可靠性。面向连接的服务(如 Telnet、FTP、Rlogin、X Windows 和 SMTP)需要高度的可靠性,所以使用了 TCP。

3) UDP 协议

UDP 与 TCP 位于同一层,UDP 不被应用于那些使用虚电路的面向连接的服务,UDP 主要用于那些面向查询——应答的服务,如 NFS。使用 UDP 的服务包括 NTP 和 DNS。

4) ICMP 协议

ICMP 与 IP 位于同一层,用来传送 IP 的控制信息。它主要是用来提供有关通向目的地址的路径信息。ICMP 的"Redirect"信息通知主机通向其他系统的更准确的路径,而"Unreachable"信息则指出路径有问题。另外,如果路径不可用,ICMP 可以使 TCP 连接安全地终止。

4.3.3　IPv6——支持物联网的新一代 TCP/IP 协议

IP 技术是数据通信的主流,已经用了 20 多年,随着网络规模的急速发展,出现了许多问题,如规模问题、安全问题等,20 多年前开发的 IP 协议已难以解决这些问题。作为下一代 Internet 基础的 IPv6 经过几年的开发,终于开始由试验阶段向实用阶段过渡,而且已经在国外、国内高速网上试运行。

传统的 IP,即 IPv4(IP version 4)定义 IP 地址的长度为 32 位,Internet 上每个主机都分配了一个(或多个)32 位的 IP 地址。32 位的地址在 DARPA 时代的互联网络看来还是足够使用的,同时网络地址的分类(A、B、C、D、E 类)和聚集也提高了路由的效率。但是 1992 之后,特别是 WWW 服务普及之后,网络节点的数目开始呈几何级数的增长,IP 地址短缺问题日显严重。地址短缺问题的根源有绝对的一面也有相对的一面。绝对的一面就是 32 位的空间是十分有限的;相对的一面就是,尽管现行的 32 位 IPv4 的地址结构可以为 1670 万个网络上的超过 40 亿台主机分配地址,但实际上的地址分配效率远远达不到这个数值,甚至在理论上也不可能。网络增长不仅导致地址总数量的不够,也导致路由表的迅速膨胀。

地址即将耗尽和路由表的过度膨胀是促使 IPv6 产生的直接原因。同时 IPv6 还试图解决 Internet 发展中遇到的所有问题。IPv4 协议是在十几年前设计的,当时的互联网远远没有达到今天的规模,网络连接的速度十分有限,网络应用的类型也比较单一,以文本数据的传输为主。互联网商业化,特别是 WWW 发明以来,互联网在规模和应用上发生了革命性的变化。声音、图像,甚至触觉都已经或者即将进入互联网络,在分组交换网络中传输这些业务希望具有实时特性;其次,可连接规模的扩大,导致安全成为日益重要的问题,人们希望能够确认信息的确发给了正确的节点,同时还不希望在传输的中途被截留或者监听;再者,人们一直幻想"在任何时间(whenever)任何地点(wherever)同任何人(whomever)"进行通信。随着通信技术的迅速发展,移动性成为对未来互联网的重要期望。因此需要设计一个全新的互连网络协议来支持 Internet 的迅猛发展。90 年代初,人们开始讨论新的互联网络协议。IETF 的 IPng 工作组在 1994 年 9 月提出一个正式草案"The Recommendation for the IP Next Generation Protocol",1995 年底确定了 IPng(IP next generation)的协议规范,分配了版本号 6,称为"IP version 6"(IPv6),1998 年又作了较大的改动。

相对于 IPv4 来说,IPv6 的最大改进在于将 IP 地址从 32 位改为 128 位,这一改进是为了适应网络快速的发展对 IP 地址的需求,也从根本上改变了 IP 地址短缺的问题。128 位的地址允许 IPv6 定义更多的地址层次结构,地址空间按照不同的地址前缀来划分,以利于骨干网路由器对数据包的快速转发。IPv6 对数据报头作了简化,原 IPv4 报头中的某些字段被删除或者成为可选字段,减少了一般情况下包的处理开销以及 IPv6 报头占用的带宽。IPv6 改进了 IP 报头选项的编码方式,删除了 IPv4 中的选项字段,使 IPv6 的报头长度成为固定的 40 个字节,同时定义了多种扩展报头,使 IPv6 变得极其灵活,能提供对多种应用的强力支持,同时又为以后支持新的应用提供了更强的适应性。IPv6 的数据包具有标记以说明它从属的信息流类型,使那些发送者要求特殊处理的属于特别的传输流的包能够贴上标签,以提供相应的通信服务质量。IPv6 提供了对数据确认和完整性的支持,并可通过对数据加密来提高可靠性。IPv6 的即插即用功能使整个 Internet 网的管理变得相当容易,也为移动业务的发展提供了最大支持。

IPv6 是在 IPv4 的基础上发展起来的,它的一个重要设计目标是与原来的协议 IPv4 兼容。但是,一种新的协议从诞生于实验室和研究所到实际应用于 Internet 是有很大距离的。不可能要求立即将所有的节点都演进到新的协议版本,所以在一定的时间内,IPv6 将和 IPv4 共同存在、共同运行。如果没有一个过渡方案,再先进的协议也没有实用意义,因此从 IPv4 向 IPv6 网络过渡的问题从一开始就列入了开发者的日程表。在过渡的过程中,研究者们追求的目标除了平稳过渡之外,还尽可能地要求对普通用户做到"无缝",对信息传递做到高效。为了开展对于过渡问题和高效无缝互连问题的研究,国际上,IETF 组建了专门的工作组 NGTRANS 来处理这个问题。并且有很多国际组织和机构研究和开发了许多 IPv4 到 IPv6 转换的方法和工具。

IPv6 克服了 IPv4 的地址不足问题,扩大了地址空间,这使全世界的物品都可以作为网络的节点,这样就能构筑一个任何物品都连接起来的物联网世界。因此,IPv6 是物联网底层技术条件的基础。

IPv6 的特点如下:

1) 简化的报头和灵活的扩展

IPv6 对数据报头作了简化,以减少处理器开销并节省网络带宽。IPv6 的报头由一个基本报头和多个扩展报头(extension header)构成,基本报头具有固定的长度(40 字节),放置所有路由器都需要处理的信息。由于 Internet 上的绝大部分包都只是被路由器简单的转发,因此固定的报头长度有助于加快路由速度。IPv4 的报头有 15 个域,而 IPv6 的只有 8 个域,IPv4 的报头长度是由 IHL 域来指定的,而 IPv6 的是固定 40 个字节。这就使路由器在处理 IPv6 报头时显得更为轻松。与此同时,IPv6 还定义了多种扩展报头,这使 IPv6 变得极其灵活,能提供对多种应用的强力支持,同时又为以后支持新的应用提供了可能。这些报头被放置在 IPv6 报头和上层报头之间,每一个可以通过独特的"下一报头"的值来确认。除了逐个路程段选项报头(它携带了在传输路径上每一个节点都必须进行处理的信息)外,扩展报头只有在它到达了在 IPv6 的报头中所指定的目标节点时才会得到处理(当多点播送时,则是所规定的每一个目标节点)。在那里,IPv6 的下一报头域中所使用的标准的解码方法调用相应的模块去处理第一个扩展报头(如果没有扩展报头,则处理上层报头)。每一个扩展报头的内容和语义决定了是否去处理下一个报头。因此,扩展报头必须按照它们在包中出现的次序依次处理。一个完整的 IPv6 的实现包括下面这些扩展报头的实现,逐个路程段选项报头,目的选项报头,路由报头,分段报头,身份认证报头,有效载荷安全封装报头,最终目的报头。

2) 层次化的地址结构

IPv6 将现有的 IP 地址长度扩大 4 倍,由当前 IPv4 的 32 位扩充到 128 位,以支持大规模数量的网络节点。这样 IPv6 的地址总数就大约有 3.4×1038 个。平均到地球表面上来说,每平方米将获得 6.5×1023 个地址。IPv6 支持更多级别的地址层次,IPv6 的设计者把 IPv6 的地址空间按照不同的地址前缀来划分,并采用了层次化的地址结构,以利于骨干网路由器对数据包的快速转发。如可聚集全球单点传送地址的地址前缀是 001,接下来的三个大的地址层次是 TLAID(top-level aggregation identify)、NLAID(next-level aggregation identify) 和 SLAID(site-level identify),然后是接口 ID。

IPv6 定义了三种不同的地址类型,分别为单播地址(unicast address),多播地址(multicast address)和泛播地址(anycast address)。所有类型的 IPv6 地址都是属于接口(interface) 而不是节点(node)。一个 IPv6 单点传送地址被赋给某一个接口,而一个接口又只能属于某一个特定的节点,因此一个节点的任意一个接口的单播地址都可以用来标示该节点。

IPv6 中的单播地址是连续的,以位为单位的可掩码地址与带有 CIDR 的 IPv4 地址很类似,一个标识符仅标识一个接口的情况。在 IPv6 中有多种单播地址形式,包括基于全局提供者的单播地址、基于地理位置的单播地址、NSAP 地址、IPX 地址、节点本地地址、链路本地地址和兼容 IPv4 的主机地址等。

多播地址是一个地址标识符对应多个接口的情况(通常属于不同节点)。IPv6 多播地址用于表示一组节点。一个节点可能会属于几个多点传送地址。在 Internet 上进行多播是在 1988 年随着 D 类 IPv4 地址的出现而发展起来的。这个功能被多媒体应用程序所广泛使用,它们需要一个节点到多个节点的传输。RFC-2373 对多播地址进行了更为详细的说明,并给出了一系列预先定义的多播地址。

泛播地址也是一个标识符对应多个接口的情况。如果一个报文要求被传送到一个任意点传送地址,则它将被传送到由该地址标识的一组接口中的最近一个(根据路由选择协议距离度量方式决定)。泛播地址是从单播地址空间中划分出来的,因此它可以使用表示单播地址的任何形式。从语法上来看,它与单播地址间是没有差别的。当一个单播被指向多于一个接口时,该地址就成为泛播地址,并且被明确指明。当用户发送一个数据包到这个任意点传送地址时,离用户最近的一个服务器将响应用户。这对于一个经常移动和变更的网络用户大有益处。

3) 即插即用的联网方式

IPv6 把自动将 IP 地址分配给用户的功能作为标准功能。只要机器一连接上网络便可自动设定地址。它有两个优点。一是最终用户用不着花精力进行地址设定,二是可以大大减轻网络管理者的负担。IPv6 有两种自动设定功能。一种是和 IPv4 自动设定功能一样的名为"全状态自动设定"功能。另一种是"无状态自动设定"功能。

在 IPv4 中,动态主机配置协议(dynamic host configuration protocol,DHCP)实现了主机 IP 地址及其相关配置的自动设置。一个 DHCP 服务器拥有一个 IP 地址池,主机从 DHCP 服务器租借 IP 地址并获得有关的配置信息(如缺省网关、DNS 服务器等),由此达到自动设置主机 IP 地址的目的。IPv6 继承了 IPv4 的这种自动配置服务,并将其称为全状态自动配置(stateful autoconfiguration)。

在无状态自动配置(stateless autoconfiguration)过程中,主机首先通过将它的网卡 MAC 地址附加在链接本地地址前缀 1111111010 之后,产生一个链路本地单点传送地址。接着主机向该地址发出一个被称为邻居发现(neighbor discovery)的请求,以验证地址的唯一性。如果请求没有得到响应,则表明主机自我设置的链路本地单点传送地址是唯一的。否则,主机将使用一个随机产生的接口 ID 组成一个新的链路本地单点传送地址。然后,以该地址为源地址,主机向本地链路中所有路由器多点传送一个被称为路由器请求(router solicitation)的配置信息。路由器以一个包含一个可聚集全球单点传送地址前缀和其他相关配置信息的路由器公告响应该请求。主机用它从路由器得到的全球地址前缀加上自己的接口 ID,自动配置全球地址,然后就可以与 Internet 中的其他主机通信了。使用无状态自动配置,无需手动干预就能够改变网络中所有主机的 IP 地址。

使用 DHCPv6 进行地址自动设定,连接于网络的机器需要查询自动设定用的 DHCP 服务器才能获得地址及其相关配置。可是,在家庭网络中,通常没有 DHCP 服务器,此外在移动环境中往往是临时建立的网络,在这两种情况下,当然使用无状态自动设定方法为宜。

4) 网络层的认证与加密

安全问题始终是与 Internet 相关的一个重要话题。由于在 IP 协议设计之初没有考虑安全性,因而在早期的 Internet 上时常发生诸如企业或机构网络遭到攻击、机密数据被窃取等不幸的事情。为了加强 Internet 的安全性,从 1995 年开始,IETF 着手研究制定了一套用于保护 IP 通信的 IP 安全(IPSec)协议。IPSec 是 IPv4 的一个可选扩展协议,是 IPv6 的一个必须组成部分。

IPSec 的主要功能是在网络层对数据分组提供加密和鉴别等安全服务,它提供了两种安全机制即认证和加密。认证机制使 IP 通信的数据接收方能够确认数据发送方的真实身份以及数据在传输过程中是否遭到改动。加密机制通过对数据进行编码来保证数据的机密性,以防数据在传输过程中被他人截获而失密。IPSec 的认证报头(authentication header,AH)协议定义了认证的应用方法,安全负载封装(encapsulating security payload,ESP)协议定义了加密和可选认证的应用方法。在实际进行 IP 通信时,可以根据安全需求同时使用这两种协议或选择使用其中的一种。AH 和 ESP 都可以提供认证服务,不过,AH 提供的认证服务要强于 ESP。

AH 和 ESP 协议都将安全关联(SA)作为通信的一部分,一个 SA 是两个或多个通信实体间的安全服务方式的关系或合同。SA 可以包含认证算法、加密算法、用于认证和加密的密钥。IP-Sec 使用一种密钥分配和交换协议,如 Internet 安全关联和密钥管理协议(Internet Security Association and Key Management Protocol, ISAKMP),来创建和维护 SA。SA 是一个单向的逻辑连接,也就是说,两个主机之间的认证通信将使用两个 SA,分别用于通信的发送方和接收方。

IPSec 定义了两种类型的 SA,传输模式 SA 和隧道模式 SA。传输模式 SA 是在 IP 报头(以及任何可选的扩展报头)之后和任何高层协议(如 TCP 或 UDP)报头之前插入 AH 或 ESP 报头;隧道模式 SA 是将整个原始的 IP 数据包放入一个新的 IP 数据包中。在采用隧道模式 SA 时,每一个 IP 数据包都有两个 IP 报头,即外部 IP 报头和内部 IP 报头。外部 IP 报头指定将对 IP 数据包进行 IPSec 处理的目的地址,内部 IP 报头指定原始 IP 数据包最终的目的地址。传输模式 SA 只能用于两个主机之间的 IP 通信,而隧道模式 SA 既可以用于两个主机之间的 IP 通信,还可以用于两个安全网关之间或一个主机与一个安全网关之间的 IP 通信。安全网关可以是路由器、防火墙或 VPN 设备。

作为 IPv6 的一个组成部分,IPSec 是一个网络层协议。它只负责其下层的网络安全,并不负责其上层应用的安全,如 Web、电子邮件和文件传输等。也就是说,验证一个 Web 会话,依然需要使用 SSL 协议。不过,TCP/IPv6 协议簇中的协议可以从 IPSec 中受益,例如,用于 IPv6 的 OSPFv6 路由协议就去掉了用于 IPv4 的 OSPF 中的认证机制。

4.4 嵌入式因特网技术

物联网是嵌入式智能终端的网络化形式,嵌入式系统是物联网应用的基础。要想实现物物相连必须首先赋予物体嵌入式智能部件,因此,物联网也可以称为基于互联网的嵌入式系统。物联网的产生是嵌入式系统发展的必然产物。

4.4.1 嵌入式因特网技术的发展

嵌入式 Internet 技术是一种设备接入技术和网络互连技术,主要是通过 Web 和嵌入式技术实现从不同子网、不同物理区域对接入 Internet 的设备和异类子网进行监视、诊断、测试、管理及维护等功能,从而使接入 Internet 的各种设备或其他类型的子网具有远程监视、诊断和管理功能。

嵌入式 Internet 技术的实现方法有多种,在体系结构、芯片组、底层技术、软件技术等方面各有不同。从管理的角度可以把嵌入式 Internet 技术的发展分为三个阶段,即集中式管理阶段、分散式管理阶段、智能管理阶段。在不同的阶段有不同的实现方法。

1)集中式管理阶段

最初,由于硬件技术的发展无法满足嵌入式 Internet 需求,嵌入设备中的芯片没有网络接口而不能支持高端应用。为了使那些没有网络接口的电器设备拥有 IP 地址,以便接入 Internet,一般采用一种前置 PC 的方法,完成 TCP/IP 协议到底层控制协议的转换,称为集中式管理。

2)分散式管理阶段

分散式管理的实现依赖于嵌入式硬件和嵌入式软件的发展,设备直接连接到 Internet 而无需依赖 PC。该技术保留了集中式管理嵌入式 Internet 技术的优点。应用分散式管理的嵌入式 Internet 技术来控制设备,必须把控制模块体积和软件系统做得足够小。

解决了软硬件的问题后,分散式管理阶段的嵌入式 Internet 技术就进入了实用时期。

3)智能管理阶段

不论是集中式管理还是分散式管理,均注重如何将具体的设备真实地嵌入 Internet,从而能通过浏览器来使远程设备动作或监视其状态。进而考虑如何实施更好的远程控制及丰富的控制功能。

设备的智能体现在设备本身对控制者发送的信息的识别和反应是否能满足需求,以及设备本身是否具有处理某些事件的能力,是否能提供对设备的动态设置功能。

在嵌入式 Internet 技术的智能管理阶段,人们不仅需要为设备增加智能功能,而且需要这种技术形成固定的框架支持,从而能够将注意力集中在设备之间的控制逻辑上。

4.4.2 嵌入式 Internet 实现技术

为适应嵌入式分布处理结构和联网需求,嵌入式系统需配备一种或多种网络通信接口。针对外部联网要求,嵌入设备必需配有通信接口,相应地需要 TCP/IP 协议簇软件支持;由于家用电器相互关联(如防盗报警、灯光能源控制、影视设备和信息终端交换信息)及实验现场仪器的协调工作等要求,新一代嵌入式设备还需具备 IEEE 1394、USB、CAN、Bluetooth 或 IrDA 通信接口,同时也需要提供相应的通信组网协议软件和物理层驱动软件。为了支持应用软件的特定编程模式,如 Web 或无线 Web 编程模式,需要相应的浏览器,如 HTML、WML 等。

将嵌入式系统与 Internet 结合起来,主要困难在于 Internet 的各种通信协议对于计算机存储器、运算速度等的要求比较高,而嵌入式系统中除部分 32 位处理器以外,大量存在的是 8 位和 16 位 MCU,支持 TCP/IP 等 Internet 协议将占用大量系统资源,难以实现。

4.4.3 嵌入式 Internet 系统应用

在某些大型公共建筑能耗监控系统中,其数据传输系统基于嵌入式 TCP/IP 协议进行设计。基于嵌入式的数据传输装置采用 STM32 芯片进行设计,以无线方式接收仪表识读装置的数据,再以 TCP/IP 协议通过现有的 Internet 通信主干网将其传输至监测中心。该装置 Internet 通信平均传输速率为 11.35KB/s,具有准确性高,功耗低,稳定性好,支持跨网关通信等优点。

1) 系统架构及硬件设计

智能装置硬件主要包括微控制器、ZigBee 通信模块、电源电路、功能按键、SD 卡文件系统、TCP/IP 协议 PHY 模块等部分,其功能及硬件架构如图 4-3 所示。

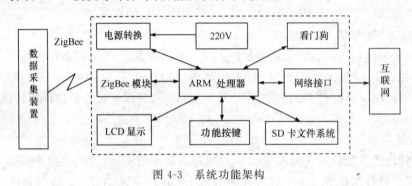

图 4-3 系统功能架构

(1) 核心处理器。

系统选用了 ARM7 微控制器作为核心处理芯片,利用片内集成的 SPI 接口和 UART 异步串行接口等资源与外设进行通信。

(2) 外围电路设计。

电源模块采用电平转换芯片把输入 5V 电源转换为 3.3V,供 ARM 应用。LCD 显示模块采用了 2.8 英寸(in,1in=2.54cm)的 TFT 液晶显示屏,共有 320×240 个像素,可以显示 262K 色。SD 与主芯片之间的通信有两种接口(SD 总线和 SPI 总线)可以选择,本系统选用 SPI 通信协议。ZigBee 模块采用 CC2430 芯片,符合 ZigBee 技术的 2.4GHz 射频标准。

(3) 以太网接口设计。

嵌入式的网络接口通常有以下几种实现方式:

① 使用具有 MAC 层协议的网络接口芯片来实现。这种方法硬件成本较低,但软件开发相对复杂。

② 使用具有 MAC,TCP,UDP 等协议丰富的网络接口芯片来实现。这种方法硬件成本比第一种稍高,但软件开发的复杂性相对低一些。

该系统的设计从可靠性考虑选择了第②种网络接口芯片,主要原因是其中的 TCP,UDP 等重要协议是通过硬件来实现的;硬件的可靠性要比软件高。

2）系统软件设计

（1）系统软件架构设计。

系统软件的主程序流程如图 4-4 所示。其中初始化部分包括芯片时钟的配置,芯片引脚的配置,SPI 总线的初始化,网络芯片的初始化,LCD 的初始化和 SD 卡的初始化。该终端驱动主动判断 ZigBee 模块和网络芯片是否收到信息。如果收到消息,将根据消息的内容做出相应的动作,例如,传输数据、下载数据、显示数据、删除数据、确定计划任务等。

（2）TCP 协议的跨网关通信机制。

在实际使用中,设备经常不是直接连接在因特网上,而是通过局域网连在因特网上。因此,在设计过程中考虑了跨网关通信的问题。

PC 监控中心与网络芯片间的通信属于跨网关通信。两者通信时需要由网络芯片向 PC 发起连接请求。其通信步骤如下:

① PC 中的一个 SOCKET 绑定自身的端口号。

② 网络芯片中的一个 SOCKET 绑定自身的 IP 地址。

③ 此 SOCKET 向 PC 中的目的端口发起连接请求。

④ PC 中的 SOCKET 接收连接请求,并建立 TCP 连接。

⑤ 双方均可利用此连接向对方发送数据。

⑥ 当某一方发起断开请求时连接断开。

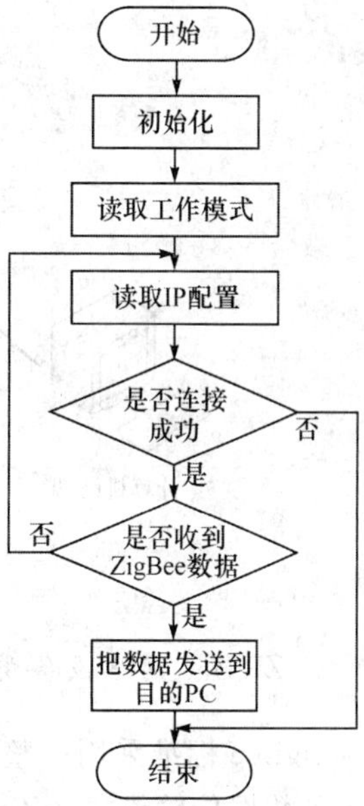

图 4-4　系统主程序流程

4.5　短距无线通信技术

4.5.1　ZigBee 无线通信协议

1. ZigBee 技术简介

ZigBee 技术是一种具有统一技术标准的短距离无线通信技术。它是为低速率控制网络设计的标准无线网络协议,依据 IEEE 802.15.4 标准,在数千个微小的传感器之间相互协调实现通信。这些传感器只需要很少的能量,就能以接力的方式通过无线电波将数据从一个节点传到另一个节点,从而实现在全球 24GHz 免费频带范围内的高效、低速率的通信功能。而 ZigBee 设备则具有能量检测和链路质量指示的功能,并采用了碰撞避免机制,以避免发送数据时产生数据冲突。在网络安全方面,ZigBee 设备采用了密钥长度为 128 位的加密算法,对所传输的数据信息进行加密处理,从而保证了数据传输时的高可靠性和安全性。

目前由 ZigBee 技术构成的网络都仅限于无线个域网拓扑结构,每个接入点所能接纳的传感器的节点数远远低于协议所规定的节点数。在传感器网络中,为了实现密集覆盖的目的,需要进行复杂的组网,这不但增加了网络的复杂性,而且还增加了网络整体的功耗和成本,传感器节点的寿命也将降低。采用 ZigBee 技术构建无线传感器网络将极大改变这种现状。由 ZigBee 技术构建的无线传感器网络具有功耗低、成本低、结构简单、体积小、性价比高、扩展简便、安全可靠等显著特点。它是由一组 ZigBee 节点以 Ad-Hoc 方式构成的无线网络,主要采取协作方式,有效地感知、采集和处理网络覆盖范围内感知对象的信息。传感器网络中的部分或全部节点都是可以移动的,传感器网络的拓扑结构也会随着节点的移动而不断发生变化。

每个传感器节点都具有动态搜索、定位跟踪和恢复连接的能力。这种新兴的无线传感器网络技术有着广泛的应用前景。ZigBee 无线传感器网络体系结构如图 4-5 所示。

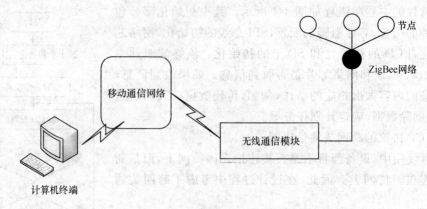

图 4-5　ZigBee 无线传感器网络体系结构

2. ZigBee 网络设备类型

ZigBee 标准采用一整套技术来实现可扩展的、自组织的和自恢复的无线网络,并能够管理各种数据传输模式。ZigBee 网络依据 IEEE 802.15.4 标准,定义了两种类型的物理设备,即全功能设备(full function device,FFD)和简化功能设备(reduced function device,RFD)。

ZigBee 网络中每一个节点都具备一个无线电收发器、一个很小的微控制器和一个能源。这些装置将互相协调工作,以确保数据在网络内进行有效的传输。而在一个网络中只需要一个网络协调者,其他终端设备可以是 RFD,也可以是 FFD。ZigBee 网络中的 FFD 和 RFD 将由微控制器控制。该控制器通过队列串行外设接口与 ZigBee 收发器相连。通常 RFD 由一个简单的微控制器来控制,而对于 FFD 来说,根据其复杂程度及连接的网络特性,控制单元可以是各类低端或高端的微控制器。

依据 IEEE 802.15.4 标准,ZigBee 网络将这两种物理设备在逻辑上又定义成为三类设备,即 ZigBee 协调器、ZigBee 路由器和 ZigBee 终端设备。

3. ZigBee 网络拓扑结构

ZigBee 网络层主要支持三种类型的拓扑结构,即星型网络结构、网状网结构和簇-树状网络结构。

(1) 星型网络结构。

星型网络是由一个 ZigBee 协调点和一个或多个 ZigBee 终端节点构成的。ZigBee 协调点必须是 FFD,位于网络的中心位置,负责发起建立和维护整个网络。其他的节点一般为 RFD,也可以为 FFD,它们分布在 ZigBee 协调点的覆盖范围内,直接与 ZigBee 协调点进行通信。ZigBee 星型网络拓扑结构如图 4-6 所示。

(2) 网状网结构。

网状网一般是由若干个 FFD 连接在一起组成的骨干网。它们之间是完全的对等通信,每一个节点都可以与它的无线通信范围内的其他节点进行通信,但它们中也有一个会被推荐为 ZigBee 的协调点,如可以把第一个在信道中通信的节点作为 ZigBee 协调点。骨干网中的节点还可以连接 FFD 或 RFD 构成以它为协调点的子网。但是由于两个节点之间存在多条路径,使该网络成为一种高冗余的通信网络。ZigBee 网状网拓扑结构如图4-7所示。

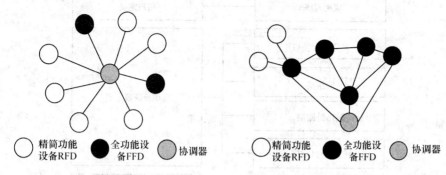

图 4-6　ZigBee 星型网络拓扑结构　　　　图 4-7　ZigBee 网状网拓扑结构

（3）簇-树状网结构。

簇-树状网结构中,节点可以采用 Cluster-Tree 路由来传输数据和控制信息。枝干末端的叶子节点一般为 RFD。每一个在它的覆盖范围中充当协调点的 FFD 向与它相连的节点提供同步服务,而这些协调点又受 ZigBee 协调点的控制。ZigBee 协调点比网络中的其他协调点具有更强的处理能力和存储空间。簇-树状网的一个显著优点就是它的网络覆盖范围非常大,但随着覆盖范围的不断增大,信息传输的延时也会逐渐变大,从而使同步变得越来越复杂。ZigBee 簇-树状网络拓扑结构如图 4-8 所示。

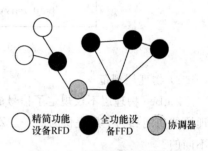

图 4-8　ZigBee 簇-树状网结构

4. ZigBee 网络的协议栈框架结构

1）ZigBee 网络的协议栈概述

基于 IEEE 802.15.4 协议的无线传感器网络,已经成为广泛讨论和研究的课题之一。IEEE 802.15.4 是一个新兴的无线通信协议,是 IEEE 确定的低速个人区域网络的标准。这个标准定义了物理层和媒体接入层。物理层规范定义了网络的工作频段和该频道上传输数据的基准传输率。媒体接入层规范则定义了在同一工作区域内工作的多个 IEEE 802.15.4 无线信号如何共享空中频段。但是,仅定义物理层和媒体接入层是不能完全解决问题的,因为没有统一的规范,不同的生产厂家的设备之间还存在着兼容性问题,所以 ZigBee 联盟应运而生,众多的厂家一起推出了一套标准化的平台。这样,ZigBee 就从 IEEE 802.15.4 标准开始着手,定义了允许不同厂商制造的设备相互兼容的应用技术规范。

ZigBee 协议栈是由一组子层构成的。每层都为其上层提供一组特定的服务,即一个数据实体提供数据传输服务,而另一个管理实体提供全部其他服务。每个服务实体都通过一个服务接入点(SAP)为其上层提供相应的服务接口,并且每个 SAP 提供了一系列的基本服务指令来完成相应的功能。IEEE 802.15.4 标准定义了最下面的两层,物理层和媒体接入层。而 ZigBee 联盟提供了网络层和应用层(APL)框架的设计。其中应用层的框架包括了应用支持子层(APS)、ZigBee 设备对象(ZDO)和由制造商制订的应用对象。同常见的无线通信标准相比,ZigBee 协议栈紧凑而简单,其实现的要求较低。图 4-9 给出 ZigBee 协议栈的总体框架结构。

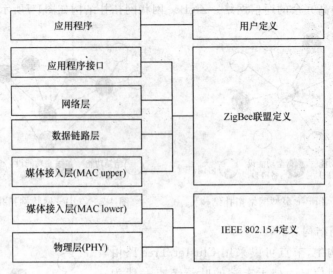

図 4-9　ZigBee 协议栈的总体框架结构

2）物理层规范

ZigBee 物理层不仅规定了信号的工作频率范围、调制方式和传输速率,而且还规定了物理层的功能和为上层提供的服务。ZigBee 技术为不同的国家和地区提供的工作频率范围是不同的。

ZigBee 物理层通过射频固件和射频硬件提供了一个从媒体接入层到物理层无线信道的接口。在物理层中,存在数据服务接入点和物理层实体服务接入点。数据服务接入点主要支持在对等连接 MAC 层的实体之间传输协议数据单元,提供数据传输和接收服务;物理层实体服务接入点通过调用物理层的管理功能函数,为物理层管理服务提供相应的接口,同时还负责维护由物理层所管理的目标数据库,在数据库中包含了物理层个域网的基本信息。

3）媒体接入层协议规范

ZigBee 媒体接入层采用的是 IEEE 802.15.4 标准的 MAC 层协议规范。MAC 层处理所有物理层无线信道的接入,它通过两个不同的服务接入点提供两种不同的 MAC 服务,即 MAC 层通过子层服务接入点提供数据服务,通过管理实体服务接入点提供管理服务。MAC 层的主要功能为网络协调器产生网络信标并与信标同步,个域网链路的建立与断开,为设备的安全性提供保障,信道接入方式采用避免冲突的载波检测多址接入机制以及处理与维护保护时隙机制,并能在两个对等的 MAC 实体之间提供一条可靠的通信链路。

MAC 层的数据服务是子层服务接入点提供的数据传输服务,它为上层协议和物理层之间的数据传输提供接口,实现了数据发送与接收以及清除 MAC 层的事务处理排列表的一个数据单元等服务。MAC 层的管理服务允许上层实体与 MAC 层管理实体之间传输管理指令,其功能分别为设备通信链路的连接与断开管理、信标管理、个域网信息库管理、孤点管理、复位管理、接收管理、信道扫描管理、通信状态管理、设备的状态设置以及启动和网络同步等。

4）网络层协议规范

ZigBee 网络层的主要功能就是提供一些必要的函数,以确保 MAC 层能够正常工作,并为应用层提供合适的服务接口。为了向应用层提供服务接口,网络层提供了两个必须的功能服务实体,即数据服务实体和管理服务实体。数据服务实体通过相应的服务接入点提供数据传输服务。而管理实体则通过管理实体服务接入点提供网络管理服务。这种管理实体还利用网络层数据实体完成一些网络的管理工作,并对网络信息库进行维护与管理。网络层数据实体为数据提供服务,在两个或者更多的设备之间传送数据时,应该按照应用协议数据单元所规定的格式进行传送,并且这些设备必须在同一个网络中。网络层数据实体提供的服务主要包括:

(1) 生成网络协议数据单元。网络层数据实体通过增加一个适当的协议头,从应用支持层协议数据单元中生成网络层的协议数据单元。

(2) 指定拓扑传输路由。网络层数据实体能够发送一个网络层的协议数据单元到一个合适的设备,该设备可能是最终目的通信设备,也可能是在通信链路中的一个中间通信设备。

ZigBee 网络层支持星型、簇-树型和网状网型拓扑结构。在星型拓扑结构中,整个网络由一个称为 ZigBee 协调器的设备来控制。ZigBee 协调器负责发起和维持网络正常工作,保持同网络终端设备的通信。在网状网型和簇-树型拓扑结构中,ZigBee 协调器负责启动网络并选择关键的网络参数,同时也可以通过使用 ZigBee 路由器来扩展网络结构。簇-树状网络中,路由器采用分级路由策略来传送数据和控制信息。这种网络可以采用基于信标的方式进行通信;而在网状网结构中,设备之间使用完全对等的通信方式,并且 ZigBee 路由器将不再发送通信信标。

5) 应用层协议规范

ZigBee 应用层由应用支持子层、应用层框架和 ZigBee 应用对象(ZDO)三个部分构成,具体功能描述如下:

(1) 应用支持子层(APS)为网络层和应用层利用 ZigBee 设备对象和制造商定义的应用对象所使用的一组服务提供了接口。这种接口通过两种实体为 ZigBee 设备对象与制造商定义的应用对象提供数据服务和管理服务。应用支持子层数据实体(APSDE)通过与之相连的服务接入点,即 APSDE-SAP 提供数据传输服务。而应用支持子层管理实体(APSME)通过与之相连的服务接入点,即 APSME-SAP 提供管理服务,并且维护一个管理实体数据库,即应用支持子层信息库(NIB)。

(2) ZigBee 中的应用框架为驻扎在 ZigBee 设备中的应用对象提供了活动的环境。最多可以定义 240 个相对独立的应用程序对象,任何一个对象的端点编号都是从 1 到 240。同时还有两个附加的终端节点为 APSDE-SAP 服务接入点使用,即端点号 0 用于 ZDO 数据接口,而另一个端点 255 作为所有应用对象广播数据的数据接口。

(3) ZigBee 设备对象是一个基本的功能函数,它在应用对象、设备 profile 和 APS 之间提供了一个接口。ZDO 位于应用框架和应用支持子层之间,满足所有在 ZigBee 协议栈中应用操作的一般需求。ZDO 的主要作用为,首先,初始化应用支持子层,网络层和安全服务规范;其次,从终端应用中集合配置信息来确定安全管理、网络管理和绑定管理。ZDO 还描述了应用框架层的应用对象的公用接口,以及控制设备和应用对象的网络功能。在终端节点上,ZDO 提供了与协议栈中低一层相衔接的接口,如果是数据就通过 APSDE-SAP 服务接入点,而如果是控制信息则通过 APSME-SAP 服务接入点。对于 ZigBee 应用层来说,ZDO 具有非常重要的作用。

6) 安全服务协议规范

ZigBee 技术协议支持几种安全服务,包括访问控制、数据加密、帧完整性和序列更新等。协议中还提供了三种安全模式,即非安全模式、接入控制列表(ACL)模式和安全模式。

5. ZigBee 网络的主要特点

ZigBee 技术在构建无线传感器网络时具有如下的显著特点：

(1) 数据传输速率较低。ZigBee 技术的最大传输速率只有 250kb/s,主要致力于低速率传输应用。

(2) 设备省电,功耗极低。ZigBee 技术采用了多种节电的工作模式,可以确保电池拥有较长的使用时间。此外,ZigBee 技术还具有超强的抗干扰性能。

(3) 通信可靠性高,数据安全。ZigBee 采用了 CSMA-CA 避免碰撞机制,同时为需要固定带宽的通信业务预留了专用时隙,避免了发送数据时的竞争与冲突。在 MAC 层中还采用了完全确认的数据传输机制,每一个发送的数据包都必须等待接收方的确认信息,其通信可靠性非常高。另外,ZigBee 还提供了数据完整性检查和鉴权功能,加密算法采用 AES-128 安全方案,同时协议栈的各层可以灵活确定其安全属性。

(4) 网络的自组织、自愈能力强。ZigBee 网络不需要人工干预,网络节点能够感知其他节点的存在,并确定连接关系,构成结构化的网络。ZigBee 网络在增加或者删除一个节点、节点位置发生变动、节点发生故障等状态下,网络都能够自我修复,并对网络拓扑结构进行相应地调整,保证整个系统正常的工作。

(5) 时延短,设备接入网络快。通常设备接入网络的时延为 15～30ms,因此设备接入网络和数据传送的延时很短,适合实时的监测和控制应用。

(6) 网络容量大。在每一个信道上最多能存在 100 个网络,而每一个网络可以容纳最多高达 255 个网络设备,适合大规模无线传感器网络的应用。

4.5.2 蓝牙网络技术

1. 蓝牙技术概述

蓝牙是一种低成本、短距离的无线连接开放性技术标准,工作于全球统一的 2.4GHz ISM 频段。蓝牙具有较强的抗干扰能力,其标准的有效传输距离 10m,通过添加放大器可将传输距离增加到 100m。跳频是蓝牙采用的关键技术之一。对应单时隙分组,蓝牙的跳频速率为 1600 跳/s;对于多时隙分组,跳频速率有所降低;但在链路建立的过程中则提高为 3200 跳/s。

蓝牙采用时分双工方式进行通信,最高基带的数据速率为 3Mb/s,采用数据分组(包)的形式按时隙传送。蓝牙系统支持实时的同步面向连接和非实时的异步无连接,即 SCO 链路和 ACL 链路。SCO 链路主要传送语音等实时性强的信息,在规定的时隙传输;ACL 链路主要是数据传输,可在任意时隙传输。SCO 链路的优先级高于 ACL 链路。数据分组分为三大类,链路控制数据分组、SCO 数据分组和 ACL 数据分组。SCO 和 ACL 数据分组可分别定义 12 种,大多数数据分组只占用 1 个时隙,有些数据分组占用 3 个或 5 个时隙。

多个蓝牙设备可以采用主-从结构构成一个蓝牙微微网(piconet)。一个微微网只有一个主设备,一个主设备可与最多七个活动的从设备构成一个蓝牙微微网,但是同时还可以有多个隶属于该主设备的休眠(parked)从设备。多个微微网可构成蓝牙散射网(scattemet)。散射网是多个微微网在时空上相互重叠组成的比微微网覆盖范围更大的蓝牙网络。从设备可以通过时分复用的机制加入不同的微微网,而且一个微微网的主设备可以成为另一个微微网的从设备。每个微微网都有自己的跳频序列,它们之间跳频并不同步,这样就降低了同频干扰。

蓝牙的通信协议采用层次式结构。蓝牙协议可以分为 4 层,即核心协议层、电缆替代协议层、电话控制协议层和可选协议层。蓝牙的核心协议包括基带协议(baseband)、链路管理协议(LMP)、逻辑链路控制与适应协议(L2CAP)以及业务搜寻协议(SDP)四部分;电缆替代协议层包括基于 TS 07.10 的 RFCOMM 协议;电话控制协议层包括 TCS 二进制、AT 命令集;可选协议根据不同的应用可以包括很多,例如,PPP、UDP/TCP/IP、OBEX、WAP 等。除上述协议层外,规范还定义了主机控制器接口 HCI(host control interface),它为基带控制器、链路管理器、硬件状态和控制寄存器提供命令接口。以 HCI 作为分界线,将蓝牙协议分为底层和高层。底层为各类应用所通用,高层则视具体应用而有所不同。通过 HCI 来实现高层和底层的连接。层次结构使设备具有最大的通用性和灵活性。根据通信协议,各种蓝牙设备无论在任何地方,都可以通过人工或自动查询来发现其他蓝牙设备,从而构成微微网和散射网,实现系统提供的各种功能,使用起来十分方便。

蓝牙技术的特点是低成本、低功耗。蓝牙在激活(active)模式的最大发射功率为 100mW,同时蓝牙提供了多种节电工作模式如侦听(sniff)模式、保持(hold)模式和休眠(park)模式。这些模式有效地降低了蓝牙的功耗。蓝牙在各个方面采用的技术都为相对来说比较简单和成熟的技术。比如在调制方面,采用最小高斯频移键控(GFSK)方式;在纠、检错方面,采用 16 位的循环冗余校验(CRC)以及 1/3 和 2/3 前向纠错编码(FEC)。这些技术都可利用简单的电路实现,所以相对其他先进和复杂的技术而言,成本较低。

2. 蓝牙射频技术

蓝牙技术工作在 2.4GHz 的 ISM(industrial scientific medical)频段。在该频段里,以 1MHz 的带宽为间隔设立了 79 个射频跳频点。某些国家缩减了带宽,在该频段里设立了 23 个射频跳频点,带宽仍以 1MHz 为间隔。

为对抗干扰和衰落,信道使用一组伪随机跳频序列,经 79 或 23 个射频跳频点的跳频序列来表示。跳频序列对微微网是唯一的,而且由主设备地址确定,跳频序列的相位由主设备的时钟确定。信道被划分为时隙(时间片)的形式,且每一时隙对应一个射频跳频点。连续跳频对不同的射频跳频模式,在连接状态时跳频的速率为 1600 跳/s,其他状态为 3200 跳/s,参加微微网的全部蓝牙设备与主设备信道保持时间和跳频同步。

蓝牙系统中主、从单元的分组传输采用分时双工(TDD)交替传输方式,所以在系统中规定主单元采用偶数编号时隙开始信息传输,而从单元则采用奇数编号时隙开始信息传输。分组起始位置与时隙起始点相吻合。

射频跳频在分组传输期间保持不变。对于单时隙分组,RF 跳频以当前蓝牙时钟值作为基点。对于多时隙分组来讲,射频跳频以蓝牙中第一个分组时隙的时钟值作为整个分组基点。在多时隙分组的第一个时隙里的射频跳频将认为由当前蓝牙时钟值确定的频率。

蓝牙的基本调制方式为 GFSK(Gaussian frequency shift keying)。其调制系数为 0.28～0.35。二进制的"1"用正频偏表示,"0"用负频偏表示。最大频偏为 140～175kHz。其位速率为 1Mb/s。在蓝牙的最新协议 2.0EDR(enhanced data rate)中,增加了 PSK 调制方式。可实现 2Mb/s 和 3Mb/s 的位速率。

3. 蓝牙基带传输

蓝牙系统中有两种物理链路,异步无连接链路 ACL(asynchronous connectionless)和同步面向连接链路 SCO(synchronous connection oriented)。ACL 链路主要用于对时间要求不敏感的数据传输,如文件传输;SCO 链路主要用于对时间要求很高的数据通信,如语音。它们有着各自的特点、性能与收发规则。

蓝牙系统采用了分组(包)的传输方式,将信息分组打包,时间划分为时隙,每个时隙发送一个分组包。在蓝牙基带协议中定义了分组的编码序列。每一分组由三部分组成,接入码(access code)、分组头(header)和有效载荷(payload)。

如果接入码之后有分组头信息,则长度为 72 位。它主要用于同步、DC 补偿平衡和识别,对于至关重要的接入地址单元采用(64,30)BCH 编码和 64 位 PN 码异或而成。该编码的最小汉明码离为 14,纠错能力极强。

分组头包含链路控制信息,信息长度为 18 位,经过 1/3 速率的 FEC 编码形成 54 位的头序列。这是一种较简单的纠错码方式,对每位信息采用了三位重复码。在分组头中定义了分组的类型,其中能够进行信息传输的是 ACL 分组和 SCO 分组。SCO 分组采用电路交换方式,进行同步传输,该分组不包括循环冗余检测(CRC)码,而且不允许重传,目前主要用于 64kb/s 的话音传输。真正适用于数据传输是 ACL 分组,该分组采用分组交换方式,进行异步传输。目前已定义了七种 ACL 分组,为 DHI、DMI、DH3、DM3、DHS、DMS、AUX。

4. 蓝牙组网技术

蓝牙技术是一种支持点对点或点对多点的话音、数据业务的短距离无线通信技术。蓝牙系统采用一种灵活的无基站的组网方式,使得一个蓝牙设备可同时与其他蓝牙设备相连,这样就形成了蓝牙微微网。蓝牙微微网可以只是两台相连的设备,比如一台便携式电脑和一部移动电话,也可以是多台连在一起的设备。蓝牙微微网采用的是主从结构在微微网初建时,定义其中一个蓝牙设备为主设备,其余为从设备。一个主设备最多可同时与七个从设备进行通信,这些从设备称为激活从设备(active slave)。但是同时还可以有多个隶属于这个主设备的休眠(parked)从设备。这些休眠从设备不进行实际有效数据的收发,但是仍然和主设备保持时钟同步,以便将来快速加入微微网。不论是激活从设备还是休眠从设备,信道参数都是由微微网的主设备进行控制的。在微微网内主设备通过一定的轮询的方式和所有的活动从设备进行通信。

多个微微网可构成蓝牙散射网。散射网是多个微微网在时空上相互重叠组成的比微微网覆盖范围更大的蓝牙网络。从设备可以通过时分复用的机制加入不同的微微网,而且一个微微网的主设备可以成为另一个微微网的从设备。每个微微网都有自己的跳频序列,它们之间跳频并不同步,这样就降低了同频干扰。

4.5.3 WLAN 通信技术

1. WLAN 概述

IEEE 802.11 工作组在 20 世纪 90 年代初开始制定一种无线局域网(wireless local area network,WLAN)标准。典型的 WLAN 网络架构有两种,基础式网络架构(infrastructure)和分布对等式网络架构(Ad Hoc)。组成无线网络的物理设备包括无线终端(STA)、无线接入点

（AP）、无线集线器等。

（1）基础式网络。基础式网络架构是一种集中控制的通信网络，网络中至少要存在一个无线接入点 AP 作为集中控制点，无线终端 STA 一般要通过 AP 与其他 STA 进行通信或者通过 AP 与有线网络相连来访问外网，如图 4-10 所示。每个 AP 通常能够覆盖几十个 STA，覆盖半径一般有数百米。

（2）分布对等式网络。分布对等式网络是一种分布式的通信网络，它不存在集中控制点 AP，网络中至少包括两个无线站点，是一种典型的、以自发方式构成的无线网络，如图 4-11 所示。在分布对等式网络中，任意无线站点之间可直接通信，无需 AP 进行转接。由于无需 AP 的集中控制，因此站点与站点之间的关系是对等的、分布式的。分布式对等网络组网自由，可随时随地进行组网，灵活度比较大，但是由于同时竞争信道，传输效率比较低，只能适合组建人数比较少、范围比较窄的网络。分布对等式网络在军事上用途比较大。

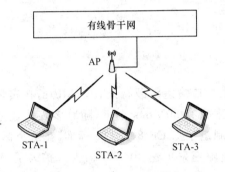

图 4-10　WLAN 基础式网络

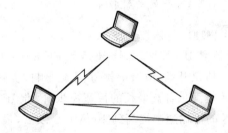

图 4-11　分布对等式网络

2. WLAN 分层协议

从网络模型层次上看，IEEE 802.11 协议只定义了两个层次的功能即物理层（PHY）和媒体接入控制 MAC，如图 4-12 所示。目前已经推出的标准有 IEEE 802.11、IEEE 802.11b、IEEE 802.11a、IEEE 802.119、IEEE 802.111，还包括 IEEE 802.11e、IEEE 802.11f、IEEE 802.11n。不同的标准定义了不同的物理层或者数据链路层协议规范。

数据链路层	LLC	MAC管理层
	MAC	
物理层	PLCP	PHY管理子层
	PMD	

图 4-12　WLAN 系统分层模型

目前的物理层标准主要是 IEEE 802.11a/b/g，其中定义了三种物理层协议规范。IEEE 802.11b 物理层定义的工作频段为 2.4GHz，使用直接序列扩展频谱（DSSS）调制技术，能够提供的数据传输速率最高可达 11Mb/s，能够传输的最大距离为 100m。IEEE 802.11a 物理层协议规范定义的工作频段为 5GHz，调制技术使用正交频分复用（OFDM）技术，能够提供的最高数据传输速率为 54Mb/s,最大传输距离为 80m。IEEE 802.11g 物理层协议规范定义的工作频段为 2.4GHz,同时调制技术使用 OFDM 技术,最高数据传输速率可达 54Mb/s,最大传输距离可达 150m。

媒体访问控制协议(MAC)层分为 MAC 子层和 MAC 管理子层,具有无线信道访问、网络连接、用户身份鉴别、数据验证和加解密等功能。MAC 子层用来描述和实施网上各站点对无线信道的多址接入,以解决网络中节点应以怎样的规则共享信道才能保证公平和满意的网络性能。MAC 管理子层主要负责 ESS 漫游管理、电源管理,还有登记过程中的关联、去关联以及要求关联等过程的管理。MAC 子层是 WLAN 网络的关键技术之一,局域网的网络性能(如吞吐量、延迟、丢包率等性能)完全取决于所采用的 MAC 协议。传统 WLAN 的 MAC 子层采用的是载波监听多路访问/冲突避免(CSMA/CA)协议,CSMA/CA 协议比较适合突发性较大的业务种类,如数据业务,可以提供较短的响应时间,较高的传输带宽。但是,随着实时业务的发展,CSMA/CA 协议已不适应业务发展的需求。

3. WLAN 中的关键技术

1)物理层传输技术

不管是 IEEE 802.11a 还是 IEEE 802.11g,数据传输速率最高只有 54Mb/s,在实际应用中,由于协议开销、信道干扰等因素影响,实际速率只有 30Mb/s 上下,随着多媒体业务的发展,已不能满足日益增长的带宽需求,因此 IEEE 制定了 IEEE 802.11n 标准,在这个标准中,WLAN 的传输速率提高到 100Mb/s 以上,最高传输速率可达 400Mb/s,大大扩大了 WLAN 的应用范围。同时,为了兼容以前的协议,它的物理层工作在 2.4GHz 和 5GHz 两个频段上。此外,IEEE 802.11n 还准备采用最近才发展起来的高级物理层传输技术,比如 MIMO、智能天线和软件无线电技术等,不仅可以提高数据传输速率,而且传输距离也得到了扩展,提高了网络传输性能。

2)上行信道接入机制

传统的无线局域网信道访问机制采用的是载波监听、多点接入/冲突避免(CSMA/CA)机制,在这种机制下所有的站点公平地竞争信道,没有对业务区分等级,只提供"尽力而为"的数据服务。随着业务类型的增多,实时业务比重的加大,CSMA/CA 机制已经越来越不能满足需求,为此 IEEE 802.11 标准制定了点协调功能 PCF,在一定程度上满足了实时业务的需求,但是 PCF 有很多缺陷,设备制造商支持的很少,IEEE 又于 2005 年制定了新的 IEEE 802.11a 协议,IEEE 802.11e 协议增加了很多有关 QoS 的内容,无论是对数据服务,还是对实时业务服务,都提供了很好的支持。

3)安全

与有线网络不同,WLAN 是通过无线信号来进行数据通信的,只要无线信号强度衰减得不是很厉害,网络内的任何一个站点都能接收到信号,这就造成了很大的安全隐患。WLAN 网络的安全性一直是研究的热点。目前应用比较广泛的技术包括 SSID、ACL 和 WEP,这些技术都大大增强了 WLAN 网络的安全性,但是这些技术都不够全面,存在或多或少的缺陷,为此,IEEE 特别制定了 IEEE 802.11i 标准,这个标准专门针对安全问题制定了一系列的规范。

IEEE 802.11i 标准对 WLAN 的 MAC 层进行了修改和补充,结合 IEEE 802.1x 协议、临时密钥完整性协议 TKIP 以及高级加密标准 AES 等先进安全协议标准,定义了严格的加解密规范和用户身份、设备验证机制,有效地改善了 WLAN 网络的安全性。IEEE 802.11i 标准主要包括两个方面,WLAN 保护访问技术 WPA 和网络安全增强技术 RSN。

4) 漫游

无线局域网范围有限,而用户一般又不会局限在这个小小的网络中,因此在不同无线网络间的漫游也是 WLAN 必须要解决的问题,为此,IEEE 制定了 IEEE 802.11f 协议。这个协议定义了接入点内部协议 IAPP(inter-access point protocol),制定了 AP 间相互交流用户信息的规范。IAPP 协议的目的是向用户提供在 AP 间自由移动的功能,并保证在任何时刻,每个移动终端只能与一个 AP 保持连接关系。IEEE 802.11f 协议满足了用户对移动性的需求。

4.5.4 超宽带通信技术

1. 超宽带技术概述

超宽带(ultra wide band,UWB)技术是一种以极低的功率(约 20mW),在极宽的频谱范围内(最高可达 7.5GHz)以较大的速率(可高达 500Mb/s 以上)传输信息的无线通信技术。传统的通信技术是把信号从基带调制到载波上,但宽带通信则具有很大的调制带宽或较高的数据传输率,UWB 通过对具有很陡上升和下降时间的冲击脉冲进行直接调制,故其信号带宽非常大,远远大于通常的调制信号所占的带宽。一般的 UWB 系统带宽为 2GHz 甚至更宽,其基本原理是通过时间上顺序发送一系列功率极低的冲击脉冲来实现。这样的宽频谱、低功耗、脉冲型的信号比传统窄带技术产生更少的信号干扰,在室内等环境可以提供类似有线通信技术的通信效果。UWB 技术解决了困扰传统无线技术多年的有关传播方面的重大难题,开发了一个具有千兆赫兹容量和最高空间容量的新无线信道;同时,它对信道衰减不敏感,能够提供厘米级定位精度。尤其适用于室内等密集多径的高速无线接入和军事领域的应用。

2. 超宽带通信技术特点

UWB 通信技术与其他通信技术的主要区别在于它在发射机和接收机之间采用很窄的射频脉冲进行通信。应用超短脉冲作为信息的载体使 UWB 通信系统具有如下特点:

(1) 系统结构简单。无线通信技术使用的载波是连续的电波,载波的频率和功率在一定范围内变化,利用载波的状态变化传输信息。而 UWB 通信不使用载波,不需要传统收发器所需要的上变频,从而不需要功率放大器与混频器。在接收端 UWB 接收机也有别于传统的接收机,不需要中频处理,因此,UWB 系统结构比较简单。

(2) 传输速率高。信号采用基带传输,通过直接发送纳秒量级的脉冲信号传送数据。由于这些脉冲信号的持续时间极窄(通常为 $0.1\sim1.5\text{ns}$),所以频带极宽(数兆赫兹到数吉赫兹)。由香农定理可知,在信噪比一定的情况下,数据速率和通信带宽成正比,所以 UWB 的数据速率可以达到几十兆比特每秒(Mb/s)到几百兆比特每秒,速率高于蓝牙通信,也可以高于 IEEE 802.11a 和 IEEE 802.11b。

(3) 与其他通信系统共享频谱资源。功率限制使 UWB 信号存在于典型的窄带接收机的噪声底限之下,因而使 UWB 系统能与当前的无线业务共存。换言之,UWB 技术并不单独占用已经拥挤不堪的频谱资源,而是共享其他无线技术使用的频带。

(4) 功耗低。UWB 系统使用间歇的脉冲来发送数据,脉冲持续时间很短,一般为 $0.1\sim1.5\text{ns}$,且有很低的占空比,所以消耗电能很小。在高速通信时,系统的耗电量仅为几百微瓦到几十毫瓦。民用的 UWB 设备功率一般是传统移动电话所需功率的 1/100 左右,是蓝牙设备所需功率的 1/20 左右。军用的 UWB 电台耗电也非常低。因此,UWB 设备在电池寿命和电磁辐射上,相对于传统无线设备有着很大的优越性。

(5)抗干扰性能强。通信通常采用跳时扩频或直接序列扩频技术将微弱的无线电脉冲信号分散在宽阔的频带中,接收机只有已知发送端扩频码时才能解调出发射数据。对一般通信系统而言,UWB 信号相当于白噪声信号,并且大多数情况下 UWB 信号的功率谱密度低于自然界的电子噪声,从电子噪声中将 UWB 脉冲信号检测出来是一件很困难的事情。所以,与 IEEE 802.11a、IEEE 802.11b 和蓝牙相比,在同等码速条件下,UWB 具有更强的抗干扰能力。

(6)定位精确。采用 UWB 无线电通信容易将定位与通信合一,而常规无线电难以做到这一点。UWB 无线电具有较强的穿透能力,可在室内和地下进行精确定位,而 GPS 定位系统只能工作在 GPS 定位卫星的可视范围之内,与 GPS 提供绝对地理位置不同的是超短脉冲定位器可以给出相对位置,其定位精度可达厘米级。

(7)超强的穿透性。UWB 系统能够有效地穿透不同的材料。在范围宽广的 UWB 频谱中所包含的低频成分为长波,这使 UWB 信号能够穿透多种障碍物。该特性使 UWB 信号适用于需要穿透墙体的通信系统以及穿透地面的雷达。

3. UWB 应用

UWB 的容量优势主要体现在 10m 左右的覆盖区域,故 UWB 的民用主要定位于一定范围的 WPAN。UWB 在高速 WPAN 中主要解决个人空间内各种办公设备及消费类电子产品之间的无线连接,以实现海量信息的快速交换、处理、存储等,具体包括:

(1)家庭多媒体应用。随着家用电器向数字化、智能化、网络化的方向发展,UWB 技术可为音视频娱乐设备(如机顶盒、DVD、数码摄像机、数字电视、打印机等)提供高速无线连接,即无需使用电缆即可建立家庭多媒体网络。

(2)计算机桌面应用。采用 UWB 技术将电脑、键盘、显示器、扬声器、打印机、扫描仪、鼠标、移动硬盘等一系列外部设备以无线的方式连接起来,改善线路连接情况。

(3)多媒体会议应用。参会人员坐在会议室中,利用自己的便携式电脑组建临时性的自组织网络,自由地交换各种信息,共享投影仪、打印机等设备。

UWB 在低速 WRAN 中的应用主要包含家庭自动化、资产跟踪、工业控制、环境监测、智能交通、医疗监护、安全与风险控制等。这类应用对传输速率要求较低,但它们对成本和功耗的要求很高,在很多应用中还要求提供精确的距离或定位信息。

4.6 现场控制网络通信

4.6.1 现场总线简介

现场总线是一种串行的数字数据通信链路,它沟通了过程控制领域的基本控制设备(现场级设备)之间以及更高层次自动控制领域的自动化控制设备(高级控制层)之间的联系。由现场总线形成的新型的网络集成控制系统-现场总线控制系统是一个开放的通信网络,是物联网感知网络层的重要组成部分,具备以下的技术特点。

现场总线与传统的过程控制系统相比具有如下优点:

(1)系统的开放性。它可以与世界上任何地方遵守相同标准的其他设备或系统连接。通信协议一致公开,各不同厂家的设备之间可实现信息交换。用户可以按照自己的需要和考虑,把来自不同供应商的产品组成大小随意的系统。

(2)互操作性和互用性。互可操作性,是指实现互联设备间和系统间的信息传送与沟通,而互用则意味着不同生产厂家的性能类似的设备可以实现相互替换。

(3)系统结构的高度分散性。现场总线已构成一种新的全分散性控制系统的体系结构。从根本上改变了现有DCS集中与分散相结合的集散控制系统体系,简化了系统结构,提高了可靠性。

(4)对现场环境的适应性。工作在生产现场前端,作为工厂网络底层的现场总线,是专为现场环境而设计的,可支持双绞线、同轴电缆、光缆、射频、红外线、电力线等,具有较强的抗干扰能力,能采用两线制实现供电与通信,并可满足本质安全防爆要求等。

(5)可控状态。操作员在控制室既可以了解现场设备或现场仪表的工作状态,也能对其进行参数调整,还可以预测和寻找事故。现场设备始终处于操作员的远程监视与可控状态下,提高了系统的可靠性、可控性和可维护性。

(6)互换性。用户可以自由选择不同制造商提供的性能价格比最优的现场设备或现场仪表,并将不同品牌的仪表进行互换。即使某台仪表发生故障,换上其他品牌的同类仪表,系统仍能照常工作,实现即接即用。

(7)统一组态。由于现场设备或现场仪表都引入了功能块的概念,所以制造商都使用相同的功能块,并统一组态方法,这样就使组态非常简单,用户不需要因为现场设备或现场仪表的不同而采用不同的组态方法。

4.6.2 基金会现场总线

基金会现场总线(foundation fieldbus,FF)是由现场总线基金会组织开发的。它是为适应自动化系统、特别是过程自动化系统在功能、环境与技术上的需要而专门设计的。FF现场总线是一种全数字、串行、双向通信协议,已得到世界上主要的自动控制设备提供商的广泛支持。

1. 基金会现场总线网络模型

基金会现场总线采用国际标准化组织ISO的开放性系统互联OSI的简化模型(物理层、数据链路层、应用层),另外增加了用户层。

FF现场总线分为H1和H2两级总线。H1采用符合IEC 61158-2标准的现场总线物理层;H2则采用高速以太网为物理层。前者传输速率为31.25kb/s,通信距离可达1900m;后者传输速率为1Mb/s和2.5Mb/s,通信距离为750m和500m。

H1现场总线物理层的主要电气特性如下:采用位同步数字化传输方式;传输波特率为31.25kb/s;驱动电压为9~32VDC;信号电流为±9mA;电缆形式为屏蔽双绞线;接线拓扑结构可采用总线型、树型、星型或者复合型;电缆长度小于或等于1900m(无中继器时);分支电缆的长度为30~120m;挂接设备数量小于或等于32台(无中继器时);可用中继器小于或等于4台;适用防爆领域应用等。

H1现场总线在一根屏蔽双绞线电缆上完成对多台现场仪表的供电和双向数字通信。控制系统所配置的H1网卡通常只负责与现场仪表的双向通信。而总线的供电则需由专门的FF配电器完成。H1总线以段为单位,每块H1网卡有两个端口,每个端口连接一个段,而每一段需要配一台 FF 配电器。总线的两端还需各配一个终端电阻,以消除高频信号的回声。

FF(HSE)现场总线即为 IEC 定义的 H2 总线,它由 FF 组织负责开发,并采用已广泛应用于 IT 产业的高速以太网标准。该总线使用框架式以太网(shelf ethernet)技术,传输速率从 100Mb/s 到 1Gb/s 或更高。HSE 支持 IEC 61158 现场总线的各项功能,诸如功能块和装置描述语言等,并允许基于以太网的装置通过一种连接设备与 H1 装置相连接。连接到设备上的 H1 装置无需主系统的干预就可以进行对等层通信。连接到一个连接装置上的 H1 设备同样无须主系统的干预也可以与另一个连接装置上的 H1 装置直接进行通信。

HSE 总线成功地采用 CSMA/CD 链路控制协议和 TCP/IP 传输协议,并使用了高速以太网 IEEE 802.3μ 标准,使其更有发展前景。

2. HSE 功能及特点

HSE 除了具有高带宽和更好的开放性之外,还具有灵活的网络和设备冗余形式以及灵活功能块技术。

1) 冗余形式

冗余设计是 HSE 的特色之一。HSE 规范支持包括标准以太网应有的冗余,HSE 冗余提供通信路径冗余(冗余网络)和设备冗余两类,允许所有端口通过选择连接。

通信路径冗余是 HSE 交换机、链接设备和主机系统之间的物理层介质冗余,或称介质冗余。冗余路径对应用是透明的,当其中一条路径发生中断时,可选用另一条路径通信。而设备冗余是为了防止由于单个 HSE 设备的故障造成控制失败,在同一网络中附加多个相同设备。HSE 设备中专门设计了 LAN 冗余实体,提供容错处理,周期性地发送和接收冗余诊断信息。每个 HSE 设备通过诊断信息建立一个网络状态表,记录网络中所有 HSE 设备的状态信息,据此选择决定使用哪条路径或端口来传送信息,HSE 的容错处理方法增强了控制网络的可靠性和安全性。

2) 灵活功能模块

HSE 不仅支持 FF 所有标准功能块,而且增加了灵活功能块(flexible function blocks,FFB),以实现离散控制。灵活功能块是具体应用于混合、离散控制和 I/O 子系统集成的功能模块,包含了 8 个通道的多路模拟量输入输出、离散量输入输出和特殊应用块,并使用 IEC 61131-3定义的标准编程语言,也可以适用于 H1 中。灵活功能块的应用包括联动驱动、监控数据获取、批处理、先进 I/O 子系统接口等。它支持多路技术、PLC 和网关,为用户提供标准化的企业综合协议。

3. 基金会现场总线网络拓扑结构

FF 现场总线网络结构与接线安装规定以基金会定义的 IEC 和 ISA 物理层标准为基础。常用的网络拓扑结构如图 4-13 和图 4-14 所示。

(1) 带支线的拓扑结构。现场总线设备通过一段称为支线的电缆由接线盒联接到干线上,适用于区域内设备密度较低的情况。

(2) 菊花链拓扑结构。在一个区域中,总线电缆从一台设备连接到另一台设备,在每个现场设备的端子上互连。连接时应该使用连接器,避免一台设备的接线断开而影响后续区域内设备工作。该结构在实际工程中较少使用。

(3) 树形拓扑结构。由多台设备以支线的形式连接到公共接线盒、端子、仪表板或 I/O 卡

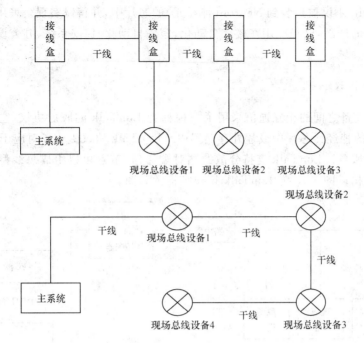

图 4-13　支线型和菊花链型基金会现场总线拓扑结构

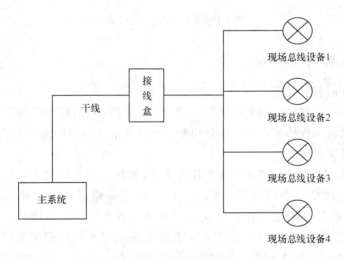

图 4-14　树形基金会现场总线拓扑结构

上。一般位于干线一端,在特定范围内应用于设备密度较高的情况。

以上几种拓扑结构也可组成混合形式的网络,但必须遵守所有现场总线区域长度的混合规则。

4.6.3　局部操作网络 LonWorks

LonWorks 由美国 Echelon 公司推出,并由 Motorola、Toshiba 公司共同倡导。它采用 ISO/OSI 模型的全部 7 层通信协议,采用面向对象的设计方法,通过网络变量把网络通信设计简化为参数设置。支持双绞线、同轴电缆、光缆和红外线等多种通信介质,通信速率为 300b/s~1.5Mb/s,直接通信距离可达 2700m(78kb/s),被称为通用控制网络。LonWorks 技术采用的 LonTalk 协议被封装到 Neuron(神经元)的芯片中,并得以实现。采用 LonWorks 技术和神经元芯片的产品,已经应用在楼宇自动化、家庭自动化、保安系统、办公设备、交通运输、工业过程控制等领域。

1. LonTalk 协议

LonWorks 设备之间的相互通信采用了一种称为 LonTalk 的底层协议,它固化在每一个 LonWorks 设备的神经元芯片中或片外存储器中。LonTalk 协议提供了对应于 ISO/OSI 七层协议所有内容的服务。LonTalk 支持分散的端对端通信,节点可以组成总线型、环形、树型等多种拓扑网络结构。图 4-15 为 LonTalk 拓扑结构示意图。

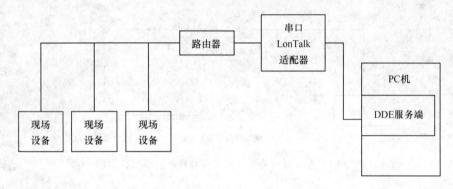

图 4-15　LonTalk 拓扑结构

2. LonWorks 节点和路由器

1) Neuron Chip 神经元芯片

典型的 LonWorks 现场控制节点包括 CPU、I/O 处理单元、通信管理器、收发器和电源。神经元芯片几乎包含了现场节点的大部分功能。神经元芯片内嵌的通信协议和处理器避免了在这些方面的开发和编程。

大部分 LonWorks 设备利用神经元芯片的功能,并将其作为控制器以实现不同系统之间的互连。神经元芯片是一个带有三个 CPU、读写/只读存储器(RAM 和 ROM)以及通信和 I/O 接口的单芯片系统,部分型号的神经元芯片支持片外存储器。只读存储器包含一个操作系统、LonTalk 协议和 I/O 功能库。芯片配有用于配置数据和应用程序编程的非易失性存储器,并且两者都可以通过网络下载。在制造过程中,每个神经元芯片都被赋予一个永久的、唯一的 48 位码,该 48 位码被称之为神经元 ID 号(neuron ID)。设备制造商只需提供运行在神经元芯片上的应用程序代码和连接神经元芯片的 I/O 设备。Echelon 公司设计了最初的神经元芯片,后来的神经元系列产品的设计和制造都是由 Echelon 的伙伴美国 Cypress 半导体公司和日本东芝公司实施的。

操作系统包括一个能够执行 LonWorks 协议的神经元芯片固件,它包含在神经元芯片的 ROM 中。大部分 LonWorks 设备包括一个具有内置实现 LonWorks 协议的神经元芯片,通过这个方法有效地解决了兼容性问题,并确保在同一个网络上的 LonWorks 设备的相互连接只需要很少的或者不需要额外的硬件设备。在神经元芯片的 3 个内嵌处理器集中,两个用于执行 LonWorks 协议,第三个用于设备的应用程序。所以,它既是网络通信处理器,又是应用程序处理器,从而有效地减少了开发成本。

2）LonWorks 路由器

LonWorks 系统对于多介质的支持是通过路由器实现的。路由器能够用于控制网络交通和分割网络,增加网络吞吐量和容量。基于网络工具可以根据网络拓扑结构自动地配置路由器,使路由器的安装变得简单。

神经元芯片的 MAC 处理器完成介质访问控制,网络处理器完成 OSI 的 3～6 层网络协议,它们之间通过公用存储器传递数据。

3. LonBuild 开发平台

工业现场中的通信不仅要将数据进行实时发送和接收,而且要进行数据的打包、拆包、流量处理、出错处理。LonWorks 能够提供友好的服务,有一套完整的开发工具,即 LonBuild。

LonBuild 提供了一套 C 语言的编译器,从而减少了开发时间。在这个编译器中,提供了对 11 个 I/O 详尽的库函数。在通信方面,通过网络变量使网络上的通信只需将相关节点上的网络变量连接即可。网络变量是应用程序定义的一个静态变量,可以是定义类型或自定义类型,还可以规定优先级和响应方式等。网络变量被定义为输入或输出,当定义为输出的网络变量被赋予新值时,与该输出变量相连的输入网络变量就会被立刻赋予同样的新值。

另外,LonBuild 集成开发环境和编译于一体,具备 C 调试器,可在多个仿真器上调试应用程序,并具备网络协议分析和通信分析的功能。

4.6.4 过程现场总线 PROFIBUS

PROFIBUS 是德国标准(DIN19245)和欧洲标准(EN50170)的现场总线标准。由 PRO-FIBUS-DP、PROFIBUS-FMS、PROFIBUS-PA 系列组成。如图 4-16 所示,DP 用于分散外设间高速数据传输,适用于加工自动化领域。FMS 适用于纺织、楼宇自动化、可编程控制器、低压开关等。PA 用于过程自动化,服从 IEC1158-2 标准。PROFIBUS 支持主-从系统、纯主站系统、多主多从混合系统等几种传输方式。PROFIBUS 的传输速率为 9.6kb/s～12Mb/s,最大传输距离在 9.6kb/s 条件下为 1200m,在 12Mb/s 条件下为 200m,可采用中继器延长至10km。传输介质为双绞线或者光缆,最多可挂接 127 个站点。

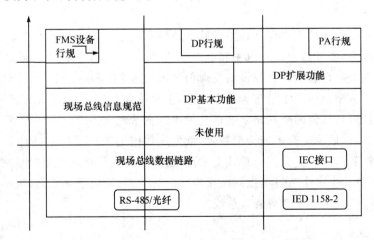

图 4-16　PROFIBUS 协议

随着智能芯片技术、网络通信技术和自动控制技术的发展，PROFIBUS 总线控制技术已经成为自动化领域重要的发展方向。现场总线技术是应用在生产现场、智能控制器、管理计算机之间双向多节点数字式的通信系统，将专用微处理器与测量仪表、智能传感器和计算机连接起来，使它们具有数字计算和通信能力。总线把多个测量控制仪表及设备连接成网络系统，并规范了通信协议，使现场测控仪表之间、测控仪表与远程监控计算机之间实现了数据传输与信息交换，从而形成各种适应实际需求的自控系统。PROFIBUS 过程现场总线控制不依赖于控制室的计算机，信号传递处理直接在现场完成，计算机只作为人机联系的窗口，实现了分散控制。

4.6.5 CAN 总线网络

CAN 总线是目前国际上应用广泛的现场总线之一，是一种多主方式的串行数据通信总线。该总线的优点是具有较高的位速率和较强抗电磁干扰性。作为一种技术先进、可靠性高、功能完善、成本合理的远程网络通信控制方式，CAN 总线已被广泛地应用到自动化控制领域，例如，汽车工业、航空工业、工业控制、自动控制、智能大厦、电力系统、安全防护等。

1. CAN 总线特点

CAN 总线基于 OSI 模型，但进行了优化，采用了其中的物理层、数据链路层和应用层，提高了实时性。与其他现场总线相比，CAN 总线的数据通信具有突出的可靠性、实时性和灵活性。其特点可概括如下：

(1) 具有多种工作方式，通信方式灵活，可方便地构成多机备份系统。

(2) 介质访问控制子层采用非破坏总线仲裁技术，能避免网络瘫痪情况发生。

(3) 通信距离最远可达 10km(速率 5kb/s 以下)，通信速率最高可达 1Mb/s。

(4) 采用短帧结构，传输时间短，受干扰概率低，具有良好的检错效果。

(5) 每帧信息都有 CRC 校验及其他检错措施，保证了数据出错率极低。在错误严重的情况下具有自动关闭输出功能，以使总线上其他节点的操作不受影响。

2. CAN 总线网络通信

目前，控制现场的通信方式建立在三种基本通信模式之上，客户/服务器型、主/从型、生产者/消费者型。客户/服务器型是一对一和点对点的通信，当总线任何一台设备欲与另一台设备通信时，必须在得到令牌后向目标设备发通信请求。这个"请求/应答"建立连接的过程时间消耗比较大。主/从型是一个主站带若干个从站，主站按照安装顺序与从站交换数据，其网络结构灵活性比较差，且任何两个从站要通信必须通过主站建立连接。生产者/消费者型使总线上的任何节点都可以成为生产者或为消费者，欲发送数据的节点通过总线仲裁获得总线访问权后就成为"生产者"，以广播方式向总线上发送数据，而其他节点则成为"消费者"。这种一对多的通信方式使总线上多个节点可以同时接收相同的数据，通信效率很高，也不容易造成带宽损失。CAN 总线即属于生产消费者型总线。

3. CAN 总线网络协议

CAN 协议是一个简单的协议，它只定义了物理层和数据链路层，对于有些复杂的应用问题，需要一个更高层次的协议，即应用层协议实现。比如，CAN 数据帧一次最多只能传送 8 字节,CAN 只提供了非确认的数据传输服务等。然而,CAN 的技术特点允许各厂商在 CAN 协议的基础上自行开发高层应用协议,给用户提供了一个面向应用的接口。目前,许多厂商都根据自己的优势推出基于 CAN 的总线产品,如 DeviceNet(设备网),CANopen,CAN Kingdom,SDS 等。它们都得到 CIA(CAN in automation)的支持,符合 ISO 11898 标准,同时又各具特色。CAN 应用层协议主要有以下三种:

(1) 在欧洲等地占有大部分市场份额的 CANopen 协议,主要应用在汽车、工业控制和自动化仪表等领域,目前由 CIA 负责管理和维护。

(2) J1939 是 CAN 总线在商用车领域占有绝大部分市场份额的应用层协议,由美国机动车工程师学会发起,现已在全球范围内得到广泛的应用。

(3) DeviceNet 协议在美国等地占有相当大的市场份额,主要用于工业通信控制和仪器仪表等领域。

4. CANopen 协议

CANopen 协议通常分为用户应用层、对象字典以及通信三个部分,其中的核心部分是对象字典。CANopen 通信是 CANopen 的关键部分,定义了 CANopen 协议通信规则以及与 CAN 控制器驱动之间的对应关系。用户应用层则是用户根据实际需求编写的应用对象。

1) 对象字典

CANopen 对象字典 OD(object dictionary)是 CANopen 协议核心的概念。所谓的对象字典就是一个有序的对象组,每个对象采用 16 位索引值来寻址,这个索引值通常被称为索引,其范围在 0X1000~0X9FFF。为了允许访问数据结构中的单个元素,同时也定义了一个 8 位的索引值,这个索引值通常被称为子索引。

每个 CANopen 设备都有一个对象字典,对象字典包含了描述这个设备和它的网络行为的所有参数,对象字典通常用电子数据文档 EDS(electronic data sheet)记录这些参数,而不需要把这些参数记录在纸上。对于 CANopen 网络中的主节点来说,不需要访问 CANopen 从节点的每个对象字典项。

CANopen 对象字典中的项由一系列子协议来描述。子协议为对象字典中的每个对象描述了它的功能、名字、索引、子索引、数据类型,以及这个对象是否必需、读写属性等,这样可保证不同厂商的同类型设备兼容。

CANopen 协议的核心描述子协议是 DS301,包含 CANopen 协议应用层及通信结构描述,其他子协议都是对 DS301 协议描述文本的补充与扩展。在不同的应用行业,一般都会编制一份 CANopen 设备子协议,子协议编号一般是 DS4XX。

CANopen 协议包含的子协议主要划分为以下三类:

(1) 通信子协议。通信子协议描述对象字典的主要形式、通信对象以及参数。这个子协议适用所有的 CANopen 设备,其索引值范围为 0X1000~0X1FFF。

(2) 制造商自定义子协议。对于在设备子协议中未定义的特殊功能,制造商可以在此区域根据需求定义对象字典对象。对于不同的厂商来说,相同的对象字典项定义不一定相同,索引值范围为 0X2000~0X5FFF。

(3) 设备子协议。设备子协议为各种不同类型的设备定义对象字典中的对象。目前已有十几种为不同类型的设备定义的子协议,例如,DS401、DS402、DS406 等,其索引值范围为 0X6000~0X9FFF。

2) CANopen 通信

在 CANopen 协议中主要定义了管理报文对象 NMT（network management）、服务数据对象 SDO（service data object）、过程数据对象 PDO（process data object）、预定义报文或特殊功能对象等四种对象。

（1）管理报文 NMT。管理报文负责层管理、网络管理和 ID 分配服务，例如，初始化、配置和网络管理（其中包括节点保护）。在网络管理中，同一个网络中只允许有一个主节点及一个或多个从节点，并遵循主从模式。

（2）服务数据对象 SDO。SDO 主要用于主节点对从节点的参数配置。服务确认是 SDO 的主要特点，为每个消息都生成一个应答，确保数据传输的准确性。在一个 CANopen 系统中，通常 CANopen 从节点作为 SDO 服务器，CANopen 主节点作为客户端。客户端通过索引和子索引能够访问数据服务器上的对象字典。这样 CANopen 主节点可以访问从节点的任意对象字典项的参数，SDO 也可以传输任何长度的数据（当数据长度超过 4 B 时就拆分成多个报文来传输）。

（3）过程数据对象 PDO。PDO 用来传输实时数据，其传输模型为生产者消费者模型，数据长度被限制为 8 bit。PDO 通信没有协议规定，其内容由自身定义。对于每个 PDO，在对象字典中都用通信参数和映射参数这 2 个对象来描述，拥有同步传输和异步传输等多种传输方式。如果 PDO 支持可变 PDO 映射，则该 PDO 可以通过 SDO 进行配置。

（4）预定义报文或特殊功能对象。预定义报文或特殊功能对象为 CANopen 设备提供特定的功能，方便 CANopen 主站对从站的管理。在 CANopen 协议中，已经为特殊的功能预定义了 COB-ID，主要有以下几种特殊报文形式：

同步（SYNC）报文。该报文对象主要实现整个网络的同步传输，每个节点都以该同步报文作为 PDO 触发参数，因此，该同步报文的 COB-ID 具有比较高的优先级以及短的传输时间。

时间标记对象报文。为各个节点提供公共的时间参考。

紧急事件对象报文。当设备内部发生错误触发该对象时，即发送设备内部错误代码。

节点/寿命保护报文。主节点可通过节点保护方式获取从节点的状态，从节点可通过寿命保护方式获取主节点的状态。

启动报文对象报文。从节点初始化完成后向网络中发送该对象，并进入预操作状态。

3) CANopen 预定义连接级

CANopen 预定义连接是为了减少网络的组态工作量，定义了强制性的缺省标识符（CAN-ID）分配表，该分配表是基于 11 位 CAN-ID 的标准帧格式。将其划分为 4 位的功能码和 7 位的节点号（Node-ID）。在 CANopen 中，通常把 CAN-ID 称为 COB-ID（通信对象编号）。

4.7　网络融合技术

4.7.1　网络融合技术在物联网中的应用

物联网中的数据传输方式包括有线网络通信和无线网络通信。现有的电信网、有线电视网和计算机网络是物联网可以利用的中、长距离有线网络，RFID、传感网、3G 等属于无线网络通信。

有线电视网的信息源以单向实时一点对多点的方式连接到众多的用户，用户只能被动地选择是否接收此种信息（主要是语言和图像的广播）。任意两个用户可以通过电信网络进行一对一、双向、实时地交换语言或数据等信息。计算机网络主要可分为局域网和广域网两种,主要提供数据传输功能,如文件共享、信息浏览、电子邮件、网络电话、视频点播、FTP 文件下载、网上会议等。

在物联网应用中,需要将电信网、电视网、计算机通信网等有线、无线网络互相兼容,并逐步整合成统一的信息通信网络,实现网络资源的共享,形成适应性广、容易维护、费用低、高速宽带的多媒体基础平台,这就是网络融合技术在物联网中最终要达到的目标,即三网融合。图 4-17 是三网融合的示意图。

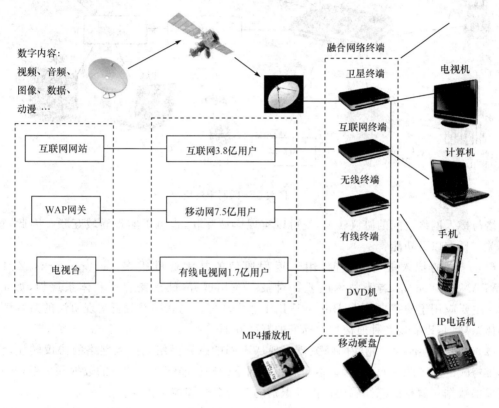

图 4-17　三网融合结构图

4.7.2　物联网通信网关

物联网的接入方式是多种多样的,如广域的 PSTN、短距离的 Z-Wave 等。物联网网关设备是将多种接入手段整合起来,统一互联到接入网络的关键设备。它可实现与公共网络的连接,同时完成转发、控制、信令交换和编解码等功能,满足局部区域短距离通信的接入需求,而且终端管理、安全认证等功能保证了物联网业务的质量和安全。基于物联网的典型通信网关应用结构如图 4-18 所示。无线传感器节点采集相应数据信息,通过无线多跳自组织方式将数据发送到网关。固定式阅读器读取 RFID 标签内容发送到网关。电信网、有线电视网和互联网要传输的数据通过卫星转发或者光纤通信设施等传输到物联网网关,网关设备再将这些数据通过 WCDMA 网络发送到服务器。服务器对这些数据进行处理、存储,并提供一个信息平台供用户使用。

从图 4-18 中可以看出,物联网网关是架起感知网络和接入网络的桥梁,可以实现感知延

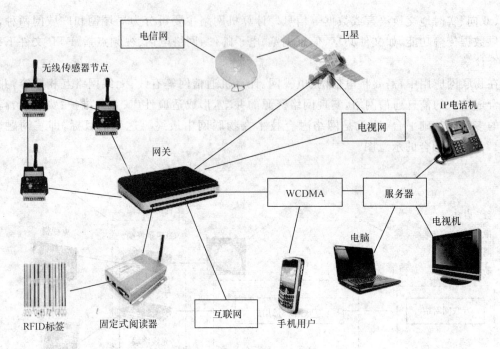

图 4-18　网关在物联网中的应用

伸网络与接入网络之间的协议转换,既可以实现广域互联,也可以实现局域互联。因此,物联网网关应具有以下功能:

(1) 广泛的接入能力。目前,用于近程通信的技术标准很多,如 Lonworks、ZigBee、6LoWPAN、RuBee 等,各类技术主要针对某一应用展开,缺乏兼容性和体系规划,如 Lonworks 主要应用于楼宇自动化,RuBee 适用于恶劣环境。物联网网关要实现协议的兼容性、接口和体系规划,以实现各种通信技术标准的互联互通。

(2) 协议转换能力。物联网网关要实现从不同的感知网络到接入网络的协议转换,将下层标准格式的数据统一封装,保证不同的感知网络的协议能够变成统一的数据和信令,并将上层下发的数据包解析成感知层协议可以识别的信号命令和控制指令。

(3) 可管理能力。任何大型网络都要对网关进行管理,如注册管理、权限管理、状态监管等。网关首先要实现子网内节点的管理,如辨别节点的标识、工作状态、属性、能量强弱等,同时还要对节点进行远程唤醒、诊断、升级和维护等控制。由于子网的技术标准不同,协议的复杂性不同,所以网关针对不同子网的管理形式和内容不同。基于模块化物联网网关方式来管理不同的感知网络和应用,能够保证使用统一的管理接口技术对末梢网络节点进行统一管理。

物联网网关系统设计时需要注意以下问题:

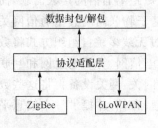

图 4-19　软件交互协议结构

(1) 软件交互协议的统一。物联网网关系统的设计思路是以模块化的方式实现软硬件的每个部分,使模块之间替换容易,屏蔽底层通信差异以实现不同的感知延伸网络和接入网络互联。其中,硬件模块通常使用 UART 总线形式进行连接,软件则采用模块化可加载的方式运行,并将共同部分抽象成公共模块。因此,只需要开发相应的硬件模块和驱动程序就可支持新的数据汇聚模块和接入模块。另外,添加统一的协议适配层,如图 4-19 所示,将应用数据统一提取出来,然后按照 TLV(type,length,value)的方式进行组织,最后封装数据包。这样,网络中传输的都是封装了 TLV 格式的采集数据标准的 IP 数据包。

(2) 统一地址转换不同的数据采集网络使用不同的编址方式。例如,ZigBee 中有 16 位短地址,6LoWPAN 中有 64 位地址。在应用中将这些地址转换为统一的表示方式,这样只需要定位到具体的节点即可,不需要关心节点是采用 IP 地址还是 16 位短地址,也不关心节点间的组网是采用 ZigBee 还是 6LoWPAN 或者其他方式,有利于应用的开发。在网关中实现一种地址映射机制,将 IP 或者 16 位短地址映射为统一的 ID,在交互过程中只需要关注这个 ID 即可。具体的映射方式可以采用从 1 累加的方式,当网关接收到第一个节点数据时,将该节点的地址映射为 1,后续的依次加 1,将这个映射表保存在网关中。同时,采用老化机制,如果在一段间隔内没有收到该节点的数据,将删除此条映射关系。

(3) 采集模块数据接口的统一。物联网网关的数据采集模块与网关之间可以定义指令集。网关接口只关注采集模块的控制指令和数据交互指令,不关注具体的组网协议,实现了组网协议的无关性。

(4) 数据映射关系管理。管理好网关连接设备在通信数据中的映射关系,即通常意义上的寻址,这是网关设计的重要内容之一。在不同的情况下,网关所连接的设备种类和数量会有不同,物联网网关可以先对可能连接的模块传输数据的格式进行分析,然后分别定义各个模块对应的通信接口配置字。

思 考 题

4.1　简述物联网的通信系统结构。

4.2　简要回答无线传感器网络的关键技术。

4.3　简要回答 ZigBee 技术特点。

4.4　比较基金会现场总线、LonWorks 总线、PROFIBUS 总线以及 CAN 总线的特点及应用。

4.5　叙述 CANopen 协议各部分的定义、分类及特点。

4.6　叙述物联网发展中网络融合的必要性。

第 5 章 物联网信息安全技术

物联网在为人们日常生活带来诸多便利的同时,网络信息安全的防护问题也随之而来。如果网络信息安全不能保障,那么随时可能出现个人隐私、物品信息等被泄露或被恶意窃取、修改的情况。由于物联网包含多种网络技术,业务范围也非常广泛,因此,与互联网相比所产生的安全问题也更加多样化。

物联网的构建是基于传统网络的,因此物联网面临同传统网络相同的安全问题。同时,物联网将虚拟网络与现实世界连接起来,把现实世界的物品、设备、系统等连接到网络中,如果网络不安全就会为各种网络攻击提供可能性,甚至成为制约物联网发展的瓶颈。本章在介绍物联网信息安全体系的基础上,着重分析和阐述物联网技术存在的安全隐患,从不同的逻辑层出发对物联网的信息安全需求进行分析,并对如何建立相应的安全机制加以阐述。

5.1 物联网的信息安全体系

物联网的特点是无处不在的数据感知、以无线网络为主的信息传输、智能化的信息处理。此外,客户端可以扩展到任意物品与物品之间,并实现彼此间的信息交换和通信交流。

具体来讲,物联网具备三个特征:①全面数据感知,即利用 RFID、传感器等传感设备实时获取物体的信息;②可靠信息传输,通过不同网络与互联网的融合,将物体的信息根据需要实时准确地传递出去;③智能信息处理,利用云计算、模糊处理等智能算法,对海量数据和物体信息进行分析和处理。其中智能信息处理和全面数据感知是物联网的核心内容。

从信息安全角度来看,可将物联网分为感知层、网络层和应用层三个层次,如图 5-1 所示。感知层通过射频标签 RFID 读写器、传感器、摄像头等设备采集装置来实现数据获取和物体识别;网络层将感知层获取的信息进行处理和传递,并可以实现感知层数据的远距离传输;应用层利用人机交互对收到的数据进行智能处理,从而为用户提供物联网应用接口,实现物联网的智能化应用。

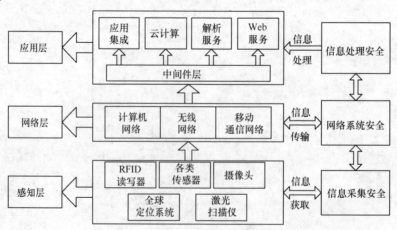

图 5-1 物联网的安全体系结构

5.1.1　感知层

物联网中感知层的主要任务是实现物品信息的智能感知,即信息的获取和物品的识别。它将 RFID 读写器、各类传感器(如超声、红外、湿度、温度、速度等)、图像捕捉装置(摄像头)、全球定位系统(GPS)、激光扫描仪等设备作为感知终端,利用无线传感器网络、自组织网络、短距离无线通信、低功耗路由等关键技术完成信息的感知和获取。

1. 感知层的安全问题

传感器作为物联网的基础单元,在物联网信息采集阶段发挥了重要作用。因此,作为一种全新的信息获取平台,无线传感器网络成为制约物联网感知任务成败的关键。

由于无线传感器网络的感知节点通常部署在复杂的或无人监控的环境中,因此,它除了具有一般无线网络所面临的信息泄露、信息篡改、拒绝服务攻击等威胁,还面临传感节点容易被攻击者物理操纵的问题。具体地说,考虑到传感网络节点众多,很难对每个节点进行监控和保护,因此,每个节点都是一个潜在的攻击点,都能被攻击者进行物理和逻辑攻击。

作为物联网的重要组成部分,传感网在接入其他网络过程中所产生的安全问题不仅仅是如何对抗外来攻击的问题,更重要的是如何建立对外部设备的认证机制,这种机制运行的基础条件是必须保证相应的计算和通信代价都尽可能的小。除此之外,对外部网络,如何有效区分与其连接的数量众多的传感网及内部节点并有效地识别它们,这是物联网系统必须解决的安全问题。

物联网中采用传感器感知物品的信息,即标识了物体的动态属性,这种感知的前提是赋予物品相应的电子编码,即描述物体静态属性的 RFID 标签。RFID 技术涉及的安全问题主要如下:

(1)标签自身的访问缺陷,任何授权或未经授权的用户都可以通过合法的阅读器读取 RFID 标签,而且标签的可重写性使标签中数据的保密性、有效性和完整性都得不到保证。

(2)通信链路以及移动 RFID 的安全性,主要存在假冒用户和非授权访问问题。

2. 感知层的安全策略

为了解决传感节点容易被物理操纵的问题,在传感网内部需要建立有效的身份认证和密钥管理机制,用于保障传感网内部通信的安全。

对于身份认证,可以考虑在通信前进行节点与节点的身份认证,这种认证可以通过对称密码或非对称密码方案解决。对称密码的认证方案效率更高,节点资源的损耗更少,但需要预置节点间的共享密钥。非对称密码的认证方案一般具有更好的计算和通信能力,但是对安全性的要求更高。

对于密钥机制,可以考虑在通信时建立一个临时会话密钥,即在认证的基础上完成密钥协商,即使有少数节点被操纵,攻击者也不能或很难从获取的节点信息推导出其他节点的密钥信息等。

目前,实现 RFID 安全性机制所采用的方法主要有物理方法、密码机制以及二者结合的方法。

5.1.2　网络层

物联网中网络层的主要任务是实现信息的转发和传送,它将感知层获取的信息传送到远端,为数据在远端进行智能处理和分析决策提供有力支持。

1. 网络层的安全问题

物联网的网络层按功能可以大致分为两个层次,即接入层和核心层。下面就从这两个方面出发来对网络层的安全问题加以分析。

(1) 物联网网络接入过程中的安全问题。物联网的网络接入层将采用移动互联网、Wi-Fi、WiMAX 等多种无线接入技术。在这个过程中可能出现两个方面的安全问题。首先,必须在保证异构网络间节点漫游和通信时无缝移动的前提下,实现感知层的传感网络与外部网络的有效接入;其次,物联网的这种接入主要依靠移动通信网络端与固定网络端之间的无线接口完成,而开放的无线接口给外部攻击提供了可能性,任何攻击者均可以窃听无线信道中传输的信息,甚至修改、删除或插入,以达到无线窃听、假冒用户身份和数据篡改的目的。

(2) 物联网数据传输过程中的安全问题。物联网的网络核心层主要完成网络间的数据传输任务,面临的最大问题是来自攻击者的拒绝服务攻击、分布式拒绝服务攻击、中间人攻击等其他类型的攻击。

2. 网络层的安全策略

考虑到物联网网络层所连接的终端设备性能和对网络需求的差异,对网络攻击的防护能力也会有很大差别,因此很难制定通用的安全解决方案。应针对不同网络性能和网络需求制定不同的防范措施,物联网网络层的安全策略可以概括为以下几个方面:

(1) 网络层的核心是互联网或者下一代互联网,因为多数信息要通过互联网进行传输。互联网遇到的拒绝服务攻击和分布式拒绝服务攻击在物联网数据传输过程中仍然存在,因此,作为网络中较常见的攻击手段,分布式拒绝服务攻击的检测与防护措施是一项重要技术。

(2) 网络层异构节点的信息交换将成为假冒攻击、中间人攻击,以及其他类型攻击(如异步攻击、合谋攻击等)的切入点,需要制定针对这类攻击的更高级别的安全防护措施,上述安全威胁的解决将取决于切换技术和位置管理技术。

(3) 数据的保密性、完整性以及数据流的机密性也是网络层中不可忽视的安全问题,一方面需要保证数据内容在传输过程中不被泄露,不被非法篡改,或非法篡改的数据容易被检测出。另一方面,要对某些应用场景下的数据流量信息进行保密,目前只能提供有限的数据流机密性。

5.1.3 应用层

物联网应用层将信息技术与行业专业技术紧密结合,其主要任务可以概括为两个方面:①如何从网络中接收数据,并从接收到的信息中区分有用信息、垃圾信息以及恶意信息;②如何利用获得的有用信息来设计综合的或有个体特性的具体应用业务。

1. 应用层的安全问题

物联网被广泛应用到各种领域,因此广域范围的海量数据信息处理和业务控制策略将在安全性和可靠性方面面临巨大挑战。

应用层需要处理的信息是海量的,当同时处理具有不同性质的数据时,处理平台需要多个功能各异的子平台协同处理。首先按照一定的原则将数据进行分类,即将数据分配到不同的子平台,此时分配给子平台的很多信息都是以加密形式存在的,因而,海量加密数据的高效处理是应用层必须解决的关键问题之一。

在物联网发展过程中,经常会涉及个人隐私问题。然而,无论感知层还是传输层都不涉及隐私保护的问题,但它却是一些特定应用问题的实际需求。如何针对不同的应用背景,设计不同等级的隐私保护技术,是物联网应用层安全研究的重要议题。

2. 应用层的安全策略

物联网中的应用层负责数据处理的任务,其中包括对海量信息的智能处理和决策分析,从而实现对物品的智能化控制。这就需要信息计算技术的支持,云计算作为一种新兴的计算模式被广泛应用到物联网领域中,并发挥了重要作用。应用中,需要充分考虑物联网数据计算过程中可能出现的安全问题。除此之外,应用层安全策略的制定还要考虑如何保护用户隐私信息、如何解决信息泄露追踪问题,以及如何保护电子产品和软件的知识产权等安全问题。

5.2 物联网中信息传递的安全性

物联网的核心是将物品与各种网络连接起来,这种连接的基础就是将物品的信息实时准确地传递出去,因而,物联网的信息传递环节也就显得尤为重要。根据物联网中信息传递的技术特点,本节将对信息传递过程中可能出现的安全问题加以分析,并讨论相应的解决方案。

5.2.1 物联网中信息传递的安全问题

物联网中感知节点数量众多,并且功能简单,不具备复杂的安全保护能力,同时感知网络多种多样。在数据传输过程中保证数据的完整性与保密性是信息传递过程必须解决的安全问题。

1. 物联网信息传递的技术特点

在物联网中,网络层通过传感网与各种网络的融合,将物品的信息实时准确地传递出去,从而实现对物品的智能监管。换言之,物品的信息是通过各种网络进行传递,最后送达应用层的。物联网信息传递过程的技术特点主要有以下方面:

1) 可跟踪性

物联网可以利用传感器等设备随时随地获取物品的位置及周围环境。例如,在物流系统中,通过射频识别技术的应用,将电子标签嵌入运输途中的货物和车辆,利用道路两旁的定点读写器读取信息,再通过通信网络将信息传送给调度中心,动态跟踪物品的整个运输过程,这样可以有效地防止运输货物的丢失,保证运输安全。

2) 可监控性

物联网可以通过对物品信息的感知实现对特定用户的监控与保护。例如,在医疗系统中,健康监测可以用于对患者的监护,通过将传感器测量到的生理参数传送到各种通信终端上,以实现对人体各种生理指标的监控。这样可以有助于医生随时了解被监护患者的病情,并进行及时处理。

3) 可连接性

将物联网与移动通信技术相结合,通过无线网络实现对物品的控制与追踪。例如,在超市里销售的食品,顾客通过采用手机等移动设备扫描嵌在包装上的微型传感器就能获得产品的相关信息,如产地、被加工时间、地点等。

2. 物联网信息传递面临的安全问题

物联网在现有网络的基础上高效集成了传感网和应用平台,现有网络中的大多数机制仍适用于物联网并能够为其提供一定的安全性,如认证机制、加密机制等,但需要根据物联网的实际需求对安全机制进行修改和扩充。这使物联网除了能够解决传统网络安全问题,还能处理一些物联网中特有的安全问题,这些问题主要表现在以下几个方面:

1) 传感器自身的安全问题

物联网中数据基本上是无线传输的,如果缺乏有效的保护措施,这种暴露在公共场所中的信号很容易被窃取或被干扰,从而影响到物联网的安全。物联网的传感节点常部署在一些复杂和危险的特殊环境中,当节点失效时,由于很难给予物理接触上的维护,节点可能永久性的失效。节点在这种环境中更容易遭受攻击,在军事应用中情况尤为严重。

一般情况下传感器功能简单,携带能量少,不具有强大的安全保护能力,而且物联网涉及的外部网络多种多样,其间的数据传输并没有特定的标准,因此无法建立统一的安全保护体系,这就更凸显了传感器本身安全保障的薄弱性。

2) 核心网络的信息安全问题

为了对物品或设备进行有效的监管,物联网通过传感节点进行信息采集,但是,数量庞大的节点容易导致大量数据的同时发送,并造成网络拥塞,在这种情况下更易发生拒绝服务等攻击问题。由于物联网中节点的布置具有随机性和自组性,使物联网缺乏稳定的基础架构,拓扑结构会产生动态变化,这就为攻击者提供插入虚拟节点和虚假路由信息的可能性。

3) 物联网业务的安全问题

物联网业务的核心是通过对数据的智能处理和分析决策解决实际应用问题,而在物联网中部署和连接是交叉进行的,运行时拓扑结构会不断发生变化,这就导致很难对物联网设备进行远程签约信息和业务信息的合理配置。此外,物联网必然需要一个强大统一的安全管理平台,否则独立的平台会被各式各样的物联网应用所淹没,这使如何对物联网机器的日志等安全信息进行管理成为新的问题,并且可能割裂网络与业务平台之间的信任关系,导致新一轮安全问题的产生。

4) RFID 系统的安全问题

作为一种非接触式的自动识别技术,RFID 射频识别通过射频信号对目标对象进行自动识别并获取相关数据,识别工作无需人工干预,操作方便。而针对 RFID 系统的攻击主要集中于标签信息的截获和对这些信息的破解。在获得了标签中的信息之后,攻击者可以通过伪造等方式对 RFID 系统进行非授权使用。

RFID 自身的安全保护主要依赖于标签信息的加密,但目前的加密机制所提供的保护并非绝对安全。一个 RFID 芯片如果设计不良或没有受到保护,还有很多手段可以获取芯片的结构和其中的数据。而且,单纯依赖 RFID 本身的技术特性也无法满足 RFID 系统安全要求。

5.2.2　物联网中信息传递的安全策略

1. 现有的安全策略

(1) 安全的电子标签。电子标签由耦合元件及芯片组成,每个标签具有唯一的 RFID 编码,附着在物体上标识目标对象。电子标签是物体在物联网中的"身份证",不仅包含了该物体在此网络中的唯一 ID,而且部分电子标签还包含着一些敏感的隐私内容,或者通过对标签的伪造可以获取后端服务器内的相关内容,造成物品持有者的隐私泄露。另外,对电子标签的非法定位也会对标签持有人(物)造成一定的风险。在电子标签的生产与制作过程中,采取必要的方法和措施,增强安全性和可靠性,形成安全的电子标签,是一项极其重要的工作。

(2)安全的数据传输。物联网是一个庞大而复杂的网络系统,内部各个层级之间的数据传输量很大,有些可以等同于其他网络的传输过程,在这种情况下,相关网络的安全策略可以直接应用于物联网当中。另一些传输过程是具有物联网特性的,如电子标签与RFID读写器之间的数据传输。考虑到数据在传输过程中可能会遭到攻击的情况,可以利用云计算技术对收集到全球黑客攻击节点地址、主控机等信息进行智能处理,并在互联网中共享这些信息,以防止网络攻击和病毒感染等问题。

(3)可靠的安全管理。把电子标签与RFID读写器之间的数据传输作为一个整体进行可靠的安全管理,并借用比较成功的管理机制和手段来进行统一集中的风险评估与安全管理,是一种有效的解决方法。

(4)传感器与物品设备操作环境的安全控制。在物联网应用中,传感器和物品设备的操作环境是最容易受控制和攻击的环节,也是物联网应用最直接的环节。首先,传感器的部署应在防火、防震、防雷、防静电等方面按照相应标准进行,以确保传感器的物理安全;其次,环境安全控制还可以通过安装视频监控、报警装置等来完成。

(5)物联网信号的安全防护。为解决信号的泄露问题,可以对信息进行加密处理或添加数字水印,甚至还可以加强授权验证,阻止未授权的阅读器读取信息。其中加密算法和授权验证的设计既要考虑到单个节点的信息处理能力和存储能力,又要考虑能量有限的特点。当无法避免信息泄密发生时,要通过授权验证寻找泄密的标签,并发出警告或使标签失效,同时发射大量的干扰信号。

(6)物联网信息交换节点的安全防护。物联网中确保信息交换节点的合法性和有效性是获取可靠数据的重要基础。其中节点的合法性既可以通过加强节点和节点之间以及节点和网络之间的认证来保障,也可以通过引入第三方认证的方式来去除非法节点,进而保证保留节点的合法性。

2. RFID 的安全认证协议

解决电子标签与读写器之间可靠数据传输问题的基本方法是建立相应的安全认证协议。

目前,已提出了多种RFID安全协议,在诸多基于密码技术的安全机制中,基于Hash函数的RFID安全协议备受关注。无论是安全需求方面,还是低成本的RFID标签的硬件实现(块大小为64位二进制数的Hash函数单元只需1700个左右门电路即可实现),Hash函数都是最适合于RFID安全认证的协议。这类协议大致可以分为两类,静态ID机制和动态ID机制。所谓静态ID机制是指标签的标识在认证的过程中保持不变,而动态ID机制则是指标签的标识在每一次的认证会话中都发生变化。

采用动态ID机制时,一个重要的问题是数据同步,即后端数据库中保存的标签标识和存储在标签中的标识必须同步刷新。否则,在随后的认证识别会话中会出现合法的RFID标签无法通过认证的系统异常情况。

目前,基于Hash函数的静态ID机制安全协议包括Hash Lock协议、随机化Hash Lock协议、分布式RFID询问-响应认证协议等。基于Hash函数的动态ID机制安全协议包括Hash链协议、LCAP协议、基于杂凑ID变化协议等。其中静态ID机制存在的主要问题是后端服务器的计算量太大,动态 ID 机制存在的主要问题是 ID 的刷新会带来去同步化问题。

除了基于 Hash 函数的安全机制外,其他安全机制还包括基于共享密钥的伪随机函数的数字图书馆协议、二次加密机制、基于轻量级块密码的认证机制等。

1) Hash Lock 协议

为了避免信息泄露和被追踪,Hash Lock 协议使用 metaID 来代替真实的标签 ID,其中 metaID 是由标签的真实 ID 经过杂凑运算得到的。图 5-2 给出了 Hash Lock 协议的工作流程。

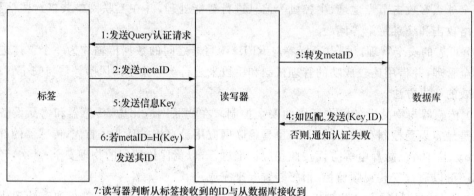

图 5-2　Hash Lock 协议的工作流程

从上述协议流程可以发现,在 Hash Lock 协议的整个工作过程中,metaID 始终保持不变,ID 在不安全的信道以明文的形式传送,并且没有动态刷新机制。因此,Hask Lock 协议非常容易受到假冒攻击和重传攻击,攻击者也可以很容易地对标签进行追踪。

2) 随机 Hash Lock 协议

随机 Hash Lock 协议采用了基于随机数的询问应答机制。作为 Hash Lock 协议的改进,随机 Hash Lock 协议解决了标签定位的隐私问题。采用随机 Hash Lock 协议时,读写器每次访问标签的输出信息都不同。图 5-3 给出了随机 Hash Lock 协议的工作流程。

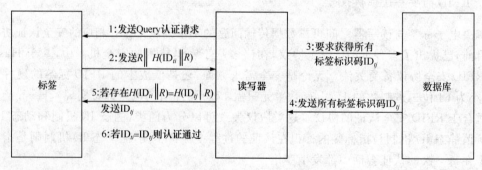

图 5-3　随机 Hash Lock 协议的工作流程

3) Hash 链协议

Hash 链协议是基于共享密钥的询问应答协议。在 Hash 链协议中,当使用两个不同杂凑函数的读写器向标签发出认证询问时,标签总是给出不同的应答。值得注意的是,Hash 链协议具有良好的前向安全性。图 5-4 给出了 Hash 链协议的工作流程。

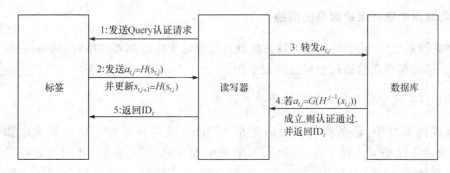

图 5-4   Hash 链协议的工作流程

4）分布式询问-应答认证协议

分布式询问-应答认证协议是典型的询问-响应双向认证协议。到目前为止,还没有发现该协议存在明显的安全漏洞或缺陷。但是,利用该协议执行一次认证需要对标签进行两次杂凑运算,这样使得标签的电路需要集成随机数产生器和杂凑函数模块。因此,它不适用于低成本 RFID 系统。图 5-5 给出了分布式询问-应答认证协议的工作流程。

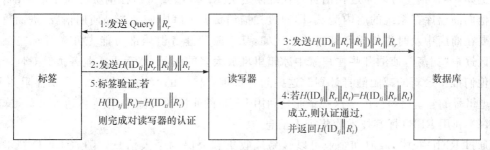

图 5-5   分布式询问-应答认证协议的工作流程

5）基于杂凑的 ID 变化协议

基于杂凑的 ID 变化协议与 Hash 链协议相似,每一次会话中的 ID 变换信息都不相同。

6）LCAP 协议

LCAP 协议也是询问-应答协议。但是,它与同类的其他协议不同,在每次执行之后都要动态刷新标签的 ID。

7）数字图书馆 RFID 协议

基于共享密钥的伪随机函数的数字图书馆协议是一个固定标签 ID 模式的双向认证协议。

5.3   信息隐私权与保护

5.3.1   物联网中的隐私保护

隐私权是指自然人享有的私人生活安宁与私人信息秘密依法受到保护,不被他人非法侵扰、知悉、收集、利用和公开的一种人格权,而且权利主体对他人在何种程度上可以介入自己的私生活,对自己是否向他人公开隐私以及公开的范围和程度等具有决定权。

隐私保护将是物联网推行过程中的最大障碍。物联网的发展将会对现有的一些信息采集的合法性问题、公民隐私权问题等法律法规和政策形成挑战。

5.3.2 物联网中隐私保护面临的威胁

在物联网系统中,从底层的 RFID 系统到传输层的无线传感器网络,再到应用层的互联网系统,每一部分都存在隐私权被侵犯的安全隐患。

1. RFID 系统中隐私权问题面临的安全威胁

在物联网系统中,隐私权的关键问题是 RFID 标签的技术特性所带来的隐私权问题。RFID 带来的不仅是生活和工作上的便利,更意味着一种安全、高效、及时的数据采集方式。人类的生存环境也会随着 RFID 技术应用而发生改变。随着技术的进展,RFID 标签的信息传输距离将会越来越远。据预测将来人类有可能利用 GPS 技术通过卫星来扫描 RFID 标签的信息。RFID 的缺点是人们会在 RFID 数据库里留下生活的轨迹,人类有可能将生活在一个没有隐私的世界里。

RFID 标签可能侵犯隐私权的情况可以概括为以下三种:

(1) 利用阅读机侦测消费者家中附有 RFID 标签的产品。

例如,零售企业可以通过在消费者住址附近的 RFID 阅读机监控消费者家中的产品,以此作为他们商店库存系统的店内测试,即通过扫描消费者家庭中该种产品使用情况,进而得知是否需要在商店中及时进货或者补货。又例如,某家减肥健身俱乐部可能先派人开车在某个居民小区逐户"扫荡",侦测哪些住户家中冰箱里堆放太多的甜品,然后再派业务员针对性敲门并介绍他们推出最新的减肥健身计划。这些问题很难有较好的解决方法,除非发明能阻挡 RFID 无线电讯号的建筑材料。由于这些企业是利用 RFID 的非接触式特性,作为普通人将毫无知觉。

(2) 利用 RFID 标签技术收集个人信息。

通过 RFID 技术,政府和企业可以轻易地收集到公民的个人信息。随着 RFID 技术运用到证照和身份证件方面,一些信息咨询分析公司或者政府可能会把 RFID 标签当作一种监视的方法,该技术也可能沦为计算机黑客攻击的目标。美国政府安全局已经在入境手续和身份证明上进行试验,同时还计划实施带 RFID 芯片的护照和驾照,此举在美国本土引起轩然大波。假使 RFID 标签在驾驶执照中得以运用,政府可以采集到驾车人的姓名、身高、体重、年龄、实力状况等信息。这些信息经过编辑处理并出售给其他的数据咨询公司,如果不加任何限制的话,用于特定目的的信息就变成了共有市场的共有信息,公民的隐私权将荡然无存。

(3) RFID 标签被植入人体进行地点跟踪和对其个人信息控制。

RFID 标签的一个潜在问题是顾客购买了商品后或者接触它以后的很长时间仍然起作用。如果标签变得像制造商希望的那样普遍存在,人们可能因为穿了内藏 RFID 芯片的衣服而被监视。如果商家没有事先告知的话,普通的消费者无法了解哪一种包装里放入了这种 RFID 芯片。事实上一些标签就是包装在商品的内部,例如,这些芯片可以缝在衣服的接缝里,夹在纸板中间,甚至成型在塑料或橡胶内,或被整合在顾客的包装设计中。在轮胎中置入 RFID 标签,与巨大的轮胎尺寸相比,针眼大小的 RFID 标签可以忽略不计,如果轮胎制造商没有事先的申明,消费者都不会想到自己的轿车轮胎上被安置了犹如小型雷达装备的 RFID 标签。同理,政府组织在使用时没有事先告知,普通人根本无从了解内含 RFID 标签的驾照护照与普通驾照护照的区别。零售商赞誉 RFID 技术是供应链管理的"圣杯",制造商们坚称 RFID 标签芯片完全可以利用 POS(收银机)使之丧失能力,一些部门也在不断宣传使用 RFID 标签的种种好处。但是人们普遍认为 RFID 标签可以用作一种隐藏的监视设备。

由于 RFID 标签的微小化、适形性和穿透性,以及主动标签不可预测的电波发送资讯、时间及区域,RFID 标签会不经意地透露出个人相关信息资料。根据目前 RFID 技术的发展状况,将该技术运用至零售行业就足以使人们产生隐私的疑虑。如果在证照、身份证件或者人身等方面使用 RFID 技术,则隐私权问题将更加严重。同时,随之而来的黑客和政府的监视也会严重影响公民的个人权利。

2. 无线传感器网络中隐私权面临的安全威胁

对于传输层的无线传感器网络,隐私问题更加突出。借助无线传感器网络容易收集个人信息,有的机构将个人信息当作商品进行收集、交换和出售。人们对这些行为越来越警觉,希望保护自己的隐私。隐私威胁主要包括以下方面:

(1) 内容隐私威胁。由于消息的存在和所处位置的顺序关系,对方能够确定信息交换的含义,因此存在内容隐私威胁。

(2) 身份隐私威胁。如果对方能够演绎出参与通信的节点,则存在身份隐私威胁。

(3) 位置隐私威胁。如果对方能够推断出通信实体的物理位置或估计出相对通信实体的距离,则存在位置隐私威胁。无线传感器网络以收集信息为主要目的,通过有效地安置微小的传感节点,使自动获取数据的能力增加。对方可以通过窃听、加入伪造的非法节点等方法获取敏感信息。随着无线传感技术的广泛使用,隐私问题将日益严重。

3. 互联网中隐私权面临的安全威胁

在互联网中,隐私权的关键问题是有关个人数据的权利问题。个人数据主要包括标识个人基本情况、标识个人生活与工作经历和社会情况等与网络有关的个人信息。与网络有关的信息包括以下四个方面:

(1) 个人登录的身份、健康状况。网络用户在申请上网开户、个人主页、免费邮箱以及申请服务商提供的其他服务(购物、医疗、交友等)时,服务商往往要求用户登录姓名、年龄、住址、居民身份证号码、工作单位等身份和健康信息,服务商有义务和责任保守个人秘密,未经授权不得泄露。

(2) 个人的信用和财产状况,包括信用卡、电子消费卡、上网卡、上网账号和密码、交易账号和密码等。个人在上网、网上消费和交易时,登录和使用的各种信用卡、账号均属个人隐私,不得泄露。

(3) 邮箱地址。邮箱地址同样是个人隐私,用户大多数不愿将之公开。掌握、搜集用户的邮箱并将之公开或提供给他人,致使用户收到大量的广告邮件、垃圾邮件或遭受攻击而不能正常使用,使用户受到干扰,也侵犯了用户的隐私权。

(4) 网络活动踪迹。个人在网上的活动踪迹,如 IP 地址、浏览踪迹、活动内容等,均属于个人的隐私。

5.3.3　物联网中隐私权的保护策略

基于物联网的组成与特点,这里介绍 RFID 系统、无线传感器网络和互联网的隐私保护主要技术手段。

1. RFID 系统中隐私权的保护策略

RFID 系统的隐私权保护手段分为物理方式和编码方式两种。对于电子标签本身的物理保护手段有 Kill 标签、法拉第网罩、主动干扰、阻止标签等。编码方式主要如下：

1）摘要锁方法

摘要锁方法中的 RFID 标签可以被"锁定"。在锁定状态下，标签对 RFID 读写器发出的除解锁信号之外的所有询问信号都将返回解锁密钥的摘要值，而不是标签的 ID，此方法基于单向摘要函数。

锁定一个标签时，标签所有者要在标签中存储一个随机密钥 Key 的摘要值作为标签的 Meta-ID，Meta-ID=hash(Key)，其中 hash 为单向摘要函数，Key 可以是个人识别码或口令，系统将 Key 和 Meta-ID 一起存放于数据处理系统的后端数据库中。标签在收到 Meta-ID 后将自身设为锁定状态。要解锁一个标签，合法读写器询问标签的 Meta-ID，并从后端数据库中搜索对应的 Key 作为解锁信号传送给标签，标签将对 Key 做摘要运算，并与 Meta-ID 比较，如果一致则解除锁定状态并返回其 ID。在实际应用中，为防止对未锁定标签的攻击，标签解锁后一般只执行一次响应，然后重新锁定。基于单向摘要函数的逆向运算困难，此方法可防止未授权用户利用 Meta-ID 计算 Key 值，从而达到防止标签 ID 泄漏的目的。但是，摘要锁方法一个缺点是无法抵抗"中间人攻击"，一个攻击者可以询问标签的 Meta-ID，然后以重放攻击方式将其发给合法读写器，读写器按照规定的流程将返回对应的 Key 值，攻击者便可利用 Key 值得到标签的 ID。

2）重加密方法

为防止伪造并方便政府机构对犯罪交易进行追踪，欧洲中央银行提出要在大面额纸币中嵌入 RFID 标签。但是，要实现此目标 RFID 系统的安全问题必须首先得到解决。重加密方法就是针对此安全问题提出的一种解决方法。为增强安全性，重加密方法使用目前流行的公钥加密机制。公钥加密机制运算量大，资源需求较多，由于受成本的影响，RFID 标签的运算资源受到严格限制，所以重加密方法将密码运算交由外部代理完成，标签本身不执行运算，只存储相关数据。

3）阻塞标签方法

阻塞标签可模拟 RFID 标签 ID 的所有可能的集合，从而避免标签的 ID 被查询到。当 RFID 读写器为确定 ID 的某位询问一个节点的枝时，阻塞标签将同时广播"0"和"1"，这种强制性冲突使读写器在该节点发生递归。同样，在下一节点读写器仍将同时收到"0"和"1"，这将导致读写器遍历整棵树。如果有足够的内存、处理能力和处理时间，RFID 读写器将输出所有可能的 ID。

也可将阻塞标签模拟 ID 的范围定为二进制树的子树，子树内的标签有固定的前缀，当读写器查询 ID 的固定前缀时，阻塞标签不发生作用。但查询前缀后位时，阻塞标签将阻碍查询过程，如一个选择性阻塞标签只在查询树根左边的枝时才响应，这将导致读写器在查询以"0"为前缀的 ID 时受到阻碍，而查询以"1"开头的 ID 时不受影响。通过这种方式，选择性标签能保护一个特定域。实际上，一个选择性阻塞标签可以用于阻止读写器查询具有任意固定前缀的标签。

当阻塞标签阻塞特定域（子树）时，将影响其他正常区域标签的查询，如在查询以"0"开头的 ID 时被阻塞，读写器可能永远不能查询以"1"开头的 ID。因此，需要一种方法使 RFID 读写器不查询被阻塞的子树,即读写器需要知道哪一个子树被阻塞,以便其查询树的其他部分。其中一种解决方案是修改树型查询算法。读写器在查询树中某节点的枝前,先询问此节点的子树是否被阻塞,标签将返回结果。如果没有被阻塞,读写器按原流程继续处理;如果被阻塞,则读写器查询其他部分。

阻塞标签方法的优点是 RFID 标签基本不需要修改,也不必执行密码运算,减少了投入成本,并且阻塞标签本身比较便宜,与普通标签价格相差不大,这使阻塞标签可作为一种有效的隐私保护工具。同时,阻塞标签也可能被用于进行恶意行为,通过模拟标签 ID,恶意阻塞标签能超出规定 ID 隐私保护的范围,从而干扰正常的 RFID 应用。RFID 读写器能够处理隐私区域内的阻塞行为,但它的主要功能是查询此区域外的标签,因此恶意阻塞标签能对系统进行拒绝服务攻击,破坏 RFID 系统的正常服务。

有效解决 RFID 系统的安全和隐私问题将取决于以下三个方面的发展:①开发硬件实现低成本的密码函数,包括摘要函数、随机数发生器以及对称加密和公钥加密函数等。②在电路设计和生产上进一步降低 RFID 标签的成本,并为解决安全问题分配更多的资源。③设计开发新的更有效的防偷听、错误归纳、电力分析等 RFID 协议。RFID 读写器和标签能在不影响安全的情况下从能源或通信中断中平稳恢复。

2. 无线传感器网络中隐私权的保护策略

根据无线传感器网络潜在的隐私威胁和攻击,目前,已经提出信息加密、匿名机制、基于对策等保护方法。

1) 信息加密

对传输信息加密可以解决窃听问题,但是需要一个灵活、强健的密钥交换和管理方案,密钥管理方案必须容易部署且适合传感节点资源有限的特点。另外,密钥管理方案还必须保证当部分节点被破坏后不会破坏整个网络的安全性。

只用加密的方法不能保护系统的隐私。例如,一个用于气象监测的无线传感网络,由于传感节点资源受限,为了延长网络的生存期,传感节点只有在监测到温度异常时才发送消息。对方使用相应频段的接收设备就可以接收链路中的信号进行窃听。如果对方观察来自传感器网络的消息,就能断定那个区域的某处温度出现异常。对方不必知道原始消息的具体内容,仅凭观察到消息的存在就得出了这一结论。在传统网络中,可以用周期性地发送空闲包的方法来隐藏真正的消息包。但是,在无线传感器网络中,由于传感节点资源严格受限,采用这种方法来保护隐私是不可行的。

2) 匿名机制

匿名机制使数据在传送前失去个性。因为全部匿名是困难的,所以在解决隐私保护问题时,需要在匿名和公用信息需求之间寻找平衡点。

(1) 分散敏感数据。限制网络所发送信息的粒度,因为信息越详细,越有可能泄露隐私。比如,一个簇节点可以对从相邻节点接收到的大量信息进行汇集处理,并只传送处理结果,从而达到数据匿名化。

(2) 安全通信信道。使用安全通信协议能预防窃听、插入虚假数据、改变路由行为等攻击。

(3) 改变数据通信量。以不固定的方式传送数据可以预防通信流量分析。

(4) 节点机动性。使传感节点移动能有效地防御位置隐私威胁。

3）基于对策的方法

保证网络中的传感信息只有可信实体才可以访问，可通过建立访问控制决议和认证实现。

（1）加强路由信息的安全级别。例如，在任意的两个节点之间传输的数据（包括产生的和转发的）都进行加密和认证保护，并采用逐跳认证的方法抵制异常插入。另外，增加地理信息传输的加密程度，做到位置信息重点保护。

（2）尽量弱化节点的异构性，增加重要节点的冗余度。一旦系统的关键节点被破坏，可以通过选举机制和网络重组等方式进行网络重构。

（3）使用输出过滤方法。这种方法通过认证原路由的方式确认一个数据包是否从它的合法子节点发送过来的，直接丢弃不能认证的数据包。这样攻击的数据包在前几级的节点转发过程中就会被丢弃，可以保护目标节点。

（4）具有鲁棒性的路由协议。

（5）多路径路由。通过多个路径传输部分信息，并在目的地进行重组。

3. 互联网中隐私权的保护策略

根据实施隐私保护的主体可以将它们分为三类，即基于用户、中间代理、服务商的隐私保护技术。

1）基于用户的隐私保护技术

基于用户的隐私保护技术用于控制他人访问存储在客户机上的个人隐私信息，主要有个人防火墙和 Cookies 管理器。个人防火墙是保护个人计算机系统的软件，可以防止特洛依木马、黑客程序等窃取客户机上的个人隐私信息，也可以屏蔽某些 IP 地址的访问。Cookies 管理器允许用户关闭 Cookies 文件，选择性地接收来自某些服务器的 Cookies 文件以及搜索和查看内容。

2）基于中间代理的隐私保护技术

基于中间代理的隐私保护技术利用中间代理来隐匿用户的身份，从而保护用户的隐私。匿名技术主要分为以下三种：

（1）基于代理服务器的匿名技术。用户访问某个网站的请求首先发送到代理服务器，代理服务器将用户的 IP 地址等信息转换为一个匿名信息，然后再将这个请求发送到目的网站，从而使网站不能识别用户的身份。

（2）基于路由的匿名技术。这种技术将用户的请求通过多个中间主机发送到网站，使网站和每一个中间主机不能识别用户的 IP 地址。

（3）基于洋葱路由的匿名技术。这种技术的基本原理是将来自不同用户或应用的数据分割成固定大小的数据包，这些数据包分别选择随机的路径进行传送，到达目的地以后再重新组合，采用混淆网络的思想来支持匿名连接，从而使黑客不能监测到通信双方的身份。

3）基于服务商的隐私保护技术

前述的匿名技术实质是隐藏用户的身份，从而达到隐私保护的目的。然而，在许多 Web 应用中必须向服务商提供个人信息。例如，在线购物时消费者必须提供银行账号、联系地址等；在健康咨询时，患者必须提供病史信息等。由此，在服务商的网站系统中将收集存储着大量的个人隐私信息。因此，服务商有责任和义务采取相应的方法保护系统中的隐私信息。服务商所采取的方法有虚拟隐私网络和防火墙，以防止黑客从系统中窃取隐私信息。此外，服务商在收集用户的隐私信息时，将隐私政策公布在网站上，以提示用户是否同意其收集和使用隐私信息。

5.4 物联网中数据计算的安全性

物联网具有全面感知、可靠传递和智能处理三个特征,其中智能处理需要对海量的信息进行分析和处理。面对大规模的数据如何能够有效的处理及分配,并且最大化地保证数据安全是物联网在发展过程中必须解决的问题。目前,云计算模式被认为是物联网数据计算的关键技术和重要手段。在物联网中,运用云计算模式可以使物联网中数以兆计的各类物品实施动态管理,进而可以实现物物互联。云计算具有超大规模、虚拟化、高可靠性、高可扩展性等特点,而这些特点正是物联网规模化、智能化发展所需的技术特征。因此,云计算是实现物联网智能化的关键性技术之一,对于处理和分析物联网中的数据具有重要的作用。但是,在实际操作中云计算的安全性能否得到保障,以及如何解决安全问题等,这些都是决定物联网能否普及的关键因素。

5.4.1 物联网数据计算的关键技术——云计算

物联网中终端的计算和存储能力有限,超大规模的数据计算和数据存储是物联网发展过程中必须解决的问题。如果终端的运算仅通过私人计算机实现,对于小型数据的处理,私人计算机基本可以完成,但更新各种软件设备很困难。对于物联网中大规模数据的计算,一般配置的私人计算机很难完成。当然,面对大规模的数据处理,可以采用大型主机作为服务器在互联网上处理数据。但是,对于物联网而言,数据的庞大使成百上千台大型主机也难以支持。

云计算具有超大规模、虚拟化、多用户、高可靠性、高可扩展性等特点,而这些特点正是物联网规模化、智能化发展所需要的技术特征。因此,云计算是物联网数据计算的关键技术和重要手段,研究它对于物联网的发展具有重要的意义。

1. 云计算的概念

云计算是网格计算(grid computing)、分布式计算(distributed computing)、并行计算(parallel computing)、效用计算(utility computing)、网络存储(network storage technologies)、虚拟化(virtualization)、负载均衡(load balance)等传统计算机技术和网络技术发展融合的产物。它旨在通过网络把多个成本相对较低廉的计算实体整合成一个具有强大计算能力的系统。云计算的一个核心理念是通过不断提高“云”的处理能力,进而减少计算机终端的处理负担,最终使计算机终端简化成一个单纯的输入输出设备,并能按需享受“云”的强大计算处理能力。

云计算是研究如何把一个需要非常巨大的计算能力才能解决的问题分解成许多小的部分,然后把这些部分分配给许多计算机进行处理,最后把这些计算结果综合起来得到最终结果。但是,很难知道其中是如何实现分配的,数据是如何处理的。这就好像是一片“云”,云计算的概念由此产生。云计算可以看成是被组织起来的“虚拟的超级计算机”,它有两个明显优势,一个是数据处理能力超强,另一个是能充分利用网上的闲置处理能力,即通过因特网可以分析和完成需要惊人计算量的庞大项目。

2. 云计算与并行计算、分布式计算以及网格计算的关系

对于云计算概念的理解也可以从并行计算、分布式计算和网格计算等计算模式入手。因为云计算是这几种计算模式发展和演变的一种结果。

（1）并行计算。并行计算是指同时使用多种计算资源解决计算问题的过程。为执行并行计算，计算资源应包括一台配有多处理机（并行处理）的计算机、一台具有唯一网络地址的计算机，或者两者结合使用。并行计算的主要目的是快速解决大型且复杂的计算问题。它可以利用非本地资源，使用多个"廉价"计算资源取代大型计算机，同时克服单个计算机上存在的存储器限制问题。

（2）分布式计算。个人计算机的处理能力有限，在互联网出现后，有人提出通过网络将大量分布在不同地理位置的计算机连接在一起，包括个人计算机和大型服务器，这样可以把网络上闲置的计算能力统一起来完成一个计算量惊人的任务。分布式计算依赖于分布式系统，分布式系统由通过网络连接的多台计算机组成，每台计算机都拥有自己独立的内存及处理器，这些计算机共同协作完成一个目标或计算任务。分布式计算是一个很大的范畴，它包含了很多被人们熟悉的计算模式和技术，如 P2P 计算、浏览器/服务器计算、网格计算，同时也包括云计算。

（3）网格计算。网格计算出现于 20 世纪 90 年代，它是伴随着互联网而迅速发展起来的、专门针对复杂科学计算的新型计算模式，它将互联网上分布在不同位置的计算机组成一台"虚拟的超级计算机"，每台计算机可以看成是其中的一个"节点"，整个计算机就是由这种成千上万个"节点"组成的"网格"，故称为网格计算。网格计算的核心是试图解决一个巨大的单一的计算问题，由于它主要针对于科研领域应用，因此限制了它的应用前景。

在诸多计算模式中，云计算和网格计算都属于分布式计算，而分布式计算萌芽于并行计算。并行计算、网格计算以及云计算的共同特点是希望联合多台计算机解决大的计算问题，但是，它们对计算机的要求、计算方式以及应用范围则各有不同。它们的不同点主要有以下方面：

（1）并行计算追求计算机的高性能，以众多高性能的计算机并行地去解决一个问题，而云计算和网格计算则对每台计算机的计算能力要求较低。

（2）并行计算是采用多台计算机的整体计算能力处理一个集中单一的问题，网格计算是将分散的资源或计算能力抽出闲置的部分聚合，使用聚合后的计算能力支持大型集中式应用，云计算是将相对集中的资源或计算能力进行整合，并服务于分散的应用。

（3）网格计算和并行计算的诞生都是为了解决某个科研项目大规模的数据计算问题，它们的提出主要是为了满足科学和技术领域的专业需要，应用领域也基本限于科学领域，而云计算从开始诞生就是针对于普通应用，因此它的普及性更好。

3. 云计算的特点

云计算模式在信息处理和信息存储上具有显著的优势，它的特点如下：

（1）云计算具有超强规模的运算能力。

云计算的信息处理能力主要由虚拟数据中心决定。目前，众多应用云计算的单位都有强大的后台服务器，因此能够赋予计算机终端前所未有的计算能力。

（2）云计算模式可以实现信息存储的虚拟化。

云计算模式的构造是通过一组部署管理软件完成的，它将拥有和需要的信息均通过云管理系统传输至云计算后台（即信息数据中心）。因此，人们在任意位置、使用各种终端都可以通过互联网获取相应的资源和数据，它们均来自"云"，而不再需要固定的存储硬盘存放信息。

（3）云计算具有良好的通用性和可扩展性。

云计算不只是针对特定的应用，在"云"的支撑下可以构造出千变万化的应用场景，同一个"云"可以同时支撑不同的应用运行。并且"云"的规模可以动态伸缩，以此来满足应用规模增长的需要。

5.4.2　物联网中云计算的安全问题

在物联网中应用云计算可以达到处理和存储大规模数据的目的,实现物联网的智能化。云计算使人类拥有前所未有的信息掌控能力,但是,也不可避免地产生一些新问题,如安全问题。

云计算的安全模式并没有颠覆传统的安全模式。云计算所采用的技术和服务同样可以成为黑客或各种恶意组织和个人为某种利益而攻击的目标,同样可以发生安全问题,如利用大规模网络进行的拒绝服务攻击、利用操作系统或者服务协议的漏洞进行的漏洞攻击、针对存放在"云"中的用户隐私信息进行恶意攻击、窃取、非法利用,或者被黑客利用发送垃圾邮件、发起针对数据下载上传的统计以及恶意代码监测等高级的恶意程序攻击等。除此之外,组成"云"的各种系统和应用仍然要面对在传统的单机或者内网环境中所面临的各种病毒、木马和其他恶意软件的威胁。应用云计算需要采用防火墙保证不被非法访问,使用杀毒软件保证内部机器不被感染,应用入侵检测和防御设备防止黑客入侵。使用者应采用数据加密、文件内容过滤等方法以防止敏感数据存放在相对不安全的云里。云计算中的安全问题必然会给物联网的发展带来极大的阻碍,因此,解决云计算的安全问题对物联网而言显得尤为重要。

作为云计算的使用者,最关心的问题是自己数据的安全性,这包括数据私密性、完整性和可用性等,具体来说主要体现在以下几个方面:

(1) 数据的完整性。要求存储的数据在任何时候都要保持不变,不会随着时间的变化而发生损坏。

(2) 数据在存储上的私密性。存储在云上的数据不能被其他人查看或更改。

(3) 数据在运行时的私密性。数据在运行时(加载到运行时系统内存)不会被其他人查看或更改。

(4) 对数据进行访问时需要进行权限控制。每次对数据进行访问时需要进行用户认证与授权,并对用户的访问情况进行审计,以便在未来有据可查。没有用户认证和授权的则不可以访问。

(5) 用户数据在网络上传输的私密性。在云计算中心内部网络传输以及在互联网上传输的数据都不可被他人查看、修改,以保证数据传输的安全性。

(6) 数据的持久可用性。如果发生各种突然事件和灾难,也可以随时获得曾经存储过的数据。

这六个方面反映了使用者对物联网云计算安全性的需求。只有保障了物联网云计算的安全性,以云计算为核心的物联网才有可能普及。目前,对于这些问题已经提出了相应的解决方案。

5.4.3　云计算安全关键技术

表 5.1 列出了物联网云计算的安全性要求及采取的相应技术手段。

表 5.1　云计算安全技术手段

安全性要求	用户	服务提供商
数据访问的权限控制	权限控制程序	权限控制程序
数据存储的私密性	存储隔离	存储加密、文件系统加密

安全性要求	用户	服务提供商
数据运行时的私密性	虚拟机隔离、操作系统隔离	操作系统隔离
数据在网络上传输的私密性	传输层加密	网络加密
数据完整性	数据检验	
数据持久可用性	数据备份、数据镜像、分布式存储	
数据访问速度	高速网络、数据缓存、CDN	

表 5.2　云安全框架实现对照表

信息安全框架	安全手段
数据和信息	数据隔离
	数据加密
	数据保护
人员和身份	用户认证与授权
网络、服务器和终端	网络的隔离
物理安全	灾备管理

为了将各种技术手段有机地结合起来形成真正具备安全能力的平台,平台必须在设计之初就考虑到各种安全问题,因此需制定一个基础安全架构,它需包含 5 个核心的基础技术架构,如物理安全、基础架构安全、身份/访问安全、数据安全和应用安全等。对于一个具体的基础架构云,云计算平台采用统一管理的系统,每个使用者在属于自己的虚拟资源下运行相关程序,并且可以控制这些虚拟资源的安全策略。但是,对于云计算供应商,则需要确保这些虚拟资源之间是通过一定技术手段相互隔离的。按照云计算的要求,安全框架的具体实现方法如表 5.2 所示。

1. 解决云计算安全问题的技术手段

1) 数据隔离

基础架构云的一个核心技术是虚拟化,这表示不同用户的数据可能存放在同一个共享的物理存储设备上。云计算系统对数据的存放可采用两种方式实现。

(1) 提供统一共享的存储设备。

(2) 提供单独的存储设备。当选择共享存储设备存放数据时,可以通过存储设备自身的安全措施来保证数据的安全性,如存储映射技术。

选择共享存储设备的优点主要有以下方面:

(1) 可节约存储空间。

(2) 便于统一管理。

(3) 便于备份及容灾的实现。

当选择单独的数据存储设备时,从物理层面的隔离可以保护重要数据。其优点是可以有效保护用户数据,但是存储设备无法有效利用。当用户规模扩大时,无法实现对分布的独立存储进行有效管理。图 5-6 为数据隔离与交换系统示意图。

2) 数据加密

数据加密的目的是防止他人拿到数据的原始文件后进行数据的窃取。数据加密在云计算中的具体应用形式为使用用户密钥对数据进行加密,然后上传至云计算环境中,之后使用时再实时解密,但要避免将解密后的数据存放在任何物理介质上。

在数据加密技术中,明文的含义是指原始的或未加密的数据,通过加密算法对其加密,加密算法的输入信息为明文和密钥;密文是指明文加密后的格式,是加密算法的输出信息。加密

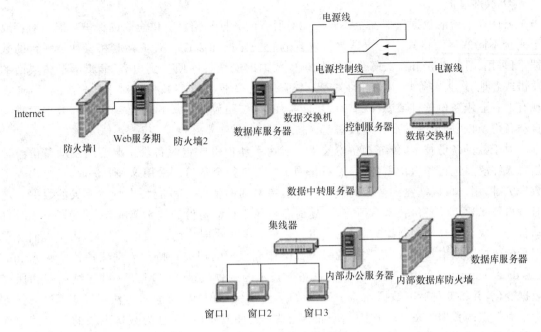

图 5-6 数据隔离与交换系统

算法是公开的,而密钥是不公开的。如果没有密钥其他人不能够解开密文。

理想的加密模式使攻击者为了破解所付出的代价应远远超过所获得的利益。传统加密方法有两种,即替换和置换。替换方式为使用密钥将明文中的每一个字符转换为密文中的一个字符,置换方式是仅将明文的字符按不同的顺序重新排列。单独使用这两种方法的任意一种都是不够安全的,但是,将这两种方法结合起来就能提供相当高的安全程度。数据加密标准(data encryption standard,DES)就采用了这种结合算法。

多年来,人们认为 DES 并不是真的很安全。事实上,即使不采用智能的方法,随着快速、高度并行处理器的出现,强制破解 DES 也是可能的。"公开密钥"的加密方法使 DES 以及类似的传统加密技术失效了。在公开密钥加密方法中,加密算法和加密密钥都是公开的,任何人都可将明文转换成密文。但是,相应的解密密钥是保密的(公开密钥方法包括两个密钥,分别用于加密和解密),而且无法从加密密钥推导出来。因此,若未被授权,即使是加密者也无法执行相应的解密。数据加密过程如图 5-7 所示。

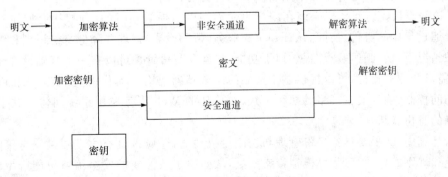

图 5-7 数据加密过程

3) 数据保护

云计算平台的数据保护安全措施应能对所有的数据和信息提供全面的保护功能。对存放于完全不同的存储格式中的数据进行发现、归类、保护和监控。对于存储在云计算平台的数据，可采用快照、备份和容灾等保护手段确保数据的安全。即便受到黑客、病毒等逻辑层面的攻击或者地震、火灾等物理层面的灾害，也都可以有效恢复这些数据。对于数据备份，可通过现有的企业级备份软件或者存储备份功能实现，可按照设定的备份策略对文件和数据库进行自动备份及恢复，包括在线和离线备份。

对于数据备份技术，传统的备份技术一般为手动备份或定时备份。典型的手动备份流程是每天在凌晨进行一次增量备份，然后每周末凌晨进行全备份。采用这种方法时，一旦出现了数据灾难，用户可以恢复到某天的数据，因此，在最坏的情况下可能丢失整整一天的数据。定时备份技术比手动备份技术有所进步，定时备份属于自动备份的技术范围，一般为若干小时自动备份一次。如果出现数据灾难，用户可以恢复到若干小时之前的数据。但是，由于人们对数据量的要求不断增长，每一份数据的丢失都会造成很大的损失。持续数据保护技术（continuous data protection，CDP）是对传统数据备份技术的一种改进。CDP 是一种连续捕获和保存数据变化，并将变化后的数据独立于初始数据进行保存的方法，而且该方法可以实现过去任意一个时间点的数据恢复。CDP 系统可能基于块、文件或应用，并且为数量无限的可变恢复点提供精细的可恢复对象。CDP 技术通过在操作系统核心层中植入文件过滤驱动程序实时捕获所有文件访问操作。对于需要 CDP 连续备份保护的文件，当 CDP 管理模块经由文件过滤驱动拦截到改写操作时，则预先将文件数据变化部分连同当前的系统时间戳（system time stamp）一起自动备份到 CDP 存储体。从理论上说，任何一次的文件数据变化都会被自动记录，因而称为持续数据保护。现在，CDP 为用户提供了新的数据保护手段，系统管理者无须关注数据的备份过程，而是仅仅当灾难发生后，简单地选择需要恢复到的时间点即可实现数据的快速恢复。

为了实现数据保护，还可以把一份数据同时存放在多个地点，这样即使一份数据出现了问题可以从其他位置获取数据。

4) 用户认证与授权

用户认证与授权旨在授权合法使用者进入系统和访问数据，同时保护这些资源免受非授权的访问。云计算的用户认证与授权措施需要具备如下的能力：

（1）身份管理。在用户身份生命周期中，有效地管理用户身份和访问资源的权限是重要的。它的内容主要包括用户生命周期管理和用户身份控制。

（2）访问授权。访问授权应该在用户生命周期以内提供及时的访问，从而加强安全和保护资源。通过集中的身份、访问、认证和审查服务，帮助检测、管理并降低身份识别和访问的风险。一般情况下，访问管理应该提供以下功能，访问和身份管理可以在一个基础设施环境下集成；根据需求和业务目标，可以提供基于策略的安全基础架构自动化；为多个服务和用户提供集中的访问控制，确保安全策略的执行一致；在信任的 Web 服务应用系统间建立共享认证和属性信息的身份联邦。

在云计算中，除了要具备身份管理与访问授权功能，还应该具有主动强制安全策略，实现基于角色和规则的自动管理；可模拟策略变更，从而便于掌握新的安全策略可能产生的影响；能够安全高效地引入应用软件、操作系统和资源；能够提供执行口令和个人信息变更的 Web 自助接口；配置必要的软件组件，包括必要的数据库、LDAP 服务器、Web 与应用服务器。

5）网络隔离

面对新型网络攻击手段的出现和对网络安全的特殊需求，一种新的网络安全防护防范技术——"网络隔离技术"应运而生。网络隔离技术的目标是确保隔离有害的攻击，在可信网络之外和保证可信网络内部信息不外泄的前提下，完成网间数据的安全交换。网络隔离技术是在原有安全技术的基础上发展起来的，它弥补了原有安全技术的不足，突出了自己的优势。

网络隔离是指把两个或两个以上可路由的网络（如TCP/IP）通过不可路由的协议（如IPX/SPX、NetBEUI等）进行数据交换而达到隔离目的。由于采用了不同的协议，因此通常称为协议隔离。协议隔离和防火墙不属于同类产品。隔离的概念是在保护高安全度网络环境的情况下产生的，隔离技术的发展经历了五个阶段：

第一代隔离技术——完全的隔离。此方法使网络处于信息孤岛状态，做到了完全的物理隔离，需要至少两套网络和系统，更重要的是信息交流的不便和成本的提高，这样给维护和使用带来了不便。

第二代隔离技术——硬件卡隔离。在客户端增加一块硬件卡，客户端硬盘或其他存储设备首先连接到该卡上，然后再转接到主板上，通过该卡能控制客户端硬盘或其他存储设备。在选择不同的硬盘时，同时选择该卡上不同的网络接口，连接到不同的网络。但是，这种隔离产品有的仍然需要网络布线为双网线结构，产品存在着较大的安全隐患。

第三代隔离技术——数据转播隔离。利用转播系统分时复制文件的途径实现隔离，由于切换时间较长，甚至需要手工完成，不仅明显地减缓了访问速度，也不支持常见的网络应用，失去了网络存在的意义。

第四代隔离技术——空气开关隔离。它是通过使用单刀双掷开关，使内外部网络分时访问临时缓存器来完成数据交换的，但在安全和性能上存在问题。

第五代隔离技术——安全通道隔离。通过专用通信硬件和专有安全协议等安全机制实现内外部网络的隔离和数据交换，不仅解决了常用隔离技术存在的问题，并有效地把内外部网络隔离开来，而且高效地实现了内外网数据的安全交换，透明支持多种网络应用，因此成为当前隔离技术的发展方向。

6）灾备管理

如果遇到云计算中心机房失火、地震等灾难性事件，云计算平台应该具备防止数据丢失的能力，云计算平台应该可以切换到其他备用站点以继续提供服务。

5.5　业务认证与加密技术

5.5.1　物联网的业务认证机制

1. 物联网认证机制概述

传统的认证方式需要区分不同层次，其中网络层认证负责网络层的身份鉴别，业务层认证负责业务层的身份鉴别，两者相互独立且缺一不可。在物联网中，由于其业务应用与网络信息通信密切相关，因此在此背景下网络层的认证是不可或缺的，但并不强制进行业务层的认证。其中网络层的认证可以根据业务的来源和安全敏感程度来加以设计。

由于物联网是在现有移动网络基础上集成的一种新型网络，这在很大程度上决定了物联网安全问题的特殊性。一方面，传统移动网络中的大部分安全机制仍然能够为物联网提供一定的安全保障，如认证机制、加密机制等；另一方面，我们需要根据物联网的自身安全特点对现有网络安全机制进行合理、有效的调整和补充。因此,宏观上可将物联网面临的安全问题归纳为两个方面,传统的移动通信网络的安全问题,以及与已有移动网络安全问题不同的特殊安全问题,这些特殊问题主要包括:

（1）当由网络运营商提供物联网的业务时,仅需要进行网络层的认证,而无需业务层的认证,即可满足物联网安全性的要求。

（2）当由第三方提供物联网的业务,且网络运营商不提供密钥等安全参数时,可以发起独立的业务认证而不再考虑网络层的认证。

（3）当业务是诸如金融类等敏感业务时,业务提供者通常会采用更高安全级别的业务层的认证,而不会信任网络层的安全认证。

（4）当业务是普通业务时,业务提供者则不再需要业务层的认证,因为此时,网络认证已经足够。

2. 认证手段

1）生物认证技术

目前,用于身份验证的特征主要包括非生物特征和生物特征这两类。非生物特征是指用户所知道的信息(如动态口令、个人密码等),以及用户所拥有的信息(如智能卡、身份证、护照、密钥盘等);生物特征是指人体固有的生理特征(如指纹、掌纹、虹膜、视网膜等)以及行为特征(如语言、签名等)。非生物特征虽然简单,但是可靠性较差,容易被他人通过特殊手段获取,如口令可能被忘记或者被猜测,甚至被窃取。这是非生物特征认证方法的缺点。

基于生物认证的方式是指通过对计算机和网络技术等来进行图像处理和模式识别。这种认证方法通常分四个步骤进行,抓图、抽取特征、比较和匹配等。生物识别系统通过捕捉人体唯一的生物特征,并将其转化成数字的代码,对这些数字代码进行组合,形成对应的特征模板,这种模板可能会在识别系统或储存器中,如数据库、智能卡或条码。用户与识别系统之间交互进行身份验证,以确定匹配或者不匹配。

基于生物特征的身份认证的实现方式主要是通过生物传感器、光学、声学、统计学和计算机技术等高科技手段,因此,与传统的身份认证方法相比既具有更高的安全性又具有更好的保密性。下面介绍几种常见的生物身份认证技术。

（1）指纹身份认证技术。

指纹是手指皮肤表层的隆起基线和低洼细沟所形成的纹理,而指纹影像可视为一种由许多图形线条依照某种特殊排列方式组合而成的影像。人的指纹具有唯一性,且在胎儿时期就已经成型并保持终身不变,即使是双胞胎的指纹也互不相同。因此,用指纹做一种身份识别技术已经被广泛采用。

指纹身份认证技术主要包括如下步骤:指纹图像采集、图像预处理、指纹特征提取、指纹特征入库、特征值的比对和匹配等。

（2）视网膜身份认证技术。

视网膜是一种不会受到磨损、老化或者疾病影响的稳定的生物特征,其作为身份认证是诸多识别技术中精确度较高的。视网膜身份认证技术识别身份的方式是利用视网膜的终身不变性和差异性进行。视网膜技术自身与相应的算法相结合可以达到非常高的准确度。但是,这项技术也存在着问题,即视网膜影像无法录入。这已经成为它同其他技术抗衡的最大障碍。

由于视网膜图形具有良好的区分能力,而且不容易被改变、复制或者伪造,因此,这种技术受到军事、情报等具有高度机密而需要高度安全保护领域的欢迎。由于扫描视网膜影像时需要提供视网膜者的密切配合,而使民众产生长期使用红外线影响视网膜功能的担心,这种技术至今还没有广泛地应用到日常生活中。此外,视网膜识别技术不适用于直接数字签名和网络传输,使用起来比较困难。

（3）语音身份认证技术。

语音身份认证技术或称为声纹识别,是一种基于行为特征的,利用声音录入设备测量和记录声音波形并进行频谱分析,经数字化处理后保存为声音模板的识别技术。虽然人的发音器官生理构造是基本相同的,但由于人的语音产生是人体语言中枢与发音器官之间一个复杂的生理物理过程,不同的人在讲话时使用的器官——舌、牙齿、喉头等在尺寸和形态等方面存在很大的差异,所以任何两个人的声纹频谱图都不相同。语音身份认证是通过对所记录的语音与被鉴人声纹的比对进行身份认证。

语音身份认证的主要步骤如下:首先输入语音信号,即对鉴别对象的声音进行采样,然后对采样数据进行小波处理,再进行特征提取和模式匹配。特征提取是指从声音中提取唯一代表说话人身份的有效且稳定可靠的特征。模式匹配是指对训练和鉴别时的特征模式做相似性的匹配。语音身份认证技术作为一种非接触式的识别系统,用户可以自然地接受。但是语音识别系统匹配的精确度很难保证,因为声音会随着音量、速度和音质的变化而影响到采集的结果。另外,声音识别系统还很容易被录音设备上录制的声音欺骗,这样就降低了语音识别系统的安全可靠性。

2）非生物认证技术

在公共网络上的非生物认证技术可分为两类。

（1）口令认证方式。

口令认证要求请求认证者首先具有一个在认证者的用户数据库内是唯一的用户账号 ID。同时,必须考虑以下问题确保认证的有效性,即请求认证者的口令必须安全。即知道认证口令的只能是相应 ID 的请求认证者;在认证者系统中必须保证口令的使用和储存是安全的;在用户认证时,必须保证口令在传输过程中是安全的,且不能被窃看和替换;为了避免把口令发给冒充的认证者,请求认证者在向认证者请求认证前必须确认认证者的身份。

（2）持证认证方式。

持证认证是一种实物认证方式。持证是一种作用类似于钥匙的,用于启动电子设备的个人持有物。以往使用较多的是一种嵌有磁条的塑料卡,磁条上记录着用于机器识别的个人认证号。但这类卡片容易伪造,安全性比较低,因此一种被称为智能卡的集成电路卡产生并代替了普通的磁卡。由于智能卡的寿命更长、存储信息量更大、抗干扰能力更强,目前已经成为身份认证的一种有效和安全的方法。

智能卡仅为身份认证提供了一个硬件基础,要进行更安全的识别,还需要与安全认证协议配套使用。

3. 认证协议

1）Feige-Fiat-Shamir 协议

目前,应答式协议是大多数的认证协议,其主要认证过程如下,由认证者提出问题（通常是随机地选择一些随机数,称为口令）,由被认证者回答,然后认证者验证其身份的真实性。询问应答式协议一般是基于私钥密码体制的,在这类协议中认证者不知道被认证者的个人信息,因此又称为零知识身份认证协议。

2）Kerberos 认证系统

Kerberos 系统提出的目的是解决在分布式校园网络环境下，工作站用户经由网络访问服务器的安全问题。为解决网络的安全问题，其初始计划包括三个组成部分，即认证、报表和审计，但是后二者内容没有被实现。Kerberos 以 Needham 和 Schroeder 认证协议为基础，按单钥体制设计，由可信赖中心支持，实现方式为以用户服务模式。

Kerberos 在分布式网络环境中能够防止攻击和窃听，提供高可靠性和高效的服务，具有足够的安全性、透明性（用户除了发送 Password 外，不会被觉察出认证过程），且可扩展性好。

综上所述，各种身份认证技术都有各自的优缺点。在实际应用中，应当综合考虑系统需求和认证机制的安全性两个方面，安全性最高的不一定是最好的选择。如何减少身份认证机制的计算量和通信量，在节省成本的同时提供较高的安全性，是选择身份认证方案时需要重点考虑的问题。

5.5.2 物联网的加密机制

1. 加密机制概述

逐跳加密是传统互联网的网络层加密机制，即信息在发送的过程中，虽然节点之间的传输是加密的，但是，在每个经过的节点上需要不断地解密和加密，也就是说，在每个节点上信息都是明文的。而传统网络的业务层加密机制是端到端的，即信息在传输过程和转发节点上是密文，而在发送端和接收端才是明文的。由于物联网中网络层和业务层紧密结合，因此，其加密机制需要考虑选择使用逐跳加密或端到端加密。

逐跳加密进行加密的对象可以只考虑需要受保护的链接，并且由于它在网络层进行，所以适用于所有业务的加密，即在统一的物联网业务平台上，就算是不同种类的业务也可以进行安全管理，从而实现安全机制对业务的透明。这就保证了逐跳加密的低延时性、高效率、低成本、可扩展性好的特点。但是，因为逐跳加密会在各传送节点上对数据进行不断的解密和加密，故各个节点都有可能解读被加密的信息。因此，逐跳加密对传输路径上各传送节点的可信度要求很高。

端到端加密机制可以针对不同的业务类型选择不同的安全策略，从而为高安全要求的业务提供高等级的安全保护。但是，端到端加密不能对消息的目的地址进行保护，因为消息所经过的每个节点要如何传输是根据此目的地址确定的。这将导致端到端加密方式不能隐藏消息的源点与终点，从而容易受到对通信业务进行分析而发起的恶意攻击。另外，端到端加密在国家政策的角度上，也无法满足合法监听政策的要求。

通过以上分析可知，当业务的安全要求不高时，且网络可以提供逐跳加密保护，那么，业务层端到端加密的需求并不显著。而当业务的安全需求很高时，端到端加密仍然是其首选。根据物联网不同业务对安全级别的不同要求，可以将业务层端到端加密作为可选项。

物联网的快速发展使其对网络安全的需求日益迫切。在明确了物联网业务中的特殊安全需求之后，才能考虑如何为物联网提供端到端的安全保护，以及如何用现有机制来解决这些安全保护功能的问题。随着物联网中机器间集群概念的引入，还需要考虑如何用群组概念解决群组认证的问题。

2. 物联网的数据加密技术

1）数据加密的基本概念

数据加密的基本过程是通过对重要的原始数据进行处理,使其成为一段不可读的乱码并进行传送,再用相同的或不同的手段还原到达目的地的数据。这些变换后的报文以无法读懂的形式出现,称为密文,而报文的最初形式称为明文。密文通过明文与密钥相结合的方式产生,而密钥是用来对数据进行编码和解密的一种参数。明文、密文、算法和密钥这四个要素构成了加密技术的核心。

其中,"加密"就是使其只能在输入相应的密钥之后才能显示原本的内容,并通过算法和密钥对数据进行转换,这样就可以达到保护数据不被非法窃取、阅读的目的。该过程的逆过程为"解密",即为了使接收信息者能够读懂报文,将密文重新恢复成明文的过程。"加密"与"解密"两个过程相辅相成并紧密结合。

2）数据加密的基本算法

加密算法按照双方收发的解密、加密的密钥是否相同进行分类,可分为密钥相同的对称加密算法和密钥不相同的非对称加密算法。

（1）对称加密算法。

对称加密算法,也称私钥加密算法,是一种常规密码体制。其特征是发信方和收信方采用相同或等价的密钥,加密密钥可以从解密密钥中推导出来,解密密钥也可以从加密密钥中推导出来。加密密钥和解密密钥在大多数的对称算法中是相同的,它要求通信双方在通信前必须选择一个合适的密钥,并在通信过程中保证密钥的保密性,双方必须互相信任对方不会泄漏密钥。

比较典型的对称加密算法有数据加密标准 DES（data encryption standard）、国际数据加密算法 IDEA（international data encryption algorithm）、高级加密标准 AES（advanced encryption standard）,以及 3DES（triple DES）等。

其中,影响最大的是 DES 算法,它是一种主要采用替换和移位的方法进行加密的分组加密算法,即在 64 位密钥的控制下把 64 位的明文输入块变为 64 位的密文输出块。首先,DES 对输入的 64 位数据块做初始变换,之后对半拆分成长 32 位的左右两部分;然后,将密钥与右半部分相结合,再将得到的结果与左半部分结合,此时得到的结果作为新的右半部分,结合前的右半部分作为新的左半部分,这一系列步骤称为迭代一次,总共需要迭代 16 次;最后,对最后一次迭代变换后的结果进行初始置换的逆置换,即得到 64 位的密文。

（2）非对称加密算法。

非对称加密算法也称为公钥加密算法。其特征是发信方和收信方使用的是公开密钥和私有密钥,即两个不同的密钥,两者相互独立。如果采用公开密钥对数据进行加密,只有采用对应的私有密钥才能解密;如果采用私有密钥对数据进行加密,那么只有采用对应的公开密钥才能解密,企图非法窃取信息者无法根据公开密钥去推算出私有密钥。其中公开密钥向公众公开,而私有密钥只有当事人自己知道。

非对称加密算法实现信息加密传送的基本过程为,甲方首先生成一对密钥并将其中的一把作为向其他方公开的公开密钥,而将另一把作为私有密钥自己保存。一方面,收到公开密钥的乙方可以使用该密钥作为加密密钥对机密信息进行加密并发送给甲方,甲方再用自己保存的私有密钥作为解密密钥对加密后的信息进行解密。另一方面,甲方可以使用自己的私钥作为加密密钥对机密信息进行加密并发送给乙方,乙方再用获得的公钥作为解密密钥对加密后的信息进行解密。

比较典型的非对称加密算法有 RSA、数字签名算法(digital signature algorithm,DSA)以及椭圆曲线密码编码学(elliptic curves cryptography,ECC)等。其中最有影响的是由 RSA 公司发明的 RSA 算法,它能够抵抗到目前为止已知的所有密码的攻击。

将两者相比较可知,在管理方面,对于网络的开放性要求,非对称加密算法更加适应,而且密钥的分配管理也更为简单,更可实现信息的数字签名和验证;在安全性方面,私有密钥在非对称加密算法中的破解几乎不可能,因此更具有优越性;在速度方面,非对称加密算法因其算法复杂而运算速率较低,而对称算法具有明显的优势。

5.6 物理设备安全问题

物联网的三层网络分别为感知层、网络层和应用层,感知层为最底层。感知层是由各种具有感知能力的设备组成,主要作用是感知和识别物体,采集和捕获信息。感知层中的重要感知设备是 RFID 和传感器,是物联网感知层的重要组成部分。

由于物联网的应用可以取代人完成一些复杂、危险和机械的工作。物联网机器/感知节点多数部署在无人监控的环境中,攻击者可以轻易地接触到这些设备,从而对其造成破坏,甚至通过本地操作更换机器的软件和硬件。另外,在通常情况下,感知节点功能简单(如自动温度计),携带能量少(使用电池),使它们无法拥有复杂的安全保护能力。而感知网络多种多样,从温度测量到水文监控,从道路导航到自动控制,它们的数据传输也没有特定的标准,所以难以提供统一的安全保护体系。本节对感知层中重要的组成部分 RFID 与传感器及传感网的安全问题和解决方法进行简单介绍。

5.6.1 RFID 装置

物联网技术主要包括信息采集、信息传递和信息处理三个方面,信息采集是物联网发展的关键,RFID 是物联网的重要构件之一,它通过射频信号自动识别目标对象并同时获取数据,适用于各种恶劣环境,而且可识别高速运动物体,亦可同时识别多个标签。多功能性使其在物联网信息采集中具有重要作用。可以说 RFID 技术是物联网中关键的基础技术之一。

尽管 RFID 技术发展迅速,但是,在实际应用中却存在着严重的安全隐患。例如,非法跟踪识别受害人身上的标签,窃取个人信息以及物品信息,通过一些简单的技术手段破坏 RFID 标签上的有用信息,进而扰乱 RFID 系统的正常运行,或者截获 RFID 发出的信息,伪造 RFID 标签影响零售业和自动付费等领域的应用。在物流领域中,如果标签中的信息被恶意篡改,则可能导致应用 RFID 技术的物流系统处于瘫痪状态。如果 RFID 系统中的商业机密和军事机密被人窃取则会造成严重的后果。

随着射频识别系统 RFID 在各个领域的广泛应用,解决 RFID 系统的安全问题已经成为此项技术能够获得更广泛应用的关键性问题之一。针对不同的应用领域,射频识别系统 RFID 对安全性的要求也不同。下面对几种安全技术进行介绍。

1. 采用物理方法应对 RFID 的安全问题

由于 RFID 标签功能简单,无法提供复杂的应用程序或加密算法保护隐私,所以可以采用如下物理手段保护标签隐私。

1）"Kill Tag"方法

保护消费者隐私的直接手段是在射频标签置于消费者手中之前，将射频标签的所有功能关闭。即这种开关标签处于"死"状态后将无法被再次激活，从而无法通过获得标签的 ID 达到窃取消费者隐私的目的。为了应用这种开关标签，人们提出了一种标准设计模式，设计思想是通过向标签发送特殊的"kill"命令（通常包含 8 位二进制数的口令）永久关闭标签的所有功能。例如，超市可使用射频标签帮助管理商品账目和检测货物架上商品库存情况。为了保护消费者隐私，超市收银员在超市出口处删除已购买商品的标签。

2）"Faraday cage"方法

为了实现对物联网中射频标签的保护，可以用一种由金属网或金属薄片制成的容器将射频标签屏蔽起来，这样某一频段的无线电信号将无法穿透外罩，也无法激活内部的射频标签。法拉第笼（Faraday cage）就是这样一种可以防止电磁场进入或逃脱的金属外壳。一个理想的法拉第笼由一个未破损的、完美的导电层组成。在实际中这种理想状态不能达到，但是能够通过使用细网铜筛实现。

法拉第笼能够阻止漂移的电磁场进入，可应用于敏感的无线接收设备的测试过程中。另外，法拉第笼可以防止由电脑显示器阴极射线管发出的电磁场的逃脱。这些磁场能够被黑客中途截取并破译，使黑客在不需要信号线、电缆和摄像设备的情况下就可以远程实时地看到屏幕上的数据。这种行为称为屏幕辐射窃密，它也能被政府官员用于查看罪犯和某些犯罪嫌疑人的计算机使用活动。

3）有源干扰方法

电子干扰技术首先应用在军事领域，是为了使敌方电子设备和系统丧失或降低效能所采取的电波扰乱措施，它是电子对抗的组成部分。有源干扰是指用专门的干扰发射机发射或转发某种形式的电磁波，使敌方电子设备和系统工作受到扰乱或破坏。无源干扰是指采用本身不发射电磁波的箔条、反射器或电波吸收体等器材，反射或吸收敌方电子设备发射的电波使其效能受到削弱或破坏。

在物联网技术中，对射频信号进行有源干扰是另一种保护射频标签免受监测的物理手段。通过使用一种能主动发出无线电信号的设备阻碍或干扰附近射频识别系统阅读器的正常工作。但这种有源干扰方法可能会给附近的射频识别系统，甚至是不要求隐私保护的合法系统带来严重的破坏。因此，这种方法一般不单独使用，而是与射频识别协议一起使用来破坏射频识别系统某些特定的操作。

2. 采用逻辑方法应对 RFID 的安全问题

设计具有智能化的射频识别标签是另一种 RFID 保持安全性的方法，这些射频标签以一定形式相互作用和影响，从而保护 RFID 中的信息和个人隐私。为达到这种目的，典型的方法是应用密码学的知识对标签进行加密或序列重组。下面介绍三种智能标签方法：

1）散列函数锁存方法

在这种方法中，标签是可以被封锁的。除非标签被开启，否则它将拒绝显示它的 ID 身份号。当要封锁标签时，标签拥有者使用散列函数，令随机密钥产生的散列值作为标签的 Meta-ID，并将随机密钥和 Meta-ID 储存到后端的数据库中。一旦获得一个 Meta-ID 值，标签就进入封锁状态。当要开启标签时，首先询问来自标签的 Meta-ID 值，同时在后端的数据库中查找相应的随机密钥。系统将查到的密钥发送给标签,标签将得到的密钥通过散列函数运算得到一个散列值,将该值与本身储存的 Meta-ID 值进行比较,如果两个值匹配的话,标签将会自动开启并向周围的阅读器提供所有的功能信息。这种方法只需要完成标签中散列函数的实现以及后端数据库里的密钥管理,是一种较为直接和经济的方法。

2) 重加密方法

为了避免射频识别标签与阅读器之间的通信被监测,可以对标签存储的内容进行加密。所谓的通用重加密方法是指对射频标签中已加密的信息进行重复性再加密。这样,由于信息形式的可变性使标签无法被窃取,标签持有者也很难被跟踪。通过公钥密码体制实现重加密,即使密文是通过多重加密获得的,只需通过一次解密就能获得对应的明文。如果使用对称密码体制,对多重加密的密文需要经过多次解密才能获得对应的明文或是必须保持阅读器与射频标签同步获得对应明文。

3) 二叉树方法

随着射频识别技术应用范围的不断扩大,对阅读器从众多射频标签中识别与它匹配的特定标签的能力要求越来越高。在识别过程中,无处不在的射频标签发射的响应必然会引起相互间的干扰,因此需要一种反碰撞算法解决这个问题。反碰撞算法可以是随机的或是确定的。射频标签分布的密度越大,碰撞率越高,同时破坏性也越严重。一种简单的确定性反碰撞算法称为二叉树法,在这种方法中,阅读器询问它附近所有标签的 ID 码的下一个比特值。如果阅读器检测到一个碰撞,那么在这簇标签中至少有两个标签在同一比特位上有相同的比特值。接着,阅读器会发送一个比特回答用来指示哪个标签可以继续进行下去,哪个标签将停止响应。进而呈现出一种二叉树查询模式,这种模式只发送在前向通道上安全的 ID 值,并且不会对系统性能产生不良影响。

假设一簇标签有相同的 ID 前缀,例如产品号或是生产商的 ID 号,为了识别到特定标签,阅读器会询问它附近所有标签的 ID 码串的下一个比特值。由于远距离的窃听者只能监测前向信道,它不能听到来自标签的响应,这样阅读器和标签能有效地共享这个秘密比特值。如果没有碰撞发生,阅读器就可以在后向通道中获得这个前缀。这个前缀可以用来隐藏 ID 号中独特部分的比特值。假设有两个标签,它们的 ID 值分别是 a 和 b。阅读器将从两个标签中获得前缀,但不会发生碰撞,在接受下一个比特时,阅读器将会检测到碰撞。因为远距离的窃听者无法获得,所以阅读器可以发送 a 或 b 的值识别期望得到的标签。

目前,虽然对于 RFID 的隐私与安全技术已进行了一些基础性研究,提出了多种解决方案,但这些研究工作还处于探索阶段。现在的研究成果不足以完全解决 RFID 的隐私与安全问题。因此,如何开发出一套更加完善有效的安全与隐私保障机制成为 RFID 技术能否在各个应用领域进一步发展的关键问题。

5.6.2 传感器网络的安全问题

具有类似生物体的感知和传递感知的功能是物联网的一个重要特点。感知网络的基本单位是传感器,它是一种物理装置,能够探测和感受外界的信号、物理条件(如光、热、湿度)或化学组成(如烟雾),并将探知的信息传递给其他装置。在生物体中它可以类比为生物体的感知组织。传感器节点是由传感器和能够检测处理数据并能够连接网络的执行元件组成,在生物体中,传感器节点可以类比为感知器官。传感网络是由传感器节点组成的,它可以类比为生物体的整个感知系统。在物联网中,除了保障传感网的功能外,它的安全性更值得探索和研究,因为它是决定物联网能够正常准确运转的关键因素。

传感器网络一般部署在无人维护、不可控制的环境中,不仅存在一般无线网络面临的信息泄露、信息篡改、重放攻击、拒绝服务等多种威胁,它还面临着传感节点被攻击者物理操纵并获取传感节点中的信息,进而控制部分网络的威胁。因此,在进行传感器网络协议和软件设计时,必须充分考虑它可能面临的安全问题,并把安全机制集成到系统设计中去。只有这样才能促进传感网络的广泛应用,否则,传感网络只能部署在有限、受控的环境中,这与传感网络的最终目标即实现普遍性计算,并成为人们生活中的一种重要方式是相违背的。

大多数传感器网络在进行部署前其网络拓扑无法预知,在部署后整个网络的拓扑、传感节点在网络中的角色也是经常变化的。另外,它不像有线网络和大部分无线网络那样对网络设备进行完全配置,它对传感节点进行预配置的范围是有限的,很多网络参数、密钥等都是传感节点在部署后进行协商后形成的。

无线传感器网络易于遭受传感节点的物理操纵、传感信息的窃听、拒绝服务攻击、私有信息的泄露等多种威胁和攻击。下面简要介绍其面临的潜在安全威胁以及可能采取的对策。

1) 传感节点的物理操纵

未来的传感器网络一般有成百上千个传感节点,很难对每个节点进行监控和保护,因而每个节点都是一个潜在的攻击点,都能被攻击者进行物理和逻辑攻击。当捕获了传感节点后,攻击者就可以通过编程接口修改或获取传感节点中的信息或代码。攻击者可利用简单的工具(计算机、UISP 自由软件)把 EEPROM、Flash 和 SRAM 中的所有信息传输到计算机中,通过汇编软件可以方便地把获取的信息转换成汇编文件格式,进而分析出传感节点所存储的程序代码、路由协议以及密钥等机密信息,同时,还可以修改程序代码并加载到传感节点中。

目前通用的传感节点具有安全漏洞,攻击者可以通过此漏洞方便地获取传感节点中的机密信息、修改传感节点中的程序代码。例如,可以使传感节点具有多个身份 ID,然后以多个身份在传感器网络中进行通信。另外,攻击者还可以通过获取存储在传感节点中的密钥、代码等信息进行攻击,伪造或伪装成合法节点加入传感网络中。一旦控制了传感器网络中的一部分节点,攻击者就可以发动多种攻击,如监听传感器网络中传输的信息,向传感器网络中发布假的路由信息或传送假的传感信息、进行拒绝服务攻击等。

由于传感节点容易被物理操纵是传感器网络不可回避的安全问题,必须通过其他的技术方案提高传感器网络的安全性能。如在通信前进行节点与节点的身份认证,设计新的密钥协商方案,使即使有一小部分节点被操纵后,攻击者也不能或很难从获取的节点信息推导出其他节点的密钥信息等。另外,还可以通过对传感节点软件的合法性进行认证来提高节点本身的安全性能。

2) 信息窃听

根据传播和网络部署的特点,攻击者很容易通过节点间的传输获得敏感或者私有的信息,例如,在通过无线传感器网络监控室内温度和灯光的场景中,部署在室外的无线接收器可以获取室内传感器发送过来的温度和灯光信息,同样,攻击者通过监听室内和室外节点间信息的传输也可以获知室内信息,从而发现房屋主人的生活习性。

对传输信息加密可以解决窃听问题,但需要一个灵活、强健的密钥交换和管理方案。密钥管理方案必须容易部署而且适合传感节点资源有限的特点。另外,密钥管理方案还必须保证当部分节点被操纵后(这样,攻击者就可以获取存储在这个节点中生成会话密钥的信息),不会破坏整个网络的安全性。由于传感节点的内存资源有限,在传感器网络中保证大多数节点间端到端安全难以实现。然而,在传感器网络中可以实现跳-跳之间信息的加密,这样传感节点只要与邻居节点共享密钥就可以了。在这种情况下,即使攻击者捕获了一个通信节点,也只是影响相邻节点间的安全。但是,当攻击者通过操纵节点发送虚假路由消息时,就会影响整个网络的路由拓扑。解决这种问题的办法是采用具有鲁棒性的路由协议,另外一种方法是多路径路由,通过多个路径传输部分信息并在目的地进行重组。

3) 私有性问题

传感器网络是以收集信息作为主要目的的,攻击者可以通过窃听、加入伪造的非法节点等方式获取这些敏感信息,如果攻击者知道怎样从多路信息中获取有限信息的相关算法,那么攻击者就可以通过大量获取的信息导出有效信息。在一般传感器网络中,并不是通过传感器网络去获取不大可能收集到的信息,而是攻击者通过远程监听从而获得大量的信息,并根据特定算法分析出其中的私有性问题。攻击者并不需要物理接触传感节点,因此,这是一种低风险、匿名获得私有信息的方式。远程监听还可以使单个攻击者同时获取多个节点的传输信息。

4) 拒绝服务攻击(DOS)

DOS 攻击主要用于破坏网络的可用性,降低网络或系统某一期望功能和能力,例如,试图中断、颠覆或毁坏传感网络。另外,还包括硬件失败、软件 bug、资源耗尽、环境条件等。确定一个错误或一系列错误是否由 DOS 攻击造成是很困难的,特别是在大规模的网络中,因为此时传感网络本身就具有比较高的单个节点失效率。

DOS 攻击可以发生在物理层,如信道阻塞,包括恶意干扰网络中协议传送或者物理损害传感节点。攻击者还可以发起快速消耗传感节点能量的攻击,比如,向目标节点连续发送大量无用信息,目标节点就会消耗能量处理这些信息,并把这些信息传送给其他节点。如果攻击者捕获了传感节点,则可以伪造或伪装成合法节点发起这些 DOS 攻击,比如,它可以产生循环路由,从而耗尽这个循环中节点的能量。防御 DOS 攻击没有固定的方法,它随着攻击者攻击方式的不同而不同。采用跳频和扩频技术可以减轻网络堵塞问题。恰当的认证可以防止在网络中插入无用信息,然而,这些协议必须十分有效,否则它也会被用来当作 DOS 攻击的手段。比如,使用基于非对称密码机制的数字签名可以用来进行信息认证,但是,创建和验证签名是一个计算速度慢、能量消耗大的计算,攻击者可以在网络中引入大量的这种信息,就会有效地实施 DOS 攻击。

没有足够的保护机密性、私有性、完整性,以及防御 DOS 和其他攻击的措施,传感网络就不能得到广泛的应用,它只能在有限的、受控的环境中得到实施,这会严重影响传感网络的应用前景。另外,在考虑传感网络安全问题和选择对应安全机制时,必须在协议和软件的设计阶段就根据网络特点、应用场合等综合进行设计,试图在事后增加系统的安全功能通常证明是不成功或功能较弱的。

5.6.3 其他物理设备

在物联网时代,不仅外部网络会受到黑客的攻击成为物联网信息安全的主要威胁,内部网络也存在破坏数据安全的问题,内部网络常见的安全威胁是内外勾结。内部人员向外泄露重要机密信息,外部人员攻击系统监听、篡改信息,内部人员越权访问资源,内部人员误操作或者恶意破坏系统等。内部网络安全问题突出,存在较为严重的隐患,成为制约物联网发展与应用的重要因素。

对于内部网络安全问题,一个可行的解决办法就是可信计算。面对信息化领域中计算核心的脆弱性,如体系结构的不健全、行为可信度差、认证力度弱等,信息安全的防护正在由边界防控向源头与信任链的防控转移,这正是可信计算出台的背景。可信计算是在 PC 硬件平台引入安全芯片架构,通过其提供的安全特性提高终端系统的安全性,从而实现对各种不安全因素的主动防御。可信计算的核心是建立一种信任机制,用户信任计算机,计算机信任用户,用户在操作计算机时需要证明自己的身份,计算机在为用户服务时也要验证用户的身份。

可信平台模块以硬件的形式被嵌入各种计算终端,在整个计算设施中建立起一个验证体系,通过确保每个终端的安全性提升整个计算体系的安全性。广义上讲,可信计算平台为网络用户提供了一个更为宽广的安全环境,它从安全体系的角度描述安全问题,确保用户的安全执行环境,突破被动防御漏洞打补丁方式。通过可信计算可以有效地防止个人电脑、服务器、移动电话等被非法侵入,还可以有效地控制内外勾结对内部网络安全形成的威胁,对于物联网物理设备的安全防护起到了重要作用。

5.7　移动互联网安全漏洞与防范技术

互联网是人依靠固定终端实现两两互联,实现人与人之间通信的网络。移动互联网是人依靠移动终端在互联网下进行通信的网络。物联网依靠固定网络和移动网络实现物与物之间的两两互联,不需要人的参与就可以运行的网络。可以说,移动互联网和物联网都是互联网的延伸,而移动互联网则是物联网的重要基础。

5.7.1　移动互联网的基本概念

移动互联网一般指用户使用手机、笔记本电脑等无线终端,在移动状态下(如在地铁、公交车等),通过 3G(WCDMA、CDMA2000 或者 TD-SCDMA)或者 WLAN 等速率较高的网络接入互联网,并使用网络资源。

移动互联网是互联网与移动通信结合的产物,是互联网与移动网技术发展的必然趋势。由于移动终端数远多于上网计算机数,可以预期,未来 10 年互联网将发展到移动互联网的时代。

1. 移动互联网的定义

移动互联网是为移动终端提供信息服务的,用于整合移动通信和互联网技术的互联网络。移动互联网与普通互联网之间没有明确界限,是相对于固定互联网而言的,是互联网的重要组成部分。它以宽带 IP 为技术核心,可同时提供话音、传真、数据、图像、多媒体等高品质电信服务的,新一代开放的电信基础网络,是国家信息化建设的重要组成部分。

移动互联网服务是一种可以在网络中描述、发布、查找,并通过网络调用的新的网络应用程序分支,并具有自包含、自描述、模块化的特点,同时,互联网服务也是基于网络的、分布式的模块化组件,通过执行特定的任务,遵循具体的技术规范,与其他兼容的组件进行互操作。从外部使用者的角度而言,移动互联网服务是一种部署在互联网上的对象和组件,具有完好的封装性和耦合性,使用的协议规范和高度可集成等特点。

2. 移动互联网和固定互联网的差异

移动互联网与传统的固定互联网的不同之处主要在于终端的功能和带宽,以及服务对象和运营模式。下面从四个方面讨论这个问题。

（1）在技术层面,移动互联网可以更方便地接入网络,但是,相比于固定互联网其稳定性差、信号容易衰减。移动互联网需要众多用户共享带宽,随着用户数量的变化,每个用户的可用带宽并不固定。在不同的移动环境或者室内环境下,无线信号容易衰减、带宽不固定。这个特点决定了在固定接入地区移动互联网接入业务仅能作为固定宽带业务的补充。

（2）移动互联网既有身份属性又有位置属性,既有虚拟性又有现实性,可以精确分析用户行为并有针对性的进行产品设计。移动互联网的信息传送要做到精确性和更具有针对性,以便于实现虚拟网络与现实世界的转换。另外,在用户使用各种业务的同时,运营商可以对用户行为的数据进行深入分析,设计出更受用户欢迎的业务,并针对不同类型的用户进行精细化管理和营销。

（3）固定互联网以 PC 为主要终端,而移动互联网的主要终端是随身携带的手机。手机终端面向的用户群范围相比 PC 更大,要求移动互联网的应用更为简单化和方便化。用户可以快速而精确地得到自己感兴趣的内容,而不需要自己在海量信息里逐条查找。

（4）移动互联网相对成本较高,业务需要精确管理和评估。固定网络运营商在发展宽带业务的初期并没有进行业务模式上的详细规划,因此,有待进一步改进这种业务模式。移动运营商必须对业务带来的价值进行准确评估,同时,对业务进行精确的管理和分级。

3. 移动互联网的架构

移动互联网整合了互联网与移动通信技术,即将各类网站、企业的大量信息,以及各种各样的业务引入移动网络之中。移动互联网服务的体系结构基于三种角色(服务提供者、服务注册中心和服务请求者)之间的交互,涉及发布、查找和绑定等操作,这三种角色和操作一起作用于 Web 服务构件、Web 服务软件模块及 Web 服务描述。作用过程为,服务提供者定义 Web 服务描述,并把它发布给服务请求者或服务注册中心,服务请求者从本地或服务注册中心使用查找操作检索服务描述,通过调用 Web 服务实现与服务提供者的绑定。服务提供者与服务请求者之间的逻辑结构关系,在服务层次表现为请求和交互这样两种特性。

移动互联网服务的体系结构是面向服务的,图 5-8 给出各个部分之间的相互关系及相应的操作手段。

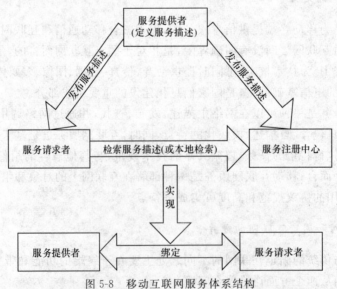

图 5-8　移动互联网服务体系结构

4. 移动互联网的安全特点

移动互联网将移动通信网与互联网二者相结合,并融为一体,它主要包括以下几个部分:移动通信网络接入、公众互联网服务、移动互联网终端。传统互联网是开放和免费的,并拥有海量的信息平台,但本身无法对用户进行身份确认,而移动互联网却能做到这一点。所以,移动互联网对网络安全有着更高的要求,更强调保护用户的行为及隐私。移动互联网服务的安全规范主要包括身份验证、授权、数据完整性、数据机密性和不可否认性。

(1) 身份验证。

身份验证的目的是确认当前所声称为某种身份的用户,确实是所声称的用户,因而用来证明此身份的身份证明是必需的。这个证明可以以不同的方式获得,一个简单的方式是通过提交用户 ID 和密码进行验证。在需要更高级别安全性的场合下,可以使用由信任的认证机构签发的身份验证证书,这个证书中包含身份凭证,具有与之相关联的私钥和公钥。一方提交的身份证明包括证书以及单独一条使用证书的私钥数字签名的信息。通过确认使用方的证书中私钥签名信息,接收方对证书的所有者进行验证,从而确认彼此的身份。双方这种相互验证通常是在客户和服务提供者之间完成的。

(2) 授权。

首先需要确认尝试获取访问权限者的身份,接下来要确认该申请者是否具有所请求的功能或运行指定的任务所需的许可权,这样可以防止未经授权的申请者访问资源和破坏数据。对于互联网服务而言,可扩展访问控制语言和安全声明标记语言能实现这些规范和技术。

(3) 数据完整性。

为了保证数据的完整性,可以通过使用安全性密钥对数据进行数字签名的技术确保信息在传输过程中不被篡改和破坏。

(4) 数据机密性。

利用加密技术可以使互联网服务请求和响应过程中交换的信息不可读,这样访问数据的任何人都需要适当的算法和安全性密钥对数据信息进行解密后才能访问。

(5) 不可否认性。

现实中接受消息的一方经常使用数字证书确定消息的来源,并证实发送方的可靠度。发送消息的一方拥有一个能对要发送的消息进行签名的,由可信认证中心签署的数字证书后才能发送消息,并且对自己发送的消息是不可以否认的。这样,接收方在接收到消息后,可以根据这个消息签名验证发送方的身份。

目前,移动互联网在终端和业务应用方面存在着安全漏洞。在终端应用方面,随着智能终端的普及,终端的安全性和防护性迫在眉睫,应提出更高的要求。在业务应用方面,使用移动互联网的用户可能会收到来自各种渠道的垃圾信息,如短信、WAP、E-mail 邮件等,或者通过业务应用泄露用户信息,相比之下,传统互联网的 PC 终端防范技术应用较早,用户可以通过安装补丁或者杀毒软件对 PC 和业务应用进行保护,这样,安全问题成为重要解决的问题。

5.7.2 移动互联网面临的安全威胁

移动互联网的安全通信框架要素在 ITU-TX.805 建议书有详细的描述,其结构如图 5-9 所示。

ITU-TX.805 安全框架划分为三个层次、三个平面和八个维度。从保障移动互联网的安全角度而言,要求保证终端、网络和业务方面的安全。目前,移动互联网在终端安全和业务安全方面存在着安全隐患,需要引起人们的注意。

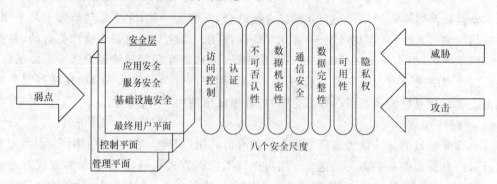

图 5-9　ITU-TX.805 建议书中的安全体系结构

1）终端方面的安全威胁

随着通信技术的进步,移动终端越来越智能化,内存和芯片处理能力逐渐增强,终端上出现了操作系统并逐步开放。随着智能终端的出现,也为系统带来了潜在的威胁,如非法篡改信息、非法访问或者通过操作系统修改终端中存在的信息、利用病毒和恶意代码进行破坏。

2）网络方面的安全威胁

在网络层面存在的安全威胁,如非法接入移动互联网、对数据进行机密性破坏和完整性破坏、进行拒绝服务攻击、利用各种手段产生大量数据包从而造成网络负荷过重和利用系统漏洞和程序漏洞等各种方式对网络进行攻击等。

3）业务方面的安全威胁

在业务层面的安全威胁主要包括非法访问业务应用、非法访问数据、拒绝服务攻击等。垃圾信息的泛滥、不良信息的传播,以及个人隐私和敏感信息的泄露,内容版权盗用和不合理的使用等问题也广泛存在。

4）无线窃听

在移动互联网中,所有的通信内容(如移动用户的通话信息、身份信息、位置信息、数据信息等)都通过无线信道传送。无线信道是一个利用无线电波进行传播的开放性信道,因此,无线网络中的信号很容易受到拦截并被解码,移动用户的身份信息和位置信息也容易被无限窃听和跟踪,这却很难被移动用户发现。

5）冒充和抵赖

在移动互联网中,由于无线信道传送的用户身份信息在传送过程可能被窃听,攻击者便截获了合法用户的身份信息,或者攻击者假冒网络控制中心,通过网络端基站欺骗移动用户,获得移动用户的身份信息,之后,攻击者冒充合法的用户接入无线网络,访问网络资源或者使用一些收费通信服务等,即所谓的身份冒充攻击。

交易后抵赖是指交易双方中的一方在交易完成后否认参与了此交易,这种威胁在传统互联网中也很常见。假设客户通过网上商店选购了一些商品,然后通过移动支付系统向网络商店付费。在这个应用系统中就存在着两种服务后抵赖的威胁,一是客户在选购了商品后否认其选择了某些或全部商品而拒绝付费;二是商店收到了客户付款却否认已经收到付款而拒绝交付商品。

6）病毒和黑客

与传统互联网一样，移动互联网和移动终端也面临着病毒和黑客的威胁。随着移动互联网的发展，无线网络和移动终端成为越来越多的黑客和病毒编写的攻击对象。

（1）携带病毒的移动终端既可以感染无线网络，又可以感染固定网络。由于无线用户之间交互的频率很高，再加上有些跨平台的病毒可以通过固定网络传播，导致病毒在无线网络传播的速度进一步加快。

（2）移动终端的运算能力有限，PC上的杀毒软件，大部分防毒措施都不能在无线网络上使用。另外，移动设备的多样化以及使用软件平台的多种多样，使病毒感染的方式也随之多样化，这为采取有效的防范措施带来了困难。

7）无线网络标准的缺陷

移动互联网涉及多种无线网络传输标准，使用比较广泛的是WAP标准和构建无线局域网（WLAN）的IEEE 802.11标准。

IEEE在WAP安全体系中，无线传输层安全协议WTLS仅对由WAP设备到WAP网关的数据（数据在网关上有短暂的时间处于明文状态，其安全漏洞给移动互联网的使用带来了安全隐患）进行加密，而标准SSL传送的是从WAP网关到内容网络服务器时的信息。

IEEE 802.11无线局域网的安全问题主要有以下内容：

（1）有线等效加密WEP安全机制在IEEE 802.11标准的使用中存在公用密钥容易泄露的问题，且难以管理，容易造成数据被拦截和窃取。

（2）黑客容易控制和盗用WLAN设备并向网络传送有害的数据。

（3）网络操作容易受到堵塞传输通道的拒绝服务攻击。

5.7.3 移动互联网的安全机制与保障体系

针对上述移动互联网存在的安全威胁，已经提出了相应的安全机制以应对此类安全威胁。移动互联网接入部分是移动通信网络，无论是采用2G或3G技术进行接入，3GPP、OMA等组织都制定了完善的安全机制。另外，通过相应的安全机制从移动终端、网络和业务的安全机制等方面采取措施，能较好地控制移动互联网的不安全因素。

1）移动终端方面的安全机制

移动互联网终端应该具有身份认证的功能，以及对各种系统资源、业务应用的访问控制能力。身份认证可以通过口令方式或者智能卡方式、实体鉴别机制等手段保证安全性。数据信息安全保护和访问控制可以通过设置访问控制策略保证其安全性。终端内部存储的数据信息可以通过分级存储和隔离，以及数据的完整性检测等手段保证安全性。

2）网络方面的安全机制

在移动互联网接入网领域已经提出了多种安全机制。对于2G系统，主要有基于时分多址（TDMA）的GSM系统、DAMPS系统及基于码分多址（CDMA）的CDMAone系统。这两类系统安全机制都是基于私钥密码体制，即对接入用户的认证和数据信息采用共享私钥的安全协议实现保密，但是，在身份认证及加密算法等方面仍然存在着安全隐患。3G系统继承了2G系统安全机制方面的优点，并针对3G系统的特性定义了更加完善的安全特征与服务，其中采用的安全机制包括3GPP和3GPP2两个类别。

3）业务方面的安全机制

在移动互联网的业务方面，3GPP和3GPP2都有相应业务标准的安全机制，如WAP安全机制、定位业务安全机制、移动支付业务安全机制、垃圾短消息的过滤机制等。移动互联网业务纷繁复杂,需要通过多种手段不断健全业务方面的安全机制。

4)政府监管部门的监管体系

政府监管部门要协调各监管部门建立并完善移动互联网的安全监管机制,建立完备的移动互联网信息服务许可、备案制度和信息发布制度,建立完备的移动互联网新闻登载业务的审批制度,严格监管移动互联网传播禁载内容,建立和完善相应的法律、法规对各类移动互联网犯罪行为进行追踪惩戒。同时要开展广泛的移动互联网安全宣传教育,强调用户的自我安全保护。

5)运营商的防护措施

网络运营商应该从移动互联网的整体建设角度出发,通过分析存在的各种安全风险,建立一个科学合理且可扩展的网络安全框架。综合利用各种安全防护措施,保护各类软硬件系统的操作系统安全、网络服务安全、数据安全和内容安全,并对安全产品进行统一的管理,制定相关产品的安全策略、维护安全产品的系统配置、检查并调整安全产品的系统状态等的网络安全体系和框架。

思 考 题

5.1 物联网有几个逻辑层次?说明每个层次的任务。

5.2 简要叙述物联网信息传递过程中面临的安全问题。

5.3 RFID系统的隐私权保护手段分为几种方式?每种方式包括的内容是什么?

5.4 在基础云框架中,解决云计算的安全问题有哪些技术手段?

5.5 简要叙述物联网信息加密的主要技术手段。

5.6 简要叙述移动互联网面临的主要安全威胁。

第6章　物联网技术应用

6.1　概　　述

物联网是新一代信息技术的重要组成部分,通过射频识别、红外感应器、全球定位系统、激光扫描器等信息传感设备,按约定的协议将物体与互联网相连接,进行信息交换和通信以实现对物体的智能化识别、定位、跟踪、监控和管理。它比现行的互联网更为庞大,目前已在智能交通、环境保护、公共安全、智能家居、智能消防、工业监测、老人护理、个人健康、生态环境监测、生物种群研究、洪水检测等领域得到初步应用。随着技术的不断进步以及安全防范措施的不断加强,物联网技术将会得到进一步的推广和普及,可望在农业、建筑业、畜牧业、服务业、商业、渔业、林业、金融业、工业、运输业、物流业等行业,以及医疗、消防、军事、食品加工、采矿、气象、教育、居民服务、犯人监管、水利、公共安全等领域得到广泛应用。

物联网的主要应用领域如图 6-1 所示。

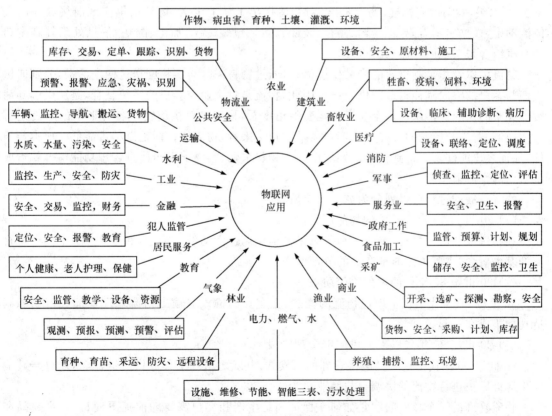

图 6-1　物联网主要应用领域

下面以物联网的典型应用为例,介绍物联网在各行各业应用的特点、系统架构、功能分析等问题,并对物联网应用中存在的问题和发展方向进行讨论。

6.2 物联网技术在物流领域的应用

物流行业是信息化及物联网应用的重要领域。信息化和综合化的物流管理和流程监控不仅能为企业带来物流效率提高、物流成本降低等效益，也从整体上提高了企业以及相关领域的信息化水平，从而达到带动整个产业发展的目的。目前，物联网已经开始在物流领域得到应用，主要应用于企业原材料采购、库存及销售管理等过程，通过完善和优化供应链管理体系提高供应链效率，降低管理成本。物联网可实现物流管理的自动化和物流作业的高效化，降低仓储成本，提高物流服务质量，使整个供应链环节整合更加紧密。

6.2.1 物流与物联网

1. 物流的发展

物流活动是人类最基本的社会经济活动之一，人类只要有相互交往的活动就有物流活动，但是，作为经济意义的物流概念则出现的比较晚。现代物流的定义于 1998 年由美国物流管理协会给出，即物流是供应链流程的一部分，是为了满足客户需求对商品、服务及相关信息从原产地到消费地的高效率、高效益的正向和反向流动及储存进行的计划、实施与控制过程。

2001 年，我国国家标准《物流术语》对物流做出了如下定义，物品从供应地向接收地的实体流动中，根据实际需要，将运输、储存、装卸、搬运、包装、流通加工、配送、信息处理等基本功能有机结合来实现用户需求的过程。

物流可以看作是制造商的产品生产流程，通过物料采购与实物配送这两个活动，分别向供应商与客户的方向延伸构造的供应链。因此，物流是对企业与客户的系统整合，是从供应到消费的完整的供应链体系。从企业资产运营的角度看，物流是对供应链中各种形态的存货进行有效协调、管理与控制的过程。从客户需求的角度来看，物流的目标是以尽可能低的成本与条件，保证客户能够及时得到自己需要的产品。物料采购、实物配送与信息管理功能整合就形成了所谓的物流概念。

物流发展的过程可以划分为如下三个阶段：

(1) 20 世纪 50 年代开始的物品配送阶段。

在物流概念出现之前，企业的物流只是被当做制造活动的一部分，20 世纪 50 年代有了物流的基本概念，主要关注的是产品的分销配送。

(2) 20 世纪 80 年代的现代物流阶段。

20 世纪 80 年代出现了现代物流的概念，把企业的输入与输出物流管理及部分市场和制造功能集成在一起。

(3) 20 世纪 90 年代以来的供应链管理阶段。

20 世纪 90 年代出现了供应链管理的新模式，并随之出现了集成供应链概念，通过与其他的供应链成员进行物流的协调寻找商业机会。

物流管理的一个核心问题是如何在保证满足生产和客户需要的前提下使材料、半成品和成品的库存能够达到最小。要达到这个目的就需要对物资流、信息流、资金流进行协调有效地管理和控制，这就是现代物流管理的基本任务。

20 世纪 90 年代以来，由于信息技术的迅猛发展，全球信息化进程加快，经济在全球化进行分工协作变成可能，进一步推动了经济全球化发展。在全球化分工条件下，企业可以把产品加工、制造放在劳动力成本比较低的地方去做，加上生产制造技术的进步使加工制造业能力大大提高，加工制造成本可以有效降低。企业不仅要考虑某个产品在哪里生产成本最低，而且还要考虑某个零件在哪里生产成本最低。因此，现代制造业已不是简单的工厂概念，而是全球化分工合作的概念，这就导致了物流量不断增加，对物流管理控制的要求不断提高，从而物流成本也会相应提高。这已不是简单的大交通大物流就能满足要求的，而是要有更高层次的供应链管理需求。因此，物流战略已成为企业商务战略的核心组成部分。对现代制造业来说，除了产品研究开发以外，物流已经成为整个产业供应链的另一个重要任务。

物流不仅在价值链中占有重要份额，在生产时间效率上也具有决定性的作用。有关研究机构调查发现，从原材料到生产成品，一般商品加工制造的时间不超过 10%，而 90% 以上的时间处于仓储、运输、搬运、包装、配送等物流环节。现代工业生产追求"零库存"、"准时制"以降低生产成本，提高市场竞争力，其核心就是物流管理。物流发展水平已经成为影响一个地区工业化发展水平和国际竞争力的重要因素之一。

2. 物联网发展对物流业的影响

对于物流系统，物联网利用商品的唯一身份证可以跟踪商品，互联网又把商品的信息共享给生产、储存和使用商品的人，以方便各个链条的人员对商品的流通做出及时的反应。

物联网对物流企业的影响主要有以下方面：

（1）物联网促使物流产业变革。

物联网可以实现物流管理自动化，如获取数据、自动分类等，作业高效便捷，改变仓储型物流企业搬运公司的形象；降低仓储成本；提高服务质量，加快响应时间，提高客户满意度，使得供应链环节整合更紧密。

（2）物联网提高物流信息获取能力。

物联网结合了电子产品编码技术和互联网技术，可以对单个物品信息实现自动、快速、并行、实时、非接触式处理，并通过网络实现信息共享，从而达到对供应链实现高效管理的目的。

（3）物联网拓展物流信息增值服务。

物流信息增值服务是建立在传统的基础物流服务之上，并用来促进基础物流服务进一步发展的一种现代物流管理手段。物流企业通过分析、提炼来自诸如运输、仓储、配送等基础物流服务所获得的物流信息，得出企业级、行业级和供应链级等不同级别的分析结果，满足用户的需求，最终实现社会资源的优化配置。

物联网集合了编码技术、网络技术、射频技术等电子技术，突破了以往获取信息模式的瓶颈，在标准化、自动化、网络化等方面进行了创新，从而使物流公司能够准确、全面、及时地获取物流信息，并在此基础上根据不同的信息级别分别提供企业级、行业级和供应链级的信息增值服务。

（1）企业级信息增值服务。

物流企业可以利用物联网提供企业级信息增值服务。企业级信息增值服务的焦点集中在企业产品上。通过对产品的产销规模、销售渠道、运输距离和成本等信息进行集中分析，实现对产品的销售情况、库存情况、配送情况等信息的收集，使企业可以跟踪到产品的市场信息，从而为企业的生产计划、库存计划、销售计划等过程提供决策支持。

（2）行业级信息增值服务。

物流企业以第三方的特殊身份，利用其与行业内部和企业之间的业务联系能够提供一些不涉及具体经营决策过程或具体产品成本之类的行业数据。这种行业级信息增值服务主要聚焦于行业市场上,在企业级信息的基础上,通过对市场需求变化、供求变化等信息的集中处理,分析产品的市场结构、系列化结构、消费层次、市场进退等市场变化情况,为企业提供详尽的行业动态信息。

(3) 供应链级信息增值服务。

物流企业可以利用物联网对供应链级信息进行整合,打破供应链管理的信息瓶颈,提供供应链级信息增值服务。供应链级信息增值服务是建立在企业级和行业级信息增值服务的基础上,对整个供应链中各个环节的企业进行监控,从企业的订单处理过程到生产过程,再经配送过程、代理过程、销售商库存过程,最后到销售过程都进行信息跟踪,从而整理出对供应链管理有用的信息,并为供应链管理服务。

6.2.2　RFID 技术在物流领域的应用

1. RFID 技术在物流领域应用的特点

RFID 无线射频身份识别是非接触式自动识别技术的一种,它的主要核心部件是一个电子标签,直径不足 2mm,数据量可高达 2^{96} 个以上。通过相距几厘米到几米距离内传感器发射的无线电波,可以读取电子标签内储存的信息,识别电子标签代表的物件的身份。

RFID 技术在物流领域应用的特点主要有以下方面:

(1) 应用范围广。

它几乎可以涵盖所有与物流有关的领域,读取距离大,穿透能力强,可以在几米甚至几十米远的地方读取数据,还可透过包装箱直接读取信息。存储的信息容易更改,与传统条形码技术只能用于一种商品不同,RFID 存储的信息可以根据需要随时变更。

(2) 反应速度快。

传统条码技术的信息处理是一物一扫,而 RFID 系统可以批量扫描,大大提高了工作效率。以流通行业的"一打三扫"为例,传统条码技术只能一件一扫,而且经过其他工序时,还得一件件重复扫描和搬运。使用 RFID 系统,可以几十件一扫,一个电子标签可以贯穿从工业入库到商业分拣的全过程,几道工序无需搬运,可以几十倍、上百倍地节约时间。

(3) 数据容量大。

传统条码技术一物一码,信息含量少。而 RFID 系统可以做到多物多码同时容纳在电子标签里。以卷烟运输为例,一个条形码可以储存一件烟的信息。而将货物以托盘为基本数字化管理单位,在托盘上嵌入一个电子标签,即可解决 30 件烟的相关数据储存。

(4) 使用寿命长。

传统条码技术只储存一种货物信息,当货物实现销售后,即失去用途。而 RFID 系统可以重复使用,电子标签的使用寿命长,安全性能好。相对于传统条形码技术,RFID 系统具有防伪、防水、防磁、耐高温、抗污染、可加密等优点,大大提高了安全性。

(5) 使用成本低。

从表面上看,使用 RFID 系统一次性投入较大,成本高。但是,从实际运行情况看,长期使用 RFID 系统的成本要低于使用普通条形码的成本。尤其在流通行业根据自身管理特点实行的"一打三扫"物流运行模式中,使用 RFID 系统可以明显地降低验码频率,减少了用人数量和劳动时间,综合成本明显降低。

2. RFID 技术对物流相关领域的影响

RFID 技术的应用将大大推动现代物流及电子商务发展的进程,提升整个供应链的效率。RFID 可以实现物流供应链的可视化管理,实现全程跟踪和追溯,各个环节的参与方都可以从中受益。

对于制造商来说,可以和供应链上下游参与方共享信息,实现高效的生产计划,减少库存,可以在市场信息捕捉方面夺得先机,对需求做出快速响应。可以主动跟踪产品的信息,对有"瑕疵"或"缺陷"的产品有效召回,从而提高服务水平以及消费者的信心,也为消费者和制造商架起了一座信息交流的桥梁。不仅如此,通过供应链各个环节需求信息的实时反馈,制造商可以调整自己的生产计划,包括内部员工的调配、生产资料的采购等,提高劳动生产效率,还可以减少配送与运输成本,提高固定资产利用率。

对于运输商,可以自动获取数据和自动分类处理,进行货物真伪标识,可以实现自动通关,实现运输路线追踪,降低取货和送货成本,提高运送货可靠性、货物运输的安全性和送货效率,改善服务质量,提高服务水平。还可以提供新信息增值服务,从而提高收益率。

对于零售商,可以提高订单供品率,增加产品可获取性,减少脱销情况的发生,从而增加收入。可以有效地提高自动结算的速度,减少缺货,降低库存水平,减少非流通存货量,降低最小安全存货量。同时,零售商还可以通过有效的产品追溯提高产品的质量,减少损失。另外,可以降低运转费用,提高运转效率,减少货物损失,从而进一步降低零售商的成本。

对于消费者而言,可以实现个性化购买,减少排队等候的时间,提高生活质量。同时,可以更多地了解所购买的产品及其厂商的有关信息,一旦产品出现问题,便于进行质量追溯,维护自己的合法权益。

3. RFID 技术在现代物流中的应用

现代物流是传统物流发展的高级阶段,是以先进的信息技术为基础,注重服务、人员、技术、信息与管理的综合集成,是现代生产方式、现代经营管理方式、现代信息技术相结合在物流领域的体现。它强调物流的标准化和高效化,以相对较低的成本提供较高的客户服务水平。快速、实时、准确地信息采集和处理是实现物流标准化和高效化的重要基础。

然而,当前的物流过程还存在物流信息不对称、信息获取不及时等问题,难以实现及时的调节和协同。随着全球经济一体化进程的推进,调度、管理和平衡供应链各环节之间的资源变得日益迫切,以产品电子编码和 RFID 为核心在互联网基础上构造物联网,将在全球范围内从根本上改变对产品生产、运输、仓储、销售各环节物品流动监控和动态协调的管理水平。

RFID 可以实现多目标、运动目标的非接触式自动识别,基于 RFID 的物联网强调物质与信息的交互,将 RFID 技术应用于物流业的信息采集和物流跟踪,可以有效地提高行业服务水平。主要表现在以下方面,①可以实现信息采集和处理的自动化;②实现商品实物运动等操作环节的自动化,如分拣、搬运、装卸、存储等;③实现管理和决策的自动化与智能化,如库存管理、自动生成订单、优化配送线路等。将 RFID 技术应用于物流管理,需要人们将物流过程从系统的角度来看待,在更大范围内共享 RFID 信息,以最低的整体成本达到最高的供应链物流管理效率。

RFID 技术在现代物流管理中的作用主要有以下方面:

(1)增加供应链的可视性,提高供应链的适应性能力。

通过在供应链全过程中使用 RFID 技术,从商品的生产完成到零售商再到最终用户,商品在整个供应链上的分布情况以及商品本身的信息都可以实时、准确地反映在企业的信息系统中,极大地增强企业供应链的可视性,使企业的整个供应链和物流管理过程变成一个透明的体系。快速、实时、准确的信息使企业乃至整个供应链能够在最短的时间内对复杂多变的市场做出快速的反应,提高供应链对市场变化的适应能力。

(2) 降低库存水平,提高库存管理能力。

现代物流管理以降低成本和提高服务水平为主要目的。库存成本是物流成本的重要组成部分,因此,降低库存水平成为现代物流管理的一项核心内容。将 RFID 技术应用于库存管理,使企业能够实时掌握商品的库存信息,从中了解每种商品的需求模式及时进行补货,结合自动补货系统以及供应商管理库存解决方案,提高库存管理能力,降低库存水平。

(3) 有助于企业资产实现可视化管理。

在企业资产管理中使用 RFID 技术,对叉车、运输车辆等设备的生产运行过程通过标签化的方式进行追踪,可以实时地监控这些设备的使用情况,实现对企业资产的可视化管理,有助于企业对其整体资产进行合理的规划应用。

(4) 加快企业信息化进程,提高客户服务水平。

信息化是现代物流的主要特征及其发展趋势。RFID 技术的使用能够大大加快企业信息化进程,促进企业内部各部门间的信息共享,使企业能够更有效地整合其业务流程,提高对市场变化的快速反应能力。与此同时,企业能够为客户提供准确、实时的物流信息,并能降低运营成本,为客户提供个性化服务,大大提高了企业的客户服务水平。

4. RFID 技术在现代物流中的应用案例

1) 某汽配公司的 RFID 应用

某汽配公司是产销量、出口量较大的发动机气门制造企业,该企业研究开发了一套基于 RFID 技术的车间数据采集与生产控制系统,目的是通过信息化、自动化改造提升企业制造管理能力和水平,降低成本,实现按期交货,提高产品的质量及服务质量。

其中,基于 RFID 的物料及在制品追踪管理系统是针对车间生产线上的物料和在制品的管理研制的工业生产流程自动化管理系统。通过该系统对生产过程中的物料和在制品信息进行精确采集、整合、集成、分析和共享,为企业生产物资的管理和产品生命周期的管理提供了基础信息解决方案。该系统和 ERP(企业资源计划,enterprise resource planning)、CRM(客户关系管理,customer relationship management)、SCM(供应链管理,supply chain management)系统形成良好的互补,有效地解决了 ERP 系统在物资和产品数据采集、数据准确性和实时输入等方面出现的问题。

应用 RFID 进行批次管理,在每个品种的第一个加工工序为每个加工单元批(也是追溯批)分配一个唯一的 RFID 身份标识卡(批次卡,简称 ID 卡),ID 卡将伴随这批产品直到所有加工工序完成。

通过 ID 卡可以读取到如下信息:

(1) 加工信息,包括所有流经的加工工序及其加工人数、加工时间、数量、加工机台。

(2) 质量信息,包括所有流经工序产生的质量数据,如加工数、合格数、废品数、返工数、让步接收数、流失数、产生的质量缺陷支数、责任工序、责任人。

(3) 当前加工工序的加工工艺要求,包括机台状况、工作参数、前工序加工情况等。

(4) 品种信息,包括订单号及交货期、任务号、原材料及下料日期/单等信息。

系统实施后产生的效果体现在以下几个方面:

(1) 生产弹性提高。RFID 的应用可以帮助公司快速发现问题进而切换生产线,修改或增加产品工艺路线和数据采集等一系列改进措施,充分满足弹性生产的需求。

（2）降低不良率。通过对现场信息的实时收集与分析，及时了解问题发生的原因并及时纠正，降低不良率。

（3）降低生产过程中的错误率。通过RFID系统的实时过程监控和指导，操作人员可正确掌握生产线主要流程与料单，避免因备料等错误造成的损失。

（4）减少因备料不足而缺料的情况。将在线产品的原材料投入数量实时反映给仓库，并通过报表分析预计用料情况，减少因备料不足而缺料停工的情况。

（5）节省人力与纸上作业。厂区无纸化作业避免了人工抄写错误，改变了原来投入大量人力收集信息及重复抄写的状况，利用数据库与自动识别系统自动收集信息，实时产生和分析与制作品质、维修、产能等内容相关的报表。

（6）协作和信息共享。企业内外部联系和协作变得更加容易和高效，成本更低。客户可以及时了解产品制造信息及订单完成情况。另外，协作和信息共享作用越来越大，有利于建立公司良好形象，提升客户信赖度。

2）采用RFID追踪轮胎的装配与运送

某国际物流提供商为汽车制造商和轮胎批发商提供轮胎装配和仓储服务。由于公司的钢制轮胎辋圈很难彼此区分，因此面临着可能混淆顾客轮胎的风险，为此公司决定采用一套条形码系统来对轮胎进行追踪管理。

在实际应用中遇到了条码应用中常见的一种问题，即因为磨损橡皮轮胎会产生一种特定橡皮尘，使一些轮胎上的条形码不可读。而且，工人经常不得不转动重达16公斤的轮胎来定位条形码进行扫描。因此，公司决定采用RFID系统来代替条形码系统对轮胎生产销售过程进行追踪，其工作过程如图6-2所示。

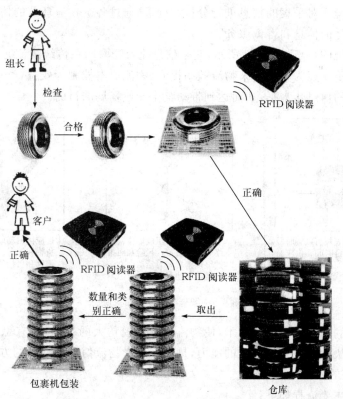

图 6-2　利用 RFID 系统追踪轮胎过程示意图

工人装配轮胎时，组长检查轮胎质量。如果轮胎装配正确，工人在每个轮胎上贴一张粘附性 RFID 标签。轮胎接着被装载到货盘上，经过一对金属框架，每个塔配备两台 RFID 阅读器读取轮胎标签。如果阅读器识别某一个批次的轮胎数量齐全、类别正确，则仓库管理系统分配货盘存放的区域，传送带将轮胎货盘传送到存储区域。

当收到顾客订单时，工人取出所需轮胎，将它们 10 个一组叠放在货盘上。采用 RFID 阅读器重复确认正确数量和类别。货盘接着被送到一个包裹机里，在那里，另一对金属框架上各安装 4 台阅读器，以读取轮胎 RFID 标签。当货盘旋转包裹塑料膜时，阅读器再次读取轮胎并进行确认。如果轮胎不符合顾客订单则包装机器自动关闭。

RFID 系统的优势是其对行业环境的适应性。橡皮尘不会影响 RFID 标签的读取，由于工人无需转动轮胎查找条形码，节省了时间和劳动力。通过 RFID 系统可以保证顾客的产品不会发生混淆。

6.2.3 智能物流的建设

1. 智能物流

1) 智能物流的定义

物联网时代的智能是基于网络的，或者说是基于网络的集中式数据处理和服务中心的。

智能物流系统（intelligent logistics system，ILS）是在智能交通系统（intelligent transportation system，ITS）和相关信息技术的基础上，以电子商务（electronic commerce，EC）方式运作的现代物流服务体系。它通过 ITS 和相关信息技术解决物流作业的实时信息采集问题，并在一个集成的环境下对采集的信息进行分析和处理，通过各个物流环节的信息传输，为物流服务和客户提供详尽的信息和咨询服务。

智能物流系统的特点如图 6-3 所示，它是信息化及物联网在传统物流业应用的产物，它的信息化物流管理不仅能为企业带来物流效率提升、物流成本控制等效益，也从整体上提高了企业以及相关领域的信息化水平，从而达到带动整个产业发展的目的。

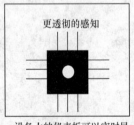

更透彻的感知

设备上的仪表板可以实时显示计划、交付时间、供应商、预计库存、商品状况和客户需求的当前状态

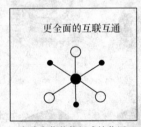

更全面的互联互通

全球合作伙伴组成协作网络，共享决策、风险和回报，始终以消费者为活动中心，合理均衡地配置全球资源

更深入的智能化

供应链自动监控，并在全球货物和服务流通中断时自我识别和自行纠正

图 6-3　智能物流系统的特点

智能物流是利用集成智能化技术，使物流系统能模仿人的智能，具有思维、感知、学习、推理判断和自行解决物流中某些问题的能力，是国际未来物流信息化发展的方向。

2）智能物流的流程
智能物流的主要流程如下：
（1）在商品生产时，内置一个电子标签。

（2）在商品入库时，由一个射频识别装置自动读取电子标签记录的信息并存入数据库。

（3）在商品出库时，射频识别装置自动读取电子标签记录的信息并更新库存数据。

（4）当商品进入物流系统后，物流公司要对其进行数据采集和管理，通过数据的实时传输实现对商品的跟踪，动态掌握产品所处的位置。

（5）商品交付给货主（假设是超级市场）后，后者将再次对其进行数据采集，直到最终进入消费者手中。

在上述过程中，处于开始位置的生产商可以通过与物流公司及最后终端的联网，全程跟踪这批产品的生产过程与运转。一旦其中任何一个环节出现问题，可以在最短的时间内确定相关的目标信息，相关主体可在第一时间里进行沟通研究解决方案。

3）智能物流的特点

智能物流具备以下特点：

（1）灵活。能充分利用资源确保环境可持续发展，同时平衡成本、质量、服务和时间之间的关系。

（2）可视。实现整个供应链的可视性以及跨价值链的连通，支持协作（在供应链网络中共享决策制定），实现智能优化分析。

（3）内部同步。标尺和仪表板提供关于过去、当前和未来趋势的分析，并在供应链中实时传达。

（4）降低风险。可以高效、迅速地发现、降低并调整供应链的风险。

（5）以客户为中心。能够满足日益严苛的客户需求，更精确地提供同步供求信息以及可追溯性。

供应链已将供应商、业务合作伙伴和客户交织在一个复杂、动态的关系网中。他们不仅是经济活动的参与者，不仅充当产品和服务的生产者、分销商和消费者的角色，更重要的是他们共同构建了一个复杂的信息网络。智能物流系统促使物理网络和数字网络融合，将先进的传感器、软件及相关知识整合到系统中。

通过智能物流可以从各种数据中抽取有价值的信息（包括基于地理空间或位置的信息、关于产品属性的信息、产品流程/条件、供应链关键业绩指标等）以及数据流的速度。智能物流可以提高效率（如动态供求均衡、预测事件检测和解决、旨在降低库存的库存水平和产品位置高度可视性）、降低风险（如降低污染和召回事件的发生频率及其影响，减少产品责任保金，减少伪劣产品等），也能降低供应链的环境保护压力（如降低能源和资源消耗，减少污染物排放等）。

2．智能物流建设存在的问题

（1）现代物流观念落后。

目前，大多数人把物流管理只看作是物品在运输、仓储、配送、流通加工等环节独立的管理活动。物流供需双方往往都关注价格而忽视了供应链所能带来的总成本降低的优势。随着现代物流的发展，物流市场竞争日益激烈，企业要生存就必须提高物流管理的层次和水平。物流服务不只是简单地解决运输、仓储、配送需求，而是要形成集成供应链管理服务的理念，在提高物流服务水平的同时将物流服务的各个环节紧密相连的各方结成伙伴关系，紧密围绕生产、营销、消费及客户特性化的需求，及时准确地提供服务，通过高水平、高质量的集成供应链管理优化带来产品的高附加值和产品的竞争优势，使物流企业和客户双方受益。

（2）人才缺乏。

市场调研数据表明，2010 年制造与物流业的 RFID 市场的年增长率接近 20%，但是，约有

75%的受访企业表示在这方面没有足够的经过培训的人员,80%的受访者表示他们缺乏相关人才,因而阻碍了 RFID 技术的推广。

（3）成本制约。

成本价格仍然是 RFID 推广应用面临的主要问题。RFID 应用成本不仅是标签本身,还包括标签的使用成本。而供应链中的各方均不愿独自承担这一费用,这就使 RFID 在零售业的普及遭遇了困难。

虽然标签价格对于 RFID 市场很重要,但却不是唯一的关键性因素。用户应该将 RFID 系统的建设和运行成本在系统收益的背景下进行权衡,也就是从投入产出比的角度来判断。

（4）缺乏统一标准。

标准是一种交流的规则,关系着物联网物品间的沟通。由于各国存在不同的标准,因此需要加强国家之间的合作,以寻求一个被普遍接受的标准。

（5）缺少关键技术。

目前,RFID 芯片技术主要掌握在国外少数大企业手中,还没有得到有效推广。因此,关键技术是制约各国 RFID 应用和物联网发展的瓶颈问题。

（6）安全隐患。由于 RFID 便捷的读取性,使得其芯片上存储的个人信息很容易被他人获取。甚至在很多非自愿给予的情况下,隐私信息也会在不经意间被读取,甚至造成被追踪。对于门禁类产品和金融类产品情况更加严重。破解芯片后,黑客可以提取原卡信息,从而复制出一张和原卡拥有同样认证信息的新卡。利用这张克隆卡,黑客就可以自由进出受限区域或者进行刷卡消费。

3. 促进智能物流建设的若干措施

智能物流的发展将会促进区域经济的发展和物流资源的优化配置,实现物流高科技与信息化。为了加快智能物流建设,物流企业一方面可以通过对物流资源进行信息化优化调度和有效配置来降低物流成本;另一方面,应该对物流过程加强管理和提高物流效率,以改进物流服务质量。然而,随着物流业的快速发展使物流过程越来越复杂,物流资源优化配置和管理的难度也随之提高,物资在流通过程中各个环节的联合调度和管理更加重要也更加复杂,因此,要实现物流行业长远发展,就要实现从物流企业到整个物流网络的信息化和智能化。促进智能物流建设应从以下几方面入手:

1）加大物流信息化技术攻关

（1）面向市场、面向应用,组织物流软件的研究开发,支持产业关联度大、市场前景好、有利于产业升级与改造的物流应用技术攻关,形成一批具有竞争力的物流软硬件产品。如智能仓库管理、供应商库存管理、智能运输管理、物流供应链管理、托盘流通信息交换技术等。

（2）加快 RFID/GIS/GPS 相关技术产品的研究开发和产业化。目前这些产品大多数为进口,虽然有少量国内生产,但其价格高。因此,要加大科研开发的支持力度,推动相关产品的国产化。

（3）支持我国北斗导航卫星民用化,发展我国自主的卫星导航产业,支持企业和科研单位开展北斗导航卫星应用技术的研究开发。

（4）结合实际开展物流供应链管理和物流信息化理论的研究。

2）开展物流信息化对外合作

通过合作尽快提高我国物流信息化水平,主要体现在以下方面:

（1）物流软件关键技术的合作开发。

（2）物联网标准和技术的合作。

（3）物流公共信息平台对外连接和信息交换的合作。

（4）物流信息技术人才培训等。

3）加强物流信息化市场环境建设和人才培养

（1）培育有效竞争的市场机制，打破条块分割和地区封锁，创造并维护公开、公平、公正的市场环境，使各种物流要素在市场机制作用下充分竞争，自由流动，并提高监管水平和公共服务能力。

（2）加强物流信息化的标准化工作，加快制定物流信息分类与编码标准，完善物流信息交换业务流程规范和单证标准，推广信息采集技术标准，结合国际通用标准制定符合行业实际的标准。支持各行业企业结合实际执行已有标准，推动物流标准的广泛应用。

（3）加快物流信息化法律法规建设和物流信息安全体系建设。制定有关的物流信息化法律法规，如与物流相关的电子签名、电子文件、信息交换等方面的法律法规。通过先进的技术手段、严密的管理制度和健全的安全机制，切实保障网络和物流信息内容的安全，促进物流信息化的健康发展。加快数字证书认证体系的建设，完善安全认证基础设施，建立安全认证体系。

（4）加强物流信息化应用宣传和人才培训。普及物流信息化知识，加强物流信息化人才培训，提高从业人员信息化素质，适应现代物流业发展的需要。

4. 智能物流应用技术

智能物流应用技术主要包括物品的自动识别与数据采集技术、物流信息的电子数据交换技术、电子订货系统和销售点信息系统、卫星定位与物流跟踪调度管理、物流自动化设施与物流管理软件、物流信息系统与物流公共信息平台，以及与智能运输系统相结合的应用技术等。智能物流应用技术的构成如图 6-4 所示。

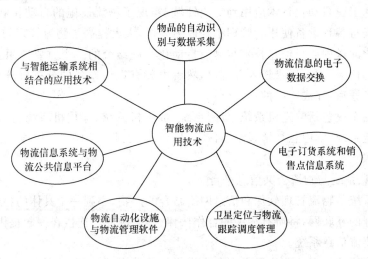

图 6-4　智能物流应用技术的构成

1）物品的自动识别与数据采集

自动识别与数据采集技术是重要的物流信息技术。通过自动识别和数据采集，可在供应链各环节高速准确地获取数据，并可以进行实时控制。

2）物流信息的电子数据交换

电子数据交换技术是企业之间为了提高经营活动的效率，在标准化的基础上通过计算机网络进行数据传输和交换的方法。主要功能表现在电子数据传输、传输数据的存证、文书数据标准格式的转换、安全保密、提供信息查询、提供技术咨询服务、提供信息增值服务等方面。作为一种新型有效的信息交换手段,它可以提高整个物流流程及各个物流环节的信息管理和协调水平,是实现快速响应、高效补货等过程不可缺少的技术。

3) 电子订货系统和销售点信息系统

电子订货系统是企业间利用信息网络和终端设备以联机方式进行订货作业和订货信息交换的系统。相对于传统的订货方式,该系统可以缩短从接到订单到发出订货的时间,缩短订货商品的交货期,减少商品订单的出错率。有利于减少企业的库存水平,提高企业的库存管理效率。对于生产厂家和批发商,通过分析零售商的订货信息,能准确判断畅销商品和滞销商品,有利于调整商品生产和销售计划。

销售点信息系统利用 RFID 标签管理商品,减少店员人工登录商品价格的差错,通过计算机快速统计商品的销售,再结合电子订货系统可以快速提供各种商品的销售状况、库存状况,甚至可以提供不同顾客群的购买行为分析,从而使业者更好地了解顾客的消费倾向,有效排除滞销商品,减轻不必要的库存压力,并为未来商品开发提供参考。

4) 卫星定位与物流跟踪调度管理

利用全球卫星定位系统和地理信息系统,通过 RFID 跟踪物品的流程,可以跟踪货运车辆与货物的运输情况,使货主及车主随时了解车辆与货物的位置与状态,保障整个物流过程的有效监控与快速运转。这些技术还用于物流规划分析,包括车辆路线、最优路径、网络物流调度、设施定位和集散分配等,可以优化物流解决方案,提高物流精准度,缩短物流在途时间,提高物流周转率,降低物流运输和库存成本。

5) 物流自动化设施与物流管理软件

信息技术和工业自动化技术应用到物流领域,实现了物流设施的自动化和智能化。物流管理软件系统又将各种设备使用和管理集合成为整体,大大提高了物流管理的效率。

物流自动化配送中心是信息技术与物流自动化设施结合的一个重要应用。RFID 标签附着在被识别的物体上,由传送带送入分拣口,然后由装有识读设备的分拣机分拣物品,使物品进入各自的组货通道,完成物品的自动分拣。

自动化仓储系统包括输送机系统、货架系统、堆垛机系统、穿梭机系统、自动导引车系统、工业机器人作业系统、空中悬挂链系统、自动分拣系统、工业控制系统、图像识别系统、计算机信息系统等。

6) 物流信息系统与物流公共信息平台

物流信息系统是物流管理软件和信息网络结合的产物,小到一个具体的物流管理软件,大到利用覆盖全球的互联网,将所有相关的合作伙伴、供应链成员连接在一起提供物流信息服务的系统都叫做物流信息系统。

物流信息系统按管理的功能层次可分为物流作业管理系统、物流协调控制信息处理系统和物流决策支持系统。

物流作业管理系统,如电子自动订货系统、销售点信息系统、智能运输系统等。

物流协调控制信息处理系统主要包括库存管理系统和配送管理系统。库存管理系统利用收集到的物流信息提供货品存放方式、库存量和出入库管理和安全防范措施等。配送系统则将商品按配送目的、方向和要求进行分类,制定科学、合理的配送计划,包括最合适的运输工具、最佳配送路线等。

物流决策支持系统是利用计算机系统收集到的大量物流信息,调用各种物流信息资源和分析工具为决策者提供分析问题、建立模型、模拟决策过程和方案的工具,帮助决策者提高决策水平和质量。

按系统的应用对象来划分,物流信息系统可分为面向制造企业的物流管理信息系统、面向零售商、中间商和供应商的物流管理信息系统,以及面向物流企业的物流管理信息系统等。

物流信息平台是建立在信息网络基础上的物流信息系统,它为企业相关部门及合作伙伴之间的物流业务协作提供基础的、共性的信息和应用支持。在现代物流发展中,物资流、信息流和资金流三者是紧密联系的,通过信息流的管理可以优化物资的流动效率,同时提高资金的利用率。

物流公共信息平台的基本功能是将物流相关的企业和服务机构,如生产制造商、物流服务商、分销商、银行、保险、政府相关机构等,通过统一的信息网络连接起来,实现不同数据格式、多种信息标准的转换和传输,提供公共的应用模块,方便企业使用,降低信息成本,还可以进一步提供决策分析服务。物流公共信息服务平台的作用是将各种物流信息资源整合起来,在更大程度上实现利用信息流优化物资流和资金流的目的。

7) 与智能运输系统相结合

智能运输系统是将计算机技术、通信技术、传感器技术、电子控制技术等综合运用于交通运输、服务控制和车辆制造中,加强车辆、道路、使用者三者之间的联系,形成一种实时、准确、高效的综合运输系统。

该系统提供的服务主要集中在物流配送管理和车货集中动态控制两个方面,如提供当前道路交通信息、线路诱导信息,为物流企业的优化运输方案制订提供决策依据。通过对车辆位置状态的实时跟踪,可向物流企业甚至客户提供车辆预计到达时间,为物流中心的配送计划、仓库存货战略的确定提供依据。

6.3　物联网技术在数字家庭领域的应用

6.3.1　数字家庭与物联网

1. 数字家庭

数字家庭也称智慧家庭,是以计算机和网络技术为基础,将各类消费电子产品、通信产品、信息家电及智能家居等通过不同的互连方式进行通信和数据交换,实现家庭网络中各类电子产品之间互联互通的一种服务,是以住宅为平台,兼备建筑、网络通信、信息家电、设备自动化,集系统、结构、服务、管理为一体的高效、舒适、安全、便利、环保的居住环境。

智慧家庭的定义为智慧家庭是以住宅为平台,利用综合布线技术、网络通信技术、安全防范技术、自动控制技术、音视频技术等将家居生活有关的设施集成,构建高效的住宅设施与家庭日程事务的管理系统,提升家居安全性、便利性、舒适性、艺术性,并实现环保节能的居住环境。在构成智慧家居系统的子系统中,智慧家庭中央控制管理系统、家居照明控制系统、家庭安防系统为必备系统,家居布线系统、家庭网络系统、背景音乐系统、家庭影院与多媒体系统、家庭环境控制系统等为可选系统。

数字家庭是社会信息化、社区智能化应用的终端,也是信息社会的一个基本单元。以家庭用户为中心,涉及家庭中的方方面面,将家庭生活中的各个场景通过各种数字化形式展现出来,将家庭生活数字化,给用户带来生活的便利、增加生活的舒适度,同时也会改变传统的家庭生活方式。数字家庭给人们的家居生活带来的新变化主要体现在以下方面:

（1）使生活环境更加安全。

安全防范是数字家庭的第一需求，集防盗、防劫、防可燃气体泄漏、防火、防胁迫、紧急救援等多项功能组成，它以防盗报警为中心、监控与联动自动控制系统为手段，确保人身安全为目的，将技防与物防、人防有机地结合在一起。

（2）家庭环境更加环保、更加节能。

室内环境监测系统可方便地告诉人们室内环境的质量，从而使家庭生活环境更加环保。各种家居设备采用人性化的控制方式，可根据室内光线和人们的作息时间调整室内采光情况。各种新型能源被接入智慧屋，家庭能耗更加合理。

（3）家庭信息化、自动化程度更高。

家电设备具有智能处理功能，可与人进行交流，根据主人的意愿提供满意的服务。

（4）家庭娱乐项目更加丰富。

三网互联实现个性化定制服务，人们可以方便地根据自己的爱好定制自己喜欢的栏目，包括各种互动节目、点播节目、娱乐游戏等。

家庭数字化的基础之一是家庭网络的建立，随着网络技术的发展，家庭网络正在逐渐构筑出一个在不同设备之间的、无所不在的互联网络。互联网络连接家庭中的设备以及家庭内部网络和外部网络。

2. 物联网的发展加速了数字家庭的实现

数字家庭使用的很多技术都是无线技术，因此，与物联网的关系比较密切，物联网的发展使数字家庭的技术水平进一步提高，产品可靠性进一步增加，功能及便利性进一步加强，从而推动数字家庭的普及。

在智能家居中，各类家电、安防、三表计量、环保监测、医护等设备通过传感器联网后形成传感器网络。对于联网的家居设备还要提供管理、监控等功能，就必须通过互联网协议栈所支持的应用层完成，这样就形成了物联网架构。智能家居系统可以在家居内实现监管，也可以通过网络在住区内以一定的权限进行监控和管理，还可以进行远程监控。比如，家里的主人离家上班或者出差，仍然可以通过互联网或者移动通信网监管家中的设备，或者及时了解家里发生的一些情况。

6.3.2 数字家庭的应用与功能

1. 数字家庭的应用

随着数字化技术的发展，数字家庭可以扩展出多种应用场景。数字家庭的典型应用可以概括为家庭通信、家庭娱乐、家庭智能控制、家庭监控与安防以及其他增值服务五大类，具体应用场景可描述如下：

1）家庭通信

家庭用户可共享家庭内部网络和外部网络资源。典型应用场景包括家庭用户可同时上网查找资料，可同时参加网络游戏，可通过网络共享使用同一台打印机等。

在数字家庭中，通过家庭网络屏蔽了多种通信方式的差异，使多种通信终端之间能够在家庭网络中相互通信，典型应用场景包括不同的用户在家中可通过计算机、可视电话、电视机甚至冰箱、空调等设备进行信息互通。可搭建家庭内部无线网络，用户手机在家庭外部使用通用移动网络，在家庭内部则切换到内部无线网络，从而节省通信费用。

2）多媒体和娱乐服务

多媒体和娱乐服务指的是用户使用不同的终端设备，共享家庭内部不同存储设备上的多媒体信息以及外部网络上的音视频资源。

享受内部网络提供的娱乐服务。用户通过家庭网络使用不同的终端设备,使家庭网络上的音视频资源通过不同的网络设备实现服务。典型应用场景包括用户可共享计算机上存储的多媒体数据;可选择各类终端,如电视、MP3、手机等设备,下载家庭内部存储设备上的流媒体内容;可自动将手机拍摄的照片传输并存储到计算机上,并可发表在网络上;可通过电视机搜索在计算机中的多媒体内容;可将数码照片存储到计算机中,并可将这些照片显示在电视机上,通过电视遥控器进行控制,包括调整照片的大小、翻转照片、将照片设定为电视机的桌面背景;可将存储在计算机中的音乐通过家庭音响系统播放出来等。

享受外部网络提供的娱乐服务。典型场景包括视频互动点播、音乐、游戏;用户利用电视中的节目菜单选择来自网络的节目并进行收看;在收看电视节目的同时,通过遥控器参与节目互动,如投票支持某位选手等;通过音响播放在线音乐,并通过互联网对音乐的相关资料进行搜索,如自动搜索歌手、专辑的信息,查阅相关的评论等。

3)家居智能化

家居智能化指的是用户可以在家庭内部或外部对家中的智能家电进行监控。典型应用场景包括自动抄表并缴费;自动控制电器开关;远程监控家中的电器设备;在家庭中可以集中控制各种电器设备;各种电器设备出现故障时可以自动反馈相关的故障信息等。

目前,家居智能化已不仅局限于集中控制和远程控制方面,还体现在对家用电器的整体智能管理上,可以通过回家模式将灯光打开、音响播放轻柔的音乐、空调设置到合适的温度;对家庭用电的整体管理和调整,监控家用电器用电情况,当超标时则会报警或关闭某些电器;当室内的温度和湿度超过适宜值时,智能化系统将会自动地调节空调系统或加湿器的打开或关闭。

4)家居监控与安防

家居监控与安防的主要功能是对家庭安全情况进行监控并与报警系统联动。典型应用场景包括用户通过计算机远程查看家庭内部监控摄像头画面,可查看家中孩子、老人的状况等,并可控制摄像头的角度、图像的大小等;可利用电视的画中画功能显示其他房间的情况,如儿童房里婴儿的情况;通过手机等终端发送短信或 E-mail 控制摄像头在指定时刻或即时发送图像到手机或其他指定终端;报警联动系统通过传感器检测到异常信息时可短信通知用户,同时根据预先设定执行切断电源、关闭设备等操作,并触发报警信息到小区安防系统及时通知小区保安;智能煤气安全系统将煤气泄漏警报通过短信发送给主人,主人可远程关闭阀门等。

5)其他增值服务。随着数字家庭技术的发展,以及相关服务提供商的介入,数字家庭服务内容也会逐渐丰富。

(1)家庭购物服务。应用了数字家庭技术的酒柜和冰箱,可以识别家庭藏酒的年代和出产地、食物的保质期、甚至是家庭成员的喜好,可以根据用户的需要向超市和饭店发出购物订单。随着功能的进一步丰富,将可以帮助用户管理各种生活消耗品,负责采购、定期补充等。

(2)家庭金融管理。能够自动完成每月水费、电费、煤气费和物业费的查询和缴纳,手机和电话费的缴纳,银行存款的提醒以及家庭生活费用的支付。

(3)在线教育。应用互动技术为用户提供各种学历教育辅导;与幼教机构联合对幼儿进行各种互动教育等。

(4)健康保健服务。在家中通过数字电视机查看各医院的动态情况,并把普通家用理疗电子设备测量的人体生理参数输出传送给医院。患者戴上各种生理传感器,对血压值和心率值等一些医疗参数采集完毕后,通过互联网络传输到相应的远程医疗服务机构,经过在线诊断后,患者的生理信息、诊断结果、健康建议就可以传回给患者,患者可在发病第一时间得到救护。健康人士也可以通过该项服务自动建立起自身健康档案,由专业人士提供健康建议。

2. 数字家庭的功能

数字家庭主要具有如下功能:

1) 在线网络服务

可实现各种网上服务,如网上购物,在家中的计算机前轻轻按键,商品就可以按时送来;可实现远程教学,孩子不需出门就可得到老师授课;可进行远程医疗,患者不需出门就可得到专家的会诊;可进行网上办公,与互联网随时相连,为在家庭办公提供了方便条件等。

2) 智能安防报警

数字家庭智能安全防范系统由各种智能探测器和智能网关组成,构建了家庭的主动防御系统。智能红外探测器探测出人体的红外热量变化从而发出报警;智能烟雾探测器探测出烟雾浓度超标后发出报警;智能门禁探测器根据门的开关状态进行报警;智能燃气探测器探测出燃气浓度超标后发出报警。安防系统和整个家庭网络紧密结合,可以通过安防系统触发家庭网络中的设备动作或状态;可利用手机、电话、遥控器、计算机软件等方式接收报警信息,并能实现布防和撤防的设置。

3) 网络视频实时监控

通过物联网视频监控系统可以实时监控家中的情况。此外,利用实时录像功能可以对住宅起到保护作用。

实时监控可分为:

(1) 室外监控,监控住宅附近的状况。

(2) 室内监控,监控住宅内的状况。

(3) 远程监控,通过 PDA、手机、互联网可随时察看监控区域内的情况。

4) 智能照明控制

家庭内照明设备主要由荧光灯、吊灯、壁灯、射灯、落地灯和台灯等组成。灯具可作亮度调节以满足不同的需要。智能照明控制系统由智能灯光控制面板组成,智能灯光控制面板与房间内照明设备对接后,即可实现灯光场景效果,主要可提供如下服务:

(1) 丰富的控制方式。

① 轻触式弱电开关。可以按照平常的习惯直接控制本地的灯光;可以根据需要任意设定开关所控制的对象,比如,门厅的按钮可以用来关闭所有的灯光,当主人离家时,轻轻一按开关即可关闭所有灯光,既节能安全,又非常方便。

② 红外、无线遥控。在房间内用红外手持遥控器控制所有联网灯具的开关状态和调光状态。

③ 电话远程控制。通过固定电话或手机,实现对灯光或场景的远程控制。

④ 计算机/互联网控制。通过本地计算机或者互联网上的一台计算机,可以远程控制灯光状态。

(2) 灵活的场景切换。

可以通过计算机或者遥控器设计灯光场景,进而可以通过遥控器上的场景按键方便地在各种场景间切换。

(3) 良好的灯光效果。

① 可实现全自动调光。系统有若干个基本状态,这些状态会按照预先设定的时间相互自

动切换,并将光度自动调节到最适宜的水平。

② 可调节有控光功能的建筑设备(如百叶窗帘)调节控制天然光,还可以和灯光系统联动。当天气发生变化时,系统能够自动调节,无论天气如何变化,系统均能保证室内的照明维持在预先设定的水平。

③ 可保证光度的一致性。采用智能照明控制,系统将会按照预先设置的标准亮度使照明区域保持恒定的光度,不受灯具效率降低和墙面反射率衰减的影响。

5)家电的智能控制和远程控制

家用电器主要包括空调、热水器、电视机、微波炉、电饭煲、饮水机、计算机、电动窗帘等。家电的智能控制由智能电器控制面板实现,智能电器控制面板与房间内相应的电气设备对接后即可实现相应的控制功能。如对电器的自动控制和远程控制等,轻按一键就可以使多种联网设备进入预设的场景状态。

室内无线/红外遥控。通过手持遥控器可以方便地管理家中的联网设备,无线射频遥感器将使操作不再有方向性和距离的限制。

电话远程控制。可以通过电话或手机对家庭网络中的各种电器设备进行远程遥控。

Internet 远程遥控。可以登录互联网,通过 Web 浏览器对家中联网设备进行远程控制和状态查询。

6)环境自动控制

通过自动控制技术对环境实施自动控制调节以满足用户的需求。室外的空气经过外部新风系统的除尘、过滤、杀毒、调节温湿度等流程的处理进入室内,保证室内空气清新,温湿度适宜。

7)提供全方位家庭娱乐

如家庭影院系统和家庭中央背景音乐系统。家庭中央背景音乐系统是智能家庭的重要组成部分,在每个房间都可以听到高品质、高保真立体声音乐,并且每个房间可以进行独立、个性化的控制与操作,每个家庭可以根据自身实际情况选择理想的音乐家居模式,享受现代科技带来的高品质生活。

8)现代化的智能厨卫环境

随着高科技不断进入家庭,厨房也开始进入智能化的过程。未来智能化厨房所涉及的如光电技术、遥测感应技术、遥控技术、计算机和自动控制技术、远红外线等已经成熟,只是尚未全面普及或者整合到日常的厨房产品制造之中。

9)家庭信息服务

用户不仅可以透过手机监看家里的视频图像,确保家中安全,也可以用手机与家里的亲戚朋友进行视频通话,有效地拓宽了与外界的沟通渠道。

自动抄表。电表、水表、煤气表等计量表可自动传送,无需人工入户查表记录。

可视对讲。住户与访客、访客与物业中心、住户与物业中心均可进行可视或语音对话,从而保证对外来人员进入的控制。

6.3.3 数字家庭技术

数字家庭领域涉及的技术主要包括联网技术、家庭网关技术、远程管理技术和设备自动发现技术。

1)联网技术

家庭联网技术解决家庭内部多种终端之间的物理互联,既要解决各种信息家电之间的数据传输,还要把外部连接传入的数据传输到相应的家电中去,同时可以把内部数据传输到外部网络。由于家庭环境的多样性和复杂性,联网技术一直是数字家庭中活跃的技术领域之一,随着以 IPTV 业务为代表的多媒体业务应用在家庭领域的普及,对互联技术在带宽性能、QoS 保证以及使用便捷等方面提出了更高的要求。目前,在数字家庭组网中常用的互联技术可以分为有线和无线两种方式。

(1) 有线方式。

有线方式主要有电子载波的 X-10 和 CEBUS、电话线的 HomePNA、以太网的 IEEE 802.3 和 IEEE 802.3u,以及串行总线的 USB1.1、USB2.0 和 IEEE 1394。

(2) 无线方式。

无线方式主要有无线局域网的 IEEE 802.11a 和 IEEE 802.11b、家庭射频技术的 Home RF、蓝牙的 IEEE 802.15,以及红外的 IrDA。

在组建家庭内部网络时,要考虑到连接对象的复杂性。在家庭网络内部存在着音响、可视电话等高速率数据设备;冰箱、洗衣机、PDA 等中速率数据设备;同时还存在水、电、煤气三表抄送、防火防盗报警等低速率数据设备。对于音视频等娱乐应用,要求网络能够提供高带宽、实时性以及同步传输等性能,速率达到 50Mb/s 以上的 USB2.0 和 IEEE 1394 是一种有效的选择。对于计算和数据通信应用,如计算机、家电、语音服务等,传输率要求在几十千比特每秒(kb/s)到几十兆比特每秒(Mb/s),多种技术都可以满足数据传输要求,但是,无线技术可以避免重新布线带来的诸多问题,因此是一种优先选择。对于家居自动化中的低速控制应用,如三表抄送、防盗防火报警器等,带宽的要求在几十千比特每秒(kb/s)内,且产品位置分散,不利于重新布线,因此电力线和无线编码技术是优先推荐的选择。

2) 家庭网关技术

家庭网关作为家庭网络与电信运营商网络联系与互通的枢纽已经成为电信网络的一个末端,在数字家庭中处于核心位置。一方面家庭网关利用多种联网技术为家庭内部各终端提供互联手段,提供业务承载、QoS 保障、家庭安全与管理,同时,也是家庭用户从电信网络与互联网络获得各种增值服务的通道和业务平台。

家庭网关应能够实现内部网的互连、信息存储、设备监控、数据计算和外部网的 3W 服务以及网络安全功能,可以通过信息家电(网络冰箱、机顶盒等)实现,或构建专用家庭网关实现,其中专用家庭网关更具有发展前景。

家庭网关的协议分为五层,其中第一、二层的标准已颁布,并已在实际中应用;第三层是工业界研究的热点;第四层为应用程序层,可根据功能的强弱进行定制;第五层是用户接口层,包括手动开关、遥控接口、通用软件接口等,它的简单易用直接影响到智能家居系统的性能,目前还没有统一的标准。

3) 远程管理技术

随着电信业务逐步向家庭内部延伸以及家庭网络设备功能日益复杂,业务的开通部署、家庭网络设备的运营维护成为一项重要的工作。由于设备数量巨大且部署在家庭内部,运营商对于远程管理的要求则日渐迫切。

4) 设备自动发现技术

在家庭网络中部署的信息终端越来越多,在解决设备之间的物理互联问题之后,家庭用户还需要对各个设备进行一些复杂配置才能使用,这对于普通家庭用户来说是难以接受的。加入家庭网络的设备如何能自动地相互发现并协同配合工作一直是数字家庭领域研究的热点问题之一。

SUN 公司研究开发的 Jini 技术在这一领域得到了较好的应用。Jini 的目的是将成组的设备和软件构件联合成单一、动态的分布式系统,它基于 Java 语言开发,是一种面向服务(包括硬件资源和软件资源)的中间件技术,运行于 TCP/IP 协议之上,跨平台运行,独立于底层操作系统和通信技术,设备间可相互查询、理解所具备的功能,无需人工参与,网络设置可自动完成,因此其适用于家庭网络环境。

6.3.4 物联网数字家庭系统结构

图 6-5 所示为物联网数字家庭系统示意图。由图可见,物联网数字家庭系统分为数据监控中心和用户终端两部分。

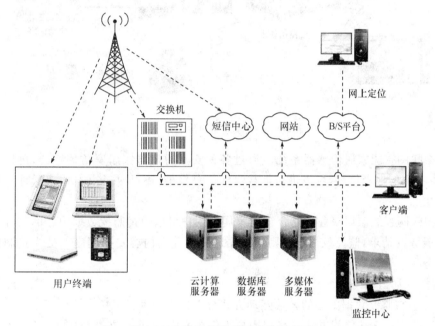

图 6-5 物联网智能家居系统示意图

数据监控中心。以云计算为基础的云数据中心,一方面监控管理各用户终端,分析其事务处理是否正确,并纠正其错误处理行为;另一方面具有超级计算机智慧运算功能。

用户终端中心。依托由 Wi-Fi 技术、RF 无线传输技术、传感器技术、嵌入式智能及实时数据交换等技术组成的数字家庭内部物联网,它是数据监控中心的一部分,承担着数据监控中心云计算的远程计算功能。用户终端中心平时本地处理力所能及的事务,一旦本地发生超出其所能处理的事务,用户终端则请求数据监控中心云计算机处理该事务。

联系数据监控中心与用户终端的泛在网络是 3G、4G、光缆、城域宽带及其他接入的载体。

1) 用户终端系统

如图 6-6 所示为用户终端系统配置示意图。

用户终端提供了一套解决家庭无线宽带覆盖、家居安防、家居智能、家庭娱乐、家庭信息以及小区智能化为一体的全方位数字家庭产品。

其中,具备无线路由功能的用户终端基座无线联系和管理各种用户终端,包括台式计算机、笔记本电脑、掌上电脑、手机等;经由物联网泛在网络接入口和互联网,用户可以获取云数据中心日常系统求证和管理监控帮助。

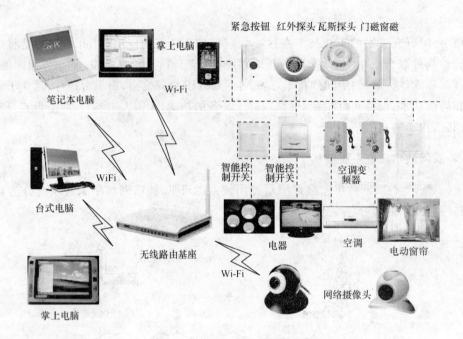

紧急按钮 红外探头 瓦斯探头 门磁窗磁

笔记本电脑　掌上电脑　Wi-Fi

WiFi　台式电脑

无线路由基座　Wi-Fi

掌上电脑

智能控制开关　智能控制开关　空调变频器

电器　空调　电动窗帘

网络摄像头

图 6-6　物联网智能家居用户终端系统配置示意图

（1）物联网智能家居传感器系统。通过各种安全防范与家居安防传感器，可以采集各种入侵、防盗防抢的报警信息，可以进行烟雾煤气信息报警，还可以经由本地或云计算监控和防范意外发生。

（2）物联网智能家居服务功能。智能家居的用户可以通过监控数据中心的云计算服务器定制所需服务的请求，监控数据中心则会根据定制服务的内容安排调度人员为定制服务的用户进行服务。

2）智能家居云端互动系统

用户终端与监控数据中心的云端互动方式分为以下两种：

（1）移动用户终端使用方式。终端用户不仅在家中，也可以在办公室中，还可以在汽车等移动载体上智能管理家居。智能家居物联网满足现代家庭和小区住宅在智能化、舒适性等方面的需要。

（2）固定用户终端使用方式。固定用户终端经由无线路由基座接入泛在网络到该物联网云数据中心，具备无线路由功能的用户终端基座还能够无线联系和管理各种传感器和控制开关，包括摄像头和麦克风、红外入侵报警、火灾烟雾和煤气报警、防盗防抢报警等传感器，以及电灯、窗帘、电视、空调、电冰箱、电饭煲等控制开关和调节器。

6.3.5　数字家庭应用案例

1. 智慧家居系统方案Ⅰ

某智能家庭方案由家庭网关、智能化安全防护系统、智能化家庭生活设备等组成，可以实现家庭娱乐、家庭通信、家庭安全防护、家庭电器设备管理等功能，充分整合了通信、自动化、照明、家电和医疗等多个业务领域的技术优势，通过智能家庭网关对家庭中机顶盒、PC机、PDA、Wi-Fi手机、打印机、电话，以及照明、家电等进行组网，为用户提供统一的便于操作的用户界面，通过全新的用户体验提供更加生动、便利和休闲的生活方式。用户不仅能够在家中享受无线上网、视频电话、视频会议、视频邮箱，还能通过远程进行家电和照明控制、门禁安全控制，以及远程医疗等服务。

用户可以通过固定电话、手机、互联网等对家庭安全防护、生活设施等进行远程控制和管理。如通过电话网络及时了解家庭安全情况，通过互联网和可视电话传送实时监控图像；用户可通过固定电话、手机、计算机远程实现门窗的开关，进行安全防护管理；通过家庭娱乐通信系统实现在电视互动娱乐的同时进行视频通信；通过互联网上智能化家庭管理系统页面，可以对家中的灯光等进行管理。该系统还可以根据用户不同场景的需要进行程序设置，使家庭服务达到智能化水平。

智能家庭方案提供的业务可分为以下四个方面：

（1）家庭娱乐和通信，通过机顶盒提供数字电视、视音频点播、网络游戏，视频电话，以及远程教育等业务。

（2）家庭安全，为家庭提供监控和报警，例如闯入警报、户外警报、烟雾/溢水监测和报警等。

（3）家庭自动控制，利用网络进行家电控制、照明控制、门窗控制等。

（4）家庭医疗保健，家庭医疗业务能够对家庭成员进行远程日常健康检查，包括心电图/血压/血糖/体重/肺活量测量、视频会诊等。

智能家庭系统的实现主要分为两部分，即家庭内部的家庭网关和控制系统，以及局端业务使能平台和业务控制平台。

局端设备和户内系统通过 IP 网连接，能够与 NGN、3G，以及安全报警服务中心、医院服务中心等互联，具有良好的可扩展性。通过业务能使平台实现统一的控制界面，为最终用户提供直观的家庭生活信息及控制，通过电视机、手机/PDA、笔记本电脑等进行业务控制。智能家庭网络系统结构如图 6-7 所示。

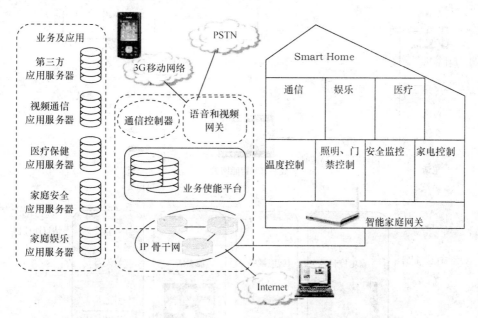

图 6-7　智能家庭网络系统结构

智能家庭系统的用户能够享受到的业务主要有以下方面：

（1）通过连接在家庭网关上的电视机观看直播电视节目和 VOD 影片点播；对于错过的精

彩电视节目,可以通过网络视频录像机进行录制,在有时间的时候收看。

（2）通过电视上网获取即时的新闻、房产、旅游、购物、餐饮等方面的生活信息,通过连接在机顶盒上的摄像机实现基于电视屏幕的视频通信。

（3）利用计算机远程或在家观察无线摄像机的图像,通过无绳电话的显示屏幕对门禁进行控制。

（4）能够实现房屋照明控制、灯光亮度控制、窗帘遮阳控制,以及由其组合而成的各种复杂场景的控制等。

（5）在门口的屋顶上安装红外移动感应探头,当主人开门进入时,门厅的灯光会自动打开,屋内灯光调节至相应的初始模式。同时,在门口安装一个灯光总开关面板,当主人出门的时候,只需按一下面板,家居内所有的灯光以及主人需要关闭的电器设备均可关闭。

（6）在客厅的墙面上安装智能红外控制面板,主人可以通过手持无线遥控器对各个灯具进行开关以及亮度的自由调节,还可以控制百叶窗的升降和角度。可以预先设定一些场景模式,对室内的灯光进行场景调节。

2. 智能家居系统方案Ⅱ

某智能家居系统主要包括一个家庭网关和若干个通信子节点。家庭网关和每个无线通信子节点都配置无线收发模块,数据和控制信息在网关和各子节点之间进行传送,实现相互间的信息流共享。无线通信到子节点主要包括智能遥控器、智能分控器、智能开关等。系统结构与设备配置方案如图 6-8 所示。

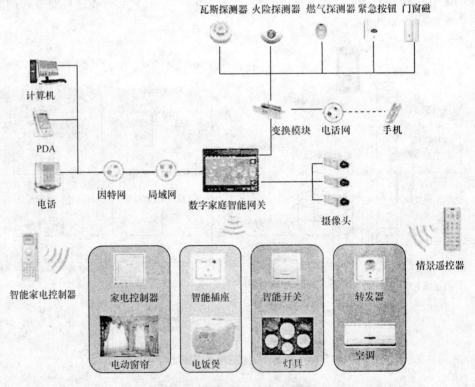

图 6-8　智能家居系统示意图

家庭智能网关是系统的核心,通过键盘或触摸屏液晶显示进行状态设置和查询。智能网关与 Internet 和 PSTN 相连,可将接收到的控制命令(包括本地遥控器命令、远端电话语音命令、远端手机命令、远端计算机命令等)转换成无线射频信号,并通过射频发送模块发射出去,实现家居智能化控制。

智能遥控器一方面通过无线接口与家庭网关进行通信,另一方面具有红外自学习功能,可对不同红外遥控器所发出的红外码值进行解码、学习、存储,实现集多个红外遥控器为一体的功能。智能网关液晶屏上的按钮和智能遥控器的键盘在位置上一一对应,用户在智能遥控器的按钮上定义不同的按键说明,绑定具有不同控制功能的红外线编码。智能遥控器通过无线发射模块将学习到的红外信号码值发送到红外智能控制中心或红外分控中心,实现红外码值在智能分控器上的注册。智能网关应用于智能家居控制界面,按下某一电器设备的控制按钮,将此码值通过无线发射模块进行射频信号传输。智能分控器将接收到的无线码值在已建立的列表中进行比对,转换成红外线信号发射出去,实现对家电设备的控制。智能开关可以接收智能网关或智能遥控器所发射的无线信号的码值,实现对家电设备的开关动作。

3. 智能家居系统方案Ⅲ

某智慧家居系统以高档住宅楼盘为主要应用对象,通过一个数字家庭网关使住户可以享受到集多媒体通信、娱乐、安防和智能家居控制等方面的服务。智慧家居系统网络拓扑结构及主要功能如图 6-9 所示。

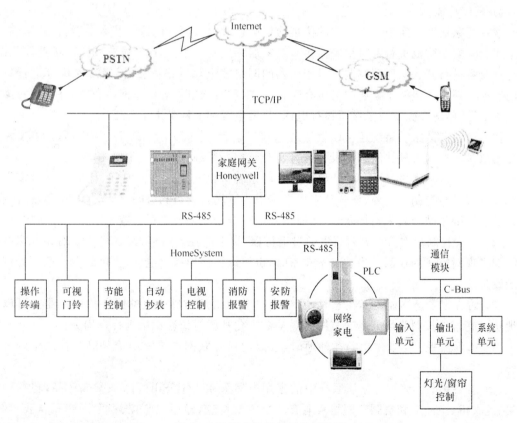

图 6-9　智慧家居系统网络拓扑图

1）系统构成

该智慧家居系统以家居网络布线为基础平台,以 Honeywell 公司的家庭网关为核心设备,通过 RS-485 等通信接口对其他各个子系统进行集成,形成一个有机统一的整体,从而为住户营造一个安全、舒适、便捷、温馨的家居生活环境。系统包括家居网络布线系统、可视对讲系统、门禁系统、家居安防系统、灯光和电动窗帘控制系统,以及网络家电控制系统等子系统。

其中,可视对讲门禁系统和家居安防系统采用的是 Honeywell 公司的 HomeSystem 系统。智能家庭系统的核心设备为家庭网关,对外提供 IP 方式的统一数据出口,与外界进行通信。对内自带有 RS-485、RS-232 等智能接口,与操作终端、对讲分机、防盗报警探测器、紧急按钮等其他周边设备进行通信。同时,通过智能接口集成灯光和电动窗帘控制系统以及网络家电控制系统。

灯光和电动窗帘控制系统采用 Clipsal 公司的 C-Bus 系统。该系统为两线制总线结构,包括系统单元、输入单元和输出单元三个单元设备,对家居内的照明进行开关、调光、定时、组合场景及感应等各种方式的控制,还可对电动窗帘进行开、关和停等控制。系统通过 RS-485 智能接口与 Honeywell 的家庭网关进行数据通信。

网络家电控制系统采用 LG 公司的产品。该系统包括网络冰箱、网络洗衣机、网络洗碗机以及网络微波炉等家用网络电器。系统以网络冰箱为核心设备,相互间通过电力线载波方式进行联网通信,再由网络冰箱提供的 RS-485 智能接口与 Honeywell 家庭网关进行数据通信。

2）系统功能

该智慧家居系统实现了对访客的可视通话确认后再按钮开门这一基本功能,在此基础上,对家居内的安全防范进行实时报警监控。对家居内的灯光照明采取调光、定时、场景等控制;对电动窗帘进行开、关、停等控制。对家居内的网络家电如网络冰箱、网络洗衣机等进行集中联网监控。系统还包括了家居内的所有语音、数据和有线电视等信息网络布线,并全面覆盖无线网络信号,给每个家庭成员接听拨打电话、收看电视和上网带来了方便。

住户通过智慧家居系统还可以就地或远程以电话、手机、无线 PAD,以及 Web 等多种方式方便地对家居内各种智能家电设备进行实时监控。系统包括以下主要功能:

(1) 灯光和窗帘的控制。通过此智能家居系统可以实现在任何时间、任何地点对家中的灯光和窗帘进行控制。此外,该智慧家居系统引入了场景的概念,即将灯光、窗帘、温度、湿度、背景音乐等因素结合起来实现联动,从而得到最适合于某一特定场合或氛围的组合应用。

(2) 远程控制。主人在家时可以通过遥控器、墙上的控制面板、家庭移动终端或者家庭智能终端实现对家居的控制。当主人不在家时,也可以方便地通过电话、手机或者互联网控制家中的设备。

(3) 访客记录。当业主不在家时,系统会自动地为拜访过业主的朋友拍照。业主可以方便地从家庭智能控制终端或者通过网络登录数字化社区对访客记录进行查询。

(4) 远程监视。当业主出差在外地时,可以通过互联网查看家中情况以及社区里的公共场所。

(5) 网络家电。该智慧家居系统中的家用电器采用 LG 公司的网络家电产品,包括网络冰箱、洗衣机、微波炉和空调。网络家电有 3 个主要特点,即远程监控、程序下载和自我检测。每一台家电的运行情况都可以通过互联网监视和控制,业主可以在下班回家的路上,通过手机打开家中的空调,如果业主长时间不在家,则可以通过互联网监视冰箱里食品的保鲜程度和家中湿度,在必要的时候打开空调除湿;洗衣机和微波炉可以从网络上下载洗涤程序和烹饪程序,最大限度地节省业主的时间;此外,每一台网络家电都具有自我检测的功能,如果运行过程中发生错误,系统会自动将错误信息反馈给服务器,维修人员可以据此与业主联系,提供相应的服务。

(6) 家居安防。系统预设了业主"在家"、"外出"和"睡眠"3 种模式。当业主外出的时候,只需要轻按门口智能控制终端上"OUT"按钮,系统则自动进入设防模式,在默认的情况下,家中的灯光、窗帘和不必要的电器都会关闭,红外安防探头开始工作。当业主回家的时候,系统会随着业主的正常进入(密码或 IC 卡开锁)而自动撤防,这样简化了设防和撤防的繁琐步骤,有效地保证了家中老人、孩子对安防系统的使用。另外,通过接入烟感探头、温感探头、瓦斯探头和水浸探头,全天 24 小时监控可能发生的火灾、煤气泄漏和溢水漏水情况,并可在发生报警时联动关闭气阀、水阀,为家庭居住环境构建可靠的安全屏障。

(7) 门禁和救援功能。系统包括可视对讲功能,可在客厅、卧室及厨房、浴室卫生间等场所方便地与访客进行通话,还可以与大堂管家或监控中心甚至是小区内的其他住户进行联络通话。可以通过家居门禁设备如可视门铃或电动门锁与来客进行可视对讲。业主可以通过刷卡、输入密码及按指纹等进行开门操作。在小区公共场合以及家中各个房间安装的紧急救援按钮,可以保证业主在需要的时候第一时间得到救援。

(8) 三表查询与物业通告。所有的物业通告、物管信息都是通过电子信息的方式发送给业主,水、电、煤气三表查询也是以电子信息的方式完成的。业主可以随时通过家庭智能控制终端查看物管和物业信息,以及各种账单和费用等信息。

6.4　物联网技术在医疗领域的应用

6.4.1　智能医疗与物联网技术

1. 智能医疗系统

智能医疗系统解决方案以家庭、健康服务电话中心、社区服务中心、疾病防控专家、二/三级医院以及基本药物配送物流等不同的机构为核心,通过新技术支撑区域医疗体制及管理创新,通过信息技术构建现代的医疗信息服务平台,实现更加便民的智能医疗服务体系。

智能医疗系统主要具有以下特点:

(1) 信息查询。经授权的医生能够随时查看患者的病例、病史、治疗措施和保险明细,患者也可以自主选择或更换医生或医院。

(2) 协作网络。把信息仓库变成可共享的记录,整合并共享医疗信息和记录,构建一个综合的专业医疗网络。

(3) 预防功能。实时感知、处理和分析重大的医疗事件,从而快速有效地做出反应。

(4) 远程医疗。支持乡镇医院和社区医院无缝地连接到中心医院,以及实时获取专家的建议,安排转诊和接受培训等工作。

(5) 可靠诊断。使从业医生能够搜索、分析和引用大量科学证据支持他们的诊断。

智能医疗的应用主要体现在以下几个方面:

(1) 整合的医疗平台。整合的医疗保健平台根据需要通过医院的各系统收集并存储患者信息,并将相关信息添加到患者的电子医疗档案中,所有经授权和整合的医院都可以访问,可以满足多层次医疗网络对信息共享的需要。

(2) 电子健康档案系统。电子医疗档案系统通过可靠的门户网站集中进行病例整合和共享,使各种治疗活动可以不受医院行政界线的限制展开。基于电子健康档案系统,医院可以准确地将患者转到其他门诊或其他医院,患者可以随时了解自己的病情,医生可以通过参考患者完整的病史为其作出准确的诊断和治疗。

智能医疗致力构建以患者为中心的医疗服务体系,可在服务成本、服务质量和服务可及性三个方面取得良好的平衡。通过智能医疗系统可以优化医疗实践成果、创新医疗服务模式和业务市场,以及提供高质量的个人医疗服务体验。

智能医疗将为医疗服务领域带来四大便利:

(1)通过信息化手段实现远程医疗和自助医疗,有利于缓解医疗资源紧缺的压力。

(2)有利于提升医疗服务现代化水平。

(3)通过推广电子医疗,可以以便宜的价格把现有的医疗监护设备无限化,进而大大降低公众医疗成本。

(4)信息在医疗卫生领域各参与主体间共享互通,有利于医疗信息充分共享。

2. RFID 技术在医疗领域的应用

RFID 技术目前已经在医疗领域得到应用,可以实现对药品、医疗器械、患者、医生,以及医疗信息的跟踪、记录和监控。欧盟的部分国家已经开始在医疗卫生管理中试用 RFID 系统。

1) RFID 在患者管理中的应用

患者的 RFID 卡记录了患者姓名、年龄、性别、血型、病史、过敏史、亲属姓名、联系电话等基本信息。患者就诊时只要携带 RFID 卡,对医疗有用的信息就可以直接显示出来,不需要患者自述和医生反复录入,避免了信息的不准确和人为操作的错误。

住院患者可以使用一种特制的腕式 RFID 标签,其中记录了患者的医疗信息和治疗方案,医生和护士可以随时通过 RFID 阅读器了解患者的治疗情况。可以将 RFID 标签与医学传感器相结合,此时患者的生命状态,如心跳、脉搏、心电图等信息会定时记录到 RFID 标签中,医生和护士可以随时通过 RFID 阅读器了解患者的生理状态的变化,为及时治疗创造条件。

2) RFID 在手术管理中的应用

由于医院一天同时进行手术的人数较多,因此,一些医院将 RFID 标签像绷带一样贴到患者手术处,以确保在患者进行手术的过程中不会因为人为的疏忽或其他原因出现差错。患者的名字和手术位置记录在 RFID 标签中,同时,RFID 标签还记录了手术的类型、手术日期和手术的名称等信息。在实施手术之前的准备期间,先对标签进行扫描,然后对患者进行询问验证标签上的信息是否正确,对患者实施麻醉前,再次对标签进行扫描,并对患者进行验证,直至手术完成后才将该标签取下。

3) RFID 在手术器械管理中的应用

一些医院将 RFID 技术用于心脏手术的过程管理。由于心脏手术过程复杂,需要涉及的人与器械较多,医院必须对手术所需要的各种器械、工具预先准备,并放置在指定的位置。这就需要多人花很大的精力精确地管理手术器械和工具,任何工作中的失误都有可能导致严重的后果。

某医院安装了 13 台智能橱柜,橱柜中安装了 RFID 阅读器,用于管理橱柜中存放的带有 RFID 标签的心脏支架、导管、止血带与手术常用的器械等。在每一次手术前,工作人员根据医院数据库了解手术主刀医生、患者、手术内容、手术所需要的设备/器械的规格与数量等信息,从而准确地找到其所在的位置,做好充分的准备。在手术前、手术中和手术后若出现了任何与预案不同的问题,系统会立即报警提示,这样可以减少心脏手术中出现错误的可能性。目前,美国、英国、日本等国家开展了 RFID 标签在医疗领域的推广应用,包括血液制品和药品在生产、流通和患者服用过程中应用的尝试。

3. 物联网技术在医疗领域的应用

物联网技术在医疗卫生领域的应用主要包括患者身份管理、移动医嘱、诊疗体征录入、移动药物管理、移动检验标本管理、移动病案管理、数据保存及调用、婴儿防盗、护理流程、临床路径管理等。

物联网技术在医疗领域的主要应用如图 6-10 所示,主要包括以下几个方面。

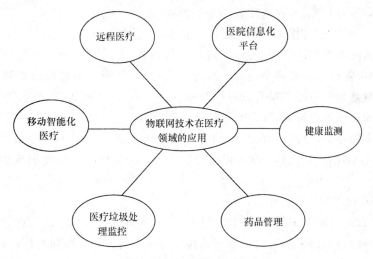

图 6-10　物联网技术在医疗领域的应用

1) 移动智能化医疗

移动智能化医疗服务指的是以无线局域网技术和 RFID 技术为基础,采用智能型手持数据终端为移动中的一线医护人员提供随身数据应用。医护人员在查房或者移动的状态下,利用智能型手持数据终端通过无线网络实时联机与医院信息系统数据中心进行数据交换。

采用移动智能化医疗服务方案,医生可以不必携带病历本挨床查房诊断,只要随身携带笔记本电脑或 PDA 等设备就可以在各个病区之间移动使用,随时随地获知患者住院信息、病状、病史,以及检查情况、检查结果等;医生在病房可以将患者的最新情况实时送回中心数据库,也可以随时从中心数据库获取信息,从一间病房到另一间病房不受网络连线的限制,使医护人员随时随地在手持数据终端上获取医疗数据信息,并可利用 RFID 阅读器读取佩戴在患者手腕上的 RFID 腕带,查询该患者目前的检查进度,根据历史记录和临床检查结果对比患者病情的变化情况,从而进行会诊和制定治疗方案,而相关的检查、检验、治疗和医嘱都将被随时记录,并通过网络在数据库中进行存储和更新,避免了后期转抄医嘱、凭记忆补开医嘱和记录病程造成的重复工作和错误概率。同时降低了患者的就医时间和成本,提高了医护人员的查房效率,避免了因字迹模糊潦草而导致医疗事故的发生;另外,医疗工作人员之间也可以迅速、方便地交换重要数据。

移动智能化医疗服务信息系统建设的目的在于提高医院的运营效率,降低医疗错误及医疗事故的发生率,从而全面提高医院的社会效益以及竞争力。建设移动临床信息系统不仅是医院信息化发展的必然趋势,也是医院以人为本医疗模式的基本保证。

目前,一些先进的医院在移动信息化的应用方面取得了重要进展。比如,可以实现病历信息、患者信息、病情信息等实时记录、传输与处理利用,使在医院内部和医院之间通过联网可以实时有效地共享相关信息,这对实现远程医疗、专家会诊、医院转诊等过程的信息化流程可以起到很好的支撑作用。医疗移动信息化技术的发展,为医院管理、医生诊断、护士护理、患者就诊等工作创造了便利条件。

2)远程医疗

远程医疗模式将医疗技术与计算机技术、多媒体技术、互联网技术相结合,以提高诊断与医疗水平,降低医疗开支,满足患者健康与医疗的需求。广义的远程医疗包括远程诊断、远程会诊、远程手术、远程护理、远程医疗教学与培训等。

目前,基于互联网的远程医疗系统已经将初期的电视监护、电话远程诊断技术发展到利用高速网络实现实时图像与语音的交互,实现专家与患者、专家与医护人员之间的异地会诊,使患者在原地、原医院即可接受多个地方专家的会诊,并在其指导下进行治疗和护理。同时,远程医疗可以使身处偏僻地区和没有良好医疗条件的患者,也能获得良好的诊断和治疗。远程医疗共享专家知识和医疗资源,可以有效地提高医疗水平。

远程医疗主要包括以检查诊断为目的的远程医疗诊断系统、以咨询会诊为目的的远程医疗会诊系统、以教学培训为目的的远程医疗教育系统,以及用于家庭病床的远程病床监护系统。

3)医院信息化平台

目前,大多数医院都采用传统的固定组网方式和各科室相对独立的信息管理系统,信息点固定,功能单一,严重制约了医院信息管理系统发挥更大的作用。如何利用计算机网络有效地提高管理人员、医生、护士及相关部门的协调运作,是当前医院需要考虑的问题之一。物联网技术以其终端可移动性、接入灵活方便等特点,使医院能够更加有效地提高管理人员、医生和护士的工作效率,协调相关部门有序工作,有效提高医院整体信息化水平和服务能力。

物联网在医院信息化建设中的主要应用包括查房、重症监护、人员定位以及无线上网等信息化服务。查房是住院部医生每天的例行工作,在传统的工作模式下,医生和护士需要随身携带病历本,并以手写方式记录医嘱信息。这样既不利于查房效率的提高,也容易因录入和识别而产生错误。通过物联网的部署可以使医生通过随身携带的具有无线上网功能的计算机或PDA,随时查询患者的相关信息,这样可以免除医护人员携带病历记录本查房诊断的麻烦,帮助他们更加准确、及时、全面地了解患者的详细信息,使医生的查房工作变得简单轻松,而患者也能够得到及时、准确的诊治。

通过无线视频监控系统,医生和护士可以对病房进行有效的实时监控,在重症监护室,可以使医生或患者家属时刻掌握患者的治疗情况。鉴于医疗场所以及工作业务的特殊性,医院需要对患者位置、药品以及医用垃圾进行跟踪。通过确定患者的位置,可以保证患者在病情突发的情况下能够得到及时的抢救治疗;药品跟踪可使药品使用和库存管理更加规范,防止缺货以及方便药品召回;定位医用垃圾的目的是明确医院和运输公司的责任,防止违法倾倒医疗垃圾造成医疗环境污染。物联网的应用将为这些工作提供快速、准确的服务。带有RFID腕带的患者、贴有RFID标签的药瓶和医用垃圾袋,均可通过无线网络的无线定位功能随时跟踪其位置。

4)健康监测

物联网在医疗领域的另一个重要应用是健康监测。随着物质生活水平的提高,人们越来越关注健康问题。近年来,医疗卫生社区化、保健化的发展趋势日益明显,可以通过射频仪器等相关终端设备在家庭中进行体征信息的实时跟踪与监控,通过有效的物联网运作过程实现医院对患者或者是亚健康患者的实时诊断与健康提醒,从而有效地减少和控制疾病的发生与发展。

无线传感器网络将为健康的监测控制提供方便快捷的技术实现方法和途径。

健康监测主要用于人体的监护、生理参数的测量等,可以对人体的各种状况进行监控。目前常用的测量个人健康状况的传感器主要包括电子秤、人体脂肪分析仪、电子体温计、血压计和心率检测仪等,使人们即使不住在医院,医生也能够 24 小时地监控患者的体温、血压、脉搏等数据指标。

传感器对人体健康状况进行检测,位于医院的健康控制中心通过物联网可以随时接收这些传感器发送出来的与人体健康相关的数据。一旦控制对象出现异常情况,医生就会对患者发出警示信息,如到医院做进一步的检查等。如果出现的是紧急情况,医疗救护系统会立即启动,通知附近的医护人员赶往现场,立即出动救护车,指导患者身边的非专业人士在可能的情况下进行一些简单的应急处理,以及及时通知患者的家人等。

5) 药品管理

物联网技术在药品管理和用药环节过程中可以有效地发挥作用。通过物联网技术可以将药品名称、品种、产地、批次以及生产、加工、运输、存储、销售等环节的信息存储于 RFID 标签中,当出现问题时,可以追溯全过程。同时还可以把信息传送到公共数据库中,患者或医院可以将标签的内容和数据库中的记录进行对比,从而有效地识别假冒药品。另外,还可以在用药过程中加入防误机制,包括处方开立、调剂、护理给药、患者用药、药效追踪、药品库存管理、药品供货商进货、保存期限及保存环境条件等。

例如当生产商生产某种药品时,在药品封入药盒的同时,在每个盒上贴一个标识此盒药品信息的电子标签,这个标签含有一个已被授权的唯一的产品代码,同时标签记录了该盒药品的生产时间、批号、保质期、存储条件、所治疗的疾病等相关信息,当药品继续装盒或装箱的时候,相应的包装上也会添加类似的标识此盒或此箱药品信息的电子标签。这样,就相当于在物联网中为每一个药品赋予了"身份证",相关的信息可以通过产品代码这个"身份证号"进行查询与记录。

当药品流经运输商和经销商时,在运输和验货过程中通过对药品信息查询与更新,可以查看药品在整个流通中流经的企业及生产、存储环节的信息,以辨识药品的真伪及在生产、运输过程中是否符合要求、流通环境对药品有无影响等,从而对经销的药品进行把关。

6) 医疗垃圾处理监控

随着信息系统的普及化与信息化水平的提高,医院和专业废物处理公司的信息处理能力已大幅提高,推广医疗垃圾的电子标签化管理、电子联单、电子监控和在线监测等信息管理技术,实现传统人工处理向现代智能管理的过渡已具备良好的技术基础。采用 RFID 技术对整个医疗垃圾的回收、运送、处理过程进行全程监管,包括采用 RFID 电子秤称量医疗垃圾、基于 RFID 技术的实时定位系统监控垃圾运送车的行程路线和状态,实现从收集储存、密闭运输、集中焚烧处理到固化填埋焚烧残余物四个过程的全程监控。以 GPRS 技术实现可视化医疗废物运输管理和实时定位为基础的高速、高效的信息网络平台为骨干技术的医疗垃圾 RFID 监控系统,将为环保部门实现医疗垃圾处理过程的全程监管提供基础信息支持和保障,从而有效控制医疗垃圾再次进入流通使用环节。

6.4.2 物联网技术在医疗领域的应用案例

1. 通过 RFID 技术实现医疗服务的移动化

在某医疗体检中心,每位患者的手腕上都会佩戴内嵌有 RFID 电子标签的手环,其中记录了患者的详细信息。

当患者初次进入医院时,院方会将患者信息储存在 RFID 芯片中,将带有 RFID 芯片的手环戴在对应患者的手腕上,将患者编号记录于医院信息系统数据库中;当患者就诊时,根据患者佩戴的 RFID 手环通过 Wi-Fi 下载读取患者的所有病历数据,传输至护士的移动数据终端上。工作人员可以用简单、快速的输入方式,将检查结果直接以电子数据方式记录在手持数据终端中;护士巡房时,手中手持数据终端可通过读写器读取患者手腕上的 RFID 芯片中对应的患者编号,在手持数据终端数据库中快速搜寻患者病历与处方诊疗信息,借助医院内部的无线局域网络环境,使医护人员在医院内部随时通过手持数据终端进行数据的上传下载。通过无线局域网的无线数据传送技术,将手持数据终端的数据快速、正确地传送至后端服务器。移动式医疗服务系统结构如图 6-11 所示。

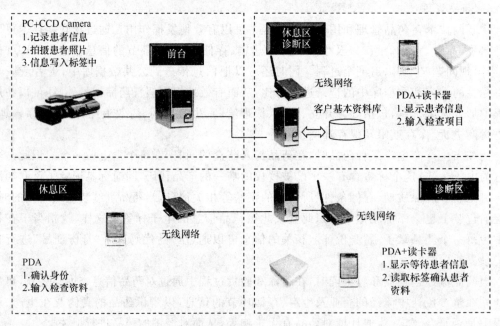

图 6-11 移动式医疗服务系统结构

1)系统组成

该系统由以下三部分构成:

(1) RFID 患者身份辨识系统。

手持数据终端可从主机下载 RFID 所辨识的当日所有患者的照片及相关病历与处方数据,医护人员可操作手持数据终端显示需要寻找的患者,并进行相关记录工作。

(2) 医护手持数据终端应用系统。

在完成辨识医护并确认医护身份后,即可由医护人员应用与医院信息系统整合的手持数据终端上的医疗电子表单直接通过 Wi-Fi 实时查询患者数据,直接选择及输入手持数据终端上清单,并暂存于手持数据终端上。可进行批次传输,隔一段时间后回传至后端主机系统。

（3）健康诊断问卷调查系统与检验项目查询。

在完成身份辨识后，即可由医护人员询问患者的检查问卷项目，运用手持数据终端的电子问卷调查表，依所回答的问题直接选择手持数据终端上的清单，并暂存于手持数据终端上，稍后可回传至后端主机系统。

2）系统功能

医疗服务移动化系统的功能主要有以下方面：

（1）无线实时传送信息。

通过无线局域网 IEEE 802.11b 机制传送数据，可将患者信息及检查结果快速、正确地传送至后端服务器。在收集时以数字化形式储存，并通过无线传输回传至服务器。无线传输不受地域限制，即使在移动中或是没有网络连线的地方都能随时将数字数据上传或下载，缩短了作业时间，并为医护人员提供利用手持数据终端下载及储存患者数据及照片的功能，方便进行辨识医护的工作。

（2）便捷有效的输入数据方式。

工作人员将需要记录的数据输入手持数据终端，采用电子表单点选的方式作业，并可采用笔式输入作业，比计算机键盘输入更为方便。手持数据终端具有手写输入与辨识的特殊功能，方便人员携带及操作。

（3）直接储存，正确省时。

所有的数据直接由第一线的用户输入至 PDA，再以电子文件储存，由无线网络传送至后端服务器，不存在传统的书面数据不易保存或遗失的问题，并且能避免人员重复输入、填写费时、数据输错的情形。

（4）降低纸张成本，减少人力。

通过手持数据终端系统可以省去纸张及打印的成本，达到无纸化的电子作业流程，同时可避免重复的数据抄写及计算机输入工作。

（5）标准作业步骤提示。

设计标准作业步骤与程序，使不熟悉作业流程的工作人员亦可在系统的辅助下逐步完成作业。

3）实施效果

该体检中心实施移动化服务之后，候诊流程不再受空间的限制，护理人员可以轻松调阅受检者以往的健诊报告，快速了解受检者的生活状态、饮食习惯和家族病史等，在第一时间根据受检者的健康需求给予体检项目加、退、选的建议，并在短时间内安排完毕。此外，可以对体检流程进行有效的控制和管理，护理人员可以在第一时间了解所有体检受检者的体检流程与速度，适度调配受检者的检测流程，使受检者减少体检流程的候诊时间。

2. 基于 RFID 的野战医疗所管理系统

该系统采用无线传感网络和射频识别技术，针对部队野战医疗所的管理现状进行改进，实现野战医疗所前方信息的即时采集、即时处理、实时监控和智能化管理。该系统由士兵伤情电子管理系统、医务人员调度管理系统，以及战备物资管理系统三部分组成。

1）士兵伤情电子管理系统

每个士兵都佩戴有一个腕带式电子标签，其中保存有约定格式的 ID 编号。当士兵受伤时，可根据自己的伤情直接与作战指挥中心通信（如通信方式采用 GPRS 技术），当作战指挥中心接到信号后，通过 GPS 技术对伤员进行定位，将伤员信息和坐标位置发送给距伤员最近的医护人员的手持 PDA,医护人员通过手持 PDA 读取信息,通过电子地图显示伤员位置并自动分析最佳路径,方便医护人员对伤员进行搜救。

医护人员到达伤员所在位置后,可使用手持式 PDA 扫描士兵佩戴的电子标签的 ID 编号并与作战指挥中心通信(通信方式采用 GPRS)。作战指挥中心通过系统数据库调出受伤士兵的姓名、血型、过敏史、过去受伤情况等信息,第一时间发送给医护人员的 PDA,最大限度地节约时间,保障救治的及时性和准确性。

当前线医护人员对伤员进行简单救治后,会根据士兵的受伤情况判断伤员是否需要进一步治疗,并利用手持 PDA 录入伤员的伤情信息(例如战伤或非战伤、伤员生命体征、前线医护人员对伤员的前期处理等),将录入的信息发送给作战指挥中心。如果需要进一步救治,指挥中心则通知医疗队准备相应的医疗器械,当伤员送达医疗队时,有关医护人员可对伤员第一时间进行救治,最大限度地节约时间,保障救治的及时性和准确性。

2) 医务人员调度管理系统

在野战环境下,野战医疗所的医务人员随机分配到各个作战点,这样会不可避免地出现下述情况,作战点一的伤员较多,医务人员人手短缺,伤员得不到及时有效的救助;而作战点二的伤员较少,医务人员都处于待命状态。由于各作战点之间的通信不及时使医务人员的作用无法得到充分体现,严重时会影响到对伤员的及时救治。

为解决该类问题,在每个野战医疗所门口安装固定式读卡器,当有伤员被抬进医疗所进行治疗时,读卡器可自主读取伤员信息,并且进行计数。当读卡器读取到的伤员数量超过预设可控数量范围时,读卡器会发出信号提示信息,并将此信息发送到后台上位机。控制中心管理人员得知此信息后,通过系统软件进行搜索,查看就近野战医疗所的情况,搜索出医务人员较多的医疗所,并且发送信息,调度一定量的医务人员到需要的医疗所进行救援。

3) 战备物资管理系统

前方各个野战医疗所都配有一定数量的战备物资,为每个战备物资箱粘贴有源标签,标签上存储物资的基本信息,如物资名称、数量和作用等。

有关医务人员通过手持 PDA 对战备物资进行扫描,当物资缺少或者少于一定数量,不能满足基本的伤员救助需要时,通过 GPRS 远程通信方式将信息及时发送给后勤物资管理部门,通知对方需要物资救援,从而使前方野战医疗所备有充足的物资。

该系统的主要功能有以下方面:

(1) 可以保证伤员第一时间得到救助。

(2) 能够及时发送伤员的伤情,使后方能够充分准备救助物资。

(3) 合理调度各野战医疗所的医务人员。

(4) 能够使后方管理人员实时了解前方的医疗救援情况,方便野战医疗的管理。

3. 救生衬衫

美国南加州 VivoMetrics 健康信息与监测公司研制出嵌入无线传感器节点的"救生衬衫"。这种用于医疗和康复的衬衫穿在身上可以监测和记录血压、脉搏等 30 多种生理参数,并可以通过互联网发送给医生。救生衬衫可以读出穿着者的每一次心跳和情绪激动的状况,比如每一次叹息、每一次吞咽和每一次咳嗽等。

另外,纽约的 Sensatex 公司正在研制一种称作"智能衬衫"的产品。这种智能衬衫通过嵌入在衬衫布料中的电光纤维收集生物医学的信息,可以监测心率、心电图、呼吸和血压等多种生理参数。

运动员可用智能衬衫监测心率、呼吸和体温以提高训练成绩,甚至还可以用它收听 MP3 音乐,也可以将麦克风嵌入在衬衫里。消防人员可以穿救生衬衫或智能衬衫检测烟气的吸入量,医生可用这种服装监测离开医院的患者。智能衬衫将收集到的信息传送到与衬衫相连的发射器中,存储在芯片里或者通过无线网络发送给医生、教练或服务器等。

6.5　物联网技术在工业领域的应用

工业领域可从以下两个方面推动物联网技术的应用。首先,企业结合自身特点、行业特点进行生产过程的控制,与工业生产和业务流程紧密结合,通过提供集成化的行业解决方案,为企业的生产管理提供技术支持。例如,在汽车产业中,汽车生产环节中的相关企业可以建立物联网系统,实时感知车辆各部位状态,车载控制系统收集和发送相关信息,从而完成对车辆的控制。其次,运营商和方案提供商利用公共服务平台的信息化服务,以行业客户、个人用户为重点,规模化地普及和推广物联网相关服务。例如,集成传感网、GPS 定位、网络通信等技术的汽车,可以提供全天候和全方位的检测、导航、娱乐、呼救等信息服务,再通过公共服务系统完成信息维护和服务运营。

从行业特点和发展前景来看,物联网在工业领域的应用主要集中在生产控制、产品设备监控管理、产品供应链管理、环保监测及能源管理、安全生产管理等方面。

6.5.1　物联网工业应用案例

1. 数控物联网平台

随着计算机辅助设计/计算机辅助生产(CAD/CAM)集成化技术的发展和局域网技术的普及,企业在新产品设计、开发、工艺过程编制,以及数控机床程序编制效率和质量方面取得了明显的进展,企业的技术管理和生产管理进入了网络化时代。然而,与 CAD/CAM 相关的数控机床管理水平仍然处于效率低下的状态,成为限制现代化企业管理水平提高的技术瓶颈之一。

当前,数控机床联网存在一些问题。首先是程序传输方面问题,对于一些程序量相对较少的数控机床,仍然采用比较原始的手工键盘输入方式,这种方法存在效率低、占用机时长、易出错等缺点。而一些程序输入量比较大的数控机床,则专门使用一台计算机用于程序传输。这种方法的缺点是工作环境恶劣,计算机维护困难,通信软件为 DOS 版本,升级换代困难;计算机与数控机床一一对应,设备资源浪费;操作方法复杂,对操作者的素质要求高;多人操作一台计算机,程序文件的管理混乱。如果使用笔记本电脑进行程序传输,频繁地对传输电缆进行插拔操作易引起笔记本电脑的串行接口烧毁。其次是程序管理方面,由于程序号码空间有限,同一个程序号有可能对应多个零件图号,在实际应用中容易产生混乱。然而,为了使程序号与零件图号相互对应,需要有专门人员负责对程序进行记录管理,此项工作繁杂,容易出错。

上述问题严重影响着数控加工的生产效率,因此,迫切需要寻找一种改善数控机床控制现状的有效方法,对其进行系统化的管理。

随着计算机技术、通信技术、数字控制技术的发展,以及制造自动化的需要,基于物联网技术的网络虚拟异地远程网络制造数控联网通信系统(remote information contact control-direct numerical control,RIC-DNC)得到越来越广泛的应用。该数控系统建立了一个网络化工作平台,通过该平台能够进行协同工作。网络平台由组态技术、网络化软件、网络化工控技术、网络化检测与控制技术、网络通信与设备通信技术、实时数据库管理技术、网络化数据传输与存储技术等组成。

1）系统架构

RIC-DNC 数控物联网是包括技术、服务、管理和培养人才的多平台综合系统。物联网的核心技术是信息交换和通信，而各种物理接口与网络接口的无缝对接是信息交换和通信的核心技术。RIC-DNC 数控物联网通过信息交换和 DNC 通信，以实现智能化识别、定位、跟踪、监控和管理。信息交换传输服务包括数据传输与命令传输两种服务，而信息传输媒介包括有线传输与无线传输两种方式。

2）远程网络控制

通过以太网连接方式，数控设备可以与工厂的管理、控制部门进行交互，物网联技术把数控机床与管理系统、制造系统和控制系统连接，如 CAD、CAM，以及 ERP 等，具有网络化生产优势。一般而言，数控机床网络系统具有三个层次，即信息层、控制层以及装置层。数控机床设备信息层主要用于 DNC 与机床之间数据通信；网络信息层可以通过 RIC 虚拟桌面平台实现办公室环境和操作者之间通信，通过 RIC-DNC 完成监视设备采集数据的传输；而控制层通过第三方应用程序控制数控设备。数控机床的装置层和控制层支持多种接口协议，控制器可以通过接口支持远程网络控制，控制信息通过网络发送给被控制的外围设备。

大多数数控机床系统采用 RS-232 串口连接而不是以太网连接，车间可以使用有线/无线串口服务器连接方案。例如，RIC-DNC 交换机部署在车间中心地点，接入工厂的局域网中，接收和发送有线/无线数据信息。

（1）局域网内串口设备的联网。

对于以 RIC-DNC 服务器作为集中控制的应用，局域网内的通信方式主要有三种选择：

虚拟串口通信方式。提供 Windows 标准串口驱动程序是局域网内最为简单的通信方式，在 Windows 系列操作系统下不需要作任何的改动，原有的基于串口通信的应用软件可以直接使用。该通信方式主要用于数控设备的终端联网。

网络协议通信方式。采用 Socket 协议直接与系统的串口服务器相连。采用这种方式时，每个串口服务器需要分配一个局域网内固定的 IP。由于上位机和串口服务器之间采用 TCP 连接方式，这就要求二者采用 Socket 通信，上位机作为 TCP 连接服务器端设置，并提供指定的端口监听，所有的连接终端设备的串口服务器被设置为 TCP 客户端模式，用户需要开发 Socket 应用作为后台软件。通常对串口服务器的应用采用 Socket 方式通信，建立上位机与终端间的直接 TCP 连接。

MCP 通信方式。专门为数控机床连接提供的 TCP/IP 连接模式，具有虚拟串口方式与 Socket 协议连接方式相结合的特点，数控机床配有两个 IP 服务端口，即数据端口和命令端口。因而，数控机床既可以连接单串口服务器，也可连接多串口服务器。

（2）专线网内串口设备的联网。

每个连接的串口服务器都配置一个局域网内固定的 IP 地址。非数控机床物联网的主控服务器为 TCP 服务器形式，每个连接的串口服务器配置为 TCP 客户端，二者通信采用 TCP 直接连接方式。在数控机床物联网中，车间内设立 RIC-DNC 服务器，通过无线串口服务器与数控机床联网，采用 MCP 模式进行连接。车间以外的 RIC-DNC 服务器同样采用 MCP 模式直接与数控机床连接。该种联网方式与企业局域网的组网原理与设置基本相同，它们的区别在于前者是采用电信服务提供商的专线网络，后者是采用企业自身构建的局域网网络。

（3）ADSL Modem 连接的跨网关通信。

串口联网服务器的一个重要功能是它具有 PPPOE 协议栈，通过与 ADSL Modem 相连接入互联网，从而具有跨网关通信的优点。将企业局域网与专线网互联，串口联网服务器通过域名解析或绑定的固定 IP 连接方式与远程 DNC 服务器进行联网,提供远程的设备运行状态监控、设备的远端调试与维护。数控机床通过网络互联与企业计算机监控系统构成一个基于物联网的应用,可以实现远程异地制造物联网。

(4) 不具有 Socket 协议的设备间的互联。

点对点工作方式。在一个较大范围的厂区内,两台相隔很远的数控设备之间需要交换数据建立通信,或者两个不同车间的数控设备之间需要点对点交换数据,这两台数控设备都可以由串口服务器接入企业的工业以太网。其结构如图 6-12(a)所示,两端的数控设备通过 RS-232 接入各自的串口服务器,两台串口服务器通过 TCP/IP 连接接入局域网进行通信。其中一台串口服务器配置为 TCP 服务器工作模式,另外一台串口服务器配置为 TCP 客户端工作模式。这样,两台数控设备之间具备了互相通信的能力,而不必借助于任何计算机的帮助。

此外,在点对点工作方式下,如果计算机需要对数控设备进行其他操作时,上述点对点连接方式的一端可以换作计算机,从而可以实现局域网内的数据采集、操作控制等功能。系统结构如图 6-12(b)所示。

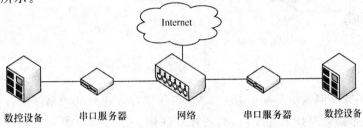

(a) 点对点客户服务器工作方式

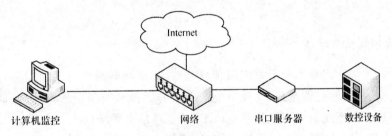

(b)点对点采集/控制工作方式

图 6-12　点对点工作方式

一点对多点工作方式,即一个控制器通过一点对多点的连接方式,控制多台采集设备。每个采集设备通过串口服务器接入以太网,控制器也将通过串口服务器接入以太网。串口服务器配置为 TCP/UDP 工作模式,通过网络来传输串口数据。网络设备配置与连接关系如图 6-13 所示。

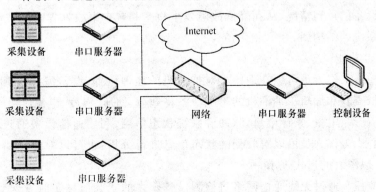

图 6-13　一点对多点工作方式

多点对一点工作方式,即多个控制器通过多点对一点的连接方式控制单个采集设备,多台主机可以同时打开同一台串口服务器的串口控制同一个串口设备。例如,多个客户端能在同一时间通过自己的计算机观察同一个数字化设备,了解设备的监控状态。该方式的网络设备连接结构如图 6-14 所示。

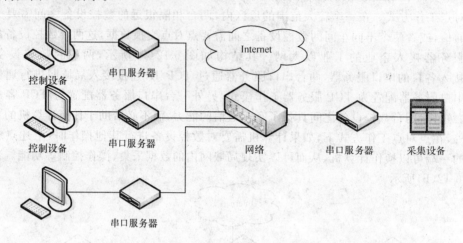

图 6-14　多点对一点工作方式

当前,数控机床联网系统是基于 RS-232 串口通信技术建立的网络系统,随着数控机床以及有线与无线宽带物联网技术的发展,具备在互联网上运行的数控系统将得到广泛的应用。因此,今后的数控机床联网系统将与企业内部的局域网构成一个统一的网络系统,其维护与管理将变得更为快捷方便。

2. 数字油田监控系统

石油行业也是物联网技术的重要应用领域之一,基于物联网的数字油田测控系统可以应用到石油的勘探、开采和运输过程,实现对生产设备的远程测控和管理,促进石油行业的安全生产和科学管理。该系统集全球定位系统(GPS)、地理信息系统(GIS),以及无线通信网络于一体,针对石油行业野外勘探、油罐运输、输油管道等业务需求,完成对车辆运输实时监控、仪器状态参数的无线信息采集,从而实现对石油行业的集中、高效和统一管理。

目前,采油厂已在不同程度上采用数字油田测控系统进行油井监控工作。通过数字油田测控系统可以进行油井钻探、输油管道和油罐车的监控,对井口、输油管道的参数进行实时检测,然后将检测到的状态参数实时地通过无线通信网络传输到数据采集服务器,使监控部门能够及时地掌握设备的运转情况,从而降低故障发生概率和减少事故处理时间。图 6-15 给出了数字油田测控系统的结构图。

1) 系统主要功能

抽油机监控。工作人员可以在地图上对抽油机的地理位置、设备编号、抽油机型号、井口编号等信息进行查看和编辑。抽油机的检测设备将载荷、回压、温度、电流、电压、功率因数、上下冲程功率、平衡率、电量、累计电量、脉冲等系统状态信息,利用通信设备通过无线网络传输到信息分析中心。工作人员可以对收到的状态信息进行分析,也可以对上述历史信息进行查询和分析,或者以图表的形式表示。

输油管道监控。通过无线通信网络将检测设备获得的状态信息实时发送到监控中心,监

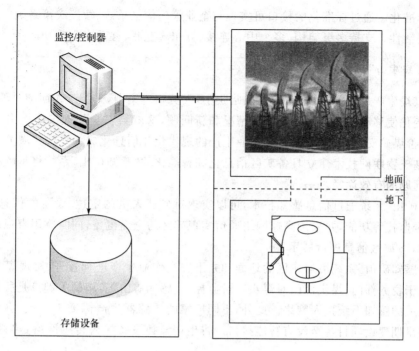

图 6-15　数字油田测控系统

控中心将收到的检测信息进行分析和显示。信息内容包括卡号、精度、温度、流速、流量、压力、密度等信息。监控中心可以对以往的历史信息进行查询、分析,并以图表的方式给出结果。

油罐车监控。为油罐车辆安装 GPS 定位设备,将通信设备与各检测设备连接,通过设备内置的通信模块,使用无线通信网络将油罐车的当前位置、行驶速度、温度等检测信息实时地传回到调度中心,中心采用电子地图技术将车辆当前的位置以及相关信息进行展示。

此外,由于车辆设置了超速参数,当油罐车行驶速度超过参数时,车辆将会发出超速警报,并在调度中心的电子地图上以特殊颜色标注来提醒管理人员。用户可以在系统中调出检测车辆的历史记录,并在地图上将车辆曾经行驶的轨迹展现在用户面前。可为车辆设置警告行驶区域参数,当车辆行驶出设定区域后会产生警报。

2) 系统特点

数字油田测控系统综合了计算机、无线通信和自动控制等技术于一体,与传统的人工监控管理相比具有明显的优势。

(1) 唯一性。每个设备终端都有唯一的标识,信息分析中心可以准确地了解每个设备的工作状态。

(2) 多样性。将多个传感器件集成在一个处理单元,这样可以完成多种类型信息的采集。

(3) 多元性。每个石油资源载体具有唯一的标识,这些信息综合起来就能实现多元信息一体化。

(4) 随地性。收集到的信息传输不受空间限制,只要在 CDMA/GPRS 无线网络覆盖的地理范围内都可以实现信息的发送。

(5) 随时性。智能终端采集处理系统可以随时采集数据,不受时间限制。

(6) 准确性。通过 GPS 技术采集准确的地理坐标,能够实时地发送给数据中心。

(7) 高效性。数据中心和数据采集端之间通信保持实时畅通,并且拥有透明传输通道。

（8）标准化。通过标准化的接口可实现与企业管理信息系统、智能决策系统的无缝对接。

（9）灵活性。支持多级架构、多个中心连接、分布式互联、移动中心等功能。

3. "感知矿山"物联网平台

由于煤炭生产过程复杂，施工场所黑暗狭小，人员相对集中，采掘工作面随时随地移动，地质条件的变化使移动的开采工作面临新情况和新问题，这就给安全管理工作提出了挑战。因此，如何改善煤矿安全管理模式，实现矿业生产的现代化和信息化成为煤炭领域关注的主要问题之一。基于物联网技术建立具备矿区信息化和智能化的"感知矿山"系统将是解决煤炭行业安全生产问题的有效途径之一。

"感知矿山"系统通过信息感知技术，可以实现对矿区人员的定位、设备的信息化管理、生产环境安全监控等功能，并采用高速网络通信实现矿区的全面覆盖，同时应用直观的图形化技术将三维 GIS 矿区信息进行展示。

通过"感知矿山"系统可对矿区的地面和井下安全作业生产进行管理、实现煤炭行业信息化，也可用于税务部门、煤炭部门对煤炭产量监控。"感知矿山"实施的关键点是所有与矿区安全、生产相关的感知系统接入网络。此外，不同厂家的传感器生产标准不一致，协议接口难以统一，有些早期建设项目甚至没有智能接口。将生产监控设备接入传感网络是"感知"系统实现的前提。

通过"感知矿山"系统不仅可以提高矿山的安全管理水平，而且涉及生产过程，例如，利用信息技术、网络技术以及传感技术对矿区运煤皮带、仓库、洗煤厂、变电站等设备进行感知和控制，可以有效提高矿区的自动化生产水平。

1）系统结构

"感知矿山"综合信息化系统将先进的自动控制、通信、计算机、电子信息和管理等技术相结合，将企业生产过程的控制、运行与管理融为一个整体，提供一种全面的解决方案，对于提高煤矿的生产效率、安全水平、事故灾害预测，以及生产业务管理水平等具有重要的作用。

该方案针对目前煤矿行业的实际需求，推出高效、可靠、安全的网络自动化系统，它以矿井综合自动化、信息化平台为基础，采用光纤以太环网和工业现场总线等技术构建综合数字化信息传输平台。

感知层设备由大量感知环境设备、开采设备、人员携带的传感器等构成，例如，测量风速、温度、转速、振动、温度、电压、电流、功率等传感器；测量甲烷、一氧化碳、二氧化碳、氧气、锚杆压力、钻孔应力、顶板离层环境等传感器；检测跑偏、烟雾、皮带打滑等传感器；煤仓料位计、水位计等传感器；以及摄像机、RFID 人员定位传感器等。这些感知器件在矿区地面、井下构建了一个庞大的感知层。

网络层设备主要由铺设在地面、井下的高速光纤以太环网、网络交换机、光电转换设备、路由器、防火墙、服务器等构成，以及用来实现无线覆盖的 GPRS 网络或 Wi-Fi 网络，共同构建了覆盖矿区的数据网络层。

应用层是矿区综合信息化系统，包含矿区三维 GIS 系统、综合自动化系统、人员管理系统、监控系统、短信管理系统、矿区应急系统、调度系统等。应用层提供各种通用的数据接口，在此基础上，可以有效地将升降机监控系统、安全监控系统、矿井通信系统、应急救援系统、视频监控系统、井下调度无线通信系统、煤炭运输系统、主通风机监控系统、压风机监控系统、中央泵房监控系统、工业电视系统等多系统进行无缝链接，最后经过工业以太网传输到应用层进行管理。系统的基本结构如图 6-16 所示。该系统的主要功能是实现矿井开采、挖掘、运输、风、水、电、安全等关键生产环节的信息化和自动化,从而优化生产和管理。

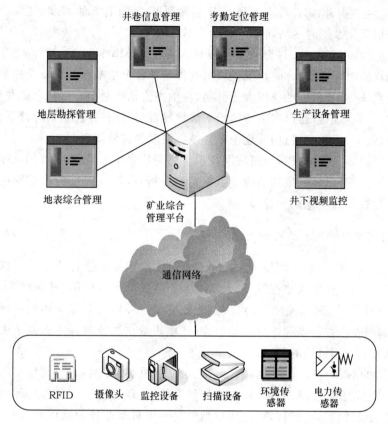

图 6-16　感知矿山系统结构

2）系统特点

"感知矿山"系统依托矿区高速工业以太环网进行信息传输,通过推进矿井生产过程自动化控制促进煤炭企业综合信息化。它实现了数据采集自动化、业务管理职能化、信息管理网络化,最终实现煤矿管理决策科学化、现代化和智能化。系统的主要特点如下:

(1) 各生产过程实现自动化控制,信息中心对各个生产环节进行监控,以达到提高产量和生产效率的目的。

(2) 遵循先进、可靠、高效、实用的原则,降低投资,节约成本。

(3) 促进了自动化、信息管理技术在煤炭行业的普及和推广。

(4) 生产控制实时数据库和信息管理数据库能够无缝对接,信息系统可以对生产数据进行无障碍保存、查看和更新。

(5) 实时监控系统、网络管理系统都是基于 Web 浏览器模式开发的,因而支持远程监控和维护。

(6) 提供有效的网络管理、监控、调试和诊断技术,保证系统管理的简单有效。当设备发生故障时,能够及时发现故障并进行故障排除。

3）案例分析

某矿厂建立了一套"感知矿山"系统。通过该系统的建设逐步实现了全矿信息化管理,有效地提升了煤矿生产安全和运营管理水平。

系统集中监控包括主煤流运输、井下供排水、地面变电所、井下变电所、矿井通风、压风系统、给排水、水处理、主井提升、矿井环境监测、火灾监测预报、综掘工作面、注氮、注浆等生产过程。

矿井综合信息化系统的网络通信平台为高速工业以太网,分为地面和井下 2G 比特光纤环网,二者分别挂接在环网上,并为监控站点接入提供 10Mb/s 和 100Mb/s 接口。每个环网有两个逻辑独立的单环,传输方向相反。该系统将矿井各个生产环节设备监控集成于一体,与工业视频监视系统协作,利用工业以太光纤网,在中央信息控制中心对整个矿井生产环境和设备进行监视和控制,将信息通过网络传送给矿级领导,使领导在办公室通过计算机随时了解安全、生产、财务、人事、运营等信息,实现全矿井统一调度和高效管理。

煤矿数据中心服务器可以利用局域网技术与公司信息中心联网,作为中心网络的数据分站,本地中心服务器可以将采集到的煤矿数据初步分析,再将处理过的数据发送给信息中心,信息中心服务器进行统一存储和管理。

4. 环境质量实时监控系统

制药、化工、轻工等许多高污染产业需要通过排污监控系统进行环境质量监控,从而实现排污自动监控设备、水质数据监控设备、水质参数检测仪的集成应用,进而对重点排污企业实行实时监测、自动报警、远程关闭排污口,以防止突发性环境污染源对环境造成大规模污染。多年来,环保部门对重点污染源进行自动监控、环境质量在线监测等方面做了大量的工作,被认为是物联网技术应用最早的领域之一。

环境监控物联网系统同样具备物联网的三层基本框架,即感知层、网络层和应用层,其中感知层负责污染源的测量、感知环境污染监控仪器仪表、现场传感设备等,网络层采用有线和无线网络对感知层的信息进行传输,应用层则负责环境自动监控的具体业务逻辑处理。系统的总体框架结构如图 6-17 所示。

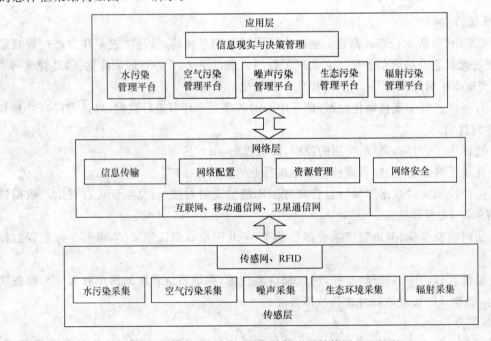

图 6-17　环境监控物联网结构图

1）感知层技术

环境监控物联网采用传感器、检测仪、RFID、多媒体信息采集、二维码、实时定位等技术进行信息获取，这些信息涵盖各种环境监测点、污染源的检测和监控数据，以及通过各类物理、化学、生物学方法获取的指标数据，环境管理对象的标识信息、环境监控现场音视频数据、卫星定位数据、卫星遥感数据等。

感知层通过自组织网络技术、协同信息处理技术，实现传感器、RFID、二维码等数据采集。这些数据通过短距离传输、自组织网络，以及多个传感器的分析和融合处理过程，从而形成用户可以使用的有效数据信息。但是，由于数据采集技术的多样性，感知层需要解决各种感知技术的连通性和互操作性。

2）网络层技术

随着移动通信、互联网、环境监控专网等技术逐渐走向成熟，网络层可以实现更加广泛的网络互联功能，从而将感知到的环境信息低延迟、高可靠性、高安全性地传送到信息中心。然而，由于一些环境物联网的通信环境十分复杂，如果要满足感知信息传输的服务质量需求，骨干网络需要具有很强的网络故障自愈、高带宽、可靠传送等网络服务能力。环境物联网应综合考虑"水、陆、空、天"互联、多野外站点联动、天地一体化的应用特征，将环境信息感知专网与移动通信网、互联网、卫星通信网技术进行融合，自动实现网络地址分配、网络管理、资源管理、安全监控、服务质量保证等网络服务功能，从而为环境自动监控系统提供可靠、健壮的网络支撑能力。

3）应用层技术

环境物联网的应用层技术包含业务逻辑处理和信息管理功能，具体包括物联网底层感知采集的环境信息的存储、交换、处理等环境数据信息管理功能，以及身份认证及权限管理、环境模型计算、环境管理、报表服务等功能。应用层还可以通过文本、图片、曲线等多种方式展现污染物排放实时信息、环境质量实时信息、环境污染变化信息等要素综合统计成果，是环境物联网为环境决策、管理和规划服务的环境信息门户。

6.5.2 工业物联网支撑技术

物联网是计算机、电子、通信技术发展到一定阶段的成果，并与未来先进制造技术相结合，将渗透工业生产领域的多个环节，从而形成新的智能化制造体系，这样的制造体系目前在不断发展和完善之中。概括起来，支撑工业物联网应用的先进制造技术主要体现在以下方面：

感知网络技术。建立服务于工业制造的泛在智能网络体系，为生产制造过程中需要的设计、运转、设备、管理及商务提供广泛的网络服务。目前，面向未来智能制造的通用网络技术发展还处在萌芽阶段。

制造信息处理技术。建立以信息处理为基础的现代化制造模式，推进制造行业的整体实力和水平。目前，信息化制造及信息处理尚处于实验阶段，许多国家政府将此列入国家发展计划。

虚拟现实技术。采用三维图像显示与人机自然交互的方式进行工业生产，能够进一步提升企业生产效率。目前，虚拟现实技术已经在许多重大工程领域得到了应用。

人机交互技术。传感技术、传感器网络、工业无线网络，以及新材料的发展提高了人机交互的空间。目前，制造业处在一个信息技术受限的时代，操作人员要服从和服务于机器。但是，随着人机交互技术的不断发展，人们将逐渐步入基于感知的信息化时代。

空间协同技术。空间协同技术的发展方向是以网络、人机交互、信息处理和制造系统集成为基础，改变目前制造系统在信息获取、监控、人机交互和管理方面集成度差、协同能力差的弱点,增强制造系统的敏捷性、适应性和高效性。

平行管理技术。未来的制造系统将由某一个实际制造系统和对应的虚拟系统所组成。采用平行管理技术可以实现制造系统与虚拟系统的无缝对接,不断提升企业认识和预防不正常运行状态的能力,提高企业的智能决策和应对紧急事件的水平。

电子商务技术。目前制造业与商务过程联系日趋紧密,呈现出纵向整合和横向整合两个方向。将来需要建立健全与先进制造业密切集合的电子商务技术框架,利用电子商务提高制造企业在市场竞争中的决策与适应能力,构建可持续发展的先进制造业。

系统集成制造技术。系统集成制造是由工人和智能机器人共同构建的人机共存、协同工作的工业制造系统。它集自动化、网络化、智能化于一身,使制造过程具有修正或重构自身结构和参数的能力,拥有自组织和协调能力。

6.5.3　工业物联网面临的技术问题

目前,从整体上看物联网还处于初始起步阶段,它在工业领域的大规模应用还面临着一些问题,概括起来主要有以下几个方面:

工业用传感器。工业传感器是一种检测装置,能够监测或感知特定物体的状态和属性,并转化为可传输、可处理、可存储的电子信号,它是实现工业自动检测和控制的前端设备。在现代工业自动化生产过程中,需要使用各种传感设备来监视和监测生产过程中的各个参数,使设备的运行处于最佳状态,生产出质量好的产品。可以说,没有质优价廉的工业传感器,就没有现代化、信息化的工业体系。

工业无线网络技术。工业无线网络是由许多随机分布、具有实时数据传输、自组织能力的传感器节点组成的无线网状网,综合了传感技术、嵌入式计算技术、普适计算技术、现代网络及无线通信技术、分布式计算技术等,具有低功耗、自组织、泛在协同、异构互连的特点。工业无线网络是继现场总线之后工业控制领域又一个热点技术,是降低工业测控成本、提高工业测控系统应用范围的重要手段。

工业过程建模。没有先进的模型就难以实施切实有效的控制,传统的集中式、封闭式的仿真系统结构已经难以满足现代工业发展的需要。工业过程建模是系统设计、仿真、分析及控制不可或缺的基础。

此外,物联网在工业领域的大规模应用还面临工业集成服务代理、总线技术、工业语义中间件平台等相关技术问题。

6.6　物联网技术在智能交通领域的应用

6.6.1　车联网系统

此前的智能交通主要围绕高速公路展开,以建立全面的高速公路收费系统、实行高速公路收费信息化管理为重要任务,而如今城市的道路拥塞成为交通领域主要压力。近些年随着我国汽车工业的迅速发展和人们生活水平的提高,汽车逐渐成为人们的主要交通工具,而城市道路建设速度跟不上汽车增长速度,所以解决拥堵问题只能依靠对车辆的管理和调度。许多国家把管理的重点转移到对热点道路的控制,对行驶在热点道路的车辆实行收费管理,以调节热点区域的车流量。因此,交通管理部门如何通过信息化手段快速、准确地采集道路运行信息,并将调度和管理指令快速反馈给行驶的车辆,从而建立以车为节点的网络化管理系统,即车联网系统,是未来城市智能交通领域发展的重点。

6.6.2 车联网的功能

(1)远程信息收集。管理部门将以较低的成本实现对车辆、道路的全国统一管理,避免在各城市、各高速公路范围内的单一监控网所产生的弊端。获取所有车辆的实时在线信息,无论本地汽车驶到外埠,还是外埠汽车来到本地,管理部门都可以在网络上准确获得所需的车辆信息。

(2)信息分析。管理部门可以通过对路口路段的汽车数量、车速等数据的统计分析,实时掌握全国各城市公路和高速公路的交通状况,实现智能交通指挥。在必要的时候,交通管理部门还可采用汽车电子信息网络,将指令或警告信息发送给汽车终端系统或交通指挥人员。

(3)信息反馈。由车联网反馈的车辆、车况信息可以得到实时收集,使管理者可以及时发现问题,对交通状况进行提前干预和控制。

(4)车辆管理。对于车辆定期检验、排放控制等项目,以及查处走私车及套牌车、追踪盗抢车等犯罪行为,通过车联网是一种高效可靠的手段。

(5)自动收费。汽车电子信息网络的应用使全国高速公路自动收费成为现实。无论是在城中高速公路,还是城间长途高速公路,根据汽车在高速公路出入口经过的信息直接实现不停车计费,使收费准确快捷。

(6)降低汽车能耗。通过智能交通控制可以有效改善城区交通状况,提高车辆的平均车速,使燃料消耗和废气排放量大大减少。同时,由于车辆在路上的停滞时间减少,汽车尾气排放量也随之降低,空气质量将得到改善。

6.6.3 车联网系统结构

车联网也称为车载 Ad Hoc 网络,它是由配备无线通信设备的车辆以及路边固定的无线通信设施(RSU)构成的通信网络。通过在汽车上装载移动通信设备,为高速行驶的车辆提供一种高速率的宽带无线接入方式,构建一个以汽车为载体的庞大的无线网络,包括车辆内部各部件、车辆与车辆、车辆与路边基站之间的无线通信网络。

图 6-18 给出了车联网的通信系统结构。该系统的最下层为配备无线收发装置的车辆,车辆通过无线通信的方式连接到上层的 RSU,而 RSU 再通过有线网络连接到最上层的互联络。

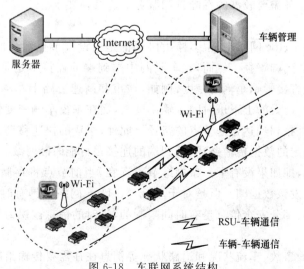

图 6-18 车联网系统结构

车联网通信系统具有两种信息传输模式:即车辆之间的相互通信(inter-vehicle communications,IVC),以及车辆与 RSU 之间的通信(roadside-to-vehicle communications,RVC)。IVC 不需要路边基础设施提供支持,以自组织的方式自动运行。与 RVC 相比较,IVC 通信模式具有方便和灵活等优势。

6.6.4 车联网系统关键技术

车联网固有的物理特征为车载无线通信系统提出了诸多挑战,从而影响车联网的大规模使用。为了向用户提供可靠有效的服务,车联网系统需要解决以下技术问题:

(1) 资源管理。

尽管车载网络中某些数据传输需要借助路边无线通信设备转发,但是,由于路边无线通信设备造价相对昂贵,并不适合大规模的铺设。因此,车载网络中大部分通信还是采取 IVC 的方式,即车联网通信模式。与以往的移动 Ad Hoc 网络类似,由于缺少集中式的资源管理实体,车联网大部分的管理功能还是需要采用分布式的方式进行处理,例如,信道资源管理、IP地址配置等。因此,由于网络拓扑的不稳定性,以及缺乏统一的管理实体,使车联网中资源管理相当复杂。

(2) 无线访问技术。

当前,主要有蜂窝网(2/2.5/3G)和无线局域网技术可以为车载通信系统提供空中接口技术。2/2.5G 技术覆盖性和安全性比较好,而 3G 技术能够改进信道容量和带宽。然而,这些技术由于造价比较昂贵、带宽有限和时延较高,难以成为车载 Ad Hoc 网络主要的通信方式。IEEE 制订了 IEEE 802.11p 标准支持 IVC 和 RVC 通信。该标准采用 IEEE 802.11a 物理层和媒体访问控制(MAC)层技术,而载波频率采用 5.9G 频段(5.850~5.925 GHz),支持最大数据传输半径为 1000m,车速上限为 200km/h。

(3) MAC 层数据传输。

由于车辆上的无线收发装置的数据传输半径是有限的,车联网中端到端的数据需要中间结点中继传输,即多跳数据传输。而多跳的无线数据传输给通信的可靠性带来了挑战。因此,车载网络需要有效的 MAC 层协议保证传输的可靠性,以适应复杂的运行环境。同时,也要考虑不同服务的服务质量需求,例如,与安全相关的业务一般都有时间限制,需要尽量缩短链路层的延迟,而多媒体业务需要较高的吞吐量和服务的连续性要求。

(4) 路由协议。

在传统的移动 Ad Hoc 网络中,很多路由协议都是假设源节点和目的节点之间存在很多中继节点,因而存在端到端路径。然而,在车联网中端到端的连接不是总存在的。首先,车辆的行驶环境和时间段直接影响车辆的密度,例如,城市和高速公路上车辆密度往往比较高,而乡村车辆密度比较低;白天的上下班时间车辆密度高,而在午夜车辆密度较低。在车辆密度比较低的时候,节点很难找到到达目的节点的路径。此外,车辆的快速移动、拓扑的动态变化,使节点很难找到一条稳定的数据传输路径,端到端的连接很可能时断时续。因而,人们提出了一种新的数据处理方式,即如果没有下一条中继节点存在,当前节点将存储该数据帧,直到下一条中继节点出现再转发该数据帧。但是对于车载 Ad Hoc 网络中具有时效性的安全消息,这种方式不适用,因为大部分安全信息是有时间限制的,过时的信息被视为无效。

(5) 信息广播。

在车联网中,交通事故、车流状况和道路状况等消息往往需要传输给网络内的所有相关车辆,这些信息都是采用多跳和广播的方式进行传输的。然而,信号干扰、数据碰撞、隐藏终端等MAC层问题一直影响着广播协议的设计。此外,为了实现信息的多跳广播,网络层需要考虑如何有效地选择中继节点继续广播信息,同时又要尽量减少广播带来的信息冗余以避免广播风暴,降低网络资源消耗,这些都增加了广播协议的设计难度。

(6) 安全与隐私。

在车载通信系统设计时,需要充分考虑安全问题,因为它直接影响着车载服务未来的使用。其中包括安全、隐私、欺骗等问题。与以往的通信网络相同,车载通信系统中很多信息都是具有私密性的,除了端系统以外,信息的内容不希望被通信的第三方所知。因此,可以通过密码生成、密码分配、授权等技术实现端到端的加密,使合法节点拥有访问网络资源的权利,从而达到安全性的要求。隐私用来确保车辆的信息不被泄露,这些信息包括车辆的位置、车辆的行驶路线、用户的私人信息等。在多跳传输过程中,某些自私的节点出于安全和隐私方面的考虑,或者为了节省带宽而不去传递某些信息,造成了网络资源的浪费。另外,某些恶意的节点会发布一些虚假信息,特别是安全相关的信息,有可能会造成严重的后果。因此,建立完善的信任机制是必要的。

6.7 物联网技术在零售商贸领域的应用

6.7.1 零售业物联网功能

1. 供应链管理

供应链管理是零售行业信息化建设的重要内容之一,减少企业运营成本,增强企业补货能力,优化供应链管理,已成为零售业未来信息化发展的趋势。零售企业通过与供货商之间进行信息系统对接,可以减小企业库存压力,降低企业运营成本,加快供货商供货速度,最终提升零售商的市场竞争力。

1) RFID 实现智能收货

RFID 标签的主要优点是可实现隔物识别。例如,当服装送达百货商场后,货物管理人员采用手持式 RFID 读写器,不需要拆开包装进行手工核对,只需对整箱服装进行整体扫描,就可以获得箱内全部货品信息。无论一个包装箱里封装有多少不同型号、颜色、尺寸的衣服,都可以全部扫描出来,然后通过无线网络将货物信息传递到管理系统,最终完成收货入库确认。

RFID 读写器减少了收货人员的工作量,使店铺与总部之间的信息实时互动,提供整体协同的供应链,供应商也能更好地把握前端的市场动态。

2) RFID 实现智能盘点

使用便携式 RFID 读写器能够迅速、准确地获得店铺内各商品的库存信息,节省了人工盘点库存所需的时间,从而使销售人员将更多精力放在客户交流和商品销售上。

3) 智能补货

当百货商场收货、商品销售、盘点可以顺利进行时,系统便拥有了准确的数据信息。基于计算机管理实时跟踪店铺缺货、库存与销售数据,自动生成面向供应商的补货订单,然后通过网络发送,从而有效减少店铺人员的工作量。

信息一体化快速供应链管理将收货、销售、库存等信息与供应商实时共同分享。供应商可以随时了解自己产品的销售和库存状况,降低沟通成本和减少补货时间,对市场情况有了更准确的把握。引入以读写器主导的自动化生产、存货管理系统,零售行业将准确高效的决策与控制流程固化在企业的信息化基础设施之中。

2. 信息分析

物联网提供了更为快捷、便利的生活方式，信息可以随时随地显示给需要的人。对于从事零售行业的企业来说，单凭前端读写设备获取的数据不能转化成企业所需的信息。只有通过智能化的数据分析过程，被整合后的信息对企业才有可能是有价值的。

据分析测算，全球零售订货时间为 6～10 个月，在供应链上的商品库存积压价值为 1.2 万亿美元，这就迫使供应商在库存、消费形势及物流上加大投资。此外，每年由于错失交易给零售商带来的损失高达 930 亿美元，主要原因是没有合适的库存产品满足消费者的需求。与以往相比，消费者的需求逐渐变得苛刻和直接。在去商店购买商品之前，购买人事先在网上调查并征求别人的意见，然后再决定去购买商品。为了吸引如此智慧的消费者，零售商和供应商需要更加智能的系统。对于零售业，商品的一些固定信息可以直接存储到标签中，但是，那些实时的动态信息，例如销售分析、库存分析、客户数据分析等数据，就需要经过智能设备通过网络传输到服务器或手提终端，大量的数据需要保存到集中的物联网云计算中心。

那些公开的、可以让大众获知的数据信息，可采用公有云的方式提供，而对于企业一些私有商业数据信息则需要以私有云的方式解决。因而，来自于不同途径的数据信息汇集于云计算中心，再借助数据业务分析软件获得提升利润空间的信息策略。一些公司已经成为物联网技术的受益者，这些公司利用 RFID 技术从前台获取海量的信息库，通过数据信息捕获、处理、建模、估算、汇总、排序、预测等手段，分析企业运营状况、客户价值和物流状况等，进而获得客户、服务、产品，以及市场策略等相关信息。基于物联网的零售系统，避免了由于信息得不到有效利用所造成的商业机会的错失，并为企业提供新的利益增长点。

6.7.2 零售业物联网应用案例

1. 商业零售系统

2003 年，沃尔玛公司开始在货箱和货盘上使用 RFID 读写器。到了 2007 年，采用 RFID 技术的沃尔玛商场数量已经超过 1000 家。现在，沃尔玛正在加强推进单品级 RFID 读写器的应用。这意味着在不久的将来，人们可以轻松使用配备 RFID 阅读器的手机，瞬时获得整个货架上商品的价格、型号、生产日期、用户评价等信息，轻松完成商品挑选、比价及购买过程。

零售业实质上是不需要人工参与的行业，其价值的产生几乎不依赖于人类的创造力。零售行业基本是一个反射式的过程，用户的挑选过程就完成了全部的信息输入。因此，零售领域可以使用一种自底向上的决策程序。

早在 20 世纪 80 年代初，沃尔玛公司就采用了电子化的快速供应链管理模式。该模式改变了传统零售企业对商业信息保密的方式，它将销售、库存、成本等重要信息与供应商进行实时分享。供应商应用沃尔玛的管理信息系统能够随时查看自己商品的销售和库存情况，从而降低业务沟通成本和减少补货时间，并且对市场反应有了更准确详细的把握。

实践证明，沃尔玛采用这套供应链管理系统造就了零售领域的优势地位。但是，在沃尔玛的供应链体系中，仍有尚未开发出的成本空间。店面对货架上产品数量的监控，以及储存室对进出货物的管理都消耗了相当多的人力成本。然而，时间则构成了另一个隐藏的成本，货架上空闲出的时间都在为沃尔玛带来损失。

引入 RFID 读写器之后，沃尔玛的供应链效率有了较大的提升。此前，所有门店工作人员需要花费几个小时才能核查一次货架上的商品。现在，同样的工作量仅需要两个人花半个小时就可以完成。RFID 读写器使零售商对货架上的商品的情况进行精确控制，也对供应商的快速、高效供货能力提出了要求。现在沃尔玛公司可以要求供应商每次只能提供不超过几天销售量的商品。当零售商减小存货成本时，供应商们却要面临的是对订单、在制商品及商品库存控制的挑战。

为了适应沃尔玛公司供应链的挑战，许多大型供应商们开始在单个产品，甚至零部件上引入了 RFID 读写器管理机制。如今，戴尔电脑生产线上的产品零部件都贴上了 RFID 标签。这些读写器将戴尔收到的订单信息转化为无线信号，从而控制自动零部件选取机为每台 PC 机收集所需零部件。借助这些 RFID 读写器，管理生产线的工作人员通过网络监控产品在生产线上的位置，以及成品的出货量。

单个产品 RFID 读写器的引入，使零售商们对每个最小存货单位实现从仓库到零售商之间每个环节的跟踪。确保库存管理的准确性，以及零售商商品存货充足，则能够直接提升零售商的销售业绩。例如，在服装销售领域引入 RFID 管理系统的销售网点，销售额比非 RFID 网点提高了 14％。此外，一个 RFID 管理系统还能够提供店面 99％ 的商品库存信息，并可减少30％ 的劳动力和 15％ 的库存量。

这些数字为推动沃尔玛向全面部署 RFID 系统提供了动力。沃尔玛在全球拥有 6 万家供应商，他们将不得不升级内部的供应链管理系统。尽管目前迫于 RFID 标签较高的成本，以及来自供应商的阻力，沃尔玛的 RFID 系统部署日期被迫推迟，但这一趋势不可逆转。

以 RFID 读写器为代表的物联网零售业应用，在供应链调度管理上节省了大量人力和物力，通过引入以传感设备为主线的自动化生产、存货管理系统，将准确高效的决策与流程控制模式建立在企业信息系统基础设施之中，即把市场信息实时反馈的供应链管理转移给具有智能化的机器完成。

沃尔玛公司的成功经验主要体现在以下两方面。①基于电子化的快速供应链管理，将销售、库存、利润、成本等信息与供应商共同分享。供应商可随时了解到自己产品的销售和库存状况，减少了业务沟通成本和补货时间，并对市场反应有了更快、更准确的把握。②引入单个产品 RFID 管理系统的销售门店，销售额比没有采用 RFID 门店增加了 14％，并减少 30％ 的劳动力和 15％ 的库存。

2. 智能服饰陪衬系统

对于传统的现场销售，顾客获取商品信息的途径主要有两种，一是查看商品本身，二是与销售人员交流。查看商品本身需要依靠顾客的经验，销售人员的语言介绍是人与人之间沟通模式。人与人之间在情感沟通方面存在优势，但是，商品信息却难以被充分表述。例如，一件商品的主要设计理念、与当前流行的同类商品的关联等。

借助信息化设备与 RFID 技术，商品可以得到全方位的现场展示。例如，在服装专柜配备连接壁挂式大型液晶显示器的计算机，当顾客对某件服装感兴趣时，将该商品拿到壁挂式显示器前，通过计算机扫描商品 RFID 标签，就可以在显示器上看到该服装的模特秀、搭配方式、流行信息、原料特点、设计模式、服装内涵等信息的动态介绍。通过视频、图片、声音等多种静态和动态方式可以刺激顾客感觉神经，从而形成对商品的立体认知，完成立体化的信息传递，既提高了沟通效率，又提高了沟通质量。

经常购物的顾客能挑选出适合自己的商品，但是，大部分顾客并不具备这种能力，顾客会因为如何选购合适的商品而产生烦恼。在现场服饰搭配系统研制方面已经出现了一些成果。

例如,某研究机构开发的"智能服饰陪衬系统"可以为顾客选择服装除去不必要的烦恼。当顾客走到试衣镜前,该系统就能通过服装 RFID 读写器获得顾客所选商品的信息,再通过智能服装搭配数据库和显示器屏幕实时展示产品信息,以及搭配该服装的其他服饰。顾客只需按一下按钮选择比较搭配的服饰,柜台店员可以通过试衣间外的计算机查看到顾客所选择的服装款式,然后利用通话器联络服务人员去取顾客选择的服装试穿。"智能服饰陪衬系统"能够帮助顾客节省时间,选择最佳的服装搭配方式,不会触及顾客试衣隐私,而且能够加强产品的防盗系数。

日本某服装公司设计的店面试衣间独具特色,试衣间的四壁由玻璃墙围成。实际上这些玻璃墙都是电子显示屏幕,顾客进入这样虚拟试衣间之后,电子屏幕上就会出来一个虚拟的设计师与顾客打招呼。设计师会帮助顾客分析身材、肤色、气质等个人特征,提供比较适合搭配的服装,并实时地显示在四面电子屏幕上。顾客在屏幕上做出选择之后,电子屏幕上会立即出现身穿搭配服装的顾客图像,这样使顾客免去了麻烦的脱衣、试衣和穿衣等过程,并能够看到自己试穿衣服之后的形象。

6.8 物联网应用有待解决的技术问题

6.8.1 物联网面临的技术问题

1) 技术标准不统一

目前,在世界上参与物联网研究的国家中,存在着不同的物联网技术标准。在中国,物联网技术标准由无线传感器网络标准项目组负责制定,2006 年,中国信息技术标准化技术委员会组建了无线传感器网络标准项目组。2009 年 9 月,无线传感器网络标准项目组正式成立了 PG1(国际标准化)、PG2(标准体系与系统架构)、PG3(通信与信息交互)、PG4(协同信息处理)、PG5(标识)、PG6(安全)、PG7(接口)和 PG8(电力行业应用调研)等八个专项组,开展具体的物联网技术国家标准的制定工作。

标准是一种交流规则,只有统一的交流规则才能实现物联网中物品之间的沟通,目前,需要加强国家之间的合作,以寻求一个能被普遍接受的标准。

2) 信息安全存在隐患

在物联网系统中,由于物品之间、物品与人之间的联系紧密,信息采集比较频繁,且大量使用交换设备,因此,数据泄密问题越来越被重视。如何保证物联网中大量数据及用户隐私不被外泄已经成为一个严重的安全问题。

3) 协议不统一

在物联网系统中,Internet/LAN、RS-485/232、蓝牙或者 3G 等网络同时存在,要在短时间内统一联网协议很难实现。物联网需要协议,在核心层面,由于物联网是互联网的延伸,同样基于 TCP/IP 协议。但是,在接入层面,存在 GPRS、短信、传感器、TD-SCDMA、有线等多种接入方式。没有统一的物联网协议,就不可能将资源联网最大化。

4) IP 地址缺乏和无法兼容的问题

现有互联网 IP 地址资源的不足已经成为物联网发展的瓶颈。物联网概念下的网络发展需要大量的 IP 地址,而全球基于 IPv4 的 IP 地址总共约为 43 亿个左右,目前剩下 3 亿个左右的 IP 地址资源尚未分配,在 2012 年之前,全球的 IPv4 地址将分配完毕。如今,很多权威机构在研究 IPv4 如何向 IPv6 过渡,以及二者的兼容性,因为对大量 IP 地址的需求导致物联网必须以 IPv6 支撑,对其与 IPv4 的兼容性研究刻不容缓。

5）终端需求多样化

物联网终端是连接感知层与网络层实现数据采集及向网络层发送数据的设备,它担负着数据采集、预处理、加密和传输等多种功能。

在不久的将来,物联网将应用于各行各业,其终端也应与现实应用相结合。终端需求多样化必然要求物联网终端功能向多样化和差异化方向发展。

6.8.2 物联网面临的政策法规问题

1）隐私泄露

在物联网上升到国家战略的同时,其对企业信息、个人信息安全的威胁仍不可小觑。物联网络中频繁应用"射频识别技术",标签一旦被嵌入物品中,而所有者并没有发觉,那么其自身就不可避免的被扫描、定位和追踪。

当个人隐私可以被无限放大之后,危害不会止步于一个家庭,对道德的触犯和对法律的蔑视,将会引发严重的社会信任危机。

2）完善政策和法律法规

物联网技术迅猛发展已经引起了政府相关部门的高度重视。每一项科学技术的创新,在技术达到国际水准的同时,国家的政策法规也应得到完善,以加大对国际安全、企业机密、个人隐私的保护力度。同时,物联网涉及各个行业,在多种力量相互整合的基础上,需要政府出面通过一定的政策法规均衡利益的导向和分配。另外,进一步加强监管机制,完善监管组织体系,聚合各方资源形成监管合力,才能够保证物联网行业健康有序的发展。

6.8.3 物联网面临的商业问题

1）商业模式

目前,只有少数行业实现了物联网的应用,由于现实经验积累的局限性,导致物联网的商业模式不是很成熟。视频监控、食品溯源等几个有限领域的加入,并不能完全阐释物联网的属性。物联网行业应用需要扩展到更多更复杂的行业中。

越来越多的行业加入物联网领域,需要建立一个全国性的综合业务管理平台,把各种传感信息进行收集并分门别类的管理,进行具有指向性的传输,通过资源的整合降低物联网的应用成本。

2）产业链

在物联网的最初发展过程中会出现一些小而简陋的网络,在有限的内部空间实现联网,各自并不相关。而在物联网发挥作用的过程中,传感、传输、应用等各个层面都会采用不同的技术方案,导致物联网规模经济没有形成,商业模式单一。因此,物联网行业需要探索一个盈利的商业模式,产业链的完整性将成为整个产业更好发展的一个基础。

思 考 题

6.1　物联网在物流领域有哪些应用?

6.2　物联网的发展对物流业有哪些影响?

6.3　RFID技术在物流领域的应用有哪些特点?

6.4　物联网的发展对数字家庭的建设有什么影响?

6.5　物联网技术对发展智能医疗有什么作用?

6.6　零售业物联网具有哪些功能和特点?

参 考 文 献

陈启宏．2003．遥操作机器人系统的智能控制研究[D]．东南大学博士学位论文

范次猛．2006．可编程控制器原理与应用[M]．北京：北京理工大学出版社

高飞，薛艳君，王爱华．2010．物联网核心技术：RFID 原理与应用[M]．北京：人民邮电出版社

郭俐，王喜成．2005．射频识别（RFID）系统安全对策技术研究的概述[J]．网络安全技术与应用，(9)：23-25

韩兵．2009．数字控制网络架构从入门到精通[M]．北京：机械工业出版社

何玉彬，李新忠．2000．神经网络控制技术及其应用[M]．北京：科学出版社

辉亚男，冷文浩，刘培林．2008．CAN 总线应用层通信协议的设计与实现[J]．计算机工程与设计，29(3)：669-671

李冬辉，邹宝兰．2002．楼宇自动化系统中 DDC 控制器模块化组态设计[J]．仪器仪表学报，23(3)：347-348

李虹．2010．物联网——生产力的变革[M]．北京：人民邮电出版社

廉飞宇．2006．计算机网络与通信[M]．北京：电子工业出版社

刘笃仁，韩保君，刘靳．2009．传感器原理及应用技术[M]．西安：西安电子科技大学出版社

刘强，崔莉，陈海明．2010．物联网关键技术与应用[J]．计算机科学，37(6)：1-10

刘宴兵，胡文平，杜江．2011．基于物联网的网络信息安全体系[J]．中兴通讯技术，17(1)：17-20

刘永华．2009．计算机网络体系结构[M]．南京：南京大学出版社

吕新荣，朱晓民，廖建新．2006．一种新的 IPv6 寻址方法[J]．北京邮电大学学报，(5)：54-58

聂学武，张永胜，骆琴等．2010．物联网安全问题及其对策研究[J]．计算机安全，(11)：4-6

宁焕生．2008．RFID 与物联网——射频、中间件、解析与服务[M]．北京：电子工业出版社

裴庆祺，沈玉龙，马建峰．2007．无线传感器网络安全技术综述[J]．通信学报，28(8)：113-118

齐敏，李大健，郝重阳．2009．模式识别导论[M]．北京：清华大学出版社

乔永伟．2009．超宽带（UWB）无线通信系统的同步及解调算法研究[D]．北京邮电大学博士学位论文

怯肇乾．2010．嵌入式网络通信开发应用[M]．北京：北京航空航天大学出版社

邱占芳，张庆灵，杨春雨．2009．网络控制系统分析与控制[M]．北京：科学出版社

单承赣，单玉峰，姚磊．2008．射频识别（RFID）原理与应用[M]．北京：电子工业出版社

沈苏彬，范曲立，宗平等．2009．物联网的体系结构与相关技术研究[J]．南京邮电大学学报，29(6)：1-11

孙利民，李建中，陈渝等．2005．无线传感器网络[M]．北京：清华大学出版社

孙其博，刘杰，黎羴等．2010．物联网：概念、架构与关键技术研究综述[J]．北京邮电大学学报，33(3)：1-9

滕召胜，罗隆福，童调生．2000．智能检测系统与数据融合[M]．北京：机械工业出版社

汪增福．2010．模式识别[M]．合肥：中国科学技术大学出版社

王利魁．2009．离散 Takagi-Sugeno 模糊控制系统的稳定性研究[D]．大连理工大学博士学位论文

王连强，吕述望，韩小西．2006．RFID 系统中安全和隐私问题的研究[J]．计算机应用研究，(6)：16-18

王文洋．2009．基于 RFID 技术的物联网探析[J]．计算机与网络，(26)：587-591

王晓华．2008．RFID 系统的安全问题及其解决方案[J]．物流技术，27(1)：110-116

王晓军．2005．计算机通信网[M]．北京：高等教育出版社

王志良．2010．物联网——现在与未来[M]．北京：机械工业出版社

沃尔夫．2010．纳米物理与纳米技术：纳米科学中的现代概念介绍[M]．薛冬峰译．北京：机械工业出版社

吴功宜．2010．智慧的物联网——感知中国和世界的技术[M]．北京：机械工业出版社

吴建平．2009．传感器原理及应用[M]．北京：机械工业出版社

武传坤．2010．物联网安全架构初探[J]．中国科学院院刊，25(4)：411-419

项有建．2010．冲出数字化——物联网引爆新一轮技术革命[M]．北京：机械工业出版社

谢昊飞．2009．网络控制技术[M]．北京：机械工业出版社

徐志军，初瑞清．2010．纳米材料与纳米技术[M]．北京：化学工业出版社

杨建刚．2001．人工神经网络实用教程[M]．杭州：浙江大学出版社

姚剑波，光俊．2009．无线传感器网络中的隐私威胁与对策[J]．计算机工程与设计，30(7)：1618-1621

岳昆，王晓玲，周傲英．2004．Web 服务核心支撑技术：研究综述[J]．软件学报，15(3)：428-440

曾黄麟．2004．智能计算[M]．重庆：重庆大学出版社

张艾斌．2010．云计算模式与云安全问题研究[J]．计算技术与信息发展，(6)：55-59

张铎．2010．物联网大趋势[M]．北京：清华大学出版社

张飞舟，杨东凯，陈智．2010．物联网技术导论[M]．北京：电子工业出版社

张福生．2010．物联网：开启全新生活的智能时代[M]．太原：山西人民出版社

张鹤鸣，刘耀元．2007．可编程控制器原理及应用教程[M]．北京：北京大学出版社

张洪润，孙悦，张亚凡．2009．传感技术与应用教程[M]．北京：清华大学出版社

张军，熊枫．2005．网络隐私保护技术综述[J]．计算机应用研究，(7)：9-12

中国电信集团公司．2010．走近物联网[M]．北京：人民邮电出版社

周洪波．2010．物联网技术应用标准和商业模式[M]．北京：电子工业出版社

朱进之．2010．智慧的云计算——物联网发展的基石[M]．北京：电子工业出版社

朱晓荣．2010．物联网与泛在通信技术[M]．北京：人民邮电出版社

朱勇，张海霞．2010．微纳传感器及其应用[M]．北京：北京大学出版社

邹恩．2005．混沌优化技术及其在模糊控制系统中的应用研究[D]．中南大学博士学位论文

邹生，何新华．2010．物流信息化与物联网建设[M]．北京：电子工业出版社

Ahson S A，Ilyas M. 2008. RFID Handbook：Applications，Technology，Security，and Privacy[M]. Boca Raton：CRC Press

Barroso L，Hölzle U. 2009. The Datacenter as a Computer[M]. San Rafael：Morgan &. Claypool

Bohm M，Frotscher A. 2009. Data-flow and processing for mobile in-vehicle weather information services COOPERS service chain for co-operative traffic management[C]. IEEE 69th Vehicular Technology Conference

Connelly K，Khalil A. 2003. Towards automatic device configuration in smart environments[C]// Proceedings of UbiSys Workshop

Dean J，Ghemawat S. 2008. MapReduce：Simplified data processing on large clusters[J]. Communications of the ACM，51(1)：137-150

Enkelmann W. 2003. FleetNet-applications for inter-vehicle communication[C]. IEEE Intelligent Vehicles Symposium

Ernst T，Nebehaj V，Srasen R. 2009. CVIS：CALM proof of concept preliminary results[C]. IEEE 9th International Conference on Intelligent Transport Systems Telecommunications

Geoff，M. 2010. The internet of things：Here now and coming soon[J]. IEEE Internet Computing，14(1)：36

Greenberg A，Hamilton J，Maltz D A，et al. 2009. The cost of a cloud：Research problems in data center networks[J]. ACM SIGCOMM Computer Communication Review，39(1)：68-73

Gummadi R，Wetherall D，Greenstein B，et al. 2007. Understanding and mitigating the impact of RF interference on 802. 11 networks[C]// Proceedings of the 2007 Conference on Applications，Technologies，Architectures，and Protocols for Computer Communications. New York：ACM New York

Henrici D. 2008. RFID Security and Privacy：Concepts，Protocols，and Architectures[M]. Berlin：Springer

Hill J. 2003. System Architectrue for Wireless Sensor Networks[M]. BerkeleyCalifornia：Uinversity of California，Berkeley

Hui J，Culler D. 2008. IP is dead，long live IP for wireless sensor networks[C]// Proceedings of the 6th ACM Conference on Embedded Networked Sensor Systems. New York：ACM New York

Jiang D，Delgrossi L. 2008. IEEE 802. 11p：Towards an international standard for wireless access in vehicular environments [C]. IEEE Vehicular Technology Conference

Juels A. 2006. RFID security and privacy：a research survey[J]. Selected Areas in Communication，24(2)：1-19

Liu C. 2007. 微机电系统基础[M]. 黄庆安译. 北京：机械工业出版社

Liu M，Mihaylov S R，Bao Z，et al. 2010. SmartCIS：Integrating digital and physical environments[J]. ACM SIGMOD Record，39(1)：48-53

Madden S，Franklin M，et al. 2005. TinyDB：an acquisitional query processing system for sensor network[J]. ACM Transactions on Database System，30(1)：123-173

Mainwaring A，Polastre J，Szewczyk R，et al. 2002. Wireless sensor networks for habitat monitoring[C]// Proceedings of ACM International Workshop on Wireless Sensor Networks and Applications

Myung J，Lee W. 2006. Adaptive splitting protocols for FRID tag collision arbitration[C]// Proceedings of the 7th ACM International Symposium on Mobile and Ad Hoc Networking and Computing. New York: ACM New York

Poslad S. 2009. Ubiquitous Computing: Smart Devices, Environments and Interactions[M]. Chichester: Wiley

Reichardt D, Miglietta M, Moretti L, et al. 2002. CarTALK 2000: Safe and comfortable driving based upon inter-vehicle-com-munication[C]// IEEE Intelligent Vehicle Symposium

Schonsleben P. 2007. Integral Logistics Management: Operations and Supply Chain Management in Comprehensive Value-added Networks[M]. Boca Raton: Auerbach Publications

Seinfeld J H, Pandis S N. 2006. Atmospheric Chemistry and Physics: From Air Pollution to Climate Change [M]. 2nd ed. New York: Wiley

Tan P-N, Steinbach M, Kumar V. 2005. Introduction to Data Mining[M]. Boston: Addison-Wesley

Tanenbaum A S. 2003. Computer Networks [M]. 4th ed. Upper Saddle River: Prentice Hall PTR

WernerAllen G, Lorincz K, Johnson J, et al. 2006. Fidelity and yield in a volcano monitoring sensor network[C]// Proceed-ings of OSDI. California: USENIX Association Berkeley

Yang L, Zhang Y, Yang L T, et al. 2008. The Internet of Things: From RFID to the Next-Generation Pervasive Networked Systems[M]. Boca Raton: Auerbach Publications

Zhang W B, Shladover S E. 2006. PATH innovative research on ITS technologies and methodologies for multimodal transpor-tation solutions[C]. IEEE Intelligent Transportation Systems Conference

Zhang Y, Kitsos P. 2009. Security in RFID and Sensor Networks (Wireless Networks and Mobile Communications) [M]. Boca Raton: Auerbach Publications